HEYNE BÜCHER

W0299802

SCIENCE FICTION

Herausgegeben
von Wolfgang Jeschke

Von **SHADOWRUN™** erschienen in der Reihe
HEYNE SCIENCE FICTION & FANTASY:

1. Jordan K. Weisman (Hrsg.): *Der Weg in die Schatten* · 06/4844

TRILOGIE GEHEIMNISSE DER MACHT

2. Robert N. Charrette: *Laß ab von Drachen* · 06/4845
3. Robert N. Charrette: *Wähl deine Feinde mit Bedacht* · 06/4846
4. Robert N. Charrette: *Such deine eigene Wahrheit* · 06/4847

5. Nigel Findley: *2 X S* · 06/4983
6. Chris Kubasik: *Der Wechselbalg* · 06/4984
7. Robert N. Charrette: *Trau keinem Elf* · 06/4985
8. Nigel Findley: *Schattenspiele* · 06/5068
9. Carl Sargent: *Blutige Straßen* · 06/5087

TRILOGIE DEUTSCHLAND IN DEN SCHATTEN

10. Hans Joachim Alpers: *Das zerrissene Land* · 06/5104
11. Hans Joachim Alpers: *Die Augen des Riggers* · 06/5105
12. Hans Joachim Alpers: *Die graue Eminenz* · 06/5106

13. Tom Dowd: *Spielball der Nacht* · 06/5186
14. Nyx Smith: *Die Attentäterin* · 06/5294
15. Nigel Findley: *Der Einzelgänger* · 06/5305
16. Nyx Smith: *In die Dunkelheit* · 06/5324
17. Carl Sargent/Marc Gascoigne: *Nosferatu 2055* · 06/5343
18. Tom Dowd: *Nuke City* · 06/5354
19. Nyx Smith: *Jäger und Gejagte* · 06/5384 (in Vorb.)
20. Nigel Findley: *Haus der Sonne* · 06/5411 (in Vorb.)

TOM DOWD

NUKE CITY

Achtzehnter Band
des
SHADOWRUN™-ZYKLUS

Deutsche Erstausgabe

WILHELM HEYNE VERLAG
MÜNCHEN

HEYNE SCIENCE FICTION & FANTASY
Band 06/5354

Titel der Originalausgabe
BURNING BRIGHT
Übersetzung aus dem Amerikanischen von
Christian Jentzsch

2. Auflage

Redaktion: Rainer Michael Rahn

Erstausgabe bei ROC, Penguin Group, New York

Printed in Germany 1996
Umschlagbild: FASA Corporation
Umschlaggestaltung: Atelier Ingrid Schütz, München
Technische Betreuung: M. Spinola
Satz: Schaber Satz- und Datentechnik, Wels
Druck und Bindung: Elsnerdruck, Berlin

ISBN 3-453-09430-1

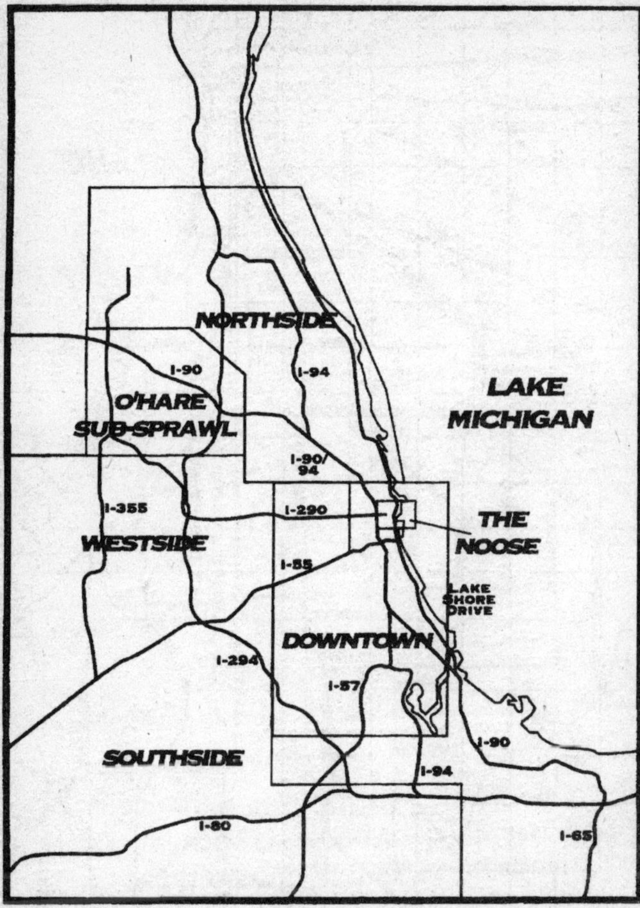

Groß-
Chicago

0 3km

CIRCA 2054

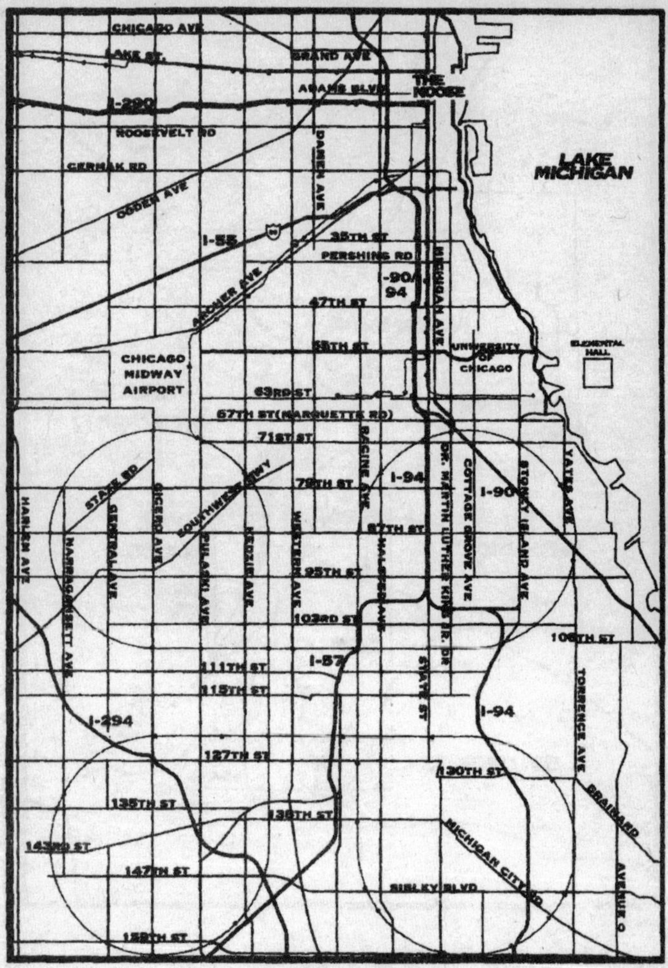

CHICAGO

- Oberirdische U-Bahn-Station
- Oberirdische U-Bahn-Linie

0 .5km

SHADOWRUN

TEIL 1

CHICAGO

14. August 2055

1

Als er sie ansah, dachte er unwillkürlich an die Gewitter, die er in seiner Kindheit erlebt hatte …

Er war in den Plains aufgewachsen, weit westlich des Mississippi, aber nicht so weit, daß die Rockies mehr gewesen wären als die Andeutung einer dunklen Linie am Horizont – an klaren Tagen. Gewitter waren mittlerweile in jeder Jahreszeit alltäglich, und er und seine Freunde hatten die Gewitter begleitet, wenn diese sich über der Prärie austobten. Es war dreizehn Jahre her, daß der Große Geistertanz die Macht der Vereinigten Staaten von Amerika gebrochen hatte, und Kyle Teller war neun Jahre alt.

Die Gewitter seien ein Zeichen für die Zufriedenheit der Großen Geister darüber, daß ihr Volk das Land zurückbekommen habe, sagten die Stammesschamanen. Kyle und seine Freunde pflegten in der Kühle des frühen Abends herumzutoben, zu schreien und einander zu jagen, wobei jeder die Rolle eines der mächtigen Totems übernahm, die zurückgekehrt waren, um die Leute aus ihrer Unterdrückung zu befreien.

Sie lauschten den auffrischenden Winden, schnupperten die Gerüche, die in der Luft lagen, während sie das Wiedererwachen der Magie feierten und genau beobachteten, wo das nächste Gewitter entstehen und in welche Richtung es ziehen würde. Dann, wenn sie ihre Energie verpulvert hatten, kehrten sie nach Hause zurück, beendeten ihre Hausaufgaben und bereiteten sich auf den nächsten Schultag vor. Kyle brauchte nicht so viel zu lernen wie die anderen, mußte sich aber dennoch vorbereiten. Seine Mutter war angloamerikanischer Abstammung, was bedeutete, daß er sich mit schlimmeren Dingen auseinanderzusetzen hatte als mit Schularbeiten.

Aber was die Gewitter betraf, war Kyle der Beste. Es gab Zeiten, in denen er ihre Energien tief in sich spüren konnte, bevor sich erste Anzeichen ihrer Entstehung manifestierten. Und wenn das Gewitter dann tatsächlich ausbrach, war es für ihn so, als entfalte sich eine elementare Blume, langsam und unaufhaltsam, bis es nichts mehr gab, was sie daran hindern konnte, über dem ganzen Land aufzublühen. Er sah die Entwicklung, spürte die Strukturen und konnte erkennen, wo das Gewitter seinen Anfang nehmen und wie lange es dauern würde. Wenn er mit den anderen Kindern spielte, war er immer Koyote, denn nur der alte Gaukler konnte einen Halbwüchsigen mit solch einem Scharfblick gesegnet haben.

Oft hörte er die Ältesten Lieder singen, daß die großen Winde und Regen Geister waren, die sich der Kontrolle durch den Menschen entzogen und für die Vernunft nicht zu ergründen seien. Einmal hatte Kyle einen dieser Geister sogar mit eigenen Augen gesehen, und zwar bei einer Anrufung in der Nähe von Salina, der er und seine Schwestern mit ihrem Großvater beigewohnt hatten.

Dort war der Geist von drei jungen Schamanen beschworen worden. Stolz und ungestüm hatten sie in ihrer neuen Macht geschwelgt, den legendären Geist erscheinen zu lassen. Dies sei ein großes und mächtiges Wesen, vom Herzen der Luft und des Himmels erfüllt, hatte einer der Schamanen gesagt. Eine Macht, die respektiert und geehrt werden müsse, ergänzte ein anderer. Kyle hatte zugesehen, wie der übernatürliche Turm aus wirbelnder, gleißender Luft, Dunst und majestätischer Würde für die vielen Tausenden sichtbar wurde, die sich auf dem verfallenen Parkplatz eines ehemaligen Supermarkts versammelt hatten.

Der Geist, sagte einer der Schamanen, tanze mit den

Energien des Lebens. Ungebunden sei der Geist ein Gewitter, unerklärlich und unverständlich. Auch als ehrfürchtiges und verängstigtes Kind hatte Kyle ihre Worte seltsam gefunden.

Zu Hause hatte er viele heraufziehende Gewitter beobachtet, draußen auf den mit Unkraut überwachsenen Feldern hinter dem Haus, hatte sie gespürt, wie sie über die Prärie rasten, und ausschließlich Kräfte gesehen, die er verstehen konnte. Gewiß, die Gewitter entzogen sich jeglicher Kontrolle, aber er konnte erkennen, wie sie durch Temperaturänderungen und aus dem Zusammenspiel anderer Kräfte entstanden. Er konnte sehen, wie sich ein Blitz bildete, und spüren, wie er vom Boden zum Himmel sprang. Und er begriff. Dieses Wissen entzückte ihn, aber er spürte nichts Rätselhaftes, Unergründliches und auch nicht den Drang, in seiner Gegenwart zu tanzen.

Erst Jahre später hatte er erfahren, warum er die Dinge so sah, wie er es tat – was wenige andere konnten. Sogar die Schamanen, zu denen ihn seine Eltern brachten, als sie schließlich sein Talent zur Kenntnis nahmen, scheuten zuerst vor der endgültigen Wahrheit zurück. Konnten die Großen Geister so grausam gewesen sein, einen Jungen mit Macht zwischen ihnen ausgesetzt und ihm die Gaben des Tanzens und Singens versagt zu haben?

Sie konnten und hatten wahrscheinlich auch. Der Junge war von den Kräften der Erwachten Magie durchdrungen, doch wo die schamanische Magie seines Volkes auf Inspiration und Spontaneität beruhte, setzte er Logik, Vernunft und Überlegung ein. Kyle Teller war, zur endgültigen Demütigung seines Vaters, ein Magier.

Die Kräfte gerieten in Bewegung, das Gleichgewicht veränderte sich, und er spürte, wie sich das Gewitter in ihr verzog.

»Das ist schon eine ziemliche Ironie, findest du nicht?« sagte sie mit ruhigerer Stimme als erwartet, während sie die letzten Brotkrümel vom Tisch und in die langen, ausgestreckten Finger ihrer anderen Hand wischte. »Jahrelang haben wir dich wegen deiner Arbeit kaum gesehen.«

Das grelle Licht in der Küche machte sie blaß und ließ ihre Haare fast schwarz erscheinen. Er wußte, daß sie die Beleuchtung in diesem Raum haßte, es aber zu teuer war, etwas daran zu ändern.

»Und jetzt seht ihr mich nur, wenn ich geschäftlich in der Stadt zu tun habe«, setzte er ihren Gedankengang fort.

Sie nickte, jetzt eifrig damit beschäftigt, die Sitzfalten in ihrem modischen Geschäftsanzug zu glätten. Der Stoff fügte sich und nahm bei ihrer Berührung wieder seine ursprüngliche, unzerknitterte Form an. Kyle war es nicht gewohnt, Beth in der Montur der Konzernwelt zu sehen. Sie paßte nicht zu ihr – war zu restriktiv. Beth war Künstlerin, eine Tänzerin und nicht die Sekretärin, die zu sein sie jetzt vorgab.

Sie redete, hatte sich aber bereits einer anderen Beschäftigung zugewandt. Schließlich mußte Geschirr gespült werden. »Manchmal glaube ich, daß wir dich jetzt öfter sehen.«

»Du weißt, daß das nicht stimmt.«

Sie bückte sich behutsam, um den Geschirrspüler zu schließen. »Vielleicht nicht. Aber es kommt mir so vor.«

Irgend etwas belastete sie. Er entnahm es dem Timbre ihrer Stimme, der Art, wie sie seinem Blick auswich, der Aufmerksamkeit, die sie den Aufräumarbeiten nach dem Essen widmete. Und was es auch war, es hatte mit ihr zu tun und nicht mit ihm, sonst hätte sie mittlerweile längst etwas gesagt. Kyle ließ die Ereignisse der letzten Stunden noch einmal vor seinem geistigen Auge Revue passieren: seine Ankunft, seine Überraschung, Beth in einem Geschäftsanzug zu sehen, die Geschenke für Natalie, die Einzelheiten hinsichtlich Beth' neuen Jobs, das Spielen mit Natalie und die Gespräche mit beiden, das Essen, dann, nach dem Essen …

»Ich habe eine Flasche mit der Medizin deiner Schwester im Bad gesehen«, sagte Kyle. Beth versteifte sich, aber irgend etwas ließ ihn fortfahren. »Wie kommt sie zurecht?«

Beth drehte sich zögernd zu ihm um. Sie fuhr ihn nicht an, und ihre Augen verrieten nur eine Spur des Zorns, den Kyle, wie er wußte, provoziert hatte. »Alles in allem kommt Ellen wahrscheinlich besser zurecht, als mir dies an ihrer Stelle gelingen würde.«

Er versuchte sich zur Geduld zu zwingen. Da war noch mehr. Er glaubte zu wissen, was es war, aber er würde es sich von ihr erzählen lassen, sie zur Abwechslung ihre eigenen Worte finden lassen.

Sie verschränkte die Arme vor der Brust und lehnte sich gegen die Anrichte. »Aber ich mache mir tatsächlich Sorgen. Sie …«

»Es sieht so aus, als hätten sie die Dosierung erhöht.«

Beth nickte. »Aber ich glaube nicht, daß sie die Medizin nimmt.«

»Sie hat die Flasche hiergelassen.«

»Genau. Und ich glaube, sie trifft sich mit einigen Leuten aus ihrer Gruppe. Sie sagt, sie braucht jemanden, mit dem sie reden kann.«

Das überraschte Kyle nicht. »Die Konditionierung, der man sie unterzogen hat, läßt sich nicht so leicht auslöschen. Die Medizin hätte sie größtenteils aufheben müssen, aber wenn sie sie nicht mehr nimmt …«

»Ich begreife nicht, warum sie nicht mit *mir* reden will«, sagte Beth, wobei ihr Zorn Kummer wich. »Ich habe ihr gesagt, daß sie jederzeit vorbeikommen oder anrufen kann. Aber statt dessen *schleicht* sie sich davon …«

Kyle trat einen Schritt näher und legte ihr sanft die Hand auf die Schulter. Beth sah nicht auf. »Sie geht zu ihnen, weil sie glaubt, daß es sonst niemanden gibt, der sie versteht. Du hast den Bericht gelesen, den ich dir geschickt habe. Das ist genau die Art von Abhängigkeit, die die Universelle Bruderschaft in den Leuten hervorzurufen versucht hat, um ihren Glauben zu bestärken, die Bruderschaft sei ihre einzige Hoffnung.

Sie haben ihren Anhängern eingetrichtert, daß man der Regierung und den Konzernen *niemals* trauen darf, und das sind zufällig genau diejenigen, die den Laden geschlossen und die Anführer ins Gefängnis gebracht haben. Kein einziges Mitglied der UB glaubt irgendeine der offiziellen Verlautbarungen, die gemacht worden sind. Sie betrachten sie als Teil eines umfassenden Vertuschungsmanövers. Und nun, da alle Stiftshäuser der Bruderschaft geschlossen worden sind, glauben Ellen und die anderen, *sie* seien alles, was noch von der Bruderschaft übrig ist.«

»Ich bin mit ihr zur Regierungssitzung gegangen«, sagte Beth. »Wir haben beide dasselbe Trideo gesehen. Wie hat sie nicht glauben können, was sie dort gesehen hat?«

»Weil es wirklich nicht sehr viel Sinn ergibt. Frag dich doch selbst einmal, warum, in Gottes Namen, sollte die Universelle Bruderschaft illegale medizinische Experimente an Obdachlosen durchführen? In finanzieller Hinsicht ergibt es keinen Sinn. In wissenschaftlicher auch nicht. Sie hatten überhaupt nicht die Mittel, um *ernsthaft* etwas auf die Beine zu stellen. Die ganze Geschichte kann durchaus erfunden sein – und war es wahrscheinlich auch –, weil die Konzerne nicht wollen, daß ihnen irgend jemand ins Handwerk pfuscht. Die Bruderschaft war einfach zu mächtig geworden.«

Er nahm ihre Hand. »Sie glaubt, sie wird wieder allein sein, und will nicht, daß es dazu kommt. Es wird ihr schwerfallen, den Einfluß der Bruderschaft abzuschütteln.«

Beth nickte. »Ich weiß. Ich mache mir nur Sorgen, daß sie irgendeine Verzweiflungstat begeht.«

»Das bezweifle ich. Die Bruderschaft hat Abhängigkeit gepredigt, nicht Flucht.«

Beth betrachtete ihn mit einem dünnen Lächeln.

»Soll ich mit ihr reden?« fragte er.

»Würdest du das tun?«

»Selbstverständlich. Meine Arbeit hier läßt mir durchaus noch Zeit für andere Dinge.«

Sie sah sichtlich erleichtert aus. »Danke, Kyle. Es bedeutet mir eine Menge.«

»Ich weiß, daß du dir Sorgen machst, aber ich glaube nicht …«

»Daddy!« Sie sahen beide auf, als sie den kindlichen Ausruf aus dem Nebenzimmer hörten.

»Ja, Schatz?« rief Kyle zurück.

»Daddy! Du mußt mir helfen! Ich bin auf dem sechsten Level, und die Verderbten hauen mich immer in Stücke, obwohl ich sie mit der Asche bewerfe!« Kyle konnte seine Tochter auf dem Sofa sitzen sehen. Sie sah frustriert aus und korrigierte immer wieder den Sitz der SimSinn-Brille auf ihrem Kopf, offenbar in der Hoffnung, daß ihr das irgendwie dabei helfen würde, das Spiel zu gewinnen.

»Ich komme sofort!« rief er und sagte dann leise zu seiner Exfrau. »Meinst du, ich hätte ihr statt dessen eine Puppe kaufen sollen?«

»Sie hätte sie sowieso sofort gegen den Chip eingetauscht.«

Kyle lachte. Beth hatte recht. Er drückte ihre Schulter. »Ich bin sofort wieder da.« Er ging ins Wohnzimmer, doch seine Aufmerksamkeit wurde unerklärlicherweise nach unten gelenkt. Wahrscheinlich von einer flüchtigen Bewegung, dem raschen Vorbeihuschen einer kleinen Schabe. Kyle machte einen Schritt vorwärts, um sie zu zerquetschen, doch das Insekt schlug einen Haken und verschwand unter einem Schrank. Kyle fragte sich, ob er einen Zauber kannte, mit dem er die Schabe dort erreichen und auslöschen konnte, doch in diesem Augenblick meldete sich Beth noch einmal zu Wort und lenkte ihn von der Schabe ab.

»Wußtest du, daß sie eine Datenbuchse haben will, damit sie die Spiele ›richtig‹ spielen kann?« sagte sie.

»Großer Koyote«, sagte Kyle, dessen Finger unbewußt zur Datenbuchse in seiner Schläfe huschten, die er sich hatte implantieren lassen, nachdem er sein hermetisches Studium an der Columbia-Universität aufgenommen hatte. »Sie ist doch erst acht!«

Beth runzelte die Stirn, während Kyle sich umdrehte und in den Flur ging. »Ich habe nicht gesagt, daß ich einverstanden bin, oder?« sagte sie.

Nein, vielleicht nicht. Aber Kyle war sicher, daß sie es bald sein würde. Zu Weihnachten, wenn er seine Exfrau nur ein klein wenig kannte.

2

Man hatte eine Suite im Marriott SkyTower gemietet, der in der Nähe der Kreuzung I-57 und 103. Straße am Rande des Finanzzentrums der Stadt stand, und Kyle war dort früher gelandet, als er erwartet hatte. Natalie und Beth waren beide früh müde gewesen, und er hatte gespürt, wie Beth mit ihren Wünschen gerungen hatte, wo sie ihn am liebsten übernachten lassen wollte. Er hatte das Problem gelöst, indem er ihr gesagt hatte, er habe früh am nächsten Morgen eine Besprechung und müsse dafür noch einiges vorbereiten. Außerdem hatte er sie fragen wollen, ob sie mehr Geld brauchte, da ihm die Vorstellung verhaßt war, daß sie bei Fuchi Amerika an irgendeinem Schreibtisch hockte. Doch sie hatte keine finanziellen Probleme erwähnt, also widerstand er dem Drang, ihr ein diesbezügliches Angebot zu machen. Dafür blieb später noch genug Zeit.

Kyle kannte Chicago recht gut, überließ das Fahren aber dennoch dem Autopiloten in dem Ford Americar, den man ihm zur Verfügung gestellt hatte. Der Wagen fuhr ihn durch die Nacht, von der Irving Park Road auf der Northside nach Süden und ein kurzes Stück über den Lake Shore Drive, vorbei an den protzigen Eigenheimen am See, die kaum die Verwahrlosung des sich im Westen erstreckenden Sprawl verbergen konnten. Es herrschte nur leichter Verkehr, und abgesehen vom Überflug eines Polizeihubschraubers mit aufgeblendeten Scheinwerfern, die das Logo von Eagle Security am Rumpf beleuchteten, verlief die Fahrt ereignislos.

An der North Avenue änderte sich das Aussehen der Gegend, da sich der Drive hier am östlichen Rand der Gegend vorbeiwand, die mittlerweile unter dem

Namen Noose bekannt war. Nach dem Einsturz des IBM-Gebäudes von 2039 war das Gebiet ein Opfer der Verlagerung von Chicagos ökonomischem Zentrum nach Süden geworden, ein Mekka für die Kriminellen der Stadt im besonderen und die Unterschicht im allgemeinen. Kyle wandte sich ab, um die leicht gekräuselte Oberfläche des Michigansees zu betrachten, und sah erst wieder nach Westen, als der Drive den Chicago River überquerte.

Dort, im jetzt schwarzen und toten ehemaligen Zentrum der Stadt, konnte er mühsam den Bezirk Shattergraves inmitten der Trümmer Hunderter von Gebäuden ausmachen, die zerstört oder ausgebrannt waren, als Terroristen im Anschluß an die anti-metamenschliche Nacht des Zorns das IBM-Gebäude zum Einsturz gebracht hatten. Die Shattergraves wurden ebenso wie die Noose nicht verwaltet und dem Verfall überlassen. Nur wenige lebten dort, da es nicht viele ertragen konnten, von Tausenden Geistern und verlorenen Seelen, die jene verwüsteten und gottverlassenen Straßen heimsuchten, umgeben zu sein und dabei nicht verrückt zu werden. Dennoch waren in dem Gebiet am Fluß kleine Feuer und andere Lichter zu sehen. Trotz der Schrecklichkeit dieses Ortes gab es offenbar einige, die ihn als ihr Zuhause betrachteten.

Die Noose zog sich an den Shattergraves vorbei, doch jetzt wurde der Horizont von den neuen Konzernwolkenkratzern des verpflanzten Innenstadtgebiets beherrscht. Der Wagen fuhr weiter bis zum Ende des Drives an der 67. Straße und dann weiter über die Stony Island Avenue zur 103. Dort bog er rechts ab und näherte sich dem Nordrand des Konzernzentrums.

Das schlanke Konzernfahrzeug, in dem er saß, fuhr ungehindert in das von Chrom, Stahl und Glas beherrschte Areal. Hier und da sah Kyle, wie ein Fahrzeug von Eagle Security angehalten und kontrolliert wurde, aber keiner war so dumm, einen Wagen mit den Kennzeichen seines Fords anzuhalten. Truman Technologies war *der* Konzern in Chicago, und sogar die Polizei war klug genug, ihm keine Steine in den Weg zu legen. Truman Technologies war vielleicht der größte rein nationale Konzern in den Vereinigten Kanadischen und Amerikanischen Staaten und beherrschte ganze Segmente der Mega-Nuyen-Unterhaltungsindustrie. Er produzierte, vermarktete, vertrieb und verkaufte die Technologie für die SimSinn-Chips, die schon vor Jahrzehnten die CD-Video-Technik verdrängt hatte. In Chicago gab es kaum jemanden, der mächtiger als Daniel Truman und sein Konzern war.

Kyles Suite im zweiundneunzigsten Stock des Marriott lag so hoch, daß er den Campus der Universität von Chicago sehen konnte, der ungefähr dort begann, wo der Lake Shore Drive endete. Außerdem sah er die in Nebel gehüllten Lichter der Elemental Hall, dem von Konzernen finanzierten metaphysischen Forschungszentrum einen halben Kilometer vom Universitätsgelände entfernt. Kyle war zwar von einem früheren Klassenkameraden an der Columbia-Universität eingeladen worden, das Forschungszentrum jederzeit zu besuchen, aber er wußte nicht, ob er das Angebot annehmen sollte. Die Vorstellung, die Elemental Hall zu besuchen, war mehr als reizvoll, und er würde gewiß von einem Rundgang durch die Anlage profitieren, doch Kyle war nicht sonderlich scharf darauf, die Bekanntschaft mit seinem ehemaligen Klassenkameraden zu erneuern. Er würde sich später entscheiden. Ihm blieb massenhaft Zeit.

Es war weit nach Mitternacht, als er das Bildschirmverzeichnis der Programme durchging, die vom internen Trideosystem des Hotels angeboten wurden, und Kyle fragte sich, ob er wirklich noch etwas für den nächsten Morgen vorbereiten mußte. Die Besprechung war für zehn Uhr anberaumt, was ihm nach dem Frühstück mehr als genug Zeit ließ, sein Gedächtnis hinsichtlich Truman Technologies und der Situation aufzufrischen, die zu bereinigen ihn die mächtige Truman-Familie angestellt hatte. Trotz der Ernsthaftigkeit der Lage schien es Daniel Truman nicht eilig zu haben. Kyle beschloß, seinen Notepad-Computer darauf anzusetzen, verschiedene sachdienliche Datenbanken und Informationsdienste abzufragen, während er schlief.

Das Erkennungslogo der Abteilung für Paranormale Angelegenheiten des FBI der Vereinigten Kanadischen und Amerikanischen Staaten verblaßte auf dem Schirm und wich dem Gesicht von Dave Strevich, als dieser das Gespräch annahm. »Tut mir leid«, sagte der stämmige Mann, als er sich schwer auf den Stuhl hinter seinem Schreibtisch fallen ließ. »Ich war gerade auf dem Lokus.«

Kyle kicherte und lehnte sich auf seinem Stuhl zurück, während das Bild seines Freundes, das mit kybernetischen Mitteln über sein normales Blickfeld gelegt wurde, wie ein Geist durch die Luft schwebte, um inmitten der Ranken zur Ruhe zu kommen, die über dem Café im Atrium des Marriott von der Decke hingen. Das System brauchte einen Augenblick, bis es die Anpassung vollzogen und Strevichs Bild vor dem helleren Hintergrund verdunkelt hatte.

»Ich hoffe, ich habe nichts durcheinandergebracht«, sagte Kyle.

Strevich zuckte die Achseln. »Nichts, was der nächste Bursche nicht wegmachen könnte.«

»Angenehme Vorstellung.«

Strevich winkte ab. »Für dich nur das Beste.«

»Danke, Dave, deshalb rufe ich auch an. Ich wollte dich um einen Gefallen bitten.«

»Willst du damit sagen, du hast nicht angerufen, um

herauszufinden, wie es um mein Liebesleben bestellt ist?«

Kyle lächelte. »Ich weiß, daß das ein wenig heikel ist, aber es wäre mir lieb, wenn du in den FBI-Unterlagen nachsehen könntest, ob es zwischen einem Namen, den ich dir noch nennen werde, und dieser Schweinerei mit der Universellen Bruderschaft einen Zusammenhang gibt.«

Strevich hob die Augenbrauen. »Heikel?« sagte er nach einer Weile. »Du hast ja keine Ahnung.«

»Kannst du mir auch sagen, warum?«

»Geht nicht.«

Kyle seufzte. »Hör mal, mir ist klar, daß die Sache unter Verschluß gehalten wird. Ich würde auch nicht fragen – nicht einmal für meinen besten Klienten –, wenn es nicht persönlich wäre.«

Strevich' Blick wurde etwas weicher. »Geht es um deine Schwägerin?«

»Ellen Shaw.«

»Okay, Augenblick.« Strevich beugte sich vor, und Kyle konnte gerade noch erkennen, wie seine Finger etwas auf die flache Tastatur tippten, die in seinen Schreibtisch eingebaut war. Er war rasch fertig und lehnte sich wieder zurück. »Ich habe nur einen Eintrag über ihre Mitgliedschaft... Adresse, Personaldaten, finanzielle Beiträge, diese Sachen. Nichts Wesentliches.«

Kyle spürte, wie er sich innerlich ein wenig anspannte. »Du hast diese Daten verdammt schnell ausgegraben, Dave. Sind die Computer seit meiner Zeit bei euch so viel schneller geworden?«

Abgesehen von einem kaum merklichen Stirnrunzeln blieb Strevich' Miene ausdruckslos.

»Warum hattest du sofort Zugang zu der Akte, Dave? Du hättest sie eigentlich erst anfordern...«

Strevich hob die Hand. »Laß es«, sagte er. »Sieh nach unten.«

Kyle kämpfte gegen den Impuls an, genau das zu tun, aber er kannte seinen Freund lange genug, um in der Aufforderung eine seiner üblichen Sprachwendungen wiederzuerkennen. Er sah zu Boden.

»Siehst du das?« fuhr Strevich fort. »Das ist eine Landmine. Mach einen Bogen darum. Dafür wäre ich dir sehr dankbar.«

»Schon gut, schon gut. Aber ich werde eigene Nachforschungen anstellen. Laß mich wissen, wenn mir das nächstemal eine vor die Füße fällt, ja?«

»Wenn ich kann. Du weißt ja, wie das ist, Kyle – manchmal fällt sie einem auch auf...« Uncharakteristischerweise führte sein Freund die Metapher nicht zu Ende. »Wenn ich kann«, wiederholte Strevich statt dessen. »Wenn ich kann.«

Kyle nickte. Die Botschaft war deutlich genug, und er würde Dave nicht drängen. »Verstanden«, sagte er. »Hör mal, ich muß gehen – zu einer Besprechung. Schließlich muß ich Geld verdienen.«

Strevich nickte und drückte eine Taste, die, wie Kyle wußte, die Datei schloß, die er sich gerade angesehen hatte. »Wie ich sehe, rufst du aus Chicago an.«

Kyle nickte.

»Der Truman-Junge?«

»Hey, hey, hey«, sagte Kyle, indem er die Hand hob. »Sieh nach unten.« Strevich grinste nur.

»Siehst du das?« fuhr Kyle fort. »Das ist dein Schuh. Mehr brauchst du nicht zu wissen.«

»Schon begriffen.«

Kyle streckte die Hand nach dem Mobiltelekom auf dem Tisch aus. »Halt mich auf dem laufenden, so gut es geht«, sagte er.

Strevich sagte gerade, »An deiner Stelle würde ich nicht darauf warten«, als Kyle die Verbindung unterbrach. Er zog das Verbindungskabel aus der Datenbuchse in seiner Schläfe, dann saß er eine Weile einfach nur da, starrte auf den Wasserfall im Marriott und goß sich den letzten Kaffee aus der Warmhaltekanne in seine Tasse. Natürlich war es echter Kaffee.

Also leiteten seine alten Kollegen der Abteilung für Paranormale Angelegenheiten des FBI die Untersuchung des Bruderschaft-Falles. Und da diese Tatsache der Öffentlichkeit unbekannt war, konnte das nur bedeuten, daß es in diesem Fall einen metaphysischen Aspekt gab, den die Regierung nicht bekannt werden lassen wollte.

Und diese Tatsache fand Kyle Teller in der Tat äußerst interessant.

3

Der Truman Tower, bei dem die beiden längeren Seiten fast zu einer Spitze zusammenliefen, ragte dreihundertzweiundfünfzig Stockwerke hoch in den stürmischen Himmel über Chicago. Jetzt, wo das IBM-Gebäude nicht mehr existierte, war er das höchste Gebäude der Stadt, doch weit davon entfernt, diesen Rekord für die Welt zu halten, trotz des diesbezüglichen Wunsches seines Besitzers. Er bestand aus blauem Glas und dunklerem Stahl und reflektierte und verzerrte das Grau des bedrohlichen Himmels und den leuchtend orangeweißen Keil des zwanzig Meter langen Transportzeppelins, der am Dachgeschoß vertäut war.

Kyle registrierte das alles, während sein Wagen geschmeidig von der Straße abbog und auf die Hauptauffahrt zur offenen Promenade der Ostseite des Gebäudes. Die beinahe ländliche Gestaltung des riesigen Geländes hätte ihn überrascht, hätte sein Notepad ihn nicht gerade erst mit Bildern davon und anderen mit dem Tower und der Truman-Familie in Verbindung stehenden Dingen gefüttert. Während Kyle geschlafen hatte, war sein Computer emsig gewesen und hatte aus den verschiedensten Datenbanken und BTX-Systemen Informationen über die Truman-Familie und ihr Imperium zusammengetragen. Danach hatten zwei spezielle Smartframes im Computer die wichtigsten Daten analysiert, zusammengestellt und komprimiert. Und schließlich hatte der Computer die zur Ansicht bereite Datei in den winzigen Speicher von Kyles kybernetischer Headware geladen, den er sich als Magier noch leisten zu können glaubte. Dort hatten die Daten seiner Begutachtung nach dem Aufwachen geharrt.

Kyle hatte erwogen, seine Spezialausrüstung mitzunehmen, die Idee letzten Endes jedoch verworfen. Er hatte sich im Laufe seiner Karriere eine beträchtliche Sammlung mächtiger magischer Fokusse zur Verstärkung seiner mystischen Fähigkeiten angeeignet, scheute jedoch im allgemeinen vor ihrer Benutzung zurück, da er befürchtete, sich damit eine psychologische Krücke zu schaffen. Besser, er kam ohne die Fokusse aus und griff nur in seltenen Notfällen auf sie zurück. Ein aktiver magischer Gegenstand oder Zauber – sogar der Einsatz astraler Wahrnehmung oder Projektion seitens eines Zauberkundigen – schuf eine Brücke zwischen dem normalen Raum und der Astralebene, die es einem Zauber oder Geist aus dieser Astralebene ermöglichen konnte, ihm zu schaden. Die aus der Abwesenheit magischer Gegenstände resultierende diesbezügliche Beruhigung allein war schon den Verlust potentieller Macht wert. Kyles Fokusse befanden sich gegenwärtig im Sicherheitstresor des Hotels, und zwar in einem speziellen Kasten, der durch einen Zauber geschützt war, welcher jeden in eine Starre versetzen würde, der den Kasten zu öffnen versuchte, ohne dabei eine gewisse Formel zu sprechen. Kyle hoffte aufrichtig, daß das Hotelpersonal seine Warnung beherzigen würde, nicht daran herumzupfuschen.

Der Wagen wurde langsamer und hielt direkt vor dem dreistöckigen Glaseingang des Truman Towers. Die Flügeltür auf der Beifahrerseite hob sich mit einem kaum hörbaren Zischen, und Kyle stieg aus, wobei er seine Meteor-Sonnenbrille aufsetzte. Kaum hatte er den Wagen verlassen, als sich ihm bereits ein männlicher Ork des Wachpersonals und eine atemberaubend aussehende Frau in einem eckig geschnittenen Anzug der gegenwärtig aktuellen Konzernmode näherten.

Die Frau war schlank und offenbar nordischer Abstammung. Ihre weißblonden Haare waren der Mode entsprechend kurz geschnitten und reichten ihr bis zum Kragen. Sie blieb in angemessener Entfernung vor ihm stehen und streckte eine perfekt manikürte Hand aus.

»Mr. Teller?« Ihre Stimme war leise und überraschend kehlig. »Ich bin Hanna Uljakën, Mr. Trumans persönliche Assistentin. Wir sind sehr erfreut, daß Sie so rasch kommen konnten. Ich hoffe, Ihr Aufenthalt in Chicago war bisher angenehm.« Sie lächelte, und Kyle verspürte ein warmes Kribbeln in der Magengegend.

Er nickte und schüttelte ihre Hand mit ebenso angemessenem Druck, hielt den Kontakt jedoch ein klein wenig länger aufrecht als üblich. Ohne den Blick von ihr abzuwenden, trat er beiseite, um dem Ork den Zugang zum Wagen zu ermöglichen. »Freut mich, Sie kennenzulernen, Ms. Uljakën. Der Aufenthalt war nicht zuletzt dank der von ihrer Gesellschaft getroffenen Arrangements ausnehmend erfreulich.«

Sie lächelte wieder und verschränkte dann die Hände auf dem Rücken. »Gut. Aber lassen Sie uns gleich hineingehen. Mr. Truman und seine Frau werden sofort mit Ihnen sprechen.« Während die beiden auf den Glaseingang zugingen, fuhr der Wagen offenbar als Reaktion auf die gesprochenen Worte des Orks wieder los. Er würde im Parkhaus auf Kyle warten, bis dieser oben fertig war, und ihm dann wieder zur Verfügung stehen.

»Darf ich eine Frage stellen?« sagte Kyle in beiläufigem Tonfall.

»Selbstverständlich.« Der starke Wind zerzauste Hanna Uljakëns Frisur und blies ihr ein paar Strähnen ins Gesicht. Mit geübter Geste strich sie sie wieder zurück.

»Trotz gewisser gegenteiliger Feststellungen«, sagte Kyle, ein Auge auf sie, das andere, wachsamere, auf den Eingang gerichtet, »scheinen es die Beteiligten in dieser Angelegenheit nicht sehr eilig zu haben.« Er hielt inne, um sie einen Augenblick lang zu mustern.

»Ich wäre auch bereit gewesen, direkt nach meiner Ankunft gestern am späten Nachmittag anzufangen.«

Hanna Uljakën hielt seinem Blick stand. »Ich bin sicher, daß Mr. Truman Ihnen über alle Einzelheiten Auskunft geben kann, die noch unklar sind.« Mit diesen Worten schritt sie durch die automatischen Türen in die Hauptlobby. Kyle war nur einen Schritt hinter ihr.

»Willkommen im Truman Tower«, sagte Uljakën, indem sie stehenblieb, um mit schwungvoller Geste auf die opulent eingerichtete Lobby zu deuten. »Ich bin sicher, daß sich ein spezieller Besichtigungsrundgang einrichten läßt, wenn Sie wollen.« Es war eine glatte Bemerkung, die sie wahrscheinlich schon tausendmal für tausend verschiedene Gäste ausgesprochen hatte, und sie erreichte ihr Ziel.

Hinter ihr wölbte sich die Glasdecke der Lobby von ihrem Fundament im dritten Stock an den Wänden in die Höhe, um schließlich elf Stockwerke höher in der Mitte zusammenzulaufen. Zwei riesige Bäume erhoben sich zu beiden Seiten und flankierten einen geräumigen Teich mit Springbrunnen. Mit dem Wasser, so schien es jedenfalls, wurde Licht versprüht, so daß die unzähligen Wasserstrahlen des Springbrunnens glitzerten und funkelten. Ein Schwarm kleiner Vögel flatterte zwischen den Bäumen hin und her. Die Szenerie war so bemerkenswert, daß Kyles Aufmerksamkeit von der hochgewachsenen Frau an seiner Seite abgelenkt wurde. Er setzte die Meteor ab und steckte sie ein.

Der Springbrunnen brachte ihn auf den Gedanken, daß das Licht möglicherweise magisch erzeugt wurde. Vorsichtig wechselte er auf astrale Wahrnehmung, doch was er sah, war nicht ganz das, was er erwartet hatte.

Abgesehen von den ganz gewöhnlichen Auren der etwa zwei Dutzend anwesenden Personen war die

Lobby geradezu schmerzhaft matt und leblos. Der Springbrunnen strahlte keinerlei Magie aus, noch befand sich in den Bäumen auch nur die geringste Spur von Energie. Sie waren leblos, künstlich, aber für das nichterwachte Auge verblüffend echt. Tatsächlich konnte Kyle in der ganzen Lobby nur eine Quelle von Magie entdecken, und das war der einzelne Ohrring, den Hanna Uljakën trug. Er wechselte wieder auf normale Sicht und konzentrierte sich auf sie. Nichts an ihr deutete darauf hin, daß sie seinen Wechsel auf die Astralebene bemerkt hatte, doch andererseits hatten weder ihre Aura noch ihre astrale Erscheinung irgend etwas an sich, das darauf schließen ließ, daß die Frau eine Magierin war.

»Das ist alles sehr beeindruckend«, sagte er, ihr Lächeln erwidernd. »Vielleicht komme ich später auf den Besichtigungsrundgang zurück.«

Als sie den Weg zu den Aufzügen fortsetzten, kehrte er zu dem Thema zurück, das ihm im Augenblick am meisten am Herzen lag. »Der Grund, warum ich Sie auf den Mangel an Eile angesprochen habe, ist der, daß ich es vermeiden wollte, Mr. Truman danach zu fragen.«

»Ich bin sicher, Mr. Truman würde es vorziehen, persönlich darüber zu reden«, sagte sie, während sie die in Holz und Messing gehaltene Fahrstuhlkabine betrat, die von einer hart aussehenden Elfin in gestärkter Knight Errant-Uniform bewacht wurde. Kyle hatte der über Nacht zusammengestellten Informationsdatei entnommen, daß Truman Technologies kürzlich begonnen hatte, im Sicherheitsbereich auf die Dienste der Tochtergesellschaft von Ares Macrotechnology zurückzugreifen. Die Knight Errant-Wache war scheinbar unbewaffnet, doch Kyle bezweifelte nicht, daß sie raschen Zugang zu einer Waffe hatte. Und mit Hinblick auf ihre taktische Position bezweifelte er auch nicht, daß ihre Reflexe, sobald sie kybernetisch aufgepeppt wurden, so blitzschnell waren, daß sie wahrscheinlich auch auf eine Waffe verzichten konnte. Ganz nebenbei fragte er sich, welche magische Sicherheit im Gebäude oder in dessen unmittelbarer Nähe vorhanden war, ging jedoch davon aus, daß er es sehr bald herausfinden würde.

Als sich die Fahrstuhltüren geräuschlos schlossen, ging Kyle zur Rückwand der Kabine und lehnte sich dagegen. Hanna Uljakën blieb in der Mitte halb von ihm abgewandt stehen. Mit einem kaum wahrnehmbaren Ruck setzte sich der Fahrstuhl aufwärts in Bewegung, doch Uljakën hatte zuvor weder auf einen Knopf gedrückt noch einen Befehl ausgesprochen. Die beiden wurden also entweder von der Gebäudesicherheit überwacht, oder sie stand mit den Gebäudesystemen in kybernetischer Verbindung. Kyle vermutete das erstere, was auch eine Erklärung dafür sein mochte, warum sie, von Gründen der Konzernetikette abgesehen, seinen Fragen ausgewichen war.

Die Fahrt dauerte ziemlich lange, fast zwei Minuten. Er wußte, daß die meisten Fahrstuhle in Konzernwolkenkratzern in der Lage waren, die Angestellten wesentlich schneller zu befördern, was aber gleichbedeutend damit war, sie enormen Beharrungskräften beim Beschleunigen und Abbremsen auszusetzen. Das war vielleicht für die Lohnsklaven in Notfällen in Ordnung, aber bei Execs und ihren Gästen galt es, jede Form der Unannehmlichkeit zu vermeiden.

Kyle nutze die Zeit, indem er noch einmal auf astrale Wahrnehmung wechselte, um Hanna Uljakën genauer unter die Lupe zu nehmen. Sie war schweigsam, offenbar zufrieden, weiteren Fragen zu entgehen und ihn lediglich zu ihrem Boß zu begleiten, während sie ihn mit ihrem reizenden Profil erfreute. Er hatte damit keine Probleme. Es vereinfachte seine astrale Schnüffelei erheblich, wenn er sich keine Sorgen darum machen mußte, eine Konversation aufrechtzuerhalten, während seine Aufmerksamkeit ganz anderen Dingen galt.

Zuerst begutachtete er den Aufzug selbst, sah jedoch keine magische Quelle oder Aura. Im Innern der Kabine war es ziemlich dunkel, und das einzige Licht war der Glanz ihrer Auren und das schwache, diffuse Leuchten der Mikroorganismen in der sie umgebenden Luft. Doch selbst das war matter, als Kyle erwartet hatte. Wie es schien, verfügte Truman Technologies über ein beachtliches Luftfiltersystem. Er zuckte im Geist die Achseln. Interessant, aber nicht sonderlich bedeutsam.

Als nächstes konzentrierte er sich auf ihre Aura, um festzustellen, ob Hanna Uljakën tatsächlich eine Normalsterbliche oder eine Magierin war, die ihre magisch aktive Aura nur geschickt verbarg. Ihre Aura war unstet und chaotisch, im wesentlichen also genauso, wie sie auch sein sollte. Er studierte sie sehr sorgfältig, indem er nach Anzeichen für Regelmäßigkeiten Ausschau hielt, die ihre Maskerade verraten würden. Als er keine fand, richtete er seine Aufmerksamkeit auf den Ohrring.

Das Schmuckstück war eindeutig magisch, offenbar verzaubert. Seine Aura war stabil, und nur eine kaum merkliche Färbung wies auf die darin zirkulierende Energie hin. Bei dem Ohrring schien es sich um einen Gegenstand von ziemlich geringer Macht zu handeln, der mit einem simplen Zauber versehen war, falls es sich dabei nicht um Tarnung handelte. Er sondierte gründlicher mit seinen Sinnen und erforschte das Gitter magischer Energien, das den Zauber ausmachte, mit großer Sorgfalt. Mit seinen nackten Sinnen würde er wahrscheinlich nichts Konkretes erfahren, aber vielleicht bekam er einen Hinweis hinsichtlich der Natur des …

Sie wandte sich ihm ein wenig mehr zu, sah ihn an und bedachte ihn mit einem dünnen, verführerischen

Lächeln, wobei sie den Kopf ein klein wenig zur Seite neigte. Er verspürte erneut das warme Kribbeln, aber er sah auch, wie sich die Struktur der Energie in dem Ohrring bei ihrem Blick veränderte. Da ging ihm ein Licht auf, und er erwiderte den Blick mit so viel Lüsternheit, wie er aufbringen konnte. Unter Berücksichtigung der Wirkung, die der magische Ohrring auf ihn hatte, vermutete er, daß sie sich plötzlich wie ein Leckerbissen vorkommen mußte, der einem ausgehungerten Drachen vorgesetzt wurde.

Sowohl Uljakëns Aura als auch die des Ohrrings flackerten, als sie sich wieder abwandte, wenn auch aus verschiedenen Gründen. Kyle grinste. Die Frau hatte mit Sicherheit keine Magie nötig, um ihr natürliches Charisma zu verstärken, aber wahrscheinlich dachte sie, daß ihr das in der schnellebigen Konzernwelt einen Vorteil verschaffen würde. Bei dieser Vorstellung mußte er plötzlich an Beth denken.

Die Fahrstuhltüren öffneten sich, und Kyle folgte Hanna Uljakën in einen breiten, mit qualitativ hochwertigem Teppichboden ausgelegten Flur. »Mr. Trumans Büroräume befinden sich am Ende des Flurs«, sagte sie. Mittlerweile hatte sie ihr kühles Lächeln und ihre Fassung wiedergefunden. »Hier entlang.«

Der Flur, der zu zwei Mahagoni-Türen führte, war mit Gemälden verschiedener Größe behangen, die weder stilistisch noch thematisch miteinander in Verbindung zu stehen schienen. Im Vorbeigehen fiel Kyle auf, daß es sich bei allen um Originale oder zumindest hervorragende Kopien zu handeln schien. Zwar kamen ihm einige bekannt vor, aber bei keinem fiel ihm ein Name ein.

Als sie die Türen erreichten, streckte Hanna Uljakën die Hand aus und berührte die goldenen Klinken ganz leicht mit ihren makellos manikürten Fingerspitzen. Die Türen öffneten sich augenblicklich.

Kyle trat ein, und die Türen schlossen sich hinter

ihnen. Er hielt inne, als sehe er sich in dem Raum um, lauschte in Wirklichkeit jedoch auf das schwache metallische Klicken eines Mechanismus, der einrastete, als sich die Türen tatsächlich schlossen. Er hatte den Verdacht, daß sein und Uljakëns Vorankommen durch das Gebäude in der Tat sorgfältig überwacht und verfolgt wurde. Er fragte sich, wie weit diese Überwachung in die Büros und Wohnungen hineinreichte.

Der Raum, den er gerade betreten hatte, war etwa fünf Meter breit und doppelt so lang. Und er war ganz in Weiß gehalten. Fein gemaserter weißer Marmor war als Material verwendet worden, der durch eine rötlichere Abart und goldene und kupferne Verzierungen akzentuiert wurde. Direkt vor ihnen befand sich eine kurze Treppe, die zu einem Bereich führte, der mit einem dunkelroten und grauen orientalischen Teppich ausgelegt war. In jeder Ecke befand sich ein Marmorsockel, auf dem eine in den Farbtönen des Teppichs gehaltene Vase stand. Die beiden Seiten des Bereichs wurden von je einem bogenförmigen Durchgang unterbrochen. Hanna Uljakën führte Kyle die Treppe hinauf und durch den linken Durchgang. In der Ferne hörte er die leisen Klänge eines Pianos.

Während sie durch einen weiteren Flur gingen, wurde die Musik immer lauter. Kyle erkannte Chopin, aber nicht, um welches Stück es sich handelte. Der Pianist spielte für seine Ohren äußerst virtuos.

Uljakën, die ihm ein paar Schritte voranging, führte Kyle in einen hell erleuchteten Raum. Die Wand nach Osten und zum See bestand aus massivem Glas, welches das grelle, aber diffuse Sonnenlicht durchließ. Es gab einen mit einem Kreis von Sofas möblierten Mittelbereich, die um einen mit Glas abgedeckten Teich angeordnet waren, in dem es von bunten Zierfischen wimmelte. Auf jeder Seite des Raumes befanden sich zwei hohe Säulen, die nichts stützten, aber bis zur Eingangsebene reichten, wo Kyle und Uljakën standen.

Vom Eingang sah man auf den Raum hinab, der auf den ersten Blick einer Kreuzung zwischen einer mittelalterlichen Jagdhütte und einem griechisch-römischen Tempel ähnelte.

Auf der gegenüberliegenden Seite befand sich eine Reihe von Konsolen aus weißem Holz und Spuren von Silber. Er nahm an, daß sie Medienausrüstung und wahrscheinlich eine Bar enthielten. Als er mit Hanna die Treppe hinunterging, sah er unter sich einen großen weißen Bösendorfer-Flügel, die Quelle der Musik. Kyle konnte außerdem erkennen, daß es sich bei dem Pianisten um eine Frau offenbar in den Dreißigern handelte. Sie war dunkelhaarig und mit einem schlichten, aber teuren Rock und einem dazu passenden Pullover bekleidet. Er identifizierte sie als Elaine Annworth Truman, Daniel Trumans fünfundvierzig Jahre alte Frau, Mutter dreier Kinder, Aktivistin für die Unterschicht, klassisch ausgebildete Pianistin und wie ihr Mann regelmäßige Anwenderin verschiedener Zellreinigungs- und genetischer Verjüngungstherapien.

Daniel Truman saß auf einem der Sofas in der Mitte des Raumes neben einem jungen Mädchen, bei dem es sich um seine Tochter Melissa handeln mußte, eine dunkelhaarige und dunkeläugige Schönheit von sechzehn Jahren, die sich gerade einen Namen in der internationalen Model-Szene machte. Sie schaute auf – höchst desinteressiert –, als Kyle und Uljakën eintraten, ihr Vater jedoch nicht, der statt dessen angestrengt auf die Anzeige des Notepads auf seinem Schoß starrte.

»Mr. Truman«, sagte Hanna Uljakën, als sie am Fuß der Treppe angelangt waren. »Darf ich Ihnen Mr. Kyle Teller vorstellen?«

Truman legte den kleinen Computer beiseite und erhob sich. Er war ein Mann von kräftiger Statur mit dünner werdenden blonden Haaren und stechenden blauen Augen. »Freut mich, Sie kennenzulernen, Mr.

Teller«, sagte er, indem er Kyle mit ausgestrecktem Arm entgegenging. »Mein Schwager hat Sie mir wärmstens empfohlen.«

Kyle wußte, daß er reagieren mußte. Zu schweigen war ein ernster Verstoß gegen die Etikette, aber er stellte fest, daß seine Aufmerksamkeit sehr stark abgelenkt wurde von etwas, das an der dem Fenster gegenüberliegenden Wand hing. Tatsächlich blieb er sogar stehen und starrte es an.

Truman lächelte nur. Offenbar war er derartige Reaktionen gewöhnt. »Verblüffend, nicht wahr? Aber den besten Eindruck hat man in der Mitte des Raumes. Von dort aus kann man die Details sehr deutlich sehen.«

Kyle ging zu jener Stelle, wobei er immer noch voller Verwunderung auf die Wand starrte. »Sind diese Sachen nicht im Zuge der Plünderung des Kunstinstituts nach dem Einsturz des IBM-Gebäudes verlorengegangen?«

»Befreiung, Mr. Teller«, sagte Elaine Truman, »nicht Plünderung. Als der IBM-Tower einstürzte und die Stadtverwaltung dummerweise zu der Ansicht gelangte, sie könne die Museen nicht mehr schützen, erklärten die Versicherungsgesellschaften, die Sammlungen seien mit einem zu großen Risiko behaftet, und kündigten die Policen. Also hatten wir die Wahl, marodierenden Banden zu gestatten, sich mit den größten Kunstschätzen dieses Landes aus dem Staub zu machen, oder sie an sicherere Orte zu schaffen.«

Kyle riß sich widerwillig von dem riesigen Gemälde los. »Ich bitte um Entschuldigung, Mr. Truman«, sagte er. »Aber das hier zu sehen, hat mich doch ziemlich aus der Fassung gebracht.«

»Das ist schon in Ordnung. Wie ich schon sagte, mein Schwager hat Sie in den höchsten Tönen gelobt.«

»Es war mir ein Vergnügen, ihm behilflich zu sein, obwohl ich gestehen muß, daß seine Sicherheitsleute bei der Suche nach Ihrer Nichte bereits ziemliche Fortschritte gemacht hatten, als ich mich dann in die Sache einschaltete.«

Truman setzte zu einer Antwort an, doch seine Tochter kam ihm zuvor. »Und Anna-Marie dankt Ihnen für alles, was Sie getan haben, Mr. Teller.« Ihre Stimme triefte vor Sarkasmus. »Ich bin sicher, sie behält Sie in wärmster Erinnerung.«

Er drehte sich zu ihr um. »Es freut mich, daß die Sache für alle Beteiligten gut ausgegangen ist.«

Truman lachte, und Kyle war überrascht über den Eindruck, den die Familie auf ihn machte. Er hatte etwas Abstoßenderes erwartet. »Das ist natürlich meine charmante Tochter Melissa«, sagte Truman zu ihm. »Sie ist für ein oder zwei Wochen aus Europa herübergekommen.«

Kyle neigte grüßend den Kopf. »Es ist mir ein Vergnügen.« Das Mädchen warf ihm einen scheelen Blick zu.

»Und das«, sagte Truman, indem er die Hand zu seiner Frau ausstreckte, die sich graziös erhob, um sie zu nehmen, »ist meine Frau Elaine.«

Kyle verbeugte sich. »Sie spielen ausgezeichnet. Ich habe schon bereut, daß ich selbst mit dem Unterricht aufgehört habe.«

Elaine Truman lächelte huldvoll. »Nach allem, was ich gehört habe, beherrschen Sie dafür eine andere Kunst, auf die Sie stolz sein können.«

Interessante Redewendung, dachte Kyle. »Ich würde sagen, daß es sich dabei eher um ein Handwerk als eine Kunst handelt, Mrs. Truman.«

Daniel Truman legte Kyle die Hand auf die Schulter. »Und genau deswegen sind Sie hier, Mr. Teller«, sagte er, indem er Kyle zu den Sofas in der Mitte des Raumes führte. Truman bedeutete ihm, neben seiner Tochter Platz zu nehmen, während er und seine Frau sich gegenüber niederließen.

Kyle setzte sich und strich seine Jacke glatt, wobei er

sich überdeutlich der Tatsache bewußt war, daß er für die offenbar ziemlich legeren Trumans zu förmlich gekleidet war. Er zog sein Sony-Aufzeichnungsgerät aus der Tasche und stellte es auf die Sofalehne. Das blinkende grüne Licht verriet ihm, daß es aufzeichnete. Kyle wollte sofort zum Geschäft kommen. »Die Informationen, die ich von Ihnen bekommen habe, deuten darauf hin, daß Sie in einer Angelegenheit Hilfe benötigen, die sich auf Ihren Sohn Mitchell bezieht.«

Truman nickte, wobei er von einem kleinen Beistelltischchen neben seinem Sofa etwas nahm, das wie ein Glas mit echtem Scotch aussah. Er schwenkte das Glas, so daß das Eis in der Flüssigkeit herumwirbelte, während er nachdenklich sagte: »Ja … Mitchell.«

»Unser Sohn ist, um es auf einen einfachen Nenner zu bringen, ausgerissen«, sagte Elaine Truman.

»Allein oder mit jemand anders?«

Truman sah wieder auf. »Mit jemand anders … Einem Mädchen namens Linda Hayward, glaube ich.«

Kyle nickte. »Ein romantisches Interesse?«

»So scheint es.«

»Er hat sie in irgendeinem Club kennengelernt«, fügte seine Frau hinzu. »Vor ungefähr drei Monaten.«

»Ich nehme an, Sie sind gegen diese Beziehung?«

Beide Trumans antworteten mit ihren Augen und der Art, wie sie das Gesicht verzogen, doch Melissa lachte schallend. Kyle wandte sich an sie. »Und ich nehme an, Sie sind nicht dagegen.«

Melissa zuckte die Achseln. »Ich glaube, sie übertreiben.«

»Bitte mach das hier nicht noch schwerer, Melissa«, sagte Truman.

Kyle wandte sich wieder an ihn. »Was bringt Sie zu der Annahme, daß Ihr Sohn mit dieser Frau durchgebrannt ist?«

»Er hat gesagt, daß er das tun würde.«

»Wie lange ist er schon verschwunden?«

»Eine knappe Woche«, sagte Mrs. Truman.

»Und wann ist Ihnen zum erstenmal bewußt geworden, daß er verschwunden ist?«

»Vor drei Tagen, als er nicht zur Geburtstagsfeier seines Vaters erschienen ist.«

»Und da haben Sie dann auch zum erstenmal versucht, sich mit ihm in Verbindung zu setzen?«

Elaine Truman nickte. »Ich habe ihn zu Hause angerufen. Es ist niemand an den Apparat gegangen.«

»Und am nächsten Morgen haben Sie jemand zu seiner Wohnung geschickt?«

Sie blinzelte, und Kyle sah ein Lächeln über Trumans Lippen huschen. »Ja ... aber er war nicht da. Und in seinem E-Mail-System hatten sich ziemlich viele Botschaften für ihn angesammelt.«

Kyle wandte sich wieder an Daniel Truman. »Gestern morgen hat ein Mr. Davress mit mir Kontakt aufgenommen.«

»Er gehört zu meinem persönlichen Stab und kümmert sich um meine privaten Geschäftskontakte.«

»Er hat mich gebeten, sofort hierher nach Chicago zu fliegen, aber als ich in meinem Hotel ankam, erwartete mich dort eine Nachricht, die besagte, daß ich warten sollte, bis man sich mit mir in Verbindung setzen würde. Ist in der Zwischenzeit etwas geschehen, das Sie auf den Gedanken gebracht hat, Ihr Sohn sei gar nicht verschwunden?«

Elaine Trumans Augen flogen zu ihrem Mann, doch dieser wandte den Blick nicht von Kyle ab. »Mein Sicherheitsberater hat sich einige Zeit ausbedungen, um Sie zu überprüfen.«

»Selbstverständlich.« Kyle wußte, daß es einigen Leuten bei Knight Errant sauer aufgestoßen sein mußte, als sie herausfanden, daß Truman Senior sich an jemanden außerhalb ihrer Organisation um Hilfe gewandt hatte. Was eine andere Frage aufwarf. »War irgend jemand von Knight Errant dazu abgestellt, Ihren Sohn zu beobachten oder zu beschützen?«

»Nein.«

»Dann glaubten Sie also nicht, daß er in irgendeiner Gefahr schwebte?«

»Gefahr?« fragte Mrs. Truman beunruhigt.

»Ich kümmere mich um die Sicherheit aller meiner Kinder, Mr. Teller«, sagte Truman fest, während sein Blick zu Melissa huschte. »Aber Mitchell wollte meinen Schutz nicht. Nur meine Tochter Madelaine steht unter ständigem Schutz.«

»Die Produzenten stellen Wachen zur Verfügung, wenn ich arbeite«, sagte Melissa mit einer Spur von Verärgerung in der Stimme. »Ich brauche keine Armee, die ständig hinter mir herläuft.«

»Mitchell hat ähnliche Vorbehalte zum Ausdruck gebracht«, sagte Truman.

»Haben Sie Grund zu der Annahme, daß er sich in Gefahr befand?«

»Nein.«

»Sind Sie in letzter Zeit mit Drohungen konfrontiert worden, die Ihre Sicherheitsleute besonders ernst genommen haben?«

»Nein«, sagte Truman. »Zumindest nicht, daß ich wüßte.«

Kyle nickte. »Dann haben Sie keinen Grund zu der Annahme, daß das Verschwinden Ihres Sohnes mit etwas anderem als dieser Frau, Linda Hayward, in Zusammenhang steht?«

»Nein.«

»Sie erwähnten, er hätte Ihnen gesagt, daß er mit ihr durchbrennen würde?«

»Wir mochten sie, ganz offen gesagt, nicht, und das wußte er«, sagte Mrs. Truman. »Er hat angedeutet, sich von uns lossagen zu wollen, um bei ihr sein zu können.«

»Fällt Ihnen irgendein Vorfall oder Streit ein, der

Anlaß für sein Ausreißen mit ihr gewesen sein könnte?«

Mr. und Mrs. Truman schüttelten beide den Kopf. Kyle wandte sich an Melissa, die sagte: »Kein einziger.«

»Hat er mit Ihnen über sie geredet?«

»Nur einmal, vor einem Monat. Wir haben uns am Telekom unterhalten«, sagte Melissa. »Sie war bei ihm.«

Kyle wandte sich wieder an die Trumans. »Die Frage kommt Ihnen vielleicht merkwürdig vor, aber können Sie mir sagen, warum Sie mich eingeschaltet haben?«

Beide schienen überrascht zu sein. Mrs. Truman antwortete sofort. »Natürlich um unseren Sohn zu suchen.«

»Ich weiß, daß Sie ihn suchen lassen wollen. Aber warum gerade von mir? Warum nutzen Sie nicht einfach die konventionelleren Möglichkeiten von Knight Errant aus? Warum brauchen Sie einen Magier? Oder warum begnügen Sie sich nicht mit Knight Errants Magiern?«

Elaine Truman schien verwirrt zu sein, doch ihr Mann versteifte sich ein wenig. »Ich weiß nicht, ob ich den Sinn Ihrer Frage verstehe, Mr. Teller, aber ich beantworte sie Ihnen trotzdem: Wir wollen unser Sohn wiederfinden. Und zwar rasch.

Nach allem, was ich hörte, haben Sie Ihre Magie eingesetzt, um meine Nichte direkt aufzuspüren, anstatt den bei einer normalen Untersuchung üblichen Schritten zu folgen. An dieser Schnelligkeit ist mir ebenfalls gelegen.«

»Nun gut«, sagte Kyle. »Ich wollte lediglich wissen, ob Sie Grund zu der Annahme haben, daß in diese Angelegenheit Magie mit hineinspielt.« Er hielt kurz inne und sagte dann: »Können Sie mir Informationen über Linda Hayward geben?«

Truman schüttelte den Kopf. »Wir wissen nichts über sie. Nur ihren Namen.«

Kyle sah Mrs. Truman an. »In seiner Wohnung war nichts? Keine Adresse oder Telekomnummer?«

Sie errötete ein wenig. »Nein.«

Interessant, dachte er. Als er einen Blick auf Melissa warf, zuckte diese nur die Achseln. »Ich weiß nur, daß er sie in irgendeinem Club kennengelernt hat.«

»Wissen Sie, in welchem?«

»Im Kaleidoskop an der Ecke Fullerton und Halsted.«

»In der Noose.«

»Ja. Interessante Gegend. Wenn man auf Jet Core Rock steht.«

Kyle wandte sich wieder an die älteren Trumans. »Mitchell zu finden, dürfte kein Problem sein, aber ich brauche Zugang zu seiner Wohnung. Hat er Knight Errant eine Ritualprobe zur Verfügung gestellt?«

Truman runzelte die Stirn. »Ritualprobe?«

»Eine Blut- oder Gewebeprobe, die unter Benutzung eines besonderen magischen Rituals entnommen wurde. Die Probe kann bei einem Ritual zum Aufspüren der betreffenden Person benutzt werden.«

Truman warf einen Blick auf Hanna Uljakën, die stumm am Fenster stand. »Hanna, wissen Sie ...«

»Es tut mir leid, Mr. Truman, aber meines Wissens hat er sich geweigert.«

»Verdammt noch mal«, sagte Truman. »Der Junge ist einfach zu stur.«

Mrs. Truman sah besorgt aus. »Ist das ein Problem?«

Kyle schüttelte den Kopf. »Eigentlich nicht, aber die Suche wird länger dauern.«

Er erhob sich und glättete die Seiten seiner Anzugjacke. Die anderen erhoben sich ebenfalls. »Wenn Sie mich in seine Wohnung bringen könnten, ich möchte das Ritual so schnell wie möglich vollziehen.«

Mr. Truman nickte. »Selbstverständlich. Hanna wird Sie sofort dorthin bringen.«

4

Ein königsblauer und schwarzer Mitsubishi Nightsky wartete auf ihn und Hanna Uljakën, als sie das Gebäude durch den Vordereingang verließen. Hinter der Limousine stand ein zweiter Wagen, ein ziemlich gewöhnlich aussehender Toyota Traveller, an dessen Tür ein großer, stämmiger Ork in dunklem Anzug und langem Mantel lehnte. Kyle konnte nicht durch die getönten Scheiben des Toyota sehen, aber er war sicher, daß sich zumindest eine weitere Person darin befand. Als er und Hanna Uljakën sich den beiden Wagen näherten, trat der Ork vor.

»Mr. Facile«, sagte sie. »Ich nehme an, Sie sind unsere Eskorte?«

Der Ork nickte und wandte sich an Kyle. »Mr. Teller?« sagte er. »Ich bin Lieutenant William Facile.«

»Knight Errant, nehme ich an«, sagte Kyle.

»Ja, Sir. Mr. Truman hielt es für eine gute Idee, daß wir mitkommen.«

Kyle hätte es vorgezogen, allein zu arbeiten, doch Truman zahlte ihm gerade so viel, daß er diese Unannehmlichkeit ignorieren konnte. Er beschloß, cool zu bleiben. »Ja, eine gute Idee. Haben Sie und Ihr Partner schon einmal mit Magie zu tun gehabt?«

»Bis zu einem gewissen Grad, Sir. Wir haben an Unternehmen teilgenommen, an denen auch Magier beteiligt waren.«

»Aber Sie haben noch nie direkt mit einem Anwender zusammengearbeitet?«

»Nein, Sir«, sagte Facile. »Aber ich gehe nicht davon aus, daß das ein Problem ist.«

»Ich auch nicht.« Kyle wandte sich an Hanna Uljakën. »Dann mal los«, sagte er.

Mitchell Truman wohnte in einem Apartmentwolkenkratzer am See fast direkt östlich vom Truman Tower. Auf der kurzen Fahrt beobachtete Kyle die Sonne bei ihren Bemühungen, die dichte Wolkendecke zu durchbrechen. Es sah ganz so aus, als sei Chicagos berühmtes Wetter so wechselhaft wie eh und je.

Beide Wagen des kleinen Konvoys fuhren direkt in das unterirdische Parkhaus, wo ihnen Hanna Uljakëns Handabdruck Zugang zum Privataufzug und dann zu Mitch Trumans Wohnung im vierzigsten Stock verschaffte.

Kyle stellte mit gelinder Überraschung fest, daß sie im modernen orientalischen Stil möbliert war: sparsam und effizient. Sie bestand aus sechs Räumen: Schlafzimmer, Gästezimmer, Wohnzimmer, Eßzimmer, Küche und einem weiteren Zimmer, das der Truman-Junge in einen Fitness-Raum verwandelt hatte. Der Blick auf den See war überwältigend, das Fenster war ein wenig nach Norden abgeschrägt, um die Küstenlinie einzufangen. Kyle konnte das Grün und die Mauern der Elemental Hall ein Stück vom Ufer entfernt sehen.

»Wie lange wohnt Mitchell hier schon?« fragte Kyle Uljakën.

»Etwas über ein Jahr. Die Wohnung war ein Geschenk seines Vaters zu Mitchells sechzehntem Geburtstag.«

»Ziemlich jung für eine eigene Bude, finden Sie nicht?«

Uljakën legte den Kopf ein wenig schief und lächelte kühl. »Ich nehme an, Mr. Truman kann das besser beurteilen als ich.«

»Aber es hat ihn überrascht, daß Mitchell ausgerissen ist.«

»Ich kenne mich mit Mr. Trumans Gefühlen nicht aus, Mr. Teller. Da müßten Sie ihn schon selbst fragen.«

Kyle seufzte. Er stand im Eßzimmer und sah auf den

See, drehte sich dann aber zu ihr um. »Ich habe nicht danach gefragt, was Mr. Truman tatsächlich gedacht oder empfunden hat, sondern danach, was ihm Ihrer Ansicht nach durch den Kopf gegangen sein könnte.«

»Ich glaube nicht, daß ich qualifiziert bin, derartige Urteile abzugeben, Mr. Teller.«

»Natürlich sind Sie das – immerhin sind Sie seine persönliche Assistentin«, beharrte Kyle, indem er ihr in die Augen zu sehen versuchte. »Man erwartet ständig von Ihnen, derartige Urteile abzugeben. Und wenn Daniel Truman der Ansicht wäre, daß sie ihn dafür nicht gut genug kennen, hätte er sich wahrscheinlich längst eine andere Assistentin gesucht.«

Sie schien eine Antwort formulieren zu wollen, doch Kyle gab ihr keine Gelegenheit dazu. »Mr. Truman hat Ihnen außerdem aufgetragen, mir in jeder Hinsicht behilflich zu sein. Meine Fragen auf der Grundlage Ihrer beruflichen Fähigkeiten zu beantworten, ist mit Sicherheit eine hervorragende Methode, diesen Auftrag zu erfüllen.«

Uljakën nickte, und er spürte den Wandel in ihrer Einstellung. »Sie haben natürlich recht.« Sie warf einen raschen Blick auf die zwei Sicherheitsleute von Knight Errant. »Wenn Sie uns bitte entschuldigen würden?«

Auf Faciles Miene spiegelte sich ein gewisses Unbehagen, und der zweite Mann, der kleiner und noch dunkelhäutiger als Facile war, sah diesen an und wartete auf Anweisungen.

»In den nächsten Stunden wird noch nichts geschehen, Lieutenant«, sagte Kyle zu ihm. »Ich brauche diese Zeit, um meine Magie vorzubereiten. Sie können im Flur warten.«

Faciles Augen verengten sich, aber er bedeutete dem anderen Mann, ihm zu folgen. Während die beiden Sicherheitsleute das Zimmer verließen, wechselte Kyle rasch auf astrale Wahrnehmung, um einen Blick auf ihre Aura zu werfen. Beide hatten eine starke Aura, die an einigen Stellen beinahe Funken sprühte und an anderen buchstäblich zu völliger Schwärze verdunkelt war. Als sich die Tür hinter ihnen schloß, begutachtete er das Zimmer. Es war matt, und die einzigen starken Mana-Quellen waren er selbst, Hanna Uljakën und ihr Ohrring sowie ein paar tropische Pflanzen. Seine Sinne kehrten in die normale Welt zurück.

»Das haben Sie in der Lobby des Towers auch getan«, sagte sie. »Sehen Sie sich die Dinge auf magische Weise an?«

Kluges Mädchen, dachte Kyle. Insbesondere auch deshalb, weil ihm nicht aufgefallen war, daß sie mitbekommen hatte, was er tat.

»Ja, das tue ich«, sagte er. »Magier besitzen die Fähigkeit, die Wellenlänge der Energien wahrzunehmen, die magische Gegenstände und Lebewesen ausstrahlen, was einem eine ganze Menge über sie verrät.«

Sie nickte. »Und die beiden Wachen?«

»Beide völlig normal. Keine Spur von magischen Talenten, wenngleich es immer denkbar ist, daß ein echter Magier seine Aura maskiert. Im Falle dieser beiden bezweifle ich das aber sehr stark. Ihre umfangreiche Cyberware würde sie davon abhalten, Magie anzuwenden.«

»Könnten Sie sagen, welche Art Cyberware?«

Kyle schüttelte den Kopf. »Nicht wirklich, abgesehen von gewissen Vermutungen, die auf Art und Lage der Verunstaltungen ihrer Aura beruhen. Ich würde sagen, Facile und der andere sind ziemlich normale Muskelmänner: beschleunigte Reflexe und vielleicht ein paar neuromuskuläre Verstärkungen und Kampfcyberware.«

»Bei Facile sind Sie dicht dran«, sagte Uljakën anerkennend. »Ich habe seine Personalakte gesehen. Er hat einen neuromuskulären Beschleuniger der Marke Richmond Serie Zwölf, einen Fuchi MPX-R Headware-Comp mit Datenzugriffspaket, ein okulares Lichtverstärkersystem von Mitsuhama-Zeiss und ein Ares Smartlink-Kampfsystem, das erst kürzlich eine Verbesserung auf Stufe Zwei erfahren hat.«

»Ganz nettes Paket für einen Lieutenant«, sagte Kyle.

»Genau meine Meinung«, stimmte sie ihm zu. »Facile gehört zu der Truppe, die für Truman abgestellt wurde, seit Knight Errant vor ungefähr drei Monaten den Kontrakt von Winter Security mit Truman Technologies übernommen hat.«

»Das ist ungewöhnlich.«

»Sehr ungewöhnlich. Wie es scheint, hat Knight Errant beschlossen, sein Profil hier in Chicago zu verstärken. In achtzehn Monaten läuft der Kontrakt der Stadtverwaltung mit Eagle Security aus...«

»Und KE würde sich diesen saftigen Kontrakt nur zu gerne unter den Nagel reißen, also verstärkt man die hiesige Präsenz und ganz allgemein das Engagement.«

»Exakt«, sagte sie.

»Interessant. Und Mr. Truman war einverstanden, daß KE Winters Kontrakt mit Truman Technologies aufkauft? Hätte er den Kontrakt nicht einfach annullieren können?«

»Unser Kontrakt mit Winter war nicht übertragbar. Aber ich glaube, Mr. Truman war geschmeichelt.«

Kyle hielt einen Augenblick inne, bevor er das Thema wechselte. Nun, da Hanna Uljakën bereitwilliger zu sein schien, über ihren Arbeitgeber zu reden, scheute er vor bedeutenderen Fragen zurück, bei denen sie sich möglicherweise wieder verschließen würde. Aber er hatte keine andere Wahl. »Wie würden Sie Mr. Trumans Beziehung zu seinem Sohn charakterisieren?« fragte er. »Gut, schlecht, gleichgültig...«

Hanna Uljakën blinzelte und sah weg, bevor sie antwortete. »Ich würde sagen, daß die Dinge in letzter Zeit ziemlich schlecht standen.«

»Mitchell hat sich gegen die Autorität und die Anforderungen seines Vaters aufgelehnt?« Das war eine Reaktion, die Kyle nur allzugut verstand.

»Ja, aber es geht tiefer als das«, sagte sie leise. »Mitchell ist bisexuell, und diese Tatsache belastet ihre Beziehung, seit Mr. Truman es herausgefunden hat.«

»Wie lange ist das jetzt her?«

»Zwei Jahre. Die Wahrheit kam nach einem unglücklichen Zwischenfall in London heraus.«

»Warum ist Truman dann so sehr gegen die Beziehung seines Sohnes zu dieser Linda Hayward?«

»Sie soll noch älter sein als ich.«

Kyle grinste. Und sie erwiderte das Grinsen.

Kyle zog seine Jacke aus und warf sie auf das Sofa. »Wo wir schon mal hier sind, fangen wir besser mit der Arbeit an.«

Hanna Uljakën ließ Überraschung beim Anblick seiner leichten Ceska im Halfter unter seiner linken Schulter erkennen. Er grinste wieder und zuckte die Achseln, als er das Halfter abnahm und neben seine Jacke warf. »Also haben Sie keinen Grund zu glauben oder zu argwöhnen, daß Mitch Truman irgend etwas anderes getan hat, als mit dieser Frau durchzubrennen?«

»Nein, habe ich nicht.«

»Und es hat Ihres Wissens keine Lösegeldforderungen oder mysteriöse Kontaktaufnahmen mit der Truman-Familie gegeben, seit Mitchell verschwunden ist?«

»Nein.«

»Dann werde ich zuerst versuchen, ihn zu lokalisieren. Hat Mr. Truman Ihnen alles darüber erzählt, wie ich seine Nichte aufgespürt und welche Techniken ich dabei angewandt habe?«

»Nein, aber ich habe die Artikel in *Omni* und *Popular Mysticism* zu diesem Thema gelesen.«

Kyle lachte. »Nun, dann seien Sie nicht allzu sehr

überrascht, wenn die Wirklichkeit eine Spur langweiliger ist als das, was die Presse daraus macht.«

»Aber Sie *waren* doch in der FBI-Abteilung, die in dem Omni-Artikel beschrieben wurde, nicht wahr?«

»Wenn Sie genug wissen, um diese Frage zu stellen, dann kennen Sie die Antwort bereits.«

Uljakën lächelte dünn. »KEs Überprüfung Ihres Hintergrunds war ziemlich erschöpfend.«

Kyle betrachtete sie einen Augenblick lang sehr nachdenklich. »Haben Sie je aus der Nähe miterlebt, wie rituelle Magie gewirkt wird, Ms. Uljakën?«

Sie schüttelte den Kopf. »Nein, habe ich nicht.«

»Dann sollten Sie davon ausgehen, daß alles, was geschieht, beabsichtigt und normal ist, bis ich Ihnen etwas Gegenteiliges sage.«

»In Ordnung.«

Kyle drehte sich um, richtete den Blick aufwärts und konzentrierte sich. »Komm zu mir«, sagte er leise ins Leere hinein...

Im gleichen Augenblick tauchte ein Wirbel aus goldenem Licht neben Kyle auf, und Hanna Uljakën erschrak sichtlich. Das Licht verdichtete sich rasch zur Gestalt eines Amerindianers mittleren Alters. Er trug eine schwarze Jeans und einen breiten braunen Ledergürtel mit einer ins Auge fallenden Schnalle aus Silber und Türkis. Über dem sauberen weißen Baumwollhemd war eine ramponierte blaue Jeansjacke mit abgerissenen Ärmeln gestreift. Am rechten Handgelenk baumelten zwei Armreifen, und ein breites Band aus braunem Leder war um das linke gewickelt. Sein Haar, dessen glänzende Schwärze mit Silber durchsetzt war, war zu einem einfachen Pferdeschwanz zusammengebunden, der unter der breiten Krempe seines schwarzen Huts herabfiel. Um den Hut war ein rot-weiß-schwarzes Band geschlungen. Der Mann sah bemerkenswert aus, sogar hübsch, doch seine Augen waren durchscheinend und schimmerten golden. Unpassenderweise trug er dazu schwarze Segeltuchschuhe.

Kyle wandte sich an sie. »Ms. Uljakën, das ist Seeks-the-Moon. Moon, das ist Ms. Hanna Uljakën.«

»Ich weiß«, sagte der Geist, indem er sich würdevoll verneigte, »und ich bin entzückt.«

»Seeks-the-Moon ist mein *sociare spiritus* – mein Geistverbündeter.«

Der Geist betrachtete ihn argwöhnisch. »Wie ich höre, ist dein Latein immer noch sehr mangelhaft.«

Kyle ignorierte ihn. »Er wird mir bei dem Ritual helfen.«

Uljakën nickte, hatte sich jedoch ein wenig von Seeks-the-Moon entfernt. »Muß ich auch irgend etwas tun?« fragte sie.

»Nein, aber ich hätte Sie gerne in der Nähe, um alle sich ergebenden Informationen zu überprüfen.«

Sie zeigte auf einen Sessel in einer Ecke. »Kann ich mich dort drüben hinsetzen?«

Kyle nickte, dann wandte er sich an seinen Geistverbündeten, der mit über der Brust verschränkten Armen dastand.

»Interessanter Ohrring«, sagte der Geist leise auf Sioux, und Kyle sah Hanna Uljakëns Reaktion darauf, obwohl sie weiterging. Er funkelte den Geist an. »Ja, aber er ist kein Problem«, sagte er auf Englisch zu Seeks-the-Moon.

Der Geist zuckte die Achseln. »Wie du meinst.« Uljakën setzte sich und beobachtete die beiden aufmerksam. »Wie geht es den Jungen?« fragte Kyle Moon.

»Beschweren sich wie üblich.«

»Das ist gut. Grund zur Sorge habe ich erst dann, wenn sie anfangen, nette Sachen über mich zu sagen.« Er hielt inne und sah sich in dem Zimmer um. »Das wird ein einfaches Ritual mit direkter Progression. Ich muß einen vermißten Jungen namens Mitchell Truman ausfindig machen.«

»Müßte ziemlich einfach sein«, sagte Moon gelassen. »Ich werde einen Kellerhoff-Kreis als Grundlage benutzen.«

Der Geist zuckte die Achseln. »Du sagst das so, als hätte meine Meinung zu dem Thema Gewicht.«

Kyle kicherte. »Ich dachte mir nur, du wüßtest gerne Bescheid.«

»Sehr rücksichtsvoll.«

Kyle nahm seine Jacke und zeigte auf den kleinen, runden schwarzen Lacktisch in der Mitte des Zimmers. »Würdest du den Tisch und den Läufer darunter für mich entfernen? Dort will ich nämlich den Kreis errichten.«

Der Geist verdrehte die Augen, dann fügte er sich. »Möbel zu rücken, ist selbstverständlich das ewige Trachten aller ätherischen Wesen.«

»Gut. Ich wußte, es würde dir nichts ausmachen«, sagte Kyle, indem er zwei flache Lederetuis aus den besonderen Taschen seiner Jacke zog.

Hanna Uljakën lachte. »Sind alle so?« fragte sie.

Kyle lächelte, und der Geist, der gerade mit einer Bewegung seines Fingers den Tisch über den Boden schweben ließ, sah auf. »Nein«, sagte Seeks-the-Moon. »Manche von uns haben tatsächlich eine erfüllte Existenz samt Belohnungen und Respekt.«

»Nein, sie sind nicht alle so«, warf Kyle ein, wobei er Moons Sarkasmus ignorierte. »Bei der Erschaffung von Seeks-the-Moon habe ich die Rigetti-Formel angewandt. Das einzige Problem besteht darin, daß Rigetti ein Jungianer war, eine Tatsache, der ich damals nicht genug Bedeutung beigemessen habe.«

»Das verstehe ich nicht.«

»Seeks-the-Moon ist in gewissem Sinne oder seinem Wesen nach ein Spiegelbild meines ›Schattens‹, dem unterdrückten und oft boshaften Aspekt meiner Persönlichkeit.«

Der Geist blinzelte. »In der Tat.«

»Also gehört es zu seiner Natur, mit meinen bewußten Wünschen im Widerstreit zu liegen, was ihn im allgemeinen zu einem Schmerz im Hintern macht.« Aber Kyle lächelte beinahe wohlwollend, während er zusah, wie sein Verbündeter den kleinen Läufer aufrollte.

Uljakën dachte ein wenig darüber nach. »Und doch, wenn er eine direkte oder auch symbolische Verbindung zu Ihrem Unterbewußtsein ist, könnte die Tatsache, daß sich Seeks-the-Moon äußert, extrem nützlich sein.«

Sowohl der Geist als auch der Magier starrten sie an. »Ja«, sagte Kyle schließlich.

»Wenn man davon absieht, daß er sich meiner schämt und mich in der Öffentlichkeit nie herausläßt«, sagte der Geist, während er seine Arbeit, den Läufer aufzurollen, wieder aufnahm.

»Wir können später noch darüber reden, wenn es Sie interessiert«, sagte Kyle.

»Es interessiert mich.«

»Gut. Ich kann Ihnen auch etwas darüber erzählen, was ich hier tue, obwohl ich es mir nicht erlauben kann, allzu sehr ins Detail zu gehen, weil mich das ablenken würde.«

Kyle öffnete die beiden Lederetuis. Sie waren etwas größer als seine Hand und enthielten jeweils eine Reihe kleiner goldener Gegenstände, etwas dünnen Golddraht, der um ein Stück Kupfer gewickelt war, ein kleines Blatt Pergamentpapier und einen Bleistift.

»Ein Zauber«, sagte Kyle zu ihr, »wird gewirkt, indem Strukturen magischer Energie – Mana – gemäß spezifischer Formeln harmonisiert, adaptiert, gestaltet und konstruiert werden.«

Seeks-the-Moon hockte sich hin und blies die dünne Staubschicht weg, welche die Stelle umgab, wo der Läufer gelegen hatte.

»Jede Formel ist endlich in ihrem Potential, obwohl Abschnitte einer Formel offen für Weiterentwicklung sind«, erläuterte Kyle, während er die goldenen Gegenstände behutsam aus den Etuis nahm. »Wenn ich einen Zauber mit einem Potential ›X‹ schaffen wollte, hätte seine Formel auch die Komplexität ›X‹. Würde ich das Potential des Zaubers auf sagen wir zwei ›X‹ erhöhen, könnte die Formel mühelos und sehr rasch eine Komplexität von vier oder gar acht ›X‹ erreichen.«

Hanna Uljakën nickte verstehend. »Die Proportionalität zwischen Potential und Komplexität ist geometrischer Art.«

»Genau.« Kyle nahm die goldenen Gegenstände an sich und ging in die Mitte des Zimmers. »Aber Sie dürfen nicht vergessen, daß ich den Sachverhalt sehr allgemein und abstrahiert darstelle.

Die Komplexität der Formel bestimmt letzten Endes die mit dem Wirken des Zaubers verbundene Schwierigkeit und auch, wieviel Energie in den Wirkvorgang einfließen muß. Anstatt also zu versuchen, einen Zauber mit vierfachem Potential, aber sechzehnfacher Komplexität zu wirken und dabei wahrscheinlich zu scheitern und obendrein noch verletzt zu werden, wirken wir den Zauber mit normalem Potential, benutzen aber ein Ritual, um jene Abschnitte der Formel zu verstärken und auszudehnen, dic für eine Weiterentwicklung offen sind. Das Wirken dauert bedeutend länger, aber die Komplexität wird minimiert, das Potential wesentlich erhöht und die Gefahr begrenzt.«

»Hört sich vernünftig an«, sagte Uljakën.

»Das«, sagte Seeks-the-Moon, »war die gröbste Vereinfachung des Sachverhalts, die Sie wahrscheinlich je zu hören bekommen werden. Sie kommt gleich nach ›Ich schnippe mit den Fingern, und dann macht es puff‹.«

»Na ja, für mich reicht es«, sagte sie zu ihm.

»Tatsächlich?« Seeks-the-Moon wandte sich an Kyle und hob eine Augenbraue.

Kyle ignorierte ihn. »Ich werde einen einfachen Entdeckungszauber wirken, um Mitchell zu finden. Normalerweise ist die Reichweite dieses Zaubers so limitiert, daß er Mitchell nur aufspüren würde, wenn er sich irgendwo auf dieser Etage hier im Haus befände. Aber durch das Ritual wird die Wirkung auf einen viel größeren Bereich ausgedehnt.

Aber ich muß den Zauber in einer metaphysisch ›ausgeglichenen‹ Umgebung wirken, und die kann ich mit Hilfe dieser Gegenstände herstellen. Wenn es Ihnen nichts ausmacht, werde ich das schweigend tun. Die Errichtung des Kreises erfordert Zeit und Konzentration.«

»Ich dagegen wäre mehr als erfreut, Sie bei Laune zu halten«, sagte Seeks-the-Moon breit lächelnd zu Uljakën.

Sie wollte antworten, doch Kyle kam ihr zuvor. »Ihr müßt beide still sein. Ich schlage vor, ihr verschwindet zum Plaudern in ein anderes Zimmer, aber ich möchte, daß Sie wegen der Abstimmung in Seeks-the-Moons Nähe bleiben.

Und ganz offen gesagt«, fügte Kyle hinzu, »traue ich ihm nicht.«

»Das ist eine äußerst interessante Selbstbeobachtung, Mr. Teller«, sagte Uljakën, und der Geist lachte laut auf. »Die ich mir merken werde.«

Kyle zuckte die Achseln und lächelte albern. »Wenn Sie mich jetzt bitte entschuldigen würden, ich muß einen Raum initialisieren.« Und damit kniete er sich hin und plazierte die goldenen Gegenstände aufrecht am Rand des Kreises, den er langsam um sich errichtete.

5

Jeder Gegenstand steht entweder auf einem Kardinal- oder Nebenpunkt«, sagte Kyle, während er den vervollständigten Kreis von außen begutachtete. »Das sind metaphysische Punkte der Übereinstimmung, denen verschiedene Traditionen und Theologien Definitionen und Bedeutung zugeordnet haben. Ich habe die hermetischen Wissenschaften in erster Linie an der Columbia-Universität studiert, und weltlicher als dort kann das Studium kaum sein. Nichtsdestoweniger gestattet die Assoziation der Kardinalpunkte mit etwas Größerem einen gewissen Grad konzeptionellen und prozeduralen Zentrierens.«

»Ein gebräuchlicher Ausgangspunkt und so weiter?« sagte Uljakën.

»Genau.« Kyle zeigte der Reihe nach auf die vier Gegenstände an den Kardinalpunkten. »Zum Beispiel entspricht Norden in vielen westlichen Traditionen dem Element Erde, Osten dem Element der Luft, Süden dem Feuer und Westen dem Wasser. Außerdem gibt es theologische Entsprechungen, aber dieses Thema will ich nicht weiter ausführen.«

»Feigling«, sagte Seeks-the-Moon.

Kyle ignorierte den Spott. »Wenn ich beginne, stehe ich in der Mitte, die dem Geist entspricht. Manche behaupten, Geist sei das fünfte Element. Ich bin da nicht so sicher. Ich beginne das Ritual nach Norden gewandt, da wir einen physikalischen Körper suchen.«

Uljakën betrachtete die acht Gegenstände, die einen ungefähren Kreis in der Mitte des Zimmers markierten. »Muß der Kreis nicht geschlossen werden?«

Kyle nickte. »Das kommt noch, aber erst, wenn ich mich darin befinde. Zuvor brauche ich noch etwas von Mitch, das ich als Fokus benutzen kann und das seine

Resonanz sowohl für den Zauber als auch für das Ritual aufnehmen wird.«

»Dafür wäre die Ritualprobe gewesen, die Sie vorhin erwähnt haben.«

»Ja. Alle hier in dieser Wohnung vorhandenen Proben – Haare, Körperflüssigkeiten und so weiter – sind mittlerweile längst magisch ›tot‹, also werde ich mich mit etwas Symbolischem oder Assoziativem von Mitch begnügen müssen. Haben Sie eine Idee, was für den Jungen von den Sachen hier besonders wichtig sein könnte?«

Hanna Uljakëns Augen weiteten sich ein wenig, als sie sich in dem Zimmer umsah. »Äh … ich weiß nicht. Vielleicht sollten wir die Trumans anrufen.«

Kyle lachte. »Wenn man den augenblicklichen Stand ihrer Beziehung zu ihm berücksichtigt, glaube ich, daß wir mit Sicherheit nicht schlechter fahren, wenn wir einfach raten.«

»Aber ich bin nicht so sicher, daß wir tatsächlich raten können. Mitch ist mir immer sehr kalt und distanziert vorgekommen.«

»Trotz Ihres Ohrrings?« fragte Seeks-the-Moon, der jetzt lässig auf dem Sofa saß. Er lächelte unschuldig, als ihn beide scharf ansahen.

»Ja, trotz des Ohrrings«, sagte Uljakën mit Nachdruck, aber Kyle glaubte gesehen zu haben, daß sie bei Moons Bemerkung ein wenig erbleicht war.

Er ging in Richtung Schlafzimmer. »Nun, dann sehen wir uns nach etwas um, mit dem er regelmäßigen Kontakt hat.«

Anders als der Rest der Wohnung war das Schlafzimmer ein wüstes Durcheinander.

»Ich wollte eigentlich fragen, ob seit dem Verschwinden des Jungen hier geputzt worden ist, aber ich glaube, die Antwort liegt auf der Hand«, sagte Kyle.

»Der Reinigungsdienst kommt nur, wenn er seine ausdrückliche Erlaubnis gibt.«

Kyle ging zu einem Wäschehaufen. »Und da er nicht zu erreichen war, ist auch niemand gekommen.« Er stöberte mit dem Fuß in der Kleidung herum und fischte schließlich ein schwarzes T-Shirt mit der Stiefelspitze heraus. Das holografische Logo der Band L'Infâme war gerade noch lesbar. »Die Berüchtigten?« sagte Kyle.

Uljakën zuckte die Achseln. »Ich kenne die Gruppe auch nicht.« Doch dann weiteten sich ihre Augen plötzlich, und sie zeigte auf das T-Shirt. »Das hat er ständig getragen! Ich glaube, er hat einmal erwähnt, daß es mit den Autogrammen der Bandmitglieder versehen ist. Er war sehr stolz darauf.«

Kyle lächelte zufrieden. »Dann dürfte es für unsere Zwecke reichen.« Er schleuderte das T-Shirt mit einer raschen Fußbewegung in die Höhe und fing es auf. »Drek«, sagte er, »ich habe schon mit weniger gearbeitet.«

Wieder im Wohnzimmer, begutachtete er den Ritualkreis mit seinen Astralsinnen. An seinen Rändern waren ruhende Kraftlinien zu erkennen, welche die Gegenstände miteinander verbanden. Er prüfte jeden einzelnen ganz genau und vergewisserte sich, daß alles korrekt vorbereitet war. Das schien der Fall zu sein.

»Also gut«, sagte er. »Dann können wir anfangen.«

»Soll ich die zwei Wachen rufen?« fragte Uljakën.

Seeks-the-Moon schnaubte verächtlich, und Kyle schüttelte den Kopf. »Nein, sie könnten ohnehin nicht mit den Problemen fertig werden, auf die wir hier möglicherweise stoßen. Sollten unerwartete Ereignisse eintreten, wird sich Seeks-the-Moon darum kümmern.«

Der Geist nickte stoisch und tippte dann an seinen Hut, während Kyle den Kreis betrat. Das schwarze T-Shirt lag über seinem linken Arm, und in derselben Hand hielt er das kleine Blatt Pergamentpapier, das er aus dem Etui genommen und auf das er die Worte ›Mitchell Gregory Truman‹ geschrieben hatte. Er nahm seinen Platz in der Mitte des Kreises ein, dann senkte er den Kopf und schloß die Augen. Minuten vergingen, in denen er stumm und reglos dastand.

»Ist er nicht schrecklich still?« flüsterte Uljakën Moon zu. »Ich dachte, Magier müßten singen, wenn sie Zauber wirken.«

»Manche tun das auch.« Seeks-the-Moon beobachtete Kyle aufmerksam. »Schamane oder Magier, das spielt dabei keine Rolle. Anscheinend brauchen sie es, daß das Universum sie hört. Ich glaube, er ist deshalb still, weil die Magie seines Volkes das nicht ist.«

»Ich wäre nie darauf gekommen, daß er Amerindianer ist, wenn ich den Bericht von Knight Errant nicht gelesen hätte.«

Der Geist schnaubte. »Offenbar haben Sie sich seine Nase nicht genau angesehen.«

Uljakën fing an zu kichern, verstummte jedoch sofort, als sie sah, daß Kyle den Kopf gehoben hatte und langsam den rechten Arm in Richtung der Ost-Koordinate ausstreckte. »Jetzt müssen wir still sein«, sagte der Geist, als Kyle den Arm plötzlich drehte, so daß die geöffnete Handfläche nach oben zeigte, und die Augen öffnete.

Der Gegenstand auf der Ostkoordinate war plötzlich in eine silbrige Flamme gehüllt, die einen goldenen Farbton annahm, als sie im Uhrzeigersinn auf den nächsten Gegenstand übersprang, um schließlich in einem grellen Scharlachrot aufzuleuchten und auf die Südkoordinate überzugreifen. Sie wechselte zu Violett und zur nächsten Koordinate und dann zu Saphirblau, als sie den Gegenstand auf der Westkoordinate erreichte. Kyle wandte sich nach Norden, als die Flamme weitersprang und dabei einen smaragdgrünen und gleich darauf an der Nordkoordinate einen kupferfarbenen Farbton annahm. Schließlich erwachte an der Nordostkoordinate eine grellweiße Flamme zum Leben.

Uljakën betrachtete die brennenden Gegenstände mit weit aufgerissenen Augen. Sie konnte weder einen Docht noch eine andere Quelle für die Flamme erkennen.

Seeks-the-Moon beugte sich ein wenig näher zu ihr. »Das ist Magie«, sagte er in einem bühnenreifen Flüsterton.

»Verblüffend!«

»Warten Sie.« Der Geist streckte die Hand in Richtung der großen Fenster zum See aus. Er beschrieb eine Geste, und die schweren Sonnenblenden senkten sich und hielten das Licht ab. Das Zimmer verdunkelte sich, und in dieser Dunkelheit war es möglich, eine schwache Energieaura zu erkennen, anscheinend eine Kugel, die den Kreis umgab.

»Die Schutzvorrichtung«, sagte Seeks-the-Moon. »Sie sorgt dafür, daß alles Schlechte außerhalb und alles Gute innerhalb bleibt.«

»Wie lange wird das Ritual dauern?«

Seeks-the-Moon zuckte die Achseln. »Mindestens zwei Stunden. Ich hoffe, Sie haben sich etwas zu lesen mitgebracht.«

Im Innern des Kreises erstreckte sich das Gewebe der beteiligten Kräfte auswärts in den Astralraum wie Räder innerhalb von Rädern in denselben Farben wie diejenigen der Flammen an den Koordinaten des Kreises. Jedes Rad drehte sich in eine andere Richtung und mit einer anderen Geschwindigkeit und war zu den übrigen Rädern in einem anderen Winkel positioniert.

Kyle befand sich im mystischen und physikalischen Zentrum und versuchte die Energien des Rituals mit denjenigen von Mitchell Gregory Truman zu verbinden, wo dieser sich auch befinden mochte. Das T-Shirt des Jungen, in das durch seinen fortgesetzten Kontakt mit ihm immer noch ein metaphysischer Eindruck eingebrannt war, diente für diese Synchronisation als Fokus.

Kyle veränderte die Rotation eines der Räder, des kupferfarbenen. Für seine Astralsinne strahlte es jetzt einen tiefen, leisen Ton aus, dessen Schwingungen kurz darauf mit denen des T-Shirts übereinstimmten. Kyle lächelte. Jetzt war es nur noch eine Frage der Zeit. Er veränderte die Position des silbernen Rades, bis sie der des kupfernen Rades entsprach, das pulsierte und sich auf einer Achse um Kyle zu drehen begann. Dann berührte Kyle das T-Shirt auf seinem Arm mit seinen Astralsinnen und schloß die letzte Verbindung zwischen ihm und dem Kupferrad. Das Rad blitzte auf, und ein geisterhaftes Bild schoß in alle Richtungen davon. Das Kupferrad drehte sich immer noch um ihn, aber Kyle wußte, daß ein bestimmter Aspekt des Rades, der sich im Einklang mit Mitch Truman befand, vom Körper des Jungen angezogen wurde. Und wenn er eintraf, würde Kyle den Entdeckungszauber wirken können und den Aufenthaltsort des Jungen in Erfahrung bringen. Die Suche konnte eine Weile dauern, wenn Mitchell nicht in der Stadt war. In der Zwischenzeit bedurfte es Kyles ungeteilter Aufmerksamkeit, um die Räder in Bewegung zu halten.

Außerhalb des Kreises sahen Hanna Uljakën und Seeks-the-Moon aufmerksam zu. Rein körperlich hatte sich Kyle kaum bewegt, aber Moon beschrieb mit leiser Stimme jeden Schritt des Rituals, wenn er vollzogen wurde.

»Die Sendung bewirkt die Synchronisation des zu wirkenden Zaubers mit dem Ziel, und zwar in ähnlicher Weise, wie das Verbinden die Energie des Rituals mit dem Ziel synchronisiert hat.«

»Aber wenn das Ziel gefunden wird, warum ist dann der Zauber überhaupt noch nötig?« fragte sie.

»Die Energien sind miteinander verbunden, aber der Magier kann nicht verfolgen, wohin sie führen. Er erzwingt eine Verbindung, die eigentlich nicht existieren sollte. Erst wenn die Sendung erfolgt, reicht der Energiefluß aus, um ihm folgen zu können, und zwar in beide Richtungen.«

»Also könnte man eine Sendung zu ihrem Ausgangspunkt verfolgen?«

Der Geist lächelte. »Deswegen bin ich hier.«

»Ich verstehe.«

»Aber in diesem Stadium sind wir nicht – noch nicht.« Der Geist schien plötzlich aufzumerken. »Da stimmt irgend etwas nicht.«

»Sind wir in Gefahr?«

»Nein, *dafür* ist das Ritual noch nicht weit genug fortgeschritten ...«

Innerhalb des Kreises spürte Kyle die Veränderung in den Energierhythmen. Das Kupferrad vibrierte. Die Vibration würde sehr rasch auf die anderen Räder übergreifen und das ganze Ritual unwirksam machen. Er tastete sich gerade mit seinen Astralsinnen vor, um das Rad zu stabilisieren, als es mit einem lauten Glockenklang zersprang. Die anderen folgten in einer blendenden Kaskade aus Farben und Klängen. Kyle wappnete sich gegen den psychischen Rückschlag, doch als er kam, war er nur minimal, so daß er ihn dank seiner Ausbildung leicht abwehren konnte. Er wechselte auf seine normalen Sinne, während die Hälfte des Pergaments mit Mitchells Namen darauf langsam und rauchend zu Boden flatterte. Der Name war sauber durchtrennt worden.

»Was ist passiert?« fragte Seeks-the-Moon, indem er an den Rand des immer noch aktiven Kreises trat. Kyle hob die Hand, während er die letzten Überbleibsel des Rituals nach Hinweisen auf den Grund für seine Auflösung abtastete.

»Das Papier ist zerrissen«, sagte Uljakën. »Heißt das, er ist tot?«

»Nein«, sagte Kyle, indem er das T-Shirt zu Boden fallen ließ. »Er ist nicht tot.«

»Was dann?« fragte Seeks-the-Moon.

»Der Junge befindet sich innerhalb einer Schutzvorrichtung.«

Die Augen des Geistes weiteten sich, und seine Lippen verzogen sich zu einem schelmischen Lächeln. »Tatsächlich?«

»Innerhalb einer was?« fragte Uljakën.

»Einer Schutzvorrichtung oder irgendeines Zauberkreises«, sagte Kyle, »der möglicherweise sogar Ähnlichkeit mit diesem hier hat.«

»Und das bedeutet?«

Kyle gestikulierte, und die Flammen erloschen, so daß das Zimmer in fast vollständige Dunkelheit gehüllt war. »Das bedeutet, daß Mitchell entweder ziemlich mächtige Freunde« – eine silberne Kugel entstieg seiner geöffneten Hand und erfüllte das Zimmer mit strahlender Helligkeit – »oder sehr gefährliche Feinde hat.«

6

Ich benutze den Ausdruck ›Schutzvorrichtung‹ im weitesten Sinn«, erläuterte Kyle. Die Truman-Familie, Hanna Uljakën, William Facile von Knight Errant und zwei weitere Mitarbeiter des Konzerns hatten sich in Daniel Trumans Wohnung versammelt. »Es könnte sich um jede Art von magischer Barriere handeln – um einen hermetischen Kreis, ein Medizinzelt, einen Barrierenzauber oder um eine ganz andere Schutzvorrichtung.«

»Das läßt sich nicht genauer feststellen?« fragte Lieutenant Facile.

Kyle schüttelte den Kopf. »Nein. Wenn es mir gelungen wäre, den ersten Teil des Rituals mit ihm zu koppeln, hätte ich der Magie auf astralem Weg zu seinem Aufenthaltsort folgen können. Aber die Schutzvorrichtung blockt das Ritual ab.«

Facile nickte und wandte sich an Truman Senior. »Sir, Knight Errant kann ein größeres Ritualteam zusammenstellen und mehrere Magier einsetzen. Das sollte reichen, um jeden derartigen Widerstand zu brechen.« Er warf einen Blick auf Kyle. »Zumindest wird es mehr ausrichten können als ein einzelner Mann.«

Truman schien etwas sagen zu wollen, doch Kyle kam ihm zuvor. »Vielleicht, aber es würde auch die für die Schutzvorrichtung Verantwortlichen warnen, daß sie Ärger bekommen. Dadurch, daß ich allein war, habe ich das Risiko extrem verringert, die Betreffenden mit der Nase darauf zu stoßen, daß jemand mit magischen Mitteln nach ihm sucht. Sie müßten immer noch glauben, daß alles in bester Ordnung ist.«

»Setzt all das nicht voraus, daß Mitchell gefunden

werden will?« warf Melissa Truman ein, die so gelangweilt aussah, wie eh und je.

Facile klang ungehalten. »Davon müssen wir ausgehen.«

»Es stimmt, niemand hat Kontakt mit der Familie aufgenommen, geschweige denn eine Lösegeldforderung gestellt«, sagte Kyle, »aber ich stimme dem Lieutenant zu, Ms. Truman. Unglücklicherweise müssen wir das Schlimmste vermuten. Da eine so wichtige Familie wie die Ihre in die Sache verwickelt ist, muß man davon ausgehen, daß die Magie auf irgendeine negative Weise eingesetzt wird.«

»Warum folgen wir dann nicht einfach Lieutenant Faciles Vorschlag und suchen den Jungen?« fragte Truman. Kyle spürte, daß seine Stimmung zugunsten unmittelbaren Handelns umschlug.

Kyle erhob sich von dem Sofa, auf dem er saß. »In diesem Fall, Mr. Truman, hat die rituelle Zauberei sehr viel mit einem Kommandounternehmen gemein. Mit der Initiation des Rituals starten wir einen magischen Angriff auf Ihren Sohn und jene, die ihn vielleicht festhalten. Das kann sehr rasch sehr gefährlich werden.«

»Ich versichere Ihnen, Mr. Teller, daß Knight Errant über die besten Kampfmagier in diesem Gewerbe verfügt«, sagte Facile, dessen Gereiztheit in seine Stimme einfloß und ihr einen scharfen Unterton verlieh. »Die Chancen, daß etwas schiefgeht, sind ziemlich gering.«

»Das kaufe ich Ihnen nicht ab«, sagte Kyle. »Wir wissen nicht, gegen wen oder was wir vorgehen. Wenn wir es nur mit einer magisch verstärkten Gang zu tun hätten, würde ich zustimmen, daß es wahrscheinlich keinen Grund zur Besorgnis gibt.« Er hielt inne, um seinen Worten größere Wirkung zu verleihen. »Aber was ist, wenn wir es aus irgendeinem Grund mit Magiern zum Beispiel von Aztechnology zu tun haben …«

»Lächerlich«, warf Facile ein, aber Kyle konnte erkennen, daß die Erwähnung des Konzerns, der das ehemalige Mexico und Teile Mittelamerikas nicht nur politisch, sondern auch mystisch beherrschte, die gewünschte Reaktion hervorgerufen hatte.

Elaine Trumans Gesicht war aschfahl. »Sie glauben doch nicht...«

»Nein, ich glaube es nicht«, sagte Kyle. »Der Witz ist, daß wir ganz einfach nicht wissen, wer sich am anderen Ende versteckt. Und ebenso, wie Sie kein Kommandounternehmen gegen einen Ort starten würden, den Sie noch nie zuvor gesehen haben und bei dem Sie keine klare Vorstellung über die Stärke seiner Besatzung haben, wäre es dumm, jetzt ein massives Ritual in Angriff zu nehmen.«

»Ihr Lösungsvorschlag lautet also...?« fragte Mr. Truman.

»Ich schlage vor, daß wir noch ein paar Tage lang konventionelle Nachforschungen anstellen und so viele Informationen wie möglich sammeln, bevor wir ein direktes Vorgehen beschließen.« Kyle betrachtete dabei absichtlich den Lieutenant von Knight Errant, der seinen Blick herausfordernd erwiderte. »Wenn wir bis dahin nicht mehr herausgefunden haben, ist ein mächtiges Ritual vielleicht unsere einzige Alternative.«

Truman wandte sich an seine Frau. »Was hältst du davon, Elaine?«

Sie schaute auf ihre Hände, die zusammengefaltet in ihrem Schoß lagen. Ihre Stimme war kaum zu verstehen. »Wenn ihm irgend etwas passieren würde...«

Truman nahm eine der Hände seiner Frau in seine eigenen. »Also schön, Mr. Teller, Sie haben drei Tage für Nachforschungen. Wenn Sie bis dahin nichts Entscheidendes herausgefunden haben, greifen wir auf Lieutenant Faciles Vorschlag zurück, Knight Errant massiv einzusetzen.«

»Entschuldigen Sie, Sir, aber ich würde vorschlagen, daß wir damit sofort beginnen«, sagte Kyle.

»Ach?« Truman sah völlig perplex aus.

»Ich glaube, Sie können es sich nicht leisten, die Möglichkeit zu ignorieren, daß etwas äußerst Gefährliches im Gange ist. Knight Errant sollte seinen Sicherheitsaufwand für Ihre Familie drastisch erhöhen.« Kyle warf einen demonstrativen Blick auf Melissa. »Für Ihre gesamte Familie.« Sie errötete und sah weg.

Truman nickte. »Können Sie das arrangieren?« fragte er Facile.

»Ich kann dafür sorgen, daß die Sicherheit hier an Ort und Stelle innerhalb der nächsten Stunde verstärkt wird«, sagte der Lieutenant forsch.

»Ausgezeichnet.«

»Außerdem würde ich der Sicherheit gerne ein paar eigene Elemente hinzufügen, wenn es Ihnen nichts ausmacht«, sagte Kyle.

Truman mußte Faciles Grimasse bemerkt haben, aber er schüttelte dennoch den Kopf. »Es macht mir nicht das geringste aus.«

Ohne weitere Umstände konzentrierte sich Kyle auf die Geräusche vorbeirauschender Luft und die damit verbundenen Empfindungen. Er tastete sich mit seinen Gedanken vor, dann rief er sowohl astral als auch mit seiner Stimme: »Charlotte!«

Die Lufttemperatur in dem Raum kühlte sich ein wenig ab, und ein leichter Luftzug wurde spürbar. Alle Anwesenden begannen sich umzusehen, und Melissa Truman erhob sich abrupt. Kyle legte ihr die Hand auf die Schulter. »Es ist alles in Ordnung.«

Der Luftzug schien aus der Mitte des Zimmers zu kommen, wo er verharrte, ein fast transparenter Luftwirbel von der Größe eines durchschnittlich großen Hundes. *»Ja?«* sagte er mit durchdringender, fast femininer Stimme.

»Das ist ein Luftelementar«, erklärte Kyle. »Er gehört mir. Ich habe ihn geschaffen. Er gehorcht mir.«

Der Wirbel schien sich leicht zu bewegen, sagte jedoch nichts mehr.

»Sein Name ist Charlotte«, sagte er, und Mrs. Truman lachte leise, obwohl sie die Vorgänge offensichtlich ängstigten. »Ich lasse Charlotte hier, um diese Wohnung zu beschützen.«

Er richtete seine Aufmerksamkeit auf den Luftgeist. Er nannte seinen Namen, und der Geist beruhigte sich. »Der Bereich, um den du dich kümmern wirst, umfaßt diese beiden Etagen hier in diesem Haus. Dein besonderes Augenmerk gilt diesen Leuten hier.« Kyle ging in dem Zimmer umher und legte jedem der Trumans nacheinander die Hand auf die Schulter, wobei er jeweils den betreffenden Namen nannte. Außerdem bezog er Lieutenant Facile mit ein, der nicht sehr erfreut war, und auch Hanna Uljakën, die zwar ein wenig beunruhigt schien, Charlotte jedoch zunickte. Ohne sich zu bewegen, schien sich der Geist nacheinander auf jede Person zu konzentrieren. »Niemand anders hat Zutritt zu diesen Etagen, wenn er nicht von einem dieser Leute begleitet wird oder einer von ihnen seine ausdrückliche Erlaubnis gegeben hat.

Und du wirst allen Geistern und jeglicher Magie außer meiner den Zutritt verwehren«, sagte Kyle. »Du wirst diese Aufgabe erfüllen, bis ich, und nur ich, etwas anderes anordne.«

»Ich verstehe«, sagte Charlotte.

Kyle gestikulierte, und eine kleine Kugel aus ätherischem Flaum erschien über seiner Hand. Dort hing sie und kräuselte sich für einen Moment im Fluß weißer und dunkelblauer Energie, bevor sich zwei große silberschwarze Augen darin öffneten. Die Anwesenden schluckten, als sich die bepelzte Kugel rasch in dem Raum umsah. »Das ist Delta, einer meiner Beobachter«, sagte Kyle. Die Augen blinzelten.

»Versuchen Sie erst gar nicht, sich mit ihm zu unterhalten«, sagte Kyle zu ihnen. »Er hat gerade genug Verstand, um sich zusammenzuhalten. Beobachter-Geister geben jedoch hervorragende Boten ab.«

Als Kyle seine Aufmerksamkeit wieder auf den Elementar richtete, machte der Beobachter plötzlich einen verwirrten Eindruck, als versuche er sich an seinen Namen zu erinnern. Die von dem Luftelementar ausgehende Verachtung war fast greifbar.

»Charlotte, wenn dieser Ort oder diese Leute in Gefahr sind, wirst du Delta mit einer entsprechenden Nachricht zu mir schicken«, befahl Kyle.

»Das werde ich«, sagte der Elementar. *»Aber mach mich nicht dafür verantwortlich, wenn der da versagt.«*

»Er wird nicht versagen.« Delta, der Beobachter, hüpfte auf der Stelle auf und ab wie ein Gummiball. Melissa lachte.

»Charlotte, du wirst jetzt mit deinen Pflichten beginnen.«

Der Elementar schien zu nicken und verblaßte dann. Die Luft im Zimmer beruhigte sich. Der Beobachter sah sich noch einmal um, dann verschwand er ebenfalls. Kyle seufzte.

Facile sah verärgert aus, aber es verstrichen ein paar Augenblicke, bevor jemand sprach.

»Ich dachte, sie lassen sie hier, um uns zu bewachen ...«, begann Truman.

»Das tue ich auch. Der Geist ist im Astralraum anwesend. Sich in der physikalischen Welt zu manifestieren, ist unbequem für ihn, also tut Charlotte das nur, wenn nötig. Seien Sie versichert, daß sie im Astralraum ihren Pflichten mindestens genausogut nachgehen kann, wenn nicht sogar noch besser.«

»Aber ist der nicht woanders?« fragte Mrs. Truman.

»Der Astralraum? Nein. Er umgibt sie überall – Sie können ihn nur nicht sehen. Wenn das Licht hell genug ist, könnten Sie wahrscheinlich sogar eine

Stelle ›flimmernder‹ Luft an der Stelle sehen, wo sich Charlotte gerade aufhält.«

»Oh«, sagte sie.

»Wenn das leichter ist, stellen Sie sie sich einfach als unsichtbar vor«, sagte Kyle freundlich.

Mrs. Truman versuchte zu lächeln. »Ich werde mich bemühen.«

Kyle erwiderte das Lächeln. »Belassen wir es dabei, daß Charlotte hier ist, und wenn Sie sie brauchen sollten, reicht es, wenn Sie ihren Namen aussprechen.« Kyle ging zu den Fenstern; der Ausblick auf den sich verdunkelnden Himmel wurde jetzt durch einen leichten Regen getrübt. Er sah dem Regen ein paar Augenblicke zu, dann wandte er sich wieder an die anderen.

»Lieutenant, könnten Sie jetzt dafür sorgen, daß Knight Errant die zusätzliche Sicherheit schickt?« Kyles Tonfall nach war es eher ein Befehl denn eine Bitte. Facile schien die Anordnung aus der Fassung zu bringen. Er warf einen Blick auf Truman, der nickte.

»In Ordnung«, sagte der Lieutenant widerwillig.

»Gut«, sagte Kyle, dann fragte er Truman: »Steht mir Ms. Uljakën noch als Hilfe zur Verfügung?«

Truman nickte wiederum.

»Gut«, wiederholte Kyle. »Und als ersten Schritt würde ich gerne mit Melissa unter vier Augen reden.« Kyle wandte sich direkt an sie. »Wenn es Ihnen nichts ausmacht.«

Ihm war klar, daß es ihr eine Menge ausmachte, doch nach einem scharfen Blick ihres Vaters sagte das Mädchen: »Nein, natürlich nicht. Wenn ich Ihnen damit helfen kann.«

Melissa Truman und Kyle gingen auf einen der Balkone, wo sie eine ausfahrbare Plastiglasblase vor dem Regen schützte. »Sie glauben, ich wüßte etwas über

Mitch' Aufenthaltsort, aber das stimmt nicht«, sagte sie wütend.

Kyle bedeutete ihr, auf einem der Gartenstühle im Amazonienstil Platz zu nehmen, und setzte sich ihr gegenüber. Der Stuhl knarrte ominös unter seinem eher durchschnittlichen Gewicht. »Ich weiß sehr wenig. Darum will ich mit Ihnen reden.«

»Ich sagte Ihnen doch schon, ich weiß überhaupt nichts.«

»Jedenfalls scheinen Sie über Linda Hayward mehr zu wissen als Ihre Eltern.«

Sie zuckte die Achseln. »Nicht wirklich.«

»Ich wette, alles, was sie wissen, haben sie von Ihnen erfahren.«

Melissa sah weg. »Sie kümmern sich nicht besonders um uns.«

»Ist das der Grund, warum Mitchell ausgerissen ist?«

Sie seufzte. »Zum Teil.«

»Also hat er Ihnen erzählt, daß er etwas in dieser Art vorhat.«

»Nein«, sagte sie, das Gesicht verziehend. »Aber es kommt mir ziemlich offensichtlich vor.«

»Warum?«

»Dad hatte ständig was an ihm auszusetzen, und Mom hat sich geweigert, mit ihr auch nur zu reden.«

»Sie haben Sie nur das eine Mal gesehen, im Hintergrund des Telekomschirms?«

Sie wandte sich ab und schien leicht zu erröten. »Ich habe nie gesagt, daß sie im Hintergrund war. Sie und Mitch gingen ziemlich freundschaftlich miteinander um.«

»Aber Sie haben sie nur bei dieser Gelegenheit gesehen?«

»Nein, genaugenommen nicht...«

»Also öfter. Haben Sie sie getroffen?«

»Nein, ich habe sie nur gesehen. Aus der Ferne, im Club.«

»Im Kaleidoskop?«

»Ja.«

»Sie war dort Stammgast?«

»Das nehme ich an. Aber ich bin keiner, also weiß ich es nicht mit Gewißheit.«

»Waren Sie dabei, als Mitch sie kennengelernt hat?«

»Nein.«

»Wissen Sie, wie das vor sich gegangen ist?«

»Nein.«

»Ist sie seit Mitch' Verschwinden gesehen worden?«

»Sie…« Melissa unterbrach sich. »Ich weiß es nicht«, sagte sie nach einer kleinen Pause sehr leise.

Kyle schüttelte den Kopf. »Hören Sie, Melissa, wäre da nicht die Tatsache, daß Magie mit hineinspielt, würde ich Ihnen vorbehaltlos zustimmen, daß man Ihren Bruder am besten in Ruhe läßt.« Sie schien zusammenzuzucken, und Kyle nahm an, daß das ihre Reaktion auf die Tatsache war, daß sie sich verplappert hatte. »Aber Tatsache ist, Ihr Bruder ist noch minderjährig und untersteht der Fürsorgepflicht Ihrer Eltern. Berücksichtigen Sie dazu noch, daß Ihr Vater mir einen Haufen Geld dafür bezahlt, ihn zu finden, dann kommen Sie zu dem unausweichlichen Schluß, daß ich ihn auch finden werde.«

Er beugte sich vor. »Trotz Lieutenant Faciles abfälliger Meinung über mich bin ich als Magier nicht gerade schwach. Die Schutzvorrichtung, von der Ihr Bruder umgeben ist, war ziemlich stark. Das bereitet mir gewaltiges Kopfzerbrechen.«

»Schon gut, schon gut«, sagte sie, unfähig, seinem Blick zu begegnen. »Ich habe mich umgehört. Sie war wenigstens einmal im Kaleidoskop, nachdem meine Eltern den Kontakt mit Mitch verloren hatten.«

»Und Ihr Bruder war bei ihr?«

Melissa zuckte zusammen. »Ja.«

Kyle lehnte sich zurück. »Ich danke Ihnen, Melissa. Ich weiß, das alles gefällt Ihnen nicht, aber ich schwöre, daß ich alles versuchen werde, damit diese Sache gut ausgeht.«

Sie nickte, dann zögerte sie, als habe sie noch etwas zu sagen, wisse aber nicht genau, ob sie es erwähnen sollte. »Da ist noch etwas, das Sie wissen sollten«, sagte sie schließlich.

»So?« sagte Kyle.

»Sie ist in einer Gang.«

7

Melissa beschreibt Linda Hayward als überdurchschnittlich groß, vielleicht einen Meter achtzig«, sagte Kyle. Es war später am Abend, und er hatte sich auf dem Sofa des Wohnzimmers seiner Hotelsuite ausgestreckt. Hanna Uljakën saß mit einem Tablett Snacks neben sich auf einem Sessel und machte sich Notizen. Seeks-the-Moon war ebenfalls in der Nähe und inspizierte eine große Schale mit Obst. »Schwarze, schulterlange Haare, hellblaue Augen, Schmollmund«, fuhr Kyle fort.

Uljakën sah bei dem letzten Beschreibungsmerkmal auf. Kyle zuckte die Achseln. »Ihre Worte, nicht meine. Melissa hat außerdem gesagt, Hayward habe einen phantastischen Körper. Sie glaubt, daß er echt ist.«

»Was bedeutet?« fragte Seeks-the-Moon, indem er seine Inspektion unterbrach und aufsah.

»Daß er nicht kosmetisch oder chirurgisch verschönt wurde.«

»Ach so«, sagte der Geist. »Und ich dachte schon, wir seien da auf etwas gestoßen.«

»Abwarten«, sagte Kyle. »Der Hammer ist die Gang-Verbindung.« Er richtete sich auf. »Ms. Uljakën, hat die Suche in den Datenbanken hinsichtlich des Gang-Namens ›Desolation Angels‹, den wir von Melissa bekommen haben, irgendwelche Resultate erbracht?«

»Unsere Suchprogramme haben in den öffentlichen Datenbanken nichts gefunden. Mr. Truman hat sich einverstanden erklärt, jemanden aus der Forschungs- und Entwicklungsabteilung damit zu betrauen. Knight Errant stellt ebenfalls Nachforschungen an.«

»Truman leiht uns einen Decker?«

Sie lächelte. »Würde er nicht ohnehin für uns arbeiten, könnte man es wahrscheinlich so nennen.« Sie schaute beinahe schüchtern zu Boden und ihn dann wieder an. »Wissen Sie, es ist schon in Ordnung, wenn Sie mich Hanna nennen.« Sie lächelte.

Kyle erwiderte das Lächeln. »Wäre das angemessen?«

»Warum nicht?«

»Soll ich gehen?« fragte Seeks-the-Moon, indem er geräuschvoll in einen Apfel biß und sich neben Kyle setzte.

Uljakën funkelte den Geist an, dann wandte sie sich wieder an Kyle. »Ich dachte, Sie hätten gesagt, Geistern gefiele es nicht – wie haben Sie es noch genannt? –, ›manifest‹ zu sein?«

»Manchen von uns gefällt es tatsächlich nicht«, sagte Seeks-the-Moon, bevor Kyle antworten konnte. »Anders als diese armen Elementare, die sich in einen schlecht passenden Körper zwängen müssen, um manifest zu sein, besitze *ich* eine tatsächliche physische Gestalt. Dafür kann ich mich bei ihm bedanken.« Der Geist lächelte und zeigte auf Kyle. »Gestaltet aus dem ursprünglichen Potential, gewirkt durch die Gnade des Willens und aufrechterhalten durch die schlichte Tatsache, daß es wahrhaftig ein Schmerz im Hintern wäre, mich zu bannen.«

Kyle lachte leise. »Es stimmt. Ich habe ihn zu mächtig werden lassen.«

Seeks-the-Moon lüftete seinen Hut.

Hanna lachte, und in diesem Augenblick summte das Telekom.

Kyle sah Seeks-the-Moon an, dann seufzte er und erhob sich von dem Sofa. »Ich gehe schon ran.«

»Ich hasse diese Dinger«, sagte Seeks-the-Moon zu Hanna. »Ich rühre sie nicht an.«

Kyle setzte sich an den Schreibtisch und schwenkte den Arm mit dem Bildschirm ein wenig, so daß er ihn bequemer betrachten konnte. Dann drückte er die

Connect-Taste. William Faciles Gesicht erschien auf dem Bildschirm.

»Wir haben Ihre ›Desolation Angels‹ überprüft«, sagte der Ork, »aber es gibt nirgendwo Aufzeichnungen über eine Gang dieses Namens. Weder bei Eagle noch bei den Bundescops.«

»Taucht der Name in anderen Zusammenhängen auf?« fragte Kyle.

»Ja, in einem ganz alten. Offenbar war das der Titel einer Musik-CD, vor achtzig Jahren oder so. Eine Rockband namens Bad Company hat die Scheibe aufgenommen. Der Eintrag war mit der Fußnote versehen, das Cover der Scheibe sei damals ein populäres Abzeichen auf Motorradjacken gewesen.«

»Also könnte Melissa Truman einfach gesehen haben, daß Hayward eine dieser Jacken trägt, und daraus eine Gang-Zugehörigkeit abgeleitet haben.«

Facile nickte. »Darauf würde ich tippen.«

»Und was ist mit diesem Club, dem Kaleidoskop? Gibt es darüber schon irgendwas?«

»Eigentlich nicht. Nur den üblichen Drek. Kontrolliert wird er von einem hiesigen Konzern namens Caleb Group. Dem Konzern gehören vier Clubs.«

»Wem gehört der Konzern?«

»Die Aktien sind gestreut. Achthundertzweiundneunzig Investoren.«

»Wer sind die Hauptaktionäre?«

»Drei Leute, alle mit vier Prozent.«

Kyle seufzte. »Sackgasse. Keiner mit einem so großen Stück vom Kuchen, daß es sich lohnen würde, weitere Nachforschungen anzustellen. Ich nehme an, sie sind alle sauber.«

»Ich will die Computer von Knight Errant wirklich nicht mit Hintergrundüberprüfungen von neunhundert Leuten blockieren.«

»Das liegt ganz bei Ihnen«, sagte Kyle, »aber steht Linda Hayward auf der Liste der Aktionäre?«

Facile blinzelte, dann fing er an, seinen Computer zu bearbeiten. Einen Augenblick später verengten sich seine Augen. »Ja, sie ist drauf.«

»Großartig. Lassen Sie mich wissen, wer sonst noch Interessantes auf der Liste steht. Ich melde mich dann später wieder.« Kyle unterbrach die Verbindung, und Faciles Gesicht verblaßte.

»Interessant«, sagte Hanna.

»Sehr«, stimmte Kyle zu. »Könnten Sie mir einen Gefallen tun und ihr Aufzeichnungsgerät das Profil, das wir von ihr haben, noch einmal wiederholen lassen?«

Hanna nickte und tippte ein paar Befehle in das Gerät ein. Einen Augenblick später sprach es mit klarer maskuliner Stimme: »Ergebnisse der Suche nach Linda Hayward in den öffentlichen Datenbanken. Gesammelte Informationen: eine Übereinstimmung. Linda Kathleen Hayward. Geboren am 8. März 2029 im Rush-Presbyterianer-Hospital, Chicago. Eltern, Nancy Arnold Hayward und John Michael Hayward, verstorben 2039. Anstellung bei Davidion Financial bis vor vier Jahren. Seither keine registrierte Anstellung. Gemeldeter Wohnsitz 3121 West George, Chicago bis vor vier Jahren. Seither kein registrierter Wohnsitz. Besitzt einen akademischen Grad in Management und Finanzen der Universität von Illinois, Chicago, aus dem Jahre 2043. Keine weiteren Einträge gefunden.«

»Auch das ist nicht sehr vielversprechend«, sagte Hanna.

»Das klingt nach Informationen über eine Person, die untergetaucht ist«, sinnierte Kyle. »Alle Daten sind mindestens vier Jahre alt. Offenbar ist sie völlig aus der öffentlichen Datenerfassung herausgefallen.«

»Was schließen Sie daraus?«

»Tja, wenn wir überhaupt nichts gefunden hätten, wäre ich davon ausgegangen, daß sie in die Schatten gewechselt ist«, sagte Kyle.

»Und Shadowrunner geworden ist?« fragte Hanna beinahe ungläubig. »Ist das denn so leicht?«

Kyle lachte. »Nein. Wenn sie gut oder einfach nur clever wäre, gäbe es mittlerweile überhaupt keine Einträge mehr von ihr. Sie sind vier Jahre alt – immerhin eine Spur, wenn auch eine ziemlich kalte. Aber sie benutzt noch ihren richtigen Namen.« Er zuckte die Achseln. »Ich weiß es ganz einfach nicht. Aber wenn ich ihr heute abend im Kaleidoskop begegne, werde ich sie auf jeden Fall fragen.«

»Das war nicht nötig«, sagte Kyle zu Seeks-the-Moon über die telepathische Verbindung, die sie als Meister und Geistverbündeter teilten. Kyle mochte diese Art der Kommunikation mit dem Geist nicht, weil Seeks-the-Moons Stimme in seinem Verstand zu sehr wie seine eigene klang. Doch vor dem Geländer mit Blick auf die Tanzfläche des Kaleidoskop und von ungezählten Tausenden von Watt mit stampfendem, hämmerndem, knirschendem Jet Core Rock beschallt, war dies die einzige Möglichkeit, sich zu unterhalten.

Der Geist zuckte die Achseln, obwohl er ebenfalls telepathisch sprach. »Der Türsteher war ein Scherzkeks. Wir waren offensichtlich viel echter als die Schwindler, die er vor uns eingelassen hat. Das habe ich einfach bewiesen.«

»Du mußtest dafür nicht in Flammen aufgehen.«

»Wir sind drin, oder etwa nicht?«

»Ja, aber jede Wette, daß wir aufgefallen sind. Unauffälligkeit können wir jetzt vergessen.«

»Warum hast du mir nicht gesagt, daß du es auf die subtile Tour machen willst? Das ist nicht die Herangehensweise, der du normalerweise den Vorzug gibst.«

Kyle hob die Hand, um Seeks-the-Moons Neckerei zu beenden. »Okay, okay«, sagte er. »Wir haben eine ungefähre Vorstellung von der Person, die wir suchen, also werden wir uns jetzt trennen und sehen, was sich ergibt.«

Der Geist zuckte erneut die Achseln. »Wie du meinst. Wenn ich Linda Hayward finde, soll ich dich dann rufen?«

»Dafür wäre ich dir sehr dankbar.«

Seeks-the-Moon vergrub die Hände in den Hosentaschen und schob sich durch die Menge. Kyle wußte, daß sich der Geist inmitten dieses Chaos aus Musik und Tänzern unwohl fühlte, aber er wußte auch, daß Moons Fähigkeit, in der physikalischen und zugleich in der astralen Welt sehen zu können, im Falle einer Bedrohung unschätzbar war.

Kyle fühlte sich seinerseits ebenfalls nicht besonders wohl, da sein Musikgeschmack eher in Richtung subtilere Techno-Phasen-Harmonie tendierte. Jet Core war zu laut, zu dissonant und in Verbindung mit den Milliarden von wirbelnden und schwirrenden bunten Lichtern im Club zu verdammt hektisch.

Die Menge war im Durchschnitt sehr jung – natürlich älter als Melissa oder Mitchell Truman, aber nur um ein paar Jahre. Es gab auch Jüngere, die jedoch in kleinen Cliquen am Rande der Hauptebene unter sich blieben. Kyle war nicht sicher, ob er zunächst einfach nur beobachten oder sich durch die Menge arbeiten sollte, um Hinweise auf Linda Hayward oder Mitchell Truman zu erhalten.

Unter ihm veränderte die wogende Masse ihr Bewegungsmuster, als die Musik Tempo und Rhythmus änderte. Er glaubte in dem Stück eine Coverversion eines eher lyrischen Songs von vielleicht vor einem Jahrzehnt zu erkennen. Er bewegte sich gegen den Strom der Menge auf die Bar zu.

Das Kaleidoskop zog eine Klientel an, die offenbar den ›magischen‹ Look für in hielt. Er kam an zwei weiblichen Elfen vorbei, die von einem Troll bewacht wurden, doch von den dreien schien nur der Troll echt zu sein. Mit ihrer Montur, den geflochtenen und gefärbten Haaren und dem Metallsplitter-Make-up kamen ihm die Elfen künstlich und unecht vor. Sie ignorierten ihn ebenso gekünstelt, wie es ihre Pose war, während ihm der Troll höflich zunickte. Kyle fragte sich einen Moment lang, welche Geschichte sich in Wirklichkeit hinter den dreien verbarg.

Ein Ork, der wie einer der Zauberer aus der gerade aktuellen SimSinn-Version von *Die Arabischen Ritter* aussah, schleuderte etwas in die Luft, das wie ein Regenbogen aus Farben aussah. Kyle brauchte seine Astralsinne nicht, um zu wissen, daß es sich um einen Trick handelte: Licht, das durch eine Handvoll von Mikrokristallen gebrochen wurde. Gaukelei war im Kaleidoskop offenbar der letzte Schrei.

»Es scheint so, als wäre ich nicht allein«, sagte Seeks-the-Moon in Kyles Gedanken hinein. Sich rasch umdrehend, überflog Kyle die Menschenmenge in dem Versuch, den Geist darin auszumachen.

»Wie meinst du das?«

»Wenn mich nicht alles täuscht, ist die junge Frau vor der roten Neonsäule auf der anderen Seite der Tanzfläche auch ein Geist.«

Kyle lehnte sich gegen das Geländer und strengte sich an, die Entfernung mit seinen forschenden Blicken zu überbrücken. Er konnte eine Traube von Gestalten an einem roten Neonpfeiler erkennen, aber viel mehr auch nicht. Er lehnte sich gegen das Geländer und wechselte auf astrale Wahrnehmung. Der Raum wurde zu einem lebhaften, energetischem Fokus, zu einer Kaskade aus Farben und Energie. Trotz der strahlenden Helligkeit, der gesammelten Energie der dicht gedrängt stehenden Tänzer und ihrer Empfindungen, waren keine mystischen Auren zu sehen, außer an der Säule.

Dort entdeckte Kyle zwei mächtige Auren, beide unmaskiert. Beide gehörten Frauen, und sie barsten förmlich vor echter, ursprünglicher Macht. Geister, die sich in menschlicher Gestalt manifestiert hatten.

»Kannst du einen ungehinderten Blick auf sie werfen?« fragte Kyle über ihre telepathische Verbindung.

»Nein, und ich glaube auch nicht, daß ich noch näher gehen sollte. Sie können wie ich gleichzeitig normal und astral sehen. Du willst doch wohl nicht, daß ich sie auf unsere Anwesenheit aufmerksam mache.«

»Du hast recht. Ich versuche, näher an sie heranzukommen.« Kyle kehrte wieder zur normalen Wahrnehmung zurück und ging um die Tanzfläche herum, wobei er den Blick auf die rote Säule gerichtet hielt. Er war fast da, als sich Seeks-the-Moon wieder meldete.

»Eine der beiden entfernt sich«, sagte der Geist. »Sie geht in den hinteren Teil des Clubs.«

»Kannst du ihr folgen?« fragte Kyle, indem er versuchte, sich einen Weg durch die Menge zu bahnen, ohne Zwischenfälle zu verursachen.

»Ich glaube schon, aber wieviel soll ich riskieren?«

»Könnte sie Linda Hayward sein?«

»Nur, wenn sie sich maskiert hat. Diese Frau ist schwarz.«

»Folge ihr, wenn du kannst.«

»Das werde ich.«

Kyle blieb für einen Augenblick stehen und konzentrierte sich, verstärkte seine Abschirmung und, was vielleicht am wichtigsten war, die Maske, die seine mystische Aura dämpfte. Doch falls diese Frau, wer sie auch sein mochte, so mächtig war, wie ihre unmaskierte Aura vermuten ließ, bezweifelte er, daß seine Versuche, seine Aura zu unterdrücken, sehr erfolgreich sein würden. Er schlug einen Bogen, um sich ihr von hinten zu nähern.

Ihr Haar hatte die gleiche Farbe wie das unnatürliche Licht, und ihre Haut war bleich und wächsern. Ihre Kleidung schien aus echtem Leder zu sein, dunkel und glänzend, und schmiegte sich eng an ihre langen

Beine. Ihre Weste saß locker an Rücken und Beinen, und die Arme waren bis auf kupferne Armreifen nackt.

Was ihn für einen Augenblick innehalten ließ, war das Bild auf dem Rücken ihrer Weste. Es war die Gestalt eines Engels, entschieden feminin und offenbar militant. Ein Arm war aufwärts in den Himmel gerichtet und schwang ein leuchtendes Schwert. Der andere deutete nach unten und verbarg, was die zerfetzten Lumpen ihrer Kleidung nicht verbergen konnten. Das Gesicht des Engels war von einem Kranz glänzender Haare eingerahmt und nach unten gerichtet, doch sein Blick richtete sich auf den Betrachter – direkt, provokant und herausfordernd. Die Worte »Desolation Angels« prangten über dem Engel und auf den Schulterblättern der Frau.

»Desolation Angels«, sagte Kyle zu Seeks-the-Moon. »Das steht auf ihrem Rücken.«

»Bei meiner auch«, erwiderte der Geist, »obwohl ich sie noch nicht – *Drek!*«

Kyle blieb stehen. »Was ist?«

»Sie ist gerade auf die Toilette gegangen«, meldete sich Seeks-the-Moon. »Ich wage es nicht, ihr zu folgen. Damit käme ich ihr zu nah.«

»Dann warte, bis sie wieder herauskommt.« Kyle hatte sich wieder in Richtung auf die andere Frau in Bewegung gesetzt. »Mal sehen, was ich bei dieser erreiche.«

»Ist das Linda Hayward?«

»Nein.« Kyle trat neben sie und wünschte plötzlich, er hätte einen Drink in der Hand gehabt. Er blickte einen Augenblick über die Tanzfläche und dann angelegentlich nach links.

Die Haare fielen der Frau locker über eine Schulter, und aus der Nähe konnte er erkennen, daß sie tatsächlich rot, aber sehr hell waren, fast blond. Ihre Augen waren groß und rund und smaragdgrün, ihr

Mund war klein, aber ausdrucksvoll, und ihre Lippen hatten eine Farbe wie Blut. Sie richtete den Blick auf ihn und beäugte ihn mit belustigtem Desinteresse. Er sah, daß sie eine schwarze enge Halskette trug, an der ein einzelnes blasses Juwel in einer Goldfassung hing.

Er lächelte, ließ seinen Blick in eine andere Richtung wandern und dann wieder zu ihr zurück. Ihr Lächeln wurde ein wenig breiter, und ihre Lippen öffneten sich kaum merklich. Dann schloß sie die Augen und lehnte sich gegen die rote Neonsäule.

Kyle spannte sich. Hätte er es mit einer Magierin zu tun gehabt, würde er ihr Verhalten als sicheres Zeichen betrachtet haben, daß sie auf astrale Wahrnehmung gewechselt hatte und ihren Geist auf der Astralebene umherschweifen ließ. Doch Seeks-the-Moon hatte gesagt, daß sie wie er ein Geist war. Das bedeutete nicht nur, daß sie keinen echten Körper besaß, von dem sie ihren Geist trennen konnte, sondern auch, daß sie es gar nicht zu tun brauchte, weil sie mühelos auf beiden Ebenen zugleich sehen konnte.

»Moon«, sagte er in Gedanken.

»Ja?«

»Kannst du mich von deiner Position aus sehen?«

»Ja, das kann ich.«

»Was tut sie?« fragte Kyle, indem er einen Blick auf sie riskierte. Sie hatte sich nicht bewegt.

»Nichts«, sagte der Geist. »Soweit ich sehen kann.«

»Aha«, sagte Kyle.

»Beunruhigt?«

»Ja.«

»Du bist näher bei ihr«, sagte Seeks-the-Moon. »Du kannst mehr erkennen als ich.«

»Ich kann es nicht riskieren, mich zu verraten.«

Kyle sah sie wieder an, sah jedoch nur, daß sie wie erstarrt dastand. Eine Kellnerin bahnte sich einen Weg durch die Menge und kam ihm dabei näher. Er traf einen Entschluß und rückte näher, um der Frau behutsam die Hand auf den nackten Oberarm zu legen. Ihre Haut war in krassem Gegensatz zur Raumtemperatur kühl.

Ihre Augen öffneten sich, und sie betrachtete ihn ausdruckslos.

Kyle gelang ein Lächeln, wobei er ein unbestimmtes Gefühl wachsenden Unbehagens verdrängte. »Kann ich Ihnen etwas zu trinken kaufen?« fragte er so lässig wie möglich, obwohl er mehr oder weniger schreien mußte, um den Lärm zu übertönen.

Ihr Gesichtsausdruck änderte sich nicht. »Warum?« Sie sprach mit normaler Lautstärke, was ihn mehr oder weniger dazu zwang, Lippen zu lesen.

»Es ist so warm hier. Ich dachte, sie sind vielleicht durstig.«

»Das bin ich auch«, sagte sie, und er wollte schon der Kellnerin zuwinken, als ihn ihre Worte und ihre starke Hand auf seinem Arm zurückhielten. »Aber ich will nichts zu trinken.«

Er hielt inne, als seine Körpertemperatur bei ihrer Berührung plötzlich rapide fiel, um dann langsam wieder anzusteigen. »Was kann ich dann für Sie tun?«

Sie lächelte. »Heute abend nichts.«

»Könnte ich dann vielleicht …«

Sie ließ seinen Arm los und entfernte sich dann von ihm. »Gute Nacht.« Sie schlug die Richtung in den hinteren Teil des Clubs ein.

»Moon!« sagte Kyle auf telepathischem Weg, wobei er sich ebenfalls in Bewegung setzte, um ihr zu folgen, dabei jedoch ausreichend Abstand zu ihr hielt, so daß er sich in der Menge verstecken konnte, falls sie sich plötzlich umdrehte.

»Ja?«

»Sie geht am Geländer entlang und kommt genau auf dich zu.«

Vor ihm konnte Kyle gerade noch die Gestalt der

Frau ausmachen, als sie sich der Damentoilette näherte und dann hineinging.

»Sie ist hineingegangen«, sagte Kyle zu Moon.

»Komm und bewache mich. Ich werde versuchen, einen Blick hineinzuwerfen.«

Einen Augenblick später tauchte Seeks-the-Moon neben seinem Meister auf. »Ganz wie in den alten Zeiten, nicht?«

»Ruhe«, schnauzte Kyle. »Ich werde einen Weitsichtzauber einsetzen, den sie eigentlich nicht bemerken dürften, egal wie mächtig sie sind.«

»Voraussichtlich.«

Kyle sah ihn an. »Was soll das heißen, voraussichtlich?«

Der Geist zuckte die Achseln. »Wir wissen nicht genau, womit wir es zu tun haben.«

Kyle nickte. »Bewache mich.« Er lehnte sich gegen einen Stützpfeiler. Das Wirken des Zaubers erforderte nicht die besondere Konzentration wie bei der Benutzung seiner Astralsinne, aber er wollte vorsichtig sein.

Die Kräfte der Magie wirbelten um ihn. Er streckte seinen geistigen Fühler aus und fing an, sie zu formen, sie mit seiner Aura zu verbinden, und zwar mit jenen Elementen, die mit der Sehfähigkeit zu tun hatten. Er schuf einen Knoten mystischer Energie, den neuen Ausgangspunkt für sein Sehvermögen, und projizierte ihn vorwärts, vorbei an der Menge, durch die geschlossene Tür und in den Raum dahinter.

Er war groß und hell. Über den Waschbecken waren Spiegel angebracht, und über den Spiegeln hingen Neonröhren, die ein grelles Licht auf die anwesenden Frauen warfen. Alle Waschbecken waren besetzt, und neben den überquellenden Abfalleimern warteten noch mehr, bis sie an der Reihe waren. Die Toilettenfrau zog es offenbar vor, die illegalen Vorgänge in der ersten Toilettenkabine zu ignorieren. Es gab etwa zwei Dutzend Kabinen, alle im hinteren Teil des Raums.

Alle waren besetzt, und vor jeder Kabine wartete mindestens eine weitere Frau. Von den beiden Geistern war nichts zu sehen.

Still vor sich hin fluchend, dirigierte Kyle seine Sicht weiter vorwärts, als sich eine der Kabinentüren öffnete und eine Frau herauskam, deren Platz sofort von einer der wartenden eingenommen wurde. Unsicher hielt er einen Augenblick inne, um dann unter die Decke zu schweben und einen raschen Blick in alle Kabinen auf der linken Seite zu werfen.

Keine der beiden gesuchten Frauen befand sich in einer der Kabinen. Er wandte sich der anderen Seite zu und wiederholte den Vorgang.

Dort waren sie auch nicht.

Wiederum fluchend, warf Kyle jegliches Schamgefühl über Bord und überprüfte gründlich jede einzelne Kabine, bevor er den Rest des Raumes noch einmal durchsuchte.

Die beiden Geister waren ganz einfach nicht da.

Er beendete den Zauber.

»Sind sie weg?« fragte Seeks-the-Moon.

»Ja.«

»Das habe ich schon befürchtet. Ich habe die Toilettentür im Auge behalten, aber keine der beiden ist wieder herausgekommen.«

»Sie müssen durch die rückwärtige Mauer verschwunden sein. Ich glaube, dahinter befindet sich eine Gasse. Sie konnten es nicht riskieren, vor aller Augen zu verschwinden.«

»Und was machen wir jetzt?«

»Jetzt«, sagte Kyle, »gehen wir zu den Trumans und sagen ihnen, daß ich mir langsam große Sorgen mache.«

8

Als Kyles Wagen abbremste und in die Lichtinsel vor dem Truman Tower rollte, tauchte plötzlich Hanna Uljakën aus den tiefen Schatten neben dem Eingang auf und eilte zu seinem Wagen. Erfreut nahm er zur Kenntnis, daß mehr Beamte von Knight Errant auf der hell erleuchteten Auffahrt seinen Ausweis überprüften, und registrierte gleichermaßen froh, wie die beiden Beamten an der Tür ihre Position veränderten, um Hanna auf dem Weg zu ihm besser schützen zu können.

Die Flügeltür des Fords hob sich, und er stieg rasch aus und ging ihr um den Wagen herum entgegen.

»Ich habe Mr. Truman sofort nach Seeks-the-Moons Eintreffen verständigt«, sagte sie zu ihm, während sie sich dem Eingang näherten. »Er und Mrs. Truman waren auf ihrer Jacht, sind aber bereits per Hubschrauber hierher unterwegs. Sie müßten jede Minute eintreffen.«

»Und Melissa?« fragte Kyle, als sie durch die Lobbytüren gingen, die innen von drei weiteren Beamten bewacht wurden.

Sie verzog das Gesicht. »Das ist ein Problem.«

Kyle blieb stehen. »Warum?«

»Vor ein paar Stunden hat sie ihre Bewacher abgeschüttelt.«

»Miststück!« sagte er, wütend den Kopf schüttelnd. »Ist Facile oben?«

»Das war er nicht, aber ich habe ihn verständigt.«

Kyle wandte sich an den nächsten Beamten in seinem maßgeschneiderten Körperpanzer samt vollständigem taktischem Kommunikations-Kopfset und dem nicht allzu lässig über die Schulter geworfenen Sturmgewehr. Kyle zeigte auf ihn. »Lassen Sie Facile wissen, daß wir ihn oben brauchen.« Der Befehl schien den Mann zu verblüffen, doch der Mann griff an sein Kopfset und überraschte Kyle mit der raschen Ausführung der Anweisung.

Kyle und Hanna gingen weiter zu den Fahrstühlen. »Sie haben irgendwann davon gesprochen, daß von Melissa eine Ritualprobe vorliegt?«

Sie nickte. »Ja, sie ist tiefgefroren.«

»Und befindet sich im Familienbesitz?«

Sie nickte. »In einem Sicherheitstresor im Keller.«

»Wir werden sie brauchen.« Als sie den Fahrstuhl erreichten, trat die Wache darin geschmeidig beiseite. Kyle sah, daß es dieselbe Frau war wie bei seinem letzten Besuch hier, aber jetzt war sie für den Krieg gekleidet.

»Befehl«, sagte Hanna, als sich die Türen hinter ihnen schlossen. »Penthouse. Express.« Der Fahrstuhl beschleunigte schnell auf seine Höchstgeschwindigkeit, wie Kyle vermutete. »Befehl«, sagte sie erneut. »Sprechverbindung mit Sicherheit.«

Einen Augenblick später meldete sich eine klare männliche Stimme über die Lautsprecher des Fahrstuhls. »Hier Sicherheitskontrolle, Ms. Uljakën.«

Sie sah auf zu einer Stelle, wo, wie Kyle vermutete, die Mikroüberwachungskamera angebracht war. »Kraft meiner Autorität brauche ich sofort Melissa Trumans Biomaterial aus der Tiefkühlung.«

»Alles?« fragte die Stimme, als der Fahrstuhl abbremste.

Hanna warf einen Blick auf Kyle, der den Kopf schüttelte. »Nein«, sagte sie, »nur eine Probe.«

»Ist unterwegs. Sicherheit Ende.«

Die Fahrstuhltüren öffneten sich, und die beiden betraten den langen Flur, der zur Wohnung der Trumans führte. Es waren keine Wachen anwesend, aber Kyle wünschte, es wäre anders gewesen.

»Ist es so ernst?« fragte Hanna, als sie sich den Mahagonitüren näherten.

»Ich will es mal so ausdrücken«, sagte Kyle. »Wenn ich recht habe, ist diese Linda Hayward nicht von dieser Erde.«

»Wie bitte?« Daniel Trumans Gesicht war weiß geworden. Seine Frau stand neben ihm, immer noch in Abendkleidung, und umklammerte seinen Arm.

»Es tut mir leid, aber es ist eine nicht von der Hand zu weisende Möglichkeit«, antwortete Kyle. »Ich habe zwei Frauen gesehen, die beide Westen mit den Worten ›Desolation Angels‹ darauf trugen, und beide Frauen waren Geister.«

»Sind Sie sicher, daß es nicht nur zwei mächtige Magierinnen waren?« fragte Facile, der ebenfalls Abendkleidung trug. Kyle war zufrieden gewesen, als er gesehen hatte, daß der Ork mit den Trumans aus dem Hubschrauber gestiegen war, wenngleich er den Verdacht hatte, daß Truman senior die verstärkte Anwesenheit der Sicherheit langsam auf die Nerven ging. »Sie könnten ihre Auren falsch interpretiert ...«

»Lieutenant«, sagte Seeks-the-Moon, in die Betrachtung der winzigen Farbpunkte des Wandgemäldes vertieft. »Glauben Sie mir, wenn ich sage, daß ich den Unterschied zwischen einem im flammenden Chaos der Metaebenen geborenen mächtigen Geist und der Aura Erwachten Fleisches kenne.« Er warf einen raschen Blick auf Kyle. »Nichts für ungut.«

Kyle ignorierte ihn. »Nein, wir sind sicher«, sagte er zu Facile. »Die unmaskierte Aura eines Geistes ist unverkennbar. Und dann ist da noch die Tatsache, daß beide durch die Rückwand der Damentoilette verschwunden sind.«

»Könnten sie sich nicht auch unsichtbar gemacht und den Laden auf andere Weise verlassen haben?« fragte Facile.

»Unwahrscheinlich.«

»Aber wäre es möglich?«

Kyle wandte sich an Truman. Er war wütend. »Mr. Truman, das sind die Tatsachen, wie ich sie verstehe. Ihr Sohn wird vermißt. Wir haben bewiesen, daß er von einer mächtigen Schutzvorrichtung umgeben ist. Wir haben eine Verbindung zwischen ihm und einer Frau namens Linda Hayward, die Mitglied einer Gang namens Desolation Angels zu sein scheint, möglicherweise einer reinen Frauengang. Wir haben gesehen, daß mindestens zwei Mitglieder der Desolation Angels Geister sind. Das sind ausreichend Gründe zur Beunruhigung.«

Truman nickte zögernd, während sein Verstand sorgfältig alles analysierte, was Kyle ihm erzählte. »Wenn es sich um irgendwelche Geister handelt – und verzeihen Sie, aber ich bin kein Experte –, müssen sie dann nicht von jemandem befehligt werden?«

Kyle schüttelte den Kopf. »Es gibt viele verschiedene Arten von Geistern. Manche sind wie Seeks-the-Moon, Charlotte und Delta, die von Magiern beschworen und geformt werden. Diese und ähnliche Geister werden alle befehligt und können nur innerhalb gewisser Grenzen aktiv sein.«

Immer noch das Gemälde betrachtend, räusperte sich Seeks-the-Moon.

Kyle warf einen Blick auf ihn. »Manche besitzen wegen ihres Wesens und der Tatsache, daß sie sich als vertrauenswürdig erwiesen haben, eine ziemlich große Flexibilität, sogar Autonomie. Alle besitzen jedoch ausgeprägte Persönlichkeiten, manchmal sogar mit unerwünschten Eigenarten. Je nachdem, wie sie behandelt werden, können manche Geister unverschämt und wütend auf ihren Meister werden und sogar Rachegefühle entwickeln. Einmal beschworen, sind alle lebendige Wesen.

Es gibt andere Geister, die allgemein unter dem Begriff ›freie Geister‹ geführt werden. Diese Geister haben einen eigenen, freien Willen. Ein beschworener Geist kann frei werden, wenn sein Meister stirbt oder der Geist so mächtig wird, daß er sich gegen seinen Meister wendet und ihn besiegt. Außerdem gibt es Geister, die einfach kraft ihres Wesens frei sind. Sie haben eigene Ziele und eigene Bedürfnisse, und manche sind sehr schwer zu verstehen.

Es gibt eine Reihe verschiedener Kategorien freier Geister, wie wir sie verstehen. Wir könnten es mit Schwindlern, Schatten, Anima oder Spielern zu tun haben.«

»Jesus«, sagte Facile, der erbleicht war.

»Ich fürchte, ich kann Ihnen nicht ganz folgen«, sagte Truman.

»Nun, um es kurz zu machen, ich bin sicher, wir haben es mit Geistern zu tun, aber ich weiß nicht, mit welcher Art.«

Facile sah Truman an und bat dann, ihn für einen Moment zu entschuldigen. Während er die Wohnung verließ, trat einer von Trumans Sicherheitsleuten ein, der von einem Knight Errants-Beamten begleitet wurde. Der Mann von der Gebäudesicherheit trug einen Kühlbehälter. Hanna Uljakën deutete auf Kyle. »Geben Sie das bitte Mr. Teller.«

Der Wachmann nickte, ging zu ihm und reichte ihm den Behälter. Er war schwer und nur ein wenig größer als ein Werkzeugkasten, doch Kyle wußte daß er genügend Kühlmittel und Batteriestrom enthielt, um die Probe wochenlang im tiefgekühlten Zustand zu belassen. »Danke«, sagte er.

»Was ist das?« fragte Truman.

»Die Ritualprobe Ihrer Tochter Melissa. Wir sollten sie meiner Ansicht nach so schnell wie möglich ausfindig machen. Wäre Lieutenant Facile hier, würde er mir gewiß zustimmen.«

»Zum Teufel mit Facile«, sagte Truman. »*Ich* stimme Ihnen zu.«

»Gut«, sagte Kyle, indem er den Behälter an sich nahm. »Ich würde es vorziehen, wenn Knight...«

Das Telekom an der gegenüberliegenden Wand summte, und Hanna Uljakën beeilte sich, den Anruf entgegenzunehmen.

»Ich wollte gerade sagen, daß ich es vorziehen würde, wenn Knight Errant das übernähme«, fuhr er fort. »Es gibt ein paar andere Spuren, die ich verfolgen will, und da das Ritual mehrere Stunden in Anspruch nehmen wird, wäre es besser, wenn es jemand anders vollzöge.«

Truman nickte. »Ich bin sicher, daß das kein Problem ist.« Er sah sich in dem Raum um. »Wo, zum Teufel, ist Facile überhaupt?«

»Er ist noch nicht zurückgekommen«, sagte seine Frau.

»Ich will ihn hier oben haben.« Truman wollte zur Tür gehen, doch Hanna unterbrach ihn.

»Entschuldigen Sie, Sir!« rief sie durch den Raum. Alle drehten sich zu ihr um. Sie hatte den eingehenden Anruf nur akustisch entgegengenommen, um die anderen nicht abzulenken, und sich den Hörer zwischen Schulter und Ohr geklemmt. Sie winkte ihnen mit beiden Händen zu.

»Es ist Eagle Security«, sagte sie mit weit aufgerissenen Augen. »Sie haben Mitch gefunden!«

»Sind sie sicher?« fragte Mrs. Truman atemlos vor Aufregung.

Hanna nickte. »Der Retinaabdruck stimmt überein!«

»Wo ist er?« fragte Truman. »Wo ist mein Junge?«

»Geht es ihm gut?« rief Mrs. Truman.

Hanna hielt inne und sprach dann leise in den Hörer. »Er ist im Harold Washington University Hospital«, berichtete sie. Dann unterbrach sie sich und starrte die Trumans an, bevor sie die Worte schließlich herausbekam.

»Sie haben ihn in die psychiatrische Abteilung gebracht.«

9

Der Mann streckte die Hand aus, als Truman mit seinem Gefolge die Krankenhauslobby betrat. »Lieutenant Breslin«, sagte er. »Eagle Security.«

Daniel Truman nahm seine Hand, schüttelte sie und hielt sie dann fest. »Lieutenant, ich will meinen Sohn sehen.« Der Rest der Gruppe folgte ihm auf den Fersen und sah inmitten des Straßenvolks und der Penner, die dort warteten, ziemlich fehl am Platz aus.

»Selbstverständlich«, sagte Breslin und deutete auf eine ältere dunkelhaarige Frau, die sich ihnen im unverkennbaren weißen Kittel einer Ärztin näherte. Sie hatte die Hände in die Taschen gesteckt, und dort blieben sie auch. »Das ist Doktor Stansfeld. Sie hat Ihren Sohn untersucht.«

»Doktor«, sagte Truman.

»Mr. Truman, zu meinem Bedauern muß ich Ihnen mitteilen, daß ich Ihnen nur sehr wenig über Ihren Sohn sagen kann. Eagle hat ihn vor etwa vier Stunden hergebracht, und wir haben so ziemlich alle passiven Tests an ihm durchgeführt, die wir haben. Praktisch ohne Resultat.«

»Ich verstehe nicht«, sagte Mrs. Truman.

»Er befindet sich in einem Zustand der Teilnahmslosigkeit. Alles deutet darauf hin, daß er bei Bewußtsein ist, möglicherweise sogar empfänglich für seine Umwelt, aber nicht fähig oder auch nicht bereit zu reagieren.«

»Wie kann das sein?« Daniel Truman schien kaum in der Lage, seine Wut und seinen Kummer zu beherrschen. »Was ist ihm zugestoßen?«

»Ich weiß es nicht mit Sicherheit. Eine Reihe mentaler oder emotionaler Traumata. Er ist körperlich mißhandelt worden, möglicherweise geschlagen, aber abgesehen von diesen Schrammen und Kratzern ist er relativ unverletzt. Es könnte etwas sein, das er gesehen oder erlebt hat.«

»Können wir ihn sehen?« fragte Mrs. Truman.

Die Ärztin nickte. »Selbstverständlich. Hier entlang.« Die beiden Trumans folgten Stansfeld aus der Lobby und ließen Kyle, Hanna, zwei Assistenten und drei Beamte von Knight Errant mit Lieutenant Breslin dort stehen. Facile war nicht bei ihnen, da er versuchte, Melissa Truman ausfindig zu machen.

»Lieutenant Breslin«, sagte Kyle, indem er seinerseits die Hand ausstreckte. »Ich bin an der Untersuchung dieser Angelegenheit beteiligt. Dürfte ich Ihnen ein paar Fragen stellen?«

Der Polizeilieutenant lachte. »Normalerweise sage ich diesen Spruch auf.« Er war nicht sehr groß, einen ganzen Kopf kleiner als Kyle, und hatte einen Schopf braunroter Haare und einen sauber gestutzten Schnurrbart. Sein Blick war klar und direkt. »Ich nehme an, Sie gehören zu Trumans Stab?« Er beäugte die drei offensichtlich bewaffneten Beamten, die die Gruppe umringten. »Oder doch zu Knight Errant?«

»Weder noch. Ich wurde hinzugezogen, um den Jungen zu suchen.«

Der Lieutenant grinste. »Ich schätze, wir haben Ihnen den Job etwas erleichtert.«

»Bis hierher schon«, sagte Kyle, »aber ich habe den unbestimmten Verdacht, daß Mr. Truman herausfinden wollen wird, wie das passiert ist.«

Der Polizeibeamte nickte. »Er ist auf der Northside aufgelesen worden, in der Nähe der Kreuzung Western und Irving Park. Die Besatzung des Streifenwagens hat den Vorgang so geschildert: Er kam aus einer Gasse gerannt und ist praktisch direkt in den Wagen gelaufen. Zuerst hat er sich gegen die Beamten gewehrt, dann ist er einfach zusammengeklappt. Mittlerweile hatte sich eine Gruppe Schaulustiger versammelt, und die Beamten haben herumgefragt, ob ihn irgend jemand kannte, aber niemand wollte sich auf irgendwas Konkretes festnageln lassen. Nicht weiter überraschend in der Gegend.«

»Wie war er gekleidet?« fragte Kyle.

»Er trug Jeans, Schuhe und ein Hemd«, sagte Breslin. »Das Krankenhaus hat die Sachen.«

»Hatte er Ausweise oder Geld dabei?«

Breslin schüttelte den Kopf. »Fehlanzeige, sonst hätten wir ihn schneller identifiziert. Wir mußten erst Abdrücke von Fingern und Retina nehmen.«

»Und seine Verletzungen?«

»Wie die Ärztin schon sagte. Aber ich bin erst nach seiner Identifikation zu dem Fall gekommen. Ich habe nur ein paar Schnitte und Kratzer gesehen, die er sich auch beim Zusammenstoß mit dem Streifenwagen zugezogen haben kann. Wie ich hörte, wäre er fast durch die Windschutzscheibe geflogen.«

»Hat er irgendwas zu irgend jemandem gesagt?«

»Nein. Nichts. Im Bericht steht, daß er bis zu seinem Zusammenbruch versucht hat, irgendwas zu brüllen, obwohl er die Zähne fest zusammengebissen hatte. Aber das waren keine Worte, nur Gebrüll. Für mich ist die ganze Sache ziemlich offensichtlich.«

»Tatsächlich?« sagte Kyle.

Der Lieutenant zuckte die Achseln. »Klar. Durchgedrehtes Verhalten, dann Katatonie. Er hat sich seinen Verstand zum Mars gebeetelt.«

Kyle nickte. Mitchells Beschreibung paßte auf jemanden, der sich das Hirn mit BTL-Chips ausgebrannt hatte. Better Than Life, ein starkes technologisches Halluzinogen, war für viele auf der Straße der bevorzugte Kick. Das Problem war, daß zuviel davon oder die falsche Sorte den Verstand des Benutzers grillen konnte. Dauerhaft.

Kyle dankte Breslin für dessen Hilfe, dann ging er zu Hanna zurück. »Wissen Sie etwas über ein Chip-Problem, das Mitchell gehabt haben könnte?« fragte er sie leise, wobei er sich plötzlich schrecklich müde fühlte.

Sie schüttelte den Kopf. »Nein. Die SimSinn-Vorrichtungen in seiner Wohnung sind normaler Kram, den die Firma herstellt. Alles im legalen Rahmen. Er haßt das Zeug und hat es nur selten benutzt. Vielleicht hat das damit zu tun, daß sein Vater es produziert.«

»Das wäre die Ironie überhaupt, nicht wahr?« sagte Kyle. »Sein Vater ist Besitzer eines der größten Multimedia-Konglomerate der ganzen Welt, und sein Sohn erweist sich als Chiphead.«

»Vermutlich«, sagte sie, aber es war offensichtlich, daß sie es nicht glaubte.

»Mr. Teller?«

Kyle drehte sich um. Eine Krankenschwester in gestärkter weißer Uniform und Haube stand vor ihm.

»Ja?«

»Mr. Truman möchte, daß Sie sich zu ihm gesellen.«

»In Ordnung.« Er wandte sich an Hanna. »Schließen Sie sich mit Facile kurz und fragen Sie, ob sie Melissa schon ausfindig gemacht haben. Wenn ja, sehen Sie zu, ob Sie herausfinden können, was sie über etwaige Chip-Gewohnheiten von Mitchell weiß.«

Hanna nickte, und dann folgte Kyle der Schwester durch den Flur. Das Krankenzimmer war hell, und es gab praktisch keine Schatten. Es enthielt kaum etwas anderes als ein Bett und die drei Personen, die sich um die Gestalt versammelt hatten, die darauf lag.

Mrs. Truman war offenbar ziemlich aufgewühlt, schien sich aber besser zu halten als ihr Mann. Daniel Truman sah so blaß und mitgenommen aus wie sein katatonischer Sohn und erweckte den Eindruck eines Mannes, der gerade seines Lebens beraubt worden war. Nur ihre Augen unterschieden sich. Die von Daniel Truman waren voller Angst und Trauer. Mitchell Trumans Augen waren leer. Er starrte nur blicklos ins Nichts.

»Mr. Teller«, sagte Truman Senior, als Kyle eintrat. »Bitte sagen Sie mir, daß Sie etwas für ihn tun können.«

Doktor Stansfeld wandte sich ebenfalls an ihn. »Sind Sie Arzt?«

Kyle schüttelte den Kopf. »Nein, ich bin Magier.«

Ihre Augen verengten sich ein wenig. »Ich verstehe. Sind Sie zugelassen?«

Kyle stutzte. »Zugelassen?«

»Von der Ärztekammer der UCAS«, sagte sie, als sei es das Offensichtlichste auf der ganzen Welt. »Um Heilmagie anzuwenden.«

Kyle hätte beinahe laut aufgelacht. »Nein, Ma'am«, sagte er. »Mir war nicht bewußt, daß so etwas überhaupt existiert.« Das war eine Lüge, aber Kyle wußte, daß die Zulassung nur selten erforderlich war, und wenn, dann nur als Voraussetzung für eine Anstellung bei einer Einrichtung wie dieser. Er hatte sie immer nur für eine Art Absicherung gegen Scharlatane und Quacksalber gehalten.

»Nun, so ist es aber.« Sie wandte sich brüsk an Truman. »Ich fürchte, dieser Mann kann seine Magie bei Ihrem Sohn nicht zur Anwendung bringen, solange dieser hier Patient ist. Es ist gegen die Vorschriften.«

»Gegen die Vorschriften?« echote Mrs. Truman entgeistert.

Die Ärztin nickte. »Wir sind gegen das Wirken nicht zugelassener Magier in diesem Krankenhaus nicht versichert.«

Truman zitterte vor Erregung. »Wenn Sie glauben, ich werde zulassen, daß Ihre verdammten Vorschriften verhindern, daß mein Sohn die Behandlung bekommt, die er braucht...«

Die Ärztin wich unwillkürlich einen Schritt zurück, gab jedoch nicht nach. »Mr. Truman, wenn Sie Ihren Sohn verlegen lassen wollen, ist das Ihr gutes Recht. Aber solange er hier ist, wird er nicht von einem Magier behandelt, der nicht zum Stab dieses Krankenhauses gehört. Sie können hier so viel Wind machen, wie Sie wollen, und sich auch an höherer Stelle über mich beschweren, aber wenn Sie schließlich ganz oben angelangt sind, werden Sie feststellen, daß das Harold Washington University Hospital Fuchi Industrial Electronics gehört. Und bei allem Respekt, Mr. Truman, ich glaube nicht, daß es Ihnen gelingen wird, Fuchi einzuschüchtern.«

Trumans Augen verengten sich zu schmalen Schlitzen, und er wurde plötzlich ganz ruhig. »Nun gut. Wir werden meinen Sohn dorthin verlegen, wo man sich anständig um ihn kümmern kann. Aber ich glaube nicht, daß Sie wirklich wissen wollen, wieviel Einfluß ich bei Fuchi habe. Und ungeachtet der Tatsache, daß wir gehen, werde ich so viel Wind machen, daß er Ihnen Ihren arroganten Kopf von den Schultern reißt.«

Binnen einer Stunde wurde Mitchell Truman in eine private medizinische Einrichtung namens Handlemann-Institut verlegt, die ihren Standort südlich des Innenstadtkerns hatte. Die Besitzer waren Freunde der Trumans, die anordneten, daß jede Anstrengung zu unternehmen sei, um sie zufriedenzustellen. Als Mitchells Zimmer vorbereitet wurde, richtete man daher nebenan gleich eine Suite für Mr. und Mrs. Truman ein, so daß sie in der Nähe ihres Sohns bleiben konnten.

Mittlerweile hatten sie jedoch bei Mitchell eine Verhaltensänderung festgestellt. Kurz nach ihrer Ankunft im Institut zuckte sein Körper, als habe er einen elektrischen Schlag bekommen, seine Augen schienen sich auf etwas zu konzentrieren, und sein Blick irrte durch das Zimmer, als verfolge er die Bahn eines fliegenden Objekts. Beunruhigt hatte Kyle die Umgebung mit seinen Astralsinnen überprüft, doch nichts entdeckt. Als sich sein Blick wieder auf Mitchell richtete, war das, was er sah, noch beängstigender.

Allem Anschein nach besaß Mitchell Truman keine Aura.

Er sprach mit Doktor Anna Douglas, die den Truman-Jungen während seines Aufenthalts im Institut ärztlich betreuen würde. Kyle erfuhr, daß sie außer ihrem medizinischen Abschluß noch einen Abschluß in metaphysischer Forschung besaß. Sie war klein und sah mit ihrem Schopf dunkler Haare auf dem Kopf sehr zerbrechlich aus. Ihre Züge waren zierlich und wiesen einen leichten asiatischen Einschlag auf.

»Wäre nicht die Sache mit seiner Aura, die Sie beobachtet haben, wäre ich ebenfalls der Ansicht, daß BTL-Schäden die wahrscheinlichste Ursache für seinen Zustand sind«, sagte sie seufzend, »aber ich habe noch nie einen Effekt erlebt wie den von Ihnen beschriebenen.«

Kyle nickte und nippte an der Tasse Soykaf, die in seinen Händen langsam abkühlte. »Ich auch nicht«, sagte er. Die beiden saßen in einem kleinen Wartebereich ein Stück den Flur entlang, in dem die Truman-Familie wartete, darunter auch die widerspenstige Tochter Melissa, die Knight Errant schließlich wiedergefunden hatte, als sie sich in die Wohnung der Trumans zurückschlich. Ebenfalls anwesend war Tochter Madeleine, die gerade aus Denver eingeflogen worden war, wo sie den Trideovertrieb ihres Vaters managte. Hanna Uljakën schlief in einem Sessel im Wartebereich. Auf die beiden Beamten von Knight Errant, die den Eingang bewachten, traf das nicht zu.

Doktor Douglas lehnte sich auf ihrem Stuhl zurück und schloß die Augen. »Ich schlage vor, wir halten in der noch verbliebenen Aura nach Anzeichen für einen Essenz-Sauger Ausschau.«

»Ein Vampir?« fragte er.

»Möglicherweise«, sagte sie, »aber das würde immer

noch nicht die Katatonie erklären, es sei denn, der eigentliche Vorgang ist so grauenerregend gewesen, daß sich sein Verstand einfach abgeschaltet hat.«

»Ich glaube, er könnte mit einem oder mehreren Geistern zu tun gehabt haben. Bei den Geistern handelt es sich wahrscheinlich um freie, aber von einem Typ, den ich nicht bestimmen konnte.«

Ihre Augen öffneten sich, und sie beugte sich vor. »Tatsächlich?« Das gab ihr offenbar Stoff zum Nachdenken. »Irgendein essenzsaugender Geist. Das würde es erklären.«

Sie dachte darüber nach und schüttelte dann den Kopf. »Wir haben nicht genügend Informationen.« Sie sah in die Richtung von Mitchell Trumans Krankenzimmer. »Ich glaube, es wird Zeit, ihn gründlicher zu untersuchen... wenn ich sie dazu bringen kann, ihn für eine Minute allein zu lassen...«

»Die D-CAT-Untersuchung hat nichts Anomales erbracht, und dasselbe gilt für die Hirnphasen- und neurochemischen Batterien«, berichtete sie ihm ein paar Stunden später. »Sein Gehirn ist völlig normal. Es arbeitet nur nicht.« Dr. Douglas und Kyle gingen die Ergebnisse der medizinischen und magischen Tests durch, der Mitchell unterzogen worden war, nachdem sie die Truman-Familie überredet hatten, nach Hause zu gehen und zu schlafen.

Kyle betrachtete den teilnahmslos auf dem Bett liegenden Jungen, dessen Laken jetzt ein klein wenig verdreht war. Vor wenigen Augenblicken hatten sich seine Augen geöffnet, als er den Raum nach etwas Unbekanntem abgesucht hatte, und dann war er wieder zusammengebrochen.

»Seeks-the-Moon«, sagte Kyle, und der Geist manifestierte sich neben ihm. Doktor Douglas sah von dem kleinen Monitor auf, den sie betrachtete und auf dem die Lebensfunktionen des Jungen dargestellt waren.

Sie runzelte die Stirn, blinzelte und sah dann wieder auf den Bildschirm.

Der Geist musterte Mitchell einen Moment lang, dann trat er vor, um ihn eingehender zu begutachten. Moons Lippen waren gespitzt. »Entschuldigt mich einen Augenblick«, sagte er, dann wurde er durchsichtig und verblaßte zu nichts.

»Ihr Geistverbündeter?« fragte die Ärztin.

»Ja.«

Sie nickte. »Die Ähnlichkeit ist unverkennbar.«

»Sehr freundlich.«

»Gern geschehen.«

Seeks-the-Moon kehrte zurück, indem er etwa einen Meter von der Stelle, an der er zuvor gestanden hatte, Gestalt annahm. Er war vom Bett abgewandt, und als Moon sich umdrehte, konnte Kyle erkennen, daß der Geist sichtlich blasser geworden war. Das überraschte ihn. Er hatte solch eine Reaktion bei seinem Geistverbündeten noch nie beobachtet.

»Was ist los?«

Der Geist schüttelte den Kopf. »So etwas habe ich nie zuvor gesehen.«

»Wir glauben, daß vielleicht ein Vampir oder ein anderer essenzsaugender Geist involviert ist«, sagte die Ärztin.

»Nein«, sagte Seeks-the-Moon. »Hier war etwas anderes am Werk.«

Kyle war verblüfft. »Wann hast du denn das Ergebnis eines Vampirangriffs gesehen?«

»Noch nie«, erwiderte er mit einem Blick auf die schlaffe Gestalt auf dem Bett.

»Ich auch nicht«, sagte Kyle. »Wie kannst du da ...«

Der Geist hob die Hand. »Du hast mich aus den losen Energien des Astralraums geschaffen, nicht wahr?« Als Kyle nickte, sagte er: »Die Welt erinnert sich.«

»Was soll das jetzt bedeuten?«

»Es bedeutet, daß ich manchmal Dinge weiß, die du nicht weißt. Und manchmal weiß ich Dinge, die ich vielleicht gar nicht wissen sollte. Dies scheint eine dieser Gelegenheiten zu sein.«

»Natürlich!« sagte die Ärztin. »Das ist doch nur logisch!«

»Verzeihung?« sagte Kyle, indem er sich zu ihr umdrehte.

»Wo wohnt das kollektive Unterbewußtsein?« sagte sie strahlend. »Natürlich im Astralraum! Er sagte, ›die Welt erinnert sich‹, und er besteht aus denselben Energien, derselben Energie, die mit jedem Lebewesen auf diesem Planet verbunden ist. Da ist es doch nur logisch, daß er das kollektive Unterbewußtsein anzapfen kann.«

Kyle, den diese Unterhaltung ein wenig aus der Fassung brachte, wandte sich wieder an seinen Geistverbündeten. »Bisher warst du dazu noch nie in der Lage.«

Seeks-the-Moon nickte. »Es war mir nicht gestattet.«

»Es war dir nicht gestattet!« wiederholte Kyle. »Das wird jetzt absurd.«

Seeks-the-Moon hob wiederum die Hand, die ein wenig zu zittern schien. »Bitte, ich begreife das alles noch viel weniger als du und finde es mindestens ebenso beunruhigend. Ich weiß nur, daß Mitchell Truman nicht von einem Vampir angegriffen wurde.«

»Wovon dann?«

»Es war ein Geist, ja«, sagte Seeks-the-Moon, »aber als er versucht hat, die Seele des Jungen zu verschlingen, und scheiterte, ist der Junge wahnsinnig geworden.«

»Seine Seele?« fragte Doktor Douglas.

»Seinen Geist, sein Selbst, sein *Ka* – es gibt viele Namen dafür«, sagte der Geist. »Aber ich glaube nicht, daß der Geist seine Seele wollte, sondern vielmehr seinen Körper. Seine Seele war ganz einfach im Weg.«

»Eine fehlgeschlagene Besitzergreifung?« fragte die Ärztin.

Seeks-the-Moon zuckte die Achseln. »Ich weiß es nicht. Ich habe beschrieben, was ich spüre.«

»Das würde eine Menge erklären, auch hinsichtlich ...«

Eine dunkelblaue und weiße Kugel schoß mit irrsinniger Geschwindigkeit in den Raum, traf Kyle an der Brust und prallte zurück. Augenblicklich umgab er sich mit einem graugrünen Schild, da er versuchte, sich vor einem weiteren Angriff zu schützen. Seeks-the-Moon bewegte sich gedankenschnell durch den Raum und stellte sich zwischen den Energieball und Mitchell Truman.

»MEISTER!« kreischte der Ball, während er durch den Raum flitzte, bevor er schließlich langsamer wurde.

»Delta?« sagte Kyle, indem er die Hände senkte.

»ICH HABE DICH GEFUNDEN! ICH HABE DICH GEFUNDEN!« rief der Beobachter, während er rasch zu Kyle schwebte.

»Großer Koyote«, murmelte Seeks-the-Moon, der sich sichtlich entspannte.

»Ich sagte Charlotte, ich könnte dich finden!« Der Beobachter umschwirrte Kyle, offenbar sehr zufrieden mit sich. *»Sie hat es nicht geglaubt! Aber ich habe es geschafft!«*

»Ja, das hast du, Delta«, sagte Kyle ernsthaft. »Und warum bist du hergekommen?«

Der Beobachter hielt inne und betrachtete ihn mit weit aufgerissenen Augen. *»Äh ...«*

»Delta ...«

»Ach so!« sagte er, wiederum hüpfend. *»Charlotte sagte, ein anderer Geist sei gekommen!«*

»Ein anderer Geist?«

»Ja!«

»Hat sie gegen ihn gekämpft?«

»Ich weiß nicht.« Der Beobachter klang besorgt ob sei-

ner Unwissenheit. *»Sie hat mir nur aufgetragen, dich zu finden!«*

Kyle seufzte. »Ist schon gut, Delta. Du hast deine Sache hervorragend gemacht.«

Der Beobachter sprang wieder in die Luft. *»Ich sagte ihr, ich könnte es! Ich sagte ihr, ich könnte es!«*

Kyle wandte sich an Seeks-the-Moon. »Ich werde nach den Trumans sehen«, sagte er. »Bewache mich und den Jungen, während ich fort bin.«

Der Geist nickte. »Selbstverständlich.«

Kyle setzte sich in einen der Sessel und entspannte sich. Er richtete seine Astralsinne nach innen und untersuchte seinen Körper und seinen Geist. Er war müde und hielt sich nur noch mit Kaf und Adrenalin aufrecht, aber sehr bald würde das nicht mehr genügen. Sein Geist leuchtete jedoch vor Energie. Er zwang sich, nur Geist zu sein, die Verbindung zu seinem Körper zu lösen und sich freizumachen.

Und dann trennte sich Kyles Geist von seinem Körper und glitt in den Astralraum. Der Raum, der voller Pflanzen war, strahlte vor Leben. Seeks-the-Moon und Doktor Douglas leuchteten ebenfalls warm, stark und gesund. Mitchell Truman war das einzige Lebewesen, das nicht vor Licht sprühte. Er war matt, eine fleischliche Hülle, die kaum noch Leben enthielt.

Seeks-the-Moon, der gleichzeitig in den physikalischen und den astralen Gefilden sehen konnte, betrachtete Kyle in dessen Astralgestalt. Als Ausdruck von Kyles idealisiertem Selbstbild sprühte seine hochgewachsene, muskulöse Astralgestalt Funken. Für einen Augenblick war sie nicht maskiert, und seine Aura zeigte sein ganzes Potential als Magier, der in die höheren Mysterien der Welt eingeweiht war. Eine pulsierende silberne Schnur verband seine Astralgestalt mit seinem Körper. Jetzt konnte er diese Verbindung noch klar erkennen, aber je weiter sich die Astralgestalt vom Körper entfernte, desto dünner würde die Schnur werden, bis sie schließlich kaum noch zu sehen sein würde.

»Ich bin bald wieder zurück«, sagte er zu Seeks-the-Moon, und der Geist nickte.

Kyle wandte sich dem Fenster zu, das ebenso wie der dazugehörige Rahmen im Astralraum matt und leblos war. Seine Astralgestalt würde es mühelos durchdringen. Über die Pflanzen im Raum, die jetzt oder früher einmal lebendig gewesen waren, mußte er jedoch hinwegfliegen.

Und er überflog sie in Gedankenschnelle.

10

Kyle flog über die medizinische Einrichtung hinweg und in den immer noch dunklen Morgenhimmel. Die Stadt unter ihm lebte, erstreckte sich in Gestalt eines strahlenden Dunstes nach Norden, Westen und Süden. Im Osten ging der Dunst in das lebhafte Leuchten des Michigansees über, der fast ebenso hell vor Leben strahlte wie die Stadt.

Kyle sah außerdem viele dunkle Flecke, Stellen in der Stadt, wo die Schöpfungen der Menschheit stark genug waren, um die lebenden Auren, die sie bewohnten, zu unterdrücken. Die Shattergraves der alten Chicagoer Innenstadt waren eine dunkle Wüste, eine Narbe über dem ehemaligen Herzen der Stadt. Diese Gegend war jedoch nicht Kyles Ziel, sondern der Truman Tower, der sich noch weiter südlich erhob.

Er raste in die entsprechende Richtung, hoch über der Stadt, die wie ein verschwommener prismatischer Nebel an ihm vorbeirauschte. Nach kürzester Zeit ragte der Tower vor ihm auf, kalt und leblos im Astralraum, doch unverkennbar in Form und Standort. Von innen strahlten trübe Lichtflecken nach außen, aber das Nichtlebende dominierte ganz offensichtlich.

Kyle schoß auf das Penthouse zu und flog durch die seewärts gelegenen Fenster zum Wohnzimmer der Trumans. Auf den Sofas in der Mitte saßen Melissa und ihre Schwester Madeleine, die Kyle bisher nur einmal im Vorbeigehen im Krankenhaus gesehen hatte. Sie war fast zehn Jahre älter als Melissa und auch Mitchell und sowohl von zierlicherem Wuchs als auch von hellerer Hautfarbe.

Er bremste seinen Flug und schwebte auf der Stelle, als Charlotte aus dem tiefergelegenen Stockwerk erschien und vor ihm anhielt.

»Meister«, hallte ihre Stimme durch den Astralraum. *»Der Beobachter hat dich gefunden!«*

»Was ist passiert?« fragte Kyle.

»Das Gebiet, das ich bewachen soll, wurde von einem anderen Geist betreten«, sagte Charlotte. *»Ich habe ihn gespürt und wollte gegen ihn vorgehen, aber er hat mich ebenfalls gespürt und ist geflohen, bevor ich ihn erreichen konnte. Ich habe ihn nicht verfolgt, weil du mir keine entsprechenden Anweisungen gegeben hast.«*

»Nein, du hast alles richtig gemacht. Hast du gesehen, was für ein Geist es war?«

»Das konnte ich nicht«, erwiderte Charlotte. *»Er war auf jeden Fall von dunkler Farbe.«*

»Dunkel?« fragte Kyle. *»War er schwach?«*

»Nein, er war mächtig, aber seine Farbe war dunkel.«

Das verwirrte Kyle. Er hatte noch nie von einem Geist mit dunkler Farbe gehört. Andererseits hafteten diesem Fall viele Aspekte an, die ihm …

Irgend etwas stimmte nicht. Die beiden Frauen hatten sich erhoben und wichen vorsichtig zurück, offenbar erschreckt durch etwas in seiner unmittelbaren Nähe. Er drehte sich um und schaute hinter sich, sah aber nur die dunkle Undurchsichtigkeit der Plastistahlfenster. Er und Charlotte waren neben Melissa und Madeleine die einzigen Wesen in dem Zimmer.

Natürlich. Er war unmaskiert und strahlte Macht aus, was wahrscheinlich bedeutete, daß etwas von dieser Energie in die physikalische Welt drang, und Charlottes Anwesenheit verschlimmerte das Problem vermutlich noch. Das Ergebnis war zweifellos ein Bereich im Zimmer, der dunstig oder verzerrt aussah. Vielleicht strahlten Charlotte und er sogar so viel Energie in die physikalische Welt ab, daß der Bereich ein wenig leuchtete.

»Wir müssen uns manifestieren«, sagte er zu Charlotte.

»Von mir aus«, sagte der Geist widerwillig.

Kyle zwang seine Astralgestalt in Einklang mit der

physikalischen Welt und gestattete sich dann, dort zu erscheinen, geisterhaft und insubstantiell. Besser ging es nicht, solange er ein Geist ohne Körper war.

Die Frauen erschraken und rannten zur nächsten Tür. Kyle streckte die Hand aus. *»Melissa, Madeleine!«* rief er. *»Alles in Ordnung. Ich bin es nur, Kyle Teller!«*

Sie blieben stehen, als die zumindest für Melissa vertrautere Gestalt Charlottes neben ihm auftauchte. Langsam dämmerte das Erkennen auf Melissas Gesicht, obwohl Madeleine immer noch Angst zu haben schien.

»Jesus Christus!« sagte Melissa. »Sie haben uns zu Tode erschreckt!«

Kyle lächelte und zuckte die Achseln. *»Tut mir leid. Mir war nicht bewußt, daß Sie Charlotte und mich bemerken würden. Danach blieb uns dann nichts anderes übrig, als uns zu manifestieren.«*

Melissa wandte sich an ihre Schwester. »Maddy, du erinnerst dich doch noch an Mr. Teller. Du bist ihm im Krankenhaus begegnet.«

Madeleine Truman nickte. »Ja. Ja, ich erinnere mich. Aber da hat er natürlich etwas anders ausgesehen.«

Melissa lachte. »Ja, das läßt sich wohl nicht bestreiten.«

Kyle erschrak, als ihm klar wurde, was los war. Seine vor Energie funkelnde und sprühende Astralgestalt war sehr nackt und sehr idealisiert. Er streckte die Hand aus, packte Charlotte und schob den Geist vor sich.

»Entschuldigung«, sagte er.

»Aber bitte«, sagte Madeleine. »Und machen Sie sich doch wegen uns keine Umstände.«

»Ja«, sagte Melissa, »wir hatten ja keine Ahnung.« Sie lächelte. »Ich meine, es kursieren alle möglichen Geschichten über Orks und Trolle und sogar Zwerge, aber daß Magier so, äh, gut bestückt sind, war mir neu.«

»Unglücklicherweise verhält es sich nicht ganz so«, wollte Kyle sagen, doch dann wurde ihm klar, daß er es eigentlich doch nicht wollte. Sollten sie denken, was sie wollten. *»Der Zustand Ihres Bruders ist unverändert, aber ich wollte nach Ihnen und dem Rest der Familie sehen.«*

»Uns geht es gut«, sagte Melissa. »Meine Mutter und mein Vater packen ein paar Sachen zusammen, so daß sie bei Mitchell im Krankenhaus bleiben können, bis Sie und die Ärzte herausgefunden haben, was ihm fehlt.«

»Wie kommen Sie voran?« fragte Madeleine.

»Es geht. Wir haben einige Theorien, aber nichts Konkretes.«

Melissa unterbrach ihn plötzlich. »Ach ja! Als wir hierher zurückkamen, wartete eine Nachricht aus uns. Das Personal hat gesagt, irgendeine Frau hätte angerufen und nach Mitch gefragt. Sie soll ziemlich erregt gewesen sein.«

»Hat sie ihren Namen hinterlassen?«

Melissa schüttelte den Kopf. »Nein. Sie hat aufgehängt, als das Mädchen ihr sagte, er sei im Krankenhaus.«

»Verdammt«, sagte Kyle. Jetzt wußte die betreffende Person – wahrscheinlich Linda Hayward –, daß sich Mitchell wieder im Schoß seiner Familie befand. *»Weiß Facile von dem Anruf?«*

»Ja, Hanna hat ihm sofort davon erzählt.«

»Gut. Sagen Sie Hanna, daß sie das Personal anweisen soll, keine Informationen mehr herauszugeben.«

»Das hat sie bereits getan.«

»Gut. Ich kehre ins Krankenhaus zurück. Ich unterrichte Sie, falls sich irgend etwas ändert.«

»Danke«, sagte Melissa.

»Ich hoffe, wir sehen uns mal wieder«, fügte Madeleine hinzu.

Kyle lächelte. *»Ich nehme an, das werden Sie.«* Er kehrte in den Astralraum zurück. *»Charlotte, nimm* *deine Pflichten wieder auf. Aber sorge dafür, daß Lieutenant Facile von Knight Errant erfährt, daß ein anderer Geist hier war.«*

»Ja, Meister«, erwiderte der Geist.

Und Kyle flog zum Krankenhaus zurück.

Er richtete sich auf, blinzelte und reckte sich, so daß die Lethargie vertrieben wurde, die sich in seinen Gliedern breitgemacht hatte. Er war weniger als eine halbe Stunde von seinem Körper getrennt gewesen, ein Bruchteil der Zeit, die er auf diese Weise verbringen konnte, aber der Körper wurde dennoch immer in Mitleidenschaft gezogen.

»Ist alles in Ordnung?« fragte Seeks-the-Moon.

Kyle nickte. »Irgendein Geist …« Er brach ab, als er Delta, den Beobachter, sah, der immer noch auf der anderen Seite des Raumes schwebte. Er seufzte. »Delta«, sagte er.

»Ja!« Der Beobachter erwachte hüpfend zum Leben und fing an, ihn zu umkreisen.

»Geh zu Charlotte zurück und tu, was sie dir sagt.«

»Ja!« rief Delta glückstrahlend und verschwand dann.

Seeks-the-Moon zuckte die Achseln. »Ich habe ihm das gleiche gesagt, aber er wollte nicht auf mich hören.«

»Das ist jetzt unwichtig. Wichtig ist, daß irgendein Geist die Wohnung der Trumans besucht hat. Charlotte hat ihn nicht erkannt, aber ihr ist etwas sehr Merkwürdiges aufgefallen. Der Geist war dunkel.«

»Dunkel?« sagten Seeks-the-Moon und Doktor Douglas unisono.

»Dunkel. Ich weiß auch nicht, was das zu bedeuten hat.«

Seeks-the-Moon drehte sich zu Mitchell um. »Er ist dunkel …«

Kyle nickte. »Daran habe ich auch schon gedacht. Was ist, wenn Mitchells astrales Selbst irgendwie von seinem Körper getrennt wurde? Wenn es sich irgendwo verirrt hat, während sein Körper langsam stirbt?«

»Das wäre eine Möglichkeit«, sagte die Ärztin.

»Wenn man davon absieht«, wandte Seeks-the-Moon ein, »daß seine Aura nicht schwächer wird. Sie ist matt, beinahe tot, aber stabil.«

Kyle seufzte. »Ich weiß.« Er stand auf und betrachtete Mitchell Trumans reglose Gestalt. »Wir müssen herausfinden, was los ist, falls sich sein Zustand verschlimmert.«

»Verschlimmert?« fragte Doktor Douglas. »Verzeihen Sie meinen Pessimismus, aber der Zustand dieses Jungen wird sich nicht bessern. Sein Geist ist schlicht und einfach nicht mehr da.«

»Ich weiß, aber es gibt immer eine Chance.« Kyle wandte sich an Seeks-the-Moon. »Geh in die Wohnung der Trumans und bleib dort, falls noch einer von diesen Geistern auftaucht. Wenn ja, sieh zu, daß du etwas in Erfahrung bringst.«

Der Geist nickte. »In Ordnung.«

»Und wenn du dort bist, suche einen leeren Raum und bereite einen vollständigen Ritualkreis vor.«

»Wie groß?«

Kyle hielt inne und dachte nach. »Neun Meter im Durchmesser.«

»Und für welchen Zauber?«

Kyle sandte dem Geist auf telepathischem Weg ein mentales Abbild des Zaubers. »Für diesen. Es ist der gleiche wie zuvor.«

Kyle wandte sich an die Ärztin. »In der Zwischenzeit und mit Ihrer Erlaubnis würde ich gerne zwei Elementare hier postieren, um Mitchell zu bewachen.«

»Das geht in Ordnung, solange sie hier in diesem

Zimmer bleiben und die anderen Patienten nicht belästigen.«

Kyle lachte. »Nein, diese beiden sind ziemlich ruhig.« Er drehte sich um und brachte seine Wahrnehmung mit den Harmonien der elementaren Metaebene des Wassers in Einklang.

»Elliot, Richard«, sagte er, und die beiden Wasserelementare manifestierten sich vor ihm. »Bewacht den Jungen im Bett und diesen Raum. Laßt ohne die Erlaubnis von Doktor Douglas niemanden in dieses Zimmer und auch keine Magie.«

Die beiden Geister sahen die Ärztin an, dann wandten sie sich wieder Kyle zu.

»*Verstanden*«, sagte der erste.

»*Wenn es sein muß*«, sagte der zweite.

Kyle wandte sich an Seeks-the-Moon. »Also los.«

Seeks-the-Moon verbeugte sich und verschwand. Die beiden Geister verblaßten ebenfalls und zogen sich wieder in den Astralraum zurück.

»Haben Sie eine Spritze?« fragte Kyle Doktor Douglas.

Sie hob eine Augenbraue. »Sind Sie mit Ihren Medikamenten im Rückstand?«

Kyle lächelte, schüttelte jedoch den Kopf. »Nein, aber ich würde gerne eine Ritualprobe von ihm nehmen.« Er deutete auf den Jungen. »Für alle Fälle.«

Die Ärztin holte ein kleines Etui vom Wägelchen mit den Testgeräten, das noch in der Ecke des Zimmers stand, und gab es ihm. »Hier. Darin ist alles, was man zum Abnehmen einer Blutprobe braucht.«

Kyle öffnete das Etui, holte die Blutentnahmepistole heraus und entfernte die selbststerilisierende Schutzkappe.

»Wieviel werden Sie ihm abzapfen?«

»Ich brauche nicht viel«, sagte er, indem er sich über den Jungen beugte und ihm eine Hand auf den Arm legte. Er konzentrierte sich darauf, die Blutprobe, die er dem Jungen entnehmen würde, mit so viel sekundärer Energie zu versorgen, daß sie einige Zeit frisch bleiben würde. Er drückte die Spitze der Pistole gegen den Arm und bewegte sie, bis die Sensoren anzeigten, daß er eine geeignete Vene gefunden hatte. Kyle drückte auf den Abzug und entließ gleichzeitig die Energie seines improvisierten Zaubers. Die kleine Ampulle im Pistolengriff füllte sich rasch, und Kyle spürte, daß das Blut die Energie annahm, die er ihm zuführte. Er setzte die Pistole ab, entnahm ihr die Ampulle und legte sie in den dafür vorgesehenen Schutzbehälter, der sich ebenfalls in dem Etui befand.

»Sie haben meine persönliche Telekomnummer«, sagte er zu der Ärztin. »Sollte irgendeine Änderung eintreten, rufen Sie mich sofort an.« Dann verließ er das Zimmer und machte sich auf den Weg in die Krankenhauslobby.

Zu dieser frühen Morgenstunde war in dem Krankenhaus noch alles ruhig. Als Kyle im Erdgeschoß aus dem Fahrstuhl stieg, hörte er aus einem angrenzenden Flur Lärm. Den Geräuschen folgend, gelangte er schließlich zum Verwaltungs- und Informationszentrum, dem Computerherz des Krankenhauses.

Der Lärm kam aus dem Hauptcomputerraum, wo der Stab die verschiedenen Systeme des Krankenhauses überwachte. Bevor Kyle eintreten konnte, wurde er von einer der privaten Wachen des Krankenhauses in Begleitung eines Knight Errant Beamten aufgehalten. Knight Errant unterstützte die Krankenhaussicherheit seit der Verlegung von Mitchell Truman. »Was ist los?« fragte Kyle. Der Krankenhauswachmann sah ihn nur an, doch der Beamte von Knight Errant erkannte Kyle. Laut Namensschild hieß er Leventhal.

»Sieht mir nach einem Decker aus, Sir«, sagte der Mann, während ihm die Krankenhauswache einen kalten Blick zuwarf.

Kyle versuchte einen Blick in den Raum zu erhaschen, konnte jedoch nicht viel sehen.

»Die internen Sicherheitsprogramme des Computersystems haben vor ein paar Minuten eine Lade-Anomalie festgestellt«, erklärte der Beamte. »Sie haben herauszufinden versucht, was los ist, aber es sieht so aus, als sei jemand von draußen in das System gedeckt, der jetzt die Datenbanken durchsucht.«

»Aufnahmeakten?« fragte Kyle.

»Es scheint so, Sir.«

Kyle seufzte. Wenn diese Geschichte mit Mitchell Trumans Anwesenheit im Zusammenhang stand, war es mehr als wahrscheinlich, daß der Decker die Aufnahmeakten gefunden hatte und wußte, daß der Junge hier war. »Wahrscheinlich sollten wir ihn nicht schon wieder transportieren«, sagte Kyle zu dem Beamten. »Aber wir sollten ihn zumindest in ein anderes Zimmer verlegen, sobald der Decker das System entweder verlassen hat oder hinausgeworfen wurde. Dann wäre diesen Leuten, wer sie auch sein mögen, Mitchells genauer Aufenthaltsort im Krankenhaus unbekannt. Dadurch gewinnen wir im Ernstfall vielleicht ein paar Minuten.«

Der Beamte nickte. »Ich werde Ihre Empfehlungen Lieutenant Facile übermitteln.«

Kyle lächelte. »Tun Sie das.« Er drehte sich um und verließ das Krankenhaus, in Gedanken versunken. Er hatte Glück, da er praktisch sofort ein Taxi fand, das ihn zum Hotel brachte.

Wieder in seiner Suite, wo er endlich Schlaf fand, träumte Kyle schon sehr bald von Gewittern.

11

Als er fast acht Stunden später erwachte, warteten zwei Botschaften auf ihn. Er konnte sich nicht erinnern, irgendwo anders als an der Tür ein Bitte-nicht-stören-Schild aufgehängt zu haben, aber wenn er bedachte, um wie vieles er sich jetzt besser fühlte, hatte er nicht das Bedürfnis, sich zu beschweren. Die erste Botschaft stammte von Beth. Sie wollte, daß er sie zurückrief. Das tat er mit seinem Taschentelekom. Das Fuchi-Logo erschien dank seiner Anzeigeverbindungs-Cyberware in seinem Gesichtsfeld, schwebend und fast undurchsichtig.

Kyle hatte ein seltsam unbehagliches Gefühl dabei, sie während der Arbeit anzurufen. Er fand es immer noch falsch, daß sie diesen Job angenommen hatte, aber er hatte schon vor Jahren jede Möglichkeit verloren, deswegen etwas zu unternehmen. Er empfand einen Stich, als er mit Fuchis internem Kommunikationsnetz und dann mit Beth verbunden wurde. Sie hob sofort ab. Ihre Frisur war anders als noch vor einem Tag bei ihrem gemeinsamen Essen. Er erkannte sie kaum.

»Büro von John Mikayama, Elizabeth Breman am Apparat«, sagte sie forsch.

»Hoi«, sagte er.

Sie stutzte kurz, als sie sein Gesicht sah. »Hoi. Geht es dir gut?«

»Klar«, sagte er überrascht über ihre Frage. »Warum sollte es mir nicht gutgehen?«

Sie spitzte die Lippen. »Ich habe mir ein wenig Sorgen gemacht, als du nicht anriefst.«

»Tut mir leid. Ich weiß, das wird dich nicht weiter überraschen, aber die Dinge sind komplizierter, als ich ursprünglich dachte.«

Beth nickte und warf einen Blick auf etwas, das Kyle nicht sehen konnte, redete dann aber weiter. »Du hast recht. Es überrascht mich nicht. Aber hast du mittlerweile Gelegenheit gehabt, mit Ellen zu reden?«

»Nein«, sagte Kyle zögernd. »Aber das werde ich noch.«

Beth sah wieder weg. »Ich kann sie nicht erreichen. Gestern habe ich es den ganzen Tag über versucht.«

»Wann hast du zum letztenmal mit ihr geredet?«

»Vor zwei Tagen.«

»Hast du es bei ihren Freunden versucht?«

Sie schüttelte den Kopf. »Ich kenne sie nicht – wenn sie überhaupt welche hat.«

»Ich fahre heute noch bei ihr vorbei. Erreiche ich sie noch unter ihrer alten Adresse?«

Beth nickte.

»Mach dir keine Sorgen. Ich rufe dich an, sobald ich etwas weiß.«

»Danke«, sagte sie.

Kyle wollte die Verbindung unterbrechen, hielt aber noch für einen letzten Gedanken inne. »Ach, übrigens, deine Frisur gefällt mir.«

Sie lächelte befangen und griff sich an den Kopf, um eine nicht vorhandene Unregelmäßigkeit zu glätten. »Nein, das tut sie nicht. Du bist immer noch ein miserabler Lügner.« Der Schirm wurde schwarz.

Nach einem Blick auf die Uhr, der ihm verriet, daß es kurz nach Mittag war, hielt Kyle die Chancen, daß Ellen zu Hause war, für gering. Dann fiel ihm plötzlich wieder ein, daß sie nicht arbeitete – laut Beurteilung ihrer psychischen Verfassung nicht dazu in der Lage war – und von der Abfindung lebte, die die Regierung aus dem eingezogenen Vermögen der Universellen Bruderschaft gezahlt hatte. Also war es doch möglich, daß er sie dort antreffen würde.

Die zweite Botschaft stammte überraschenderweise von Dave Strevich vom FBI. Im Hinblick auf ihr letztes

Gespräch war Kyle nicht sehr erpicht darauf zurückzurufen. Aber er tat es.

»Dave Strevich«, knurrte der stämmige Mann, nachdem er abgenommen hatte. »Teller! Du hast dir aber verdammt viel Zeit mit dem Rückruf gelassen.«

Kyle zuckte die Achseln. »Ein Mann braucht seinen Schlaf.«

»Tatsächlich? Tja, das erklärt alles.« Strevich hob die Hand und wies Kyle damit an, nicht zu reden. Dann tippte er ein paar Befehle in die Tastatur seines Telekoms. Einen Augenblick später piepte es dreimal aus Strevichs Konsole. Der ältere Mann nickte. »Gut. Wir sind soweit.«

»Keine Wanzen, wie?« sagte Kyle und war überrascht über die Art, wie sich der Blick seines Freundes für einen Augenblick verhärtete, bevor er gezwungen lachte.

»Nein, niemand hört mit.«

»Was ist los?«

»Paß auf, dieses Gespräch hat nicht stattgefunden«, sagte Strevich gespannt. »Verstanden?«

»Verstanden.«

»Vor ein paar Stunden ist bei Ares Macrotechnology und Knight Errant Alarmstufe Rot ausgelöst worden. Wir dachten uns, sie wären wegen konzerninternem Drek aus dem Häuschen, aber es hat sich herausgestellt, daß sich ihr Interesse auf Chicago konzentriert.«

Kyle war verblüfft. »Chicago? Ares hat weder größere Niederlassungen noch Produktionsanlagen hier, zumindest nicht, daß ich wüßte.«

Strevich nickte. »Du hast recht. Ihr Interesse gilt dir.«

»Mir?«

Strevich nickte. »Vielleicht nicht dir persönlich, aber zumindest der Geschichte, in die du verwickelt bist.«

»Das verstehe ich nicht.«

Strevich zuckte die Achseln. »Ich auch nicht, aber

Knight Errant hat verschiedene Schlüsselpersönlichkeiten und Truppen nach Chicago verlegt oder ist gerade dabei.«

»Truppen?«

»Wir wissen aus sicherer Quelle, daß Knight Errant eines seiner sogenannten Feuerwehr-Teams in die Stadt geschickt hat. Insgesamt verfügen sie über drei davon. Sechs Mann pro Team, eine harte Mischung aus Kampfkybernetik und Magie. Taktische Einsatztruppen.«

»Großer Kojote«, sagte Kyle.

»Wie auch immer«, sagte Strevich. »Aber es kommt noch mehr. Es handelt sich um Team Zwei, und je nachdem, welcher Quelle wir glauben, war es entweder in Barcelona für die europäische Handelskonferenz oder in Azanien in der Gegend um Kapstadt aktiv.« Strevich hielt inne. »Aber noch wichtiger ist, wer das Team kommandiert.«

Kyle wartete. »Und wer ist das?«

»Anne Ravenheart«, sagte Strevich. »*Captain* Anne Ravenheart, ehemals bei den Spezialeinheiten der Sioux und Klassenkameradin von dir auf der Columbia, wenn ich mich nicht irre.«

»Das ist unmöglich«, sagte Kyle, während er sich an alles zu erinnern versuchte, was er über seine alte Bekannte wüßte, die für eine durchzechte Nacht auch seine Geliebte gewesen war. »Sie war dort, weil sie ein Stipendium von der Sioux-Regierung bekommen hat.«

»Vom Sioux-Militär.«

»Das kann nicht sein«, beharrte Kyle irrationalerweise. Das, woran er sich erinnerte, war nicht militärisch, nicht hart oder unnachgiebig. Ganz im Gegenteil. Gewiß, sie hatte einen harten Zug gehabt, aber er hatte angenommen, daß dies auf die gleichen Gründe wie bei ihm zurückzuführen war – auf die Tatsache, in bitterer Armut geboren und aufgewachsen zu sein.

»Denk noch mal drüber nach«, sagte Strevich. »Sie ist eine bekannte Größe in Militärkreisen, keine Frage.«

»Das ergibt überhaupt keinen Sinn. Ich habe hier nichts gesehen, das bedeutend genug wäre, um Knight Errant auf breitester Front zu mobilisieren. Gut, es sind da ein paar komische Sachen vorgefallen, aber ...«

»Vielleicht solltest du mir erzählen, was das für komische Sachen sind«, sagte Strevich.

»Nur, wenn du meine Fragen beantwortest.«

»Ich beantworte, was ich beantworten kann«, sagte sein Freund, »und alle Fragen, die ich nicht beantworten kann, bemühe ich mich, für dich zu klären. Aber erwarte nicht zu viel. Senator Birch ist augenblicklich im Überwachungskomitee. Ich bin sicher, daß er sich noch lebhaft an dich erinnert. Von seiner Frau weiß ich es jedenfalls genau.«

»Danke«, sagte Kyle. »Du wußtest schon immer genau das Richtige zu sagen.«

»Dein Verriß, Chummer, nicht meiner.«

»Paß auf«, sagte Kyle, »ich erzähle dir jetzt, was hier vorgeht, und dann können wir uns vielleicht alles zusammenreimen.«

»Gemacht«, sagte Strevich.

»Gemacht«, sagte Kyle, und dann erzählte er Strevich die ganze Geschichte.

Strevich hörte sich Kyles Bericht schweigend an, aber es war offensichtlich, daß der FBI-Mann nichts von alledem wissen wollte. Je mehr Kyle erzählte, desto aufgeregter schien Strevich zu werden, wenngleich er das erfolglos zu verbergen versuchte.

»Das Wesen dieses Geistes ist weiterhin unklar, aber ich hatte auch noch keine Zeit, irgendwelche Nachforschungen anzustellen«, beendete Kyle seine Geschichte.

Strevich schwieg, während er sich auf seinem Stuhl zurücklehnte und in die Ferne starrte. »Kyle«, sagte er nach einer langen Pause, »wir sind schon sehr lange befreundet.«

Kyle spürte, wie ihm kalt wurde. Ihm gefiel weder diese Einleitung noch Strevich' ruhiger Tonfall.

»Hör auf mich, wenn ich dir sage: Halt dich von dem Truman-Jungen fern.«

»Warum?« fragte Kyle. »Warum?«

»Das kann ich dir nicht sagen.«

Kyle hieb mit der Faust auf den Tisch, und das Trideoabbild von Strevich waberte. »*Gottverdammt noch mal!* Du mußt mir aber irgendwas sagen!«

Strevich schüttelte den Kopf. »Ich kann nicht. Ich schwöre bei Gott, ich wünschte, ich könnte, aber diese Sache ist so massiv unter Verschluß, daß es mir angst macht.«

»Du mußt mir irgendwas sagen.«

»Das tue ich ja, Kyle – halt dich von dem Truman-Jungen fern. Was dort vorgeht, ist schlimm, vielleicht so schlimm, wie es überhaupt nur werden kann. Und du bist mitten darin. Stell die Verbindung zu den Trumans ein, und stell auch die Verbindung zu deiner Schwägerin ein.«

»Zu meiner Schwägerin?« fragte Kyle. »Was, zum Henker, hat sie damit zu ...«

»Ich kann dir nicht mehr sagen«, unterbrach Strevich. »Wenn du je meinem Wort vertraut hast, dann hör jetzt auf mich. Setz dich ab.«

»Das kann ich nicht. Nicht, ohne mehr zu wissen.«

»Ich kann dir nicht mehr sagen. Das mußt du einfach verstehen.«

Kyle nickte. »Ja, das tue ich. Mach's gut, Dave.« Er unterbrach die Verbindung, dann saß er eine Zeitlang einfach nur da und starrte auf den leeren Bildschirm. Schließlich nahm er sein tragbares Telekom und verband es mit der Datenbuchse hinter seinem linken Ohr. Einen Sekundenbruchteil später hatte er die Nummer aufgerufen, die er brauchte, und gab sie ein. Es klingelte zweimal, aber er sah kein Bild. Wie sein eigenes verfügte auch Hanna Uljakëns Mobiltelekom nicht über eine Videokamera.

»Hanna Uljakën«, meldete sie sich.

»Hanna, hier ist Kyle Teller.«

»Hallo!« Ihre Stimme klang fröhlich und so, als hätte sie noch mehr Schlaf bekommen als er. »Im Krankenhaus ist alles beim alten.«

»Das ist gut, nehme ich an. Aber deswegen rufe ich nicht an. Ich brauche Ihre Hilfe bei einigen Nachforschungen. Wie schnell können Sie bei mir im Hotel sein?«

Sie dachte kurz nach. »In zwanzig Minuten?«

»Gut. Wir sehen uns dann.«

Er unterbrach die Verbindung und betrachtete das Chaos, in das sich der Raum aufgelöst hatte. Er würde ihn aufräumen und reinigen lassen müssen, bevor sie eintraf. Und er brauchte eine Dusche.

Die Erwähnung des Namens Truman reichte, um die Hotelreinigung fünf Minuten nach seinem Anruf beim Empfang in seiner Suite erscheinen und mit der Arbeit beginnen zu lassen. Das Wohnzimmer war relativ ordentlich, da nur Notepads und ähnlicher Tech-Kram herumlagen, aber er wies sie an, sich um das Schlafzimmer besonders eingehend zu kümmern. Er wußte selbst nicht genau, warum.

Hanna erschien in einem schicken schwarzblauen Geschäftsanzug von Raphael. Wahrscheinlich hatte er das Zehnfache von dem gekostet, was Beth für ihren bezahlt hatte.

»Was ist los?« fragte sie.

»Etwas Großes, aber ich weiß noch nicht genau, was«, sagte er. »Meine Quellen erzählen mir nicht viel. Aber sie wissen etwas. Und wenn die etwas wissen, gibt es auch noch andere. Ich will sehen, was wir herausfinden können.«

»Natürlich.«

»Benutzen Sie das Terminal« – er deutete auf den Schreibtisch –, »und ich richte mich mit dem Notepad am anderen Tisch ein und benutze das Mobiltelekom.«

Hanna legte ihre Aktentasche auf das Sofa und ließ die Anzugjacke folgen. Sie setzte sich vor das Telekom-Terminal und beauftragte es mit der Durchsuchung der verschiedenen nationalen Datenbanken und BTX-Systeme.

Kyle nahm einen Notizblock vom Tisch und schrieb ein paar Telekomnummern und Zugangscodes auf. »Hier sind ein paar, zu denen ich immer noch Zugang habe. Federal Data Repository und Smithsonian-Rand WorldFacts. Versuchen Sie es zuerst mit denen.«

»Wonach suche ich?«

»Starten Sie eine Mehrfach-Kriterien-Suche. Wir suchen nach Schlüsselwörtern wie ›Geist‹, ›freier Geist‹, ›Animus‹ und verwandten Begriffen. Außerdem vielleicht ›Essenzverlust‹, ›neuropsychologischer Schaden‹ und ähnliches. Nach allem, was Ähnlichkeiten mit Mitch Trumans Fall hat.«

Sie nickte. »Das sollte nicht allzu schwierig sein.«

»Und sobald Sie damit fertig sind, will ich mal sehen, ob Sie Shadowland finden können.«

»Sie machen Witze.«

»Nein, keineswegs. Ich fürchte, wirklich wesentliche Informationen werden wir nur aus den illegalen Datenbanken beziehen, aber nicht aus den Regierungs- und Konzernsystemen.«

»Ich habe keine Ahnung, wie ich Shadowland erreichen soll.«

Er lächelte. »Ich weiß, daß Wie-heißt-er-noch-gleich Devress für das Anwerben des ›unanhängigen Personals‹ für die Truman-Familie verantwortlich ist, aber ich wette, Sie haben selbst ein paar Connections.«

Sie lächelte. »Vielleicht.«

»Dann benutzen Sie sie, um den hiesigen Shadowland-Knoten zu finden.«

»Und dann?«

»Die gleiche Mehrfach-Kriterien-Suche, aber um ein paar Begriffe erweitert. Fügen Sie ›Universelle Bruderschaft‹, ›Knight Errant‹ und alles andere hinzu, was Ihnen sonst noch einfällt.«

»Warum die Bruderschaft?«

Er zuckte die Achseln. »Es könnte eine Verbindung geben zwischen ihr und dem, was hier vorgeht, aber ich weiß es nicht mit Sicherheit.«

»In Ordnung. Ich kann es zumindest versuchen«, sagte sie. »Wo suchen Sie?«

»Magicknet«, sagte er.

»Nie gehört.«

»Alles andere hätte mich auch gewundert. Magicknet ist das Shadowland für Magier. Ich glaube, ich weiß, wie ich mir Zugang verschaffe, aber es könnte ein wenig dauern.«

Sie nickte, dann fing sie an, Befehle in das Terminal einzugeben.

Einen Augenblick später tat Kyle es ihr nach.

Er brauchte über eine Stunde, bis er endlich die Zugangsnummer für den Chicagoer Knoten von Magicknet hatte. Es war kein öffentliches System und wurde von Leuten benutzt, die an illegal erworbenen Informationen über Zauber und Spruchformeln und anderen nichtöffentlichen Daten auf dem Gebiet der Magie interessiert waren. Er wußte, daß es mehrere Datenbanken zu den Themen Geister und zu deren Fähigkeiten und Ursprüngen gab, die ständig auf den neusten Stand gebracht wurden. Wenn irgend jemand, der Zugang zu Magicknet hatte, je etwas auch nur entfernt Ähnlichem begegnet war, würde es in den Archiven vermerkt sein. Falls er es nicht mit einer kleinen Gruppe buchstäblich einzigartiger Geister zu tun hatte, standen Kyles Chancen nicht schlecht, Übereinstimmungen zu finden. Wenn er jedoch bedachte, daß der Gesamtumfang der Datenbanken von Magicknet in Terabytes gemessen wurde, konnte die Suche Stunden dauern. Aber dafür gab es ja schließlich Computer.

Am anderen Tisch tastete sich Hanna emsig an das weltlichere Shadowland-System heran. Sie führte gerade ein Telekomgespräch mit einem ihrer Bekannten, einem Nachrichtenschnüffler, und versuchte ihn zu überreden, ihr die Nummer eines *seiner* Bekannten zu geben, der möglicherweise die gegenwärtige Zugangsnummer von Shadowland kannte. Da Kyle sie nicht stören wollte, zeigte er lediglich auf die Tür und verließ die Hotelsuite. Da sie sich ganz auf ihre Aufgabe konzentrierte, nahm sie sein Verschwinden kaum zur Kenntnis.

Ellen Shaws Wohnung befand sich auf der Chicagoer Westside in einer Gegend namens Cicero. Kyle war überrascht, als er mühelos einen Parkplatz fand. Er hatte vorgehabt, in der zweiten Reihe zu parken und es Truman zu überlassen, sich über die damit verbundene Fünfhundert-Nuyen-Strafe Gedanken zu machen. Statt dessen schaltete er auf manuelle Kontrolle um und lenkte den Wagen in die Lücke zwischen zwei Wagen eine Tür neben dem Eingang des Hauses, in dem Ellen Shaw wohnte.

Es war später Nachmittag, aber der Block war ruhig. Ein Stück die Straße hinauf spielten ein paar Kinder mit einem ferngesteuerten Flugzeug, das ständig zum Fenster einer Wohnung hinein- und wieder herausflog. Zwei fast weiße Eichhörnchen beäugten ihn neugierig und offenbar in der Erwartung, irgendein Leckerchen von ihm zu bekommen. Er winkte ihnen zu und ging weiter.

Das Haus, in dem seine Schwägerin wohnte, war U-förmig und wies vier Eingänge und etwa das Sechsfache an Wohneinheiten auf. Es war heruntergekommen, der Innenhof mit Unkraut, Papierschnipseln und anderem Abfall übersät, der vom Wind hin und her geweht wurde. Er drückte auf die Klingel, wußte aber nicht, ob sie funktionierte, weil die Tür nicht geöffnet wurde und er aus dem Fenster zwei Etagen höher kein Geräusch hörte. Er versuchte sich zu erinnern, ob er die Klingel bei seinem ersten Besuch hier gehört hatte oder nicht.

Er trat einen Schritt zurück und schaute nach oben zu den geschlossenen Fenstern von Ellens Wohnung, bei denen auch die Vorhänge zugezogen waren. Nichts rührte sich, und an einem Augustnachmittag hätte er erwartet, daß mindestens eines der Fenster geöffnet sein würde. Er trat wieder vor und begutachtete die Haustür. Das Schloß war alt und rein mechanisch. Das war gut.

Er drückte noch einmal auf die Klingel, dann legte er die Hand über das Schloß. Mit hellwachen Sinnen konzentrierte er seine magischen Kräfte auf seine Hand und auf das Schloß. Er wob beides zusammen, bis das Schloß von mystischer Energie durchdrungen und bereit war, seinem Befehl zu gehorchen. Er zwang es, sich zu öffnen. Die Tür schwang nach innen.

Die Innentür hatte früher auch einmal ein Schloß gehabt, aber das war schon lange nicht mehr da, und an seiner Stelle klaffte ein ausgefranstes Loch in der Tür. Er ging hinein und die klapprige und muffige Treppe zum ersten Stock hinauf. Er blieb vor der Tür am Treppenabsatz stehen, Wohnung 1S.

Kyle lauschte an der Tür, hörte jedoch nichts. Er klopfte energisch und war überrascht, ein Tappen von innen zu hören. Das Geräusch näherte sich ihm rasch, ein Trippeln auf dem Hartholzfußboden der Wohnung. Er trat zurück, bereit, einen Barrierenzauber zu wirken, aber das Geräusch verstummte vor der Tür.

Er wartete, und dann kratzte das, was sich hinter der

Tür befand, unten, nahe dem Rahmen an der Tür. Es kratzte wieder; Kyle konzentrierte seine Magie und seine Sinne – insbesondere sein Sehvermögen – und projizierte sie vorwärts, durch die Tür und in die Wohnung. Er schaute nach unten.

Und der grauweiße Kater sah zu ihm auf, wie Tiere dies unerklärlicherweise immer zu tun pflegen. Er japste und war dünn und ausgemergelt, die Nase war trocken und rissig vom Wassermangel. Er schien einen Laut ausstoßen zu wollen, doch auf der anderen Seite der Tür konnte Kyle nichts hören.

Er löste das Schloß mit einem sorgfältig gezielten Pfeil konzentrierter violetter Energie. Der Kater, der, wie er wußte, Grendel hieß, huschte so schnell wie möglich davon und schlitterte über den glatten Boden, um dann um eine Ecke zu verschwinden.

Kyle hatte mit einem schrecklichen Gestank gerechnet, doch als er eintrat, roch es in dem kleinen Flur nur muffig, heiß und trocken. Kleine Bruchstücke vom Metallschloß und von der Holztür lagen überall im Flur und im Wohnzimmer verstreut, aber er zog die Tür trotzdem hinter sich zu. Das Wohnzimmer war genauso spartanisch, wie er es in Erinnerung hatte, und wies keine Anzeichen dafür auf, daß etwas nicht in Ordnung war. Am Telekom blinkte eine rote Lampe.

Er ignorierte sie einstweilen und schlug einen der schweren Vorhänge zur Seite, so daß Licht in die Wohnung fiel. Dann betrat er vorsichtig den nächsten Raum, das Eßzimmer, wandte sich nach rechts und folgte dem Weg, den der Kater genommen hatte. Er war nirgendwo zu sehen, und das Zimmer war wenig bemerkenswert. Für die Küche links galt dasselbe, wenn man davon absah, daß der Mülleimer offenbar durchsucht und geplündert worden war. Der leere Freßnapf des Katers stand zusammen mit dem gleichfalls leeren Wassernapf in der Nähe der Tür zur Hintertreppe neben seinem offenbar benutzten Katzenklo und einem komprimierten Müllbeutel.

Kyle ging durch die Küche und den kleinen Flur, der zum Badezimmer am Ende und zum Schlafzimmer gegenüber führte. Letzteres überprüfte er zuerst. Das Bett war ungemacht. Ein kleiner Ventilator auf der Nachtkonsole blies warme Luft über die Laken. Das Zimmer war, abgesehen von den Möbeln, leer. Von unter dem Bett starrten ihn zwei trübe Augen an. Grendel.

Eine rasche Durchsuchung des Badezimmers und verschiedener Wandschränke erbrachte nicht das geringste. Er füllte Grendels Freß- und Wassernapf in der Küche, und der Kater, der keine Extraeinladung brauchte, machte sich mit frischer Energie über sie her.

Abgesehen von einigen traurig aussehenden Pflanzen im Wohnzimmer war der Kater vermutlich das einzige Lebewesen, welches sich in der vergangenen Woche in dieser Wohnung aufgehalten hatte.

Von den sieben Botschaften auf dem Anrufbeantworter stammten sechs von Beth. Der siebente Anrufer hatte sich verwählt.

Er durchsuchte die Wohnung und fand wenig, wenn man von einem in einem kleinen Karton im Wandschrank versteckten Vorrat geheimer Literatur und Chips der Universellen Bruderschaft absah. Dann fand er in einer Plastiktüte in der obersten Schublade der Schlafzimmerkommode Ellens Hausschlüssel und Brieftasche, wobei auch ihr Kredstab fein säuberlich in der Halterung auf der Rückseite der Brieftasche steckte. Außerdem waren ungefähr hundertzwanzig Dollar Papiergeld in die Brieftasche gestopft. Wenn es sich dabei nicht um eine Notreserve handelte, war Ellen Shaw vor einer Woche ohne Geld, Ausweis und Schlüssel aus dem Haus gegangen und nicht zurückgekehrt.

Kyle stöberte noch etwa eine Stunde in der Wohnung herum und weigerte sich schließlich, Grendel noch einmal zu füttern, als der Kater um einen vierten Napf mit Futter bettelte. Als er schließlich ging, konnte Kyle hinsichtlich des Türschlosses wenig unternehmen, also setzte er seine Magie ein, um das Holz ein wenig zu verbiegen, nachdem er die Tür von außen zugezogen hatte. Die Tür würde sich öffnen, aber nur, wenn derjenige, der die Wohnung betreten wollte, seine Schulter einsetzte.

Draußen spielten die Kinder jetzt ein Stück weiter entfernt; ein Streifenwagen von Eagle Security hatte neben einem weißen Minivan gehalten, der nicht weit von der Stelle, wo die Kinder ursprünglich gespielt hatten, vor einem Hydranten parkte. Ein Beamter, ein junger Chinese, begutachtete offenbar die Zulassungsnummer und jagte sie durch seinen tragbaren Polizeicomputer. Sein Partner, eine Frau, wie Kyle vermutete, wenngleich er nicht viel mehr über sie sagen konnte, stand auf der Fahrerseite und redete mit jemandem, den er durch die getönte Windschutzscheibe nicht erkennen konnte. Als Kyle das Haus verließ, drehten sich beide um und sahen ihn an.

Sein Mobiltelekom klingelte.

Kyle ließ es noch zweimal klingeln, da er auf astrale Wahrnehmung wechselte und die Gegend einer raschen astralen Überprüfung unterzog. Alles sah ganz normal aus, absolut und vollkommen normal, auch der Minivan, der Streifenwagen und die beiden Polizisten. Beim vierten Klingeln griff er in die Tasche und steckte sich das Verbindungskabel in die Buchse hinter seinem linken Ohr.

»Ja«, sagte er zu dem Anrufer, während er den weißen Minivan im Auge behielt.

Hanna Uljakëns Stimme hallte in seinem Ohr, sobald der Stecker in seiner Datenbuchse klickte, und ihr Bild nahm vor seinen Augen Gestalt an.

»Kyle, ich bin es.« Sie befand sich offenbar immer noch in seiner Hotelsuite.

»Ist alles in Ordnung mit Ihnen?« fragte er.

Die Frage schien sie zu verwirren. »Ja, natürlich. Und wie sieht es bei Ihnen aus?«

»So weit so gut.«

Plötzlich war sie hellwach und auf der Hut. »Devress rief mich gerade an. Man erwartet mich umgehend in der Wohnung der Trumans. Er wollte sich nicht darüber auslassen, aber irgendwas ist da im Busch. Er hat auch nach Ihnen gefragt. Ich sagte ihm, ich würde Sie verständigen.«

Immer noch zuhörend, beobachtete Kyle, wie sich die beiden Polizeibeamten lässig von dem Minivan entfernten und wieder in ihren eigenen Wagen stiegen. Obwohl es sich nicht um eine Einbahnstraße handelte, fuhr der Streifenwagen rückwärts, bis er das Ende des Blocks erreicht hatte. Dann wendete er und fuhr vorwärts weiter und außer Sicht. Der Minivan fuhr nicht weiter.

»Ich komme, so schnell ich kann, aber zwanzig Minuten wird es wohl dauern«, sagte er zu ihr. »Ich befinde mich am Stadtrand.« Aus irgendeinem Grund verspürte er nicht die geringste Lust, ihr auch nur ungefähr mitzuteilen, wo er sich aufhielt.

Er sah sie nicken. »Ich setze sie davon in Kenntnis«, sagte sie. »Ach, und ich habe …«

Er fiel ihr ins Wort. »Warten Sie damit und sagen Sie es mir erst, wenn wir uns treffen. Und verlangen Sie am Hotelempfang zusätzliche Sicherheit für meine Suite. Man soll sie Ihrem Boß in Rechnung stellen.«

Sie nickte wieder. »Wird erledigt.«

»Kopieren Sie alles, was Sie gefunden haben, auf Chip und löschen sie die Informationen aus dem Computerspeicher. Wenn mein Notepad seine Suche beendet hat, nehmen Sie es ebenfalls mit.«

»In Ordnung.«

»Und lassen Sie sich von Knight Errant abholen. Rufen Sie Facile sofort an, noch bevor Sie mit dem Kopieren der Dateien anfangen.«

Seine Anweisungen und der Tonfall, in dem er sie gab, beunruhigten sie offensichtlich, aber sie erklärte sich einverstanden. »Ich sehe Sie in zwanzig Minuten im Tower.«

Sie unterbrach die Verbindung.

Kyle stöpselte sich aus, stieg in seinen Wagen und fuhr rasch los, indem er auf der Straße wendete, so daß er an dem Minivan vorbeifuhr. Er konnte nicht hineinsehen, aber er merkte sich die Zulassungsnummer.

Der Minivan folgte ihm nicht.

12

Kyle Teller«, sagte Daniel Truman, »das ist Captain Anne Ravenheart von Knight Errant. Sie ist eine Sicherheitsexpertin, die uns bei der Bereinigung der Situation behilflich sein soll.«

Kyle trat vor und nahm die angebotene Hand seiner ehemaligen Klassenkameradin und Gelegenheitsgeliebten. Sie hatte sich nicht sehr verändert, aber einige Unterschiede waren durchaus bemerkenswert. Aus den langen schwarzen Haaren, an die er sich noch sehr gut erinnerte, war eine stachelige Militärfrisur geworden. Die langen baumelnden Ohrringe, die sie immer getragen hatte, waren einem Paar verchromter Datenbuchsen unter jedem Ohr gewichen. Ihre Augen waren immer noch grün, aber sie glänzten anders, merkwürdig. Kyle hielt sie nicht für echt. Doch als sie lächelte, tat sie das noch genauso, wie er es in Erinnerung hatte.

»Hallo, Kyle«, sagte sie, seine Hand schüttelnd.

»Wie geht es dir, Anne?« Er versuchte einen beiläufigen Tonfall anzuschlagen. »Das ist aber eine Überraschung.«

Sie zuckte die Achseln, und ihr Lächeln wurde breiter. »Für mich auch.«

Anne Ravenhearts Ankunft ging Hand in Hand mit einigen anderen Veränderungen, die Kyle aufgefallen waren, bevor er das Gebäude betreten hatte. Veränderungen, die in erster Linie mit verstärkter Sicherheit und erhöhter Präsenz von Knight Errant zusammenhingen. Anstelle des üblichen Türstehers hatte ein Beamter von Knight Errant seinen Wagen in Empfang genommen. Außerdem war Kyle eine Überwachungsdrone, halb so groß wie ein Mensch, unter einer grauen Plane in einer Nische neben dem Eingang aufgefallen. Die Wachen vor den Fahrstühlen waren offensichtlich bewaffnet und vercybert und trugen Körperpanzer. Dann hatte der Fahrstuhl eine Bestätigung von Kyles Stimmuster verlangt, indem dieser nach dem Zufallsprinzip ausgewählte Worte wiederholte, die der Fahrstuhl ihm vorsagte. Sogar im Flur vor der Wohnung der Trumans stand ein bewaffneter Wachposten.

Anne Ravenheart und die beiden anderen Beamten von Knight Errant waren bei den Trumans auf der Terrasse am Pool. Mr. Truman sah angespannt aus, Mrs. Truman müde und besorgt. Melissa und Madeleine waren ebenfalls anwesend, und beiden sah man die Erleichterung angesichts Kyles Eintreffen an. Das gleiche galt für Hanna Uljakën. Der andere Assistent, Devress, der Kyle angeworben hatte, war ebenfalls anwesend. Er bedachte Kyle mit einem dünnen Lächeln, als sich ihre Blicke trafen. Vom Personal war ebensowenig jemand anwesend wie Lieutenant Facile, den Kyle auch nicht auf dem Weg nach oben gesehen hatte.

Die drei Knight Errant-Beamten trugen etwas, bei dem es sich Kyles Ansicht nach um eine saloppe militärische Felduniform handeln mußte. Einteilige grauweiße Tarnoveralls für die Stadt und dunklere, eckig geschnittene Jacken mit ihren Rangabzeichen und dem blauroten Konzernlogo. Alle drei trugen großkalibrige Pistolen im Gürtelhalfter, und Kyle nahm an, daß der hochgewachsene, schlanke, raubvogelgesichtige Mann mit dem braunen Haar, das unter seinem schwarzen Barett hervorlugte, wie Anne Ravenheart ebenfalls ein Magier war.

»Sie kennen einander?« fragte Daniel Truman, dessen Blicke zwischen Kyle und Anne hin und her huschten.

»Jawohl, Sir«, sagte Anne. »Kyle und ich sind zusammen zur Schule gegangen, und zwar vor längerer Zeit, als ich zuzugeben bereit bin.«

Truman lachte. »Nun, Mr. Teller fragt sich wahrscheinlich, wie es kommt, daß er Ihnen hier wiederbegegnet. Warum erzählen Sie es ihm nicht?«

Ravenheart wandte sich an Kyle. »Wie du weißt, ist Mr. Truman ein guter Freund von Damien Knight, einem der Geschäftsführer von Ares Macrotechnology. Als Mr. Knight vom Verschwinden Mitchell Trumans hörte, hat er angeordnet, daß Mr. Truman Knight Errants Mittel zur Verfügung gestellt werden.

Und ich bin geschickt worden, um Knight Errants Untersuchung der Fragen zu leiten, wer für all das verantwortlich ist und wie wir die Gesundheit des Jungen wiederherstellen können.«

Kyle riskierte einen Blick auf Hanna Uljakën, in deren Augen sich Besorgnis spiegelte.

»Tja, deine Hilfe ist mit Sicherheit willkommen«, sagte Kyle. »Nun, da uns Knight Errant hilft, bin ich sicher, daß wir ...«

»Sie wollen alles an sich reißen«, sagte Melissa plötzlich, deren Blick zwischen Kyle und dem Stirnrunzeln ihres Vaters hin und her irrte.

Ravenheart runzelte ebenfalls die Stirn. »Wie Mr. Truman und ich vor deinem Eintreffen besprochen haben, würde Knight Errant es vorziehen, die Untersuchung und die Sicherheit allein und exklusiv in die Hand zu nehmen. Jedes andere Vorgehen könnte entscheidende Verzögerungen bei der Kommunikation hervorrufen und das Unternehmen behindern – unabhängig von den anderen in die Sache verwickelten Kräften.« Sie bedachte Kyle mit einem dünnen Lächeln. »Nichts Persönliches.«

Er zuckte die Achseln. »Schon gut. Ich bin auch der Ansicht, daß es eine gute Idee wäre, unsere Kräfte zu vereinigen, aber ich wäre dafür, daß deine Leute *uns* unterstützen.« Er ließ seinen Blick kurz über die versammelte Gruppe wandern. »Es sind bereits einige Dinge vorgefallen. Ich würde nur sehr ungern Zeit mit der Übertragung der Leitung des Unternehmens und der Übermittlung von Informationen verlieren.

Und um die Wahrheit zu sagen, verfolge ich im Augenblick ein paar Spuren, über die ich mich aufgrund der Vertraulichkeit der Informationen im Augenblick lieber nicht äußern möchte. Knight Errants Hilfe ist gewiß willkommen, aber es will mir sinnvoller erscheinen, daß sie die bestehende Struktur unterstützen, anstatt zu versuchen, eine neue aufzubauen.«

Ravenheart wollte protestieren, als sich Daniel Truman einmischte. »Ich neige dazu, Mr. Teller zuzustimmen. Ms. Uljakën hat mir erzählt, daß die beiden gute Fortschritte bei der Identifikation der für das alles verantwortlichen Leute machen.«

»Leute?« fragte Ravenheart, indem sie sich wieder Kyle zuwandte. Sie schien diesen Gedankengang weiterverfolgen zu wollen, aber nach einem kurzen Seitenblick auf Mrs. Truman besann sie sich offenbar anders. Statt dessen sagte sie: »Das sind gute Neuigkeiten. Wie Ihre Entscheidung auch ausfällt, Mr. Truman, Knight Errant steht zu Ihrer Verfügung.«

»Ausgezeichnet«, sagte er. »Mr. Teller kümmert sich für mich und meine Familie immer noch um diese Sache, und Ihre Bekanntschaft sollte es ihm erleichtern, von Ihrem Team alles zu bekommen, was er braucht.«

»Ich bin sicher, daß es so sein wird.«

»Ansonsten«, fuhr Truman fort, »wenden Sie sich bitte an meine Assistentin Ms. Uljakën, die ebenfalls mit Mr. Teller zusammenarbeitet.«

»Das werde ich tun, Sir. Wäre es Mr. Teller wohl möglich, uns in der Zwischenzeit über seine Fortschritte ins Bild zu setzen?«

»Jetzt ist ein ebenso guter Zeitpunkt wie jeder andere.« Daniel Truman bedeutete seiner Familie, ihm zu den Türen nach drinnen zu folgen, und alle kamen seiner Aufforderung gehorsam nach, obgleich Melissa Kyle noch einen angestrengten Blick zuwarf, kurz bevor sie in der Wohnung verschwand. Diesmal sah Hanna den Blick ebenfalls, aber Kyle reagierte nicht auf ihre fragende Miene. Devress blieb ebenfalls auf der Terrasse, zog sich jedoch mehr in den Hintergrund zurück.

»Zuerst möchte ich mich dafür entschuldigen, daß ich die anderen beiden Mitglieder meines Teams noch nicht vorgestellt habe«, sagte Ravenheart, unmittelbar nachdem die Trumans die Terrasse verlassen hatten. Sie deutete auf den stämmigen Mann, von dem Kyle ziemlich sicher wußte, daß er kein Magier war. »Das ist Sergeant Keith Vathoss«, fuhr sie fort.

Vathoss nickte, und Kyle konnte die Mikrohydrauliken und -motoren seiner Cyberware dabei fast hochschalten hören. Sein Haar war stoppelkurz geschnitten und rot, sein Kinn kantig und sein Nacken bullig von den Chemikalien, die er einnahm, um die natürlichen Muskeln zu stärken, die sein Körper noch hatte. Seine Augen waren dunkel und durchscheinend, da auf seine mit Sicherheit gleichfalls künstlichen Augen ein Schutzschild verpflanzt worden war.

Vathoss lächelte. »Sir«, sagte er.

»Und das ist Lieutenant Paul Gersten.« Ravenheart deutete auf den anderen Mann. »Mein Stellvertreter.«

Gersten streckte die Hand aus, und Kyle schüttelte sie. »Erfreut, Sie kennenzulernen«, sagte er. Gerstens Griff war stark, aber kalt.

Ravenheart wandte sich wieder an Kyle. Ihre Körperpose war förmlich, und die Augen blickten entschlossen, als sie fortfuhr. »Wir haben es hier mit einer etwas peinlichen Situation zu tun, weil wir uns kennen.« Er nickte zustimmend. »Aber das werden wir ignorieren müssen, auch wenn das bedeutet, daß die Situation letzten Endes noch peinlicher wird.«

Kyle sah, daß Hanna den Wortwechsel mit gespanntem Interesse verfolgte.

»Und jetzt versteh mich nicht falsch«, fuhr Ravenheart fort, »weil ich die größte Hochachtung vor dir und deinem Talent habe; aber diesmal hast du dich in der Liga verirrt.«

»Danke für die Klarstellung«, sagte Kyle.

Sie seufzte. »Ich sage das nicht gerne so frei heraus, aber wahrscheinlich weißt du nicht, daß Knight Errant parallel zu deiner Untersuchung eine eigene durchgeführt hat.«

Kyle warf einen Seitenblick auf Hanna, die überrascht zu sein schien. Der hinter ihr stehende Devress ließ keine Regung erkennen.

»Und wir haben einige interessante Dinge herausgefunden.« Sie wandte sich an Gersten. »Lieutenant?«

Gersten räusperte sich und trat einen winzigen Schritt näher an sie heran. »Wir wissen, daß wir es mit einer geheimen Gruppe von Animus-Geistern zu tun haben, die als Frauen auftreten. Insgesamt sind es fünf, und zwar Deirdre Reinmann, Karyn Moffit, Mary Hauser, Gwen Pitvorec und Linda Hayward. Es handelt sich um eine konspirative Gruppe, deren Motive unklar sind, wenn man einmal davon absieht, daß sie offenbar auf Nutzen und Förderung der Gruppe ausgerichtet sind.«

»Wie paßt Mitchell Truman da hinein?« fragte Kyle. »Es klingt nach irgendeiner Frauengruppe mit sehr wahrscheinlich ziemlich strikten Aufnahmekriterien. Sie können nicht versucht haben, ihn zu rekrutieren.«

Ravenheart schüttelte den Kopf. »Wir glauben, daß sie versucht haben, Besitz von ihm zu ergreifen«, sagte sie, »und es irgendwie vollkommen verpfuscht haben.«

»Wie konnten sie hoffen, damit durchzukommen? Wenn sie Animus-Geister sind, haben sie betont ›weibliche‹ Wesensmerkmale. Es wäre für jede von ihnen schwierig gewesen, sich als Mitch Truman auszugeben.«

»Der Junge war bisexuell«, sagte Gersten, und Kyle sah Ravenheart zusammenzucken.

Kyle funkelte den Mann an. »Darauf etwas zu entgegnen, wäre der Mühe nicht wert.«

»Ich stimme dir zu«, sagte Ravenheart. »Ich glaube, der Hayward-Geist ist entweder über Mitchell gestolpert oder hat ihn bewußt aufs Korn genommen, hat dann eine romantische Beziehung hergestellt, vielleicht durch Magie, und wollte ihn benutzen.« Sie hielt inne. »Und dann ist irgend etwas schiefgegangen.«

Kyle nickte. »Die Beziehung hat sich irgendwie verändert. Wer weiß? Vielleicht hat er etwas herausgefunden, und sie mußten handeln.«

»Was du nicht weißt, Kyle, ist die Tatsache, daß Mitchells Schwester Melissa in der Nacht, als der Junge aufgegriffen wurde, unterwegs zu ihm war, um sich mit ihm zu treffen.«

»Was?«

»Sie hat früher an dem Abend einen Anruf von ihrem Bruder erhalten und sich dann fortgeschlichen, um sich mit ihm zu treffen. Wir haben den Anruf abgehört und wußten daher, wohin sie unterwegs war, nachdem sie ihre beiden Leibwächter abgeschüttelt hatte. Sie war am vereinbarten Treffpunkt, aber ihr Bruder ist nicht dort aufgetaucht.«

»Hältst du es für möglich, daß deine Leute ihn vielleicht verschreckt haben könnten?«

Sowohl Gersten als auch Vathoss schien ein wenig aufzufahren, doch Ravenheart zuckte nur die Achseln. »Schwer zu sagen. Unser Team war ziemlich gut verborgen, aber möglich ist alles. Der Witz an der Sache ist ganz einfach der, daß er seine Schwester angerufen und sie gebeten hat, sich heimlich mit ihm zu treffen.«

Kyle runzelte die Stirn. »Du glaubst, sie wollten das Ziel wechseln und hatten es auf Melissa abgesehen?«

Devress verzog keine Miene, aber Hanna zuckte zusammen. »Das würde zu den Fakten passen«, sagte Ravenheart. »Falls sie sahen, daß sie die Kontrolle über Mitchell verloren, wäre es nur logisch, wenn sie versucht hätten, ein anderes Familienmitglied unter ihre Kontrolle zu bringen.«

»Durch Besitzergreifung«, sagte Kyle.

Ravenheart nickte. »Durch Besitzergreifung. Auf dieselbe Weise, wie sie sich die Körper angeeignet haben, die sie jetzt bewohnen.«

»Was schlägst du als nächsten Schritt vor?«

»Die Aufrechterhaltung der höchsten Sicherheitsstufe für die ganze Truman-Familie und ihren unmittelbaren Stab«, sagte Ravenheart. »Es ist unwahrscheinlich, daß die Gruppe es noch einmal versucht, insbesondere jetzt, wo wir auf der Hut sind, aber wir wollen kein Risiko eingehen. Sobald das alles organisiert ist, setzen wir die Verfolgung der Desolation Angels fort.«

»Irgendwelche Hinweise?« fragte Kyle.

Ravenheart lächelte. »Gewiß, aber unsere Quellen sind vertraulich, also kann ich im Augenblick noch nichts sagen.«

Kyle erwiderte ihr Lächeln. »Natürlich.«

»Belassen wir es dabei zu sagen, daß wir dicht dran sind.«

»Gut. Dann will ich dich nicht weiter aufhalten.« Kyle griff in die Tasche und suchte nach einer seiner Visitenkarten. »Hier ist die Nummer meines Mobiltelekoms …«

»Die habe ich schon«, sagte Ravenheart.

Er hörte auf zu suchen. »Gut, kann ich dann deine haben?«

»Ms. Uljakën hat sie bereits. Du erreichst mich entweder unter dieser Nummer oder über die Kommandozentrale, die wir im Sicherheitsbüro dieses Hauses eingerichtet haben.«

»Dann dürfte das kein Problem sein.«

»Gut. Damit wäre einstweilen alles geregelt.« Ravenheart wandte sich ab und bedeutete zu Kyles Überraschung den anderen beiden Mitgliedern ihres Teams, den Weg zu nehmen, der über die Terrasse und außer Sicht führte. »Ich melde mich, sobald wir etwas Neues erfahren.«

Dann drehte Ravenheart sich um und folgte ihren beiden Kameraden, sah jedoch noch einmal über die Schulter, kurz bevor sie hinter der ersten Ecke verschwand. »Außerdem sollten wir mal wieder miteinander reden«, sagte sie.

Kyle lächelte. »Das werden wir.«

Sie erwiderte das Lächeln und bog um die Ecke.

»Wohin gehen sie?« fragte er Hanna, die mit schnellen Schritten zu ihm kam. Hinter ihr schien Devress die ganze Terrasse gründlich abzusuchen. Er wirkte konzentriert und angespannt.

»Sie sind mit einer Kipprotormaschine gekommen. Ich nehme an, daß sie zum Hubschrauberlandeplatz unterwegs sind.«

Kyle nickte, dann rief er Charlotte.

Der Geist tauchte sofort neben ihm auf und hatte wahrscheinlich schon die ganze Zeit an dieser Stelle im Astralraum gewartet. »Beobachte sie und vergewissere dich, daß sie alle das Gebäude verlassen. Kehre zu mir zurück, sobald sie abgeflogen sind – oder falls sie nicht direkt zum Hubschrauber gehen.«

»Das werde ich«, sagte Charlotte und verschwand.

Kyle sah sich auf der Terrasse um. »Seeks-the-Moon?« sagte er.

Devress sah auf. »Ja?« sagte er, während seine Züge und seine Kleidung unter Mißachtung aller Schwerkraftgesetze dahinschmolzen und schließlich die Gestalt Seeks-the-Moons annahmen.

»Hol mich der Teufel«, sagte Kyle.

»Schon möglich«, sagte der Geist, »aber ich nehme an, deine alte Freundin Captain Ravenheart wird ihre angemessene Bestrafung ein paar Kreise unter deinem eigenen finden.«

»Ach?« sagte Kyle.

»Du wirst dich natürlich mit auf den Rücken gedrehtem Kopf im siebenten Kreis von Malebolge wiederfinden«, sagte der Geist, Dante zitierend, »während sie drei unter dir zusammen mit den anderen Lügnern im zehnten landen wird.«

»Du glaubst, sie hat uns belogen?« fragte Hanna.

»Mit fast jedem Wort«, sagte Kyle.

Hannas Blicke irrten zwischen Kyle und dem Geist hin und her. »Woher wissen Sie das?«

»Timing«, sagte Kyle. »Alles, was sie hier gesagt hat, impliziert zusammen mit den Dingen, die wir bereits wissen, daß Knight Errant den Fall schon untersucht hat, lange bevor das Unternehmen von der Truman-Familie angeworben wurde.«

»Ich kann nicht ganz folgen.«

»Wir wissen, daß Knight Errant vor drei Monaten den Kontrakt Ihrer bisherigen Sicherheitsfirma aufgekauft hat. Warum?«

Hanna zuckte die Achseln. »Prestige, Marktposition. Das kann alle möglichen Gründe haben.«

»Etwa vor drei Monaten hat Mitchell Truman auch Linda Hayward kennengelernt – oder wer sie auch sein mag.«

»Stimmt, aber warum sind Sie so sicher, daß es da eine Verbindung gibt?«

»Ich weiß, daß Knight Errant Megaressourcen in die Chicagoer Gegend pumpt. Tatsächlich sogar schon seit einiger Zeit. Seit drei Monaten, um genau zu sein.«

»Sie unternehmen alle erforderlichen Schritte, um sich auf dem Chicagoer Markt zu etablieren«, erwiderte Hanna. »Das haben sie ganz offen und direkt zugegeben.«

Kyle schüttelte den Kopf. »Es sind nicht die richtigen Einheiten. Man verlegt keine militärischen Einsatzteams in eine Stadt, wenn man nur sein Image aufpolieren will.«

Hannas Augen weiteten sich. »Militärische Einsatzteams? Sie glauben, daß Captain Ravenheart und ihre Leute zum Militär gehören?«

»Zu Knight Errants Äquivalent dafür, gewiß.«

Über ihnen setzte ein dumpfes Heulen ein, das sich rasch zum kraftvollen Dröhnen von Turbinentriebwerken steigerte. Seeks-the-Moon war nur noch schemenhaft zu erkennen, als er durch die Terrassentüren huschte und sich in die Abgeschiedenheit und Ruhe der Wohnung zurückzog. Über ihren Köpfen verließ eine Kipprotormaschine von Knight Errant das Gebäudedach und beschleunigte rasch, nachdem die Antriebsrotoren für den Vorwärtsflug in Position gebracht worden waren. Die Maschine flog nach Westen.

»Nach O'Hare unterwegs«, sagte Kyle.

Hanna nickte. »Ares hat eine kleine Enklave dort draußen. Wir haben gehört, daß Knight Errant dort seine Basis hat.«

Kyle drehte sich um, als sich die Terrassentüren öffneten. Seeks-the-Moon trat heraus, ein seltsames Lächeln auf den Lippen. Ihm auf den Fersen folgte ein mürrisch aussehender Daniel Truman, der stehenblieb und der kleiner werdenden Kipprotormaschine nachsah. In diesem Augenblick tauchte auch Charlotte wieder neben Kyle auf.

»Meister«, sagte sie. *»Sie sind alle mit dem Hubschrauber abgeflogen.«*

»Vielen Dank, Charlotte. Nimm deine Patrouillen wieder auf.« Der Geist verschwand.

»Was glauben Sie, was sie für ein Spiel spielen?« fragte ihn Truman.

Kyle zuckte die Achseln. »Ehrlich gesagt, ich weiß es einfach nicht.«

»Aber Sie sind auch der Meinung, daß irgend etwas vorgeht?«

»Absolut«, sagte Kyle. »Sie verfolgen hier ganz offensichtlich eigene Ziele. Ich weiß nur nicht, wie die aussehen.«

»Entschuldigung, wenn ich das einfach so sage«, warf Hanna ein, »aber ich verstehe immer noch nicht ganz, warum Sie beide so sicher sind, daß Knight Errant irgend etwas vorhat.«

»Ich bin Damien Knight zweimal begegnet, Hanna«, sagte Daniel Truman zu ihr. »Ich könnte für Sie Wort für Wort die ganzen zwei Sätze wiederholen, die wir miteinander gewechselt haben. Gewiß, es gibt ein paar Berührungspunkte zwischen seiner und meiner Gesellschaft. Aber zwischen uns beiden? Wir sind keine Freunde. Insbesondere nicht die Art von Freunden, die einander Hilfe im Wert von einer Milliarde Nuyen anbietet, ohne darum gebeten worden zu sein.«

Kyle schluckte. »Eine Milliarde? Was hat man Ihnen angeboten?«

Truman lächelte dünn. »Sie sagten, wenn die Dinge besonders unangenehm würden – und sie ließen auf subtile Weise durchblicken, daß dies durchaus geschehen könnte –, hätte ich vielleicht nichts dagegen einzuwenden, mit meiner Familie einen Urlaub im Orbit zu machen.«

»Im Orbit?«

Truman nickte. »Sie haben mir eine Gratisreise in den Orbit und Luxusquartiere in ihrer Weltraumstation *Daedalus* angeboten.«

Kyle war sprachlos. »Das kommt mir mehr als nur ein wenig ...«

»Ja, nicht wahr?« sagte Truman. »Natürlich, sagten sie, sei das nur eine Möglichkeit für den schlimmsten Fall, aber sie wollten sich nicht näher dazu äußern, wie dieser schlimmste Fall aussehen könnte.«

Kyle schüttelte den Kopf. »Knight Errant hat irgend etwas vor. Würden Sie sich wohl dabei fühlen, wenn Sie den Vertrag mit ihnen aufkündigten?«

Truman runzelte die Stirn. »Nein ... so oder so können sie mich und meine Familie am besten schützen. Ich glaube, sie haben ganz eigene Gründe, warum sie es tun, aber ich glaube nicht, daß sie meiner Familie Schlechtes wünschen.«

»Ich nehme an, Sie haben recht. Obwohl ich glaube, wir können davon ausgehen, daß sie nichts dagegen hätten, eines oder mehrere Mitglieder ihrer Familie zu opfern, um zu bekommen, was sie wollen.«

Trumans Augen bekamen einen harten Glanz. »Wie sie es vielleicht schon mit Mitch getan haben.«

Hannas Augen weiteten sich. »Ich verstehe nicht ...«

»Wenn sie ihn und meine Familie schon seit Monaten überwachen«, sagte Truman, »warum sind sie dann nicht eingeschritten und haben etwas unternommen, als Mitch geschnappt wurde? Drek, sie wußten vielleicht sogar, wo er war.«

»Das glaube ich nicht«, sagte Kyle. »Weil sie in diesem Fall keinen Grund gehabt hätten, Melissa in der Nacht zu beschatten, in der Mitch aufgegriffen wurde.«

»Sie haben Melissa beschattet?« Truman war offensichtlich überrascht. »Wer, zum Teufel, hat Ihnen das erzählt?«

»Es kam im Lauf meiner Unterhaltung mit Captain Ravenheart heraus. In der Nacht, in der Mitch aufgegriffen wurde, hat sich Melissa fortgeschlichen, um sich mit ihm zu treffen. Sie hat einen Telekomanruf von Mitch bekommen, den Knight Errant abgehört hat. Ich glaube, sie haben sie absichtlich in dem Glauben gelassen, sie hätte sie abgeschüttelt, und sie dann beschattet. Mitch ist dann aber nicht aufgetaucht.«

»Haben Sie dafür einen Beweis?« fragte Truman.

»Nur ein Indiz. Knight Errant hat angeblich rituelle Zauberei angewandt, um sie aufzuspüren. Sie hatten sogar eine Ritualprobe, womit es unglaublich einfach hätte sein müssen, eine magisch ungeschützte Person wie Melissa aufzuspüren. Es hätte nicht länger dauern dürfen als die Minimalzeit für das Ritual – sagen wir eine bis höchstens zwei Stunden.«

»Aber sie sagten, sie hätten sie nicht gefunden, bis sie dann schließlich wieder in die Wohnung zurückkehrte«, sagte Hanna. »Fast fünf Stunden später.«

»Genau«, sagte Kyle.

»Zum Teufel mit ihnen«, sagte Daniel Truman, der in die Richtung der längst verschwundenen Kipprotormaschine starrte.

Seeks-the-Moon trat vor. »Außerdem scheint es so, als hätten sie einige Informationen in bezug auf diese Frauen-Geister.«

Hanna schrak zusammen. »Das hätte ich fast vergessen. Meine Suche hat nichts Wesentliches erbracht« – sie wandte sich an Kyle –, »aber Ihre schon.«

»Tatsächlich?« sagte er.

Sie zuckte die Achseln. »Ich habe kurz nachgesehen, als ich Ihr Notepad eingesteckt habe ...«

»Was ist denn dabei herausgekommen?«

»Die Suchroutinen sind auf Einträge gestoßen, die besagen, daß Knight Errant und Ares bereit sind, für Informationen in bezug auf etwas zu zahlen, das sie ›abweichende Geister‹ nennen.«

»Was soll das sein?« fragte Truman.

»Geister, die sie nicht verstehen«, sagte Seeks-the-Moon. »Oder vielleicht Geister, die dem widersprechen, was sie über Geister zu wissen glauben.«

»Abweichende Geister«, wiederholte Kyle. »Was immer das heißen mag.« Er sah Hanna an. »Haben Sie auch gelesen, wann Ares angefangen hat, nach diesen Daten zu suchen?«

Hanna schloß die Augen und legte den Kopf schief, als sie sich zu erinnern versuchte. »Anfang Februar zwanzigeinundfünfzig«, sagte sie einen Augenblick später. »Vor ungefähr vier Jahren.«

»Das könnte ein Zufall sein«, stellte Truman fest.

»Ja, aber zu viele Zufälle sind auch nicht sehr wahrscheinlich«, sagte Kyle. »Haben wir Informationen über die Ergebnisse von Ares' und Knight Errants Suche?«

Hanna schüttelte den Kopf. »Nein, nicht direkt, aber gemeinsam haben wir insgesamt ungefähr zweieinhalb Gigapulse Daten zu den verschiedenen Begriffen zusammengetragen.«

»Toll. Die Antworten könnten sich irgendwo zwischen all diesen Daten befinden, aber es könnte sein, daß wir sie einfach nicht finden.«

»Ich kann ein Suchprogramm schreiben, das die Daten, die wir haben, durch ein feineres Sieb filtert. Und Querverweise und Verbindungen herstellt. Dann können wir einfach die Themenliste durchgehen«, bot Hanna an.

»Tun Sie das«, sagte Kyle, um sich dann wieder an Truman zu wenden. »In der Zwischenzeit würde ich gerne ...«

Irgendwo tief in ihm wand sich plötzlich das Echo eines Teils seines Wesens, das im Augenblick woanders war. Er spürte, wie es brannte, dann einen Augenblick später auflöste und als unerwartet freigesetztes Potential zu ihm zurückkehrte.

Er keuchte.

Seeks-the-Moon stand plötzlich neben ihm. »Was ist los?« Auf den Gesichtern von Hanna Uljakën und Dan Truman zeichnete sich ebenfalls Besorgnis ab.

»Einer der Elementare, die ich zur Bewachung Mitchells abgestellt habe, ist getötet worden«, sagte Kyle. Er drehte sich um und sah über die Stadt hinweg in Richtung Handlemann-Institut. »Und das bedeutet, das Krankenhaus wird angegriffen.«

Dan Truman wurde weiß. »O mein Gott ...«

»Ich muß dorthin«, sagte Kyle zu Seeks-the-Moon, der nickte, aber auch überrascht zu sein schien. »Charlotte!« rief Kyle, und der Luftelementar erschien neben ihm.

»Hilf ihr«, sagte er zu dem Geist, indem er auf Hanna zeigte. »Versammle den Rest der Truman-Familie in der Wohnung. Und dann tu alles, was Seeks-the-Moon dir sagt.«

Wenn Luftgeister das Gesicht überhaupt zu einer abfälligen Grimasse verziehen konnten, war es das, was Charlotte tat, aber sie sagte nur: *»Ich werde tun, was du sagst.«*

»Du wirst im Krankenhaus meine Hilfe brauchen«, sagte Seeks-the-Moon.

»Nein, es könnte ein Trick sein«, erwiderte Kyle, indem er sich rasch auf einen der am Poolrand stehenden Stühle setzte. »Entschuldigen Sie mich. Ich muß dorthin.«

So schnell, wie er konnte, richtete Kyle seine Wahrnehmung nach innen und trennte seinen Geist von seinem Körper. Dann betrachtete er das ruhige Gebiet des Astralraums um den Pool, die Normalsterblichen Dan Truman und Hanna Uljakën, die immer noch ihren schillernden Ohrring trug, und die Geister Seeks-the-Moon und Charlotte. Die Normalsterblichen starrten auf seinen Körper, während die Geister die Stelle betrachteten, an der Kyle etwa einen Meter über dem Boden schwebte. Nur Hanna schien aufzufallen, daß Seeks-the-Moon auf eine andere Stelle schaute als sie.

Kyle nickte den Geistern zu, wandte sich ab und schoß über die Stadt hinweg. Das Handlemann-Institut war nicht weit entfernt und lag etwa zwanzig Blocks nördlich vom Truman Tower. Er war dort, noch bevor sein Körper auf dem Stuhl zusammengesunken war.

Ein Gefühl der Verzweiflung erfüllte ihn, als er in das Krankenhaus eindrang – emotionaler Überschuß von den Kranken und Sterbenden. Doch da war noch etwas anderes, das er spüren konnte, während er auf seinem direkten Weg zu Mitch Trumans Zimmer rasch durch die Etagen glitt. Schmerzen, akut und durchdringend, berührten seine Sinne, dazu ein seltsames metaphysikalisches Aroma, stechend, kalt und *fremdartig*.

Er sank in das Zimmer des Truman-Jungen und wäre beinahe vor Abscheu wieder herausgesprungen. Überall in dem Zimmer war Blut verspritzt, das Bett war zerfetzt und verdreht und schien gegen die Wand geschleudert worden zu sein. Doch Mitchell Truman lag nicht darin. Das Blut stammte, wie Kyle sah, von zwei Leichen, der eines Wachpostens – den zerfetzten Überresten seiner Uniform nach zu urteilen, Knight Errant –, dem der Bauch aufgeschlitzt worden war, und dem Torso einer kleinen Frau in einem Arztkittel. Teile von ihr steckten zwischen der Sonnenblende vor dem Fenster.

Kyle fluchte und spürte wiederum ein Ziehen – seinen anderen Elementar. Sein Schrei kam aus den Tiefen des Gebäudes. Er schoß darauf zu und spürte, wie sich die Schwingungen eines mächtigen Zaubers durch den Astralraum ausbreiteten. Er steuerte das Zentrum der Schwingungen an.

Er tauchte in einem Flur auf, als die letzten Wellen entfesselter mystischer Energie den Astralraum in ihm kräuselten und den Flur in flackernde blaue und grüne Astralfarben tauchten. Er machte vier Lebewesen aus. Zwei von ihnen waren Menschen, die anderen beiden Geister.

Die beiden Menschen gehörten wahrscheinlich zu Knight Errant, aber aus dem Astralraum konnte Kyle weder die Abzeichen auf den Uniformen noch deren Farben erkennen. Ihre Kleidung war mattgrau und tot. Einer war jedoch ein Magier, und in seiner Aura funkelten die Rückstände der Energie des mächtigen Zaubers, den er gerade einem der Geister entgegengeschleudert hatte. Der Magier taumelte vor Anstrengung rückwärts, während sein Kamerad, seiner Größe und Gestalt nach ein Ork, mit einem Sturmgewehr das Feuer auf den größeren der beiden Geister eröffnete.

Der dunkle, doppelt mannsgroße Geist nahm die Kugeln kaum zur Kenntnis, die durch seinen schattenhaften Körper fuhren und in die Wand hinter ihm schlugen.

Kyle starrte die beiden Geister an, unfähig, ein Keuchen zu unterdrücken. Das Ding vor ihm war riesig und hatte sechs dünne Beine und einen langen flachen Rumpf, der ledrig braun glänzte. Ein schrecklicher Geruch, entsetzlich stechend und nur mit dem Wort *Ausdünstung* zu beschreiben, drang in Kyles Astralsinne. Der Geist schlug mit einem seiner kleineren Vorderbeine zu und traf den Magier am rechten Oberarm. Blut schoß aus der Wunde und bespritzte den anderen Wachposten und den Geist.

Der zweite Geist, Kyles Elementar, kauerte auf dem Boden. Seine Aura war trübe und offensichtlich geschwächt von einem Zusammenstoß mit diesem vielbeinigen Ding. Der dunkle Geist schien Kyles Eintreffen nicht zu bemerken, sondern machte Anstalten, sich auf den zusammenbrechenden Magier zu stürzen.

Kyle handelte rasch, da er den Geist angreifen wollte, solange dieser abgelenkt war. Seine Alternativen waren simpel – er konnte ihn direkt mit der rohen Energie seiner Astralgestalt oder mit einem Zauber angreifen. Beides war gefährlich.

Er wählte den Zauber und sammelte die Energien des Astralraums mit schwindelerregender Geschwindigkeit. Der Geist sah auf und nahm Kyle wahr, obwohl seine Gestalt keine richtigen Augen aufzuweisen schien. Kyle zweifelte jedoch nicht daran, daß der Geist ihn mühelos spürte. Er fing an zu zischen.

Die Energie strömte violett, weiß und blau in ihn, während sich der Zauber in seinem Geist zusammenfügte, und der Geist sprang, wobei er seine kurzen, offenbar verkümmerten Flügel ausbreitete, als Kyle ihm den Zauber entgegenschleuderte.

Der Zauber traf den Geist voll, ein Strahl aus astraler Energie, die gegen den Kopf der Kreatur prallte und dann hinten über fast die gesamte Länge seines dunklen, glänzenden Körpers zuckte. Der Geist kreischte auf, und das Geräusch seines Schreis hallte fremdartig und schmerzhaft durch den Astralraum. Dann schien er sich zu schütteln, als versuche er die Restenergien des Zaubers, die noch an ihm zerrten, abzuschütteln. Seine um sich schlagenden Beine schufen Risse in den Wänden und drohten, die anderen im Gang zu töten. Seine langen Fühler peitschten Kyle entgegen.

Er taumelte. Die Schmerzen, die das Wirken des mächtigen Zaubers im Astralraum ohne Verankerung mit der physikalischen Welt hervorrief, waren gewaltig. Außerdem wurde er von der stechenden, beinahe überwältigenden Ausdünstung der Kreatur fast erstickt. Er kämpfte gegen den roten Nebel an, der seinen Verstand umwölkte, während sich der Geist anscheinend erholt hatte. Dünne Fahnen astralen Rauchs stiegen von seiner widerwärtigen Gestalt auf, als er ihn erneut ansprang.

Kyle hatte kaum Zeit zu reagieren. Als FBI-Mann hatte er von einem Spezialisten des UCAS-Marinekorps Nahkampftechniken gelernt, und diese Ausbildung machte sich jetzt bezahlt. Er warf sich zur Seite, als der Geist vorwärts schoß. Das vorderste Paar Gliedmaßen verfehlte ihn, und dann war Kyle an ihnen vorbei ganz nah am Kopf des Geistes. Während er das Ding mit der linken Hand packte, um einen Hebel zu haben, konzentrierte er so viel rohe Energie wie möglich in seiner rechten Hand, mit der er nach oben zum Kopf des Geistes griff.

Die Energie seines Astralkörpers prallte in einem Blitz aus goldener und schwarzer Kraft auf die des Geistes. Kyle spürte Widerstand, die Gestalt des Geistes schien selbst im Astralraum gepanzert zu sein. Er zwang seine Hand weiter nach oben. Schmerzen schossen durch seinen Rücken, als er von einem der Beine des zweiten Paares getroffen wurde.

Der Geist bäumte sich auf und stieß ein weiteres schreckliches Kreischen aus, und Kyle sah seinen verletzten Wasserelementar in die Unterseite der Kreatur stechen. Das Ding bockte, warf sich herum und gegen die Wand und riß Kyle von den Beinen. Es kreischte noch einmal, und Kyle stieß seine Füße gegen den aufgeblähten Bauch des Dings, während er den Kopf des Dings mit der rechten Hand packte und mit aller Kraft zog.

Er zog alle seine Beine an, als sein Kopf schließlich nachgab und sich von seinem Körper löste. Der plötzliche Ruck ließ ihn nach hinten fallen, vorbei an den zuckenden Beinen und auf den Boden.

Er krümmte sich, sein Körper zuckte unkontrolliert, und der Gestank wurde noch durchdringender, bis seine Bewegungen nachließen und sich seine Gestalt in Nebelschwaden aufzulösen begann. Kyle betrachtete den Kopf in seiner Hand, der ebenfalls den inneren Zusammenhalt verlor und dessen astrale Bestandteile in alle Richtungen davontrieben. Plötzlich wurde ihm klar, was er da vor sich und soeben bekämpft hatte.

Sein Verstand wehrte sich gegen die Erkenntnis. Die Beine, der Kopf, die verkümmerten Flügel, die langen zuckenden Fühler, die merkwürdige Gestalt des Körpers. Hier in den Tiefen des Krankenhauses hatte Kyle soeben gegen einen bösartigen, magisch sehr mächtigen Geist gekämpft – in der Gestalt einer riesigen, widerlichen, stinkenden braunen Küchenschabe.

13

Kyle lag dort im Astralraum, sein Rücken brannte vor Schmerzen von den Schlägen der Beine des Schabengeistes. Die Schmerzen waren stark, aber die Verletzungen kamen ihm nicht lebensbedrohlich vor. Inzwischen hatten sich die physischen Auswirkungen des Astralangriffs des Geistes an seinem Körper in der Wohnung der Trumans manifestiert, doch Kyle war mit dem Leben davon gekommen. Der Schabengeist hingegen war tot, vernichtet. Er warf einen Blick auf die beiden Männer von Knight Errant.

Der Ork hatte dem Magier ein Traumapflaster auf die Schulter geklebt, um die starke Blutung zu stillen. Die Aura des Magiers flackerte. Er war bewußtlos und daher nicht in der Lage den Heilungsprozeß in seinem Körper magisch in Gang zu setzen und zu beschleunigen. Kyle wußte nicht, ob er noch die Energie hatte, um den Zustand des Magiers zu stabilisieren. Wäre er körperlich anwesend gewesen, hätte er nicht weiter darüber nachgedacht. Doch nur astral anwesend zu sein, war etwas anderes, da er es angesichts seiner eigenen Verletzungen riskierte, sich selbst Schaden zuzufügen, wenn er versuchte, jemand anderen zu heilen.

Doch Kyle brauchte den Mann nicht zu heilen, sondern nur dafür zu sorgen, daß er nicht starb. Er schwebte auf den verwundeten Magier zu, um ihn eingehender zu untersuchen.

Dort. Ein Kraftfokus in Gestalt eines Armreifs am linken Handgelenk des Magiers. Ohne diese Verbindung zwischen der Astralebene und der physikalischen Welt, die den Kreis der Macht zwischen dem Astralraum und dem Magier schloß, hätte Kyle ihm nicht helfen können. Doch der aktive Fokus änderte alles.

Kyle legte dem Mann eine Hand auf das Herz und die andere auf den Fokus. Er würde den Stoffwechsel des Mannes, seine Atmung, seinen Herzschlag und seine gesamten Körperfunktionen so stark verlangsamen müssen, daß aus kritischen Sekunden kritische Minuten wurden. Kyle schnappte einen Rhythmus im Astralraum auf, den langsamen Pulsschlag umgebender Energie, und paßte seinen daran an.

Der Ork bemerkte, daß irgend etwas vorging, trat zurück und zog seine Pistole, als sich um den Verwundeten plötzlich eine matte Aura aus grüner Energie bildete. Die Blicke des Orks huschten hin und her, aber er sah kein Ziel, nichts, wovor er seinen Freund beschützen mußte. Dann, als sich die Energieaura um den Magier stabilisiert hatte, erwachte das Funkgerät des Orks knisternd zum Leben.

Kyle konnte die Worte nicht verstehen, die gesendet wurden. Sie waren ein elektronisches Signal, kalt, leblos und für seine Wahrnehmung im Astralraum bedeutungslos. Aber die Antwort des Orks verstand er dafür um so deutlicher.

»Roger, Roger!« schrie er aufgeregt in sein Kehlkopfmikro. »Ein Beamter im Erdgeschoß in der Nähe der Notaufnahme außer Gefecht. Ich brauche hier ein Traumateam und noch einen Magier. Irgendwas geht hier unten vor!«

Kyle spürte, wie der Verletzte reagierte und sich dessen Körper mit dem Rhythmus synchronisierte, mit dem Kyle ihn fütterte. Der Blutfluß verlangsamte sich und kam beinahe zum Stillstand. Wenn Knight Errant rechtzeitig einen Arzt oder Magier mit Heilzaubern herschaffen konnte, würde er überleben.

»Roger!« sagte der Ork gerade. »Eine Wanze hier unten erledigt. Wiederhole, eine Wanze erledigt!« Das Funkgerät knisterte eine Antwort, und der Ork richtete seine Aufmerksamkeit wieder auf seinen Kameraden. Kyle zog sich zurück. Die Wahrscheinlichkeit, daß der

Ork ihn bemerken würde, war gering. Die Rückstände der während des Kampfes mit dem Schabengeist freigesetzten Emotionen und Energien schluckten alle eventuellen Spuren von Kyles eigener Aura, die in der physikalischen Welt zurückgeblieben sein mochten, aber er legte dennoch keinen Wert auf die Empfindung, von der bedeutend größeren Masse des Orks verdrängt zu werden.

Er sah sich um. Nichts wies auf den magischen Kampf hin, der soeben stattgefunden hatte, geblieben waren nur die Beschädigungen, die der Ork mit seiner Schußwaffe angerichtet hatte, und die zahlreichen Blutspritzer. Er hörte Schritte aus der Richtung, wo der Schabengeist gestanden hatte. Kyle setzte sich in diese Richtung in Bewegung und zuckte zusammen, als die Schmerzen schlagartig zunahmen. Er passierte einen Sanitäter und einen weiteren Beamten von Knight Errant. Weit hinter ihnen am anderen Ende des Flurs stand noch ein Beamter, der ihnen mit der Waffe im Anschlag Deckung gab.

Kyle drang weiter in diese Richtung vor und stellte fest, daß der Beamte außerdem einen verletzten Krankenhauswachmann schützte, der in einer kleinen Blutlache hockte. Er passierte eine Schwingtür und befand sich in der Notaufnahme des Krankenhauses.

Hier hatte ein Kampf stattgefunden, allem Anschein nach eine regelrechte Schlacht. Kyle sah sechs Leichen. Zwei waren Beamte von Knight Errant, und zwei weitere schienen Krankenhausangestellte zu sein, die offenbar ins Kreuzfeuer geraten waren. Die letzten beiden sahen auf den ersten Blick menschlich aus, doch obwohl sie tot waren und sich ihre Aura längst verflüchtigt hatte, spürte Kyle ganz deutlich, daß mit ihnen etwas nicht stimmte.

»Gelände sichern!« rief eine vertraute Stimme. »Deckt die Leichen zu!«

Kyle drehte sich um und sah Lieutenant Facile in

voller Kampfmontur und mit verbundenem, blutüberströmtem Arm an einem Stapel Kisten lehnen. Eine Ärztin oder Krankenschwester – Kyle wußte nicht, was zutraf – kümmerte sich um ihn. Trotz seiner Verwundung machte Faciles Aura einen kräftigen Eindruck. Kyle schwebte rasch zu ihm und manifestierte sich.

Augenblicklich war ein halbes Dutzend Waffen auf ihn gerichtet. Doch niemand schoß, da er in einer Geste der Unterwerfung die Hände erhoben hatte.

»Facile«, sagte Kyle, als der Lieutenant vortrat und mit seinem gesunden Arm die Pistole aus dem Halfter an seinem Gürtel zog. *»Ich bin es, Kyle Teller.«*

»Sie verdammter Hurensohn!« sagte Facile. »Was, zum Teufel, wollen Sie hier ...«

»Ich habe einen der Schabengeister ein Stück den Flur entlang getötet.« Kyle zeigte in die Richtung, aus der er gekommen war. *»Einen Ihrer Magier hat es ziemlich schwer erwischt, aber ich konnte seinen Zustand stabilisieren.«* Er hielt inne, um seinen Worten mehr Wirkung zu verleihen. *»Würde es Ihnen etwas ausmachen, mir zu verraten, was los ist?«*

Facile hatte sich in die Richtung umgedreht, in die Kyle gezeigt hatte. Jetzt entspannte er sich und halfterte seine Waffe. Es vergingen ein paar Augenblicke, bis die verängstigte Krankenschwester ihre Arbeit an seinem Arm wiederaufnahm. »Die verdammten Wanzen haben einen Großangriff auf das Krankenhaus gestartet«, sagte er zu Kyle, indem er auf die beiden seltsamen Leichen deutete, die jetzt zugedeckt wurden. »Mindestens vier in Echtgestalt und etwa ein halbes Dutzend in dieser reinen Körpergestalt.«

»Körpergestalt? Echtgestalt?« fragte Kyle. *»Wo liegt der Unterschied?«*

Facile deutete wiederum auf die beiden mittlerweile zugedeckten Leichen. »Wir nennen diese Müllhaufen Körpergestalt. Sie sind von Wanzengeistern besessen, sehen aber wie Menschen aus. Die meisten Besessenen haben nicht so viel Glück. Echtgestalten sehen ganz einfach wie verdammt große Ausgaben der echten Wanze aus.«

»Wo ist der Junge?« fragte Kyle.

Facile zeigte auf die Stelle, wo sich Kyles Ansicht nach die Eingangstür zur Notaufnahme befand. Die physikalischen Einzelheiten dieses Raums aus Stahl und Beton waren für ihn kaum unterscheidbar. »Sie haben ihn in einem Wagen abtransportiert, der draußen wartete.«

Kyle wollte schon in die angegebene Richtung eilen, doch Facile hielt ihn zurück. »Geben Sie sich keine Mühe! Ich habe nicht mal eine Beschreibung des Wagens.« Er zeigte auf die toten Beamten. »Das sind die einzigen, die ihn gesehen haben.«

»Keine Ahnung, in welche Richtung sie gefahren sind?«

»Nicht die geringste.«

»Videoaufnahmen der Sicherheit?« Kyle hielt Ausschau nach Gerätschaften, die nach Kameras aussahen.

Facile schüttelte den Kopf, während die Frau zurücktrat, die sich um seine Verwundung kümmerte. »Nachdem sie unsere Wachgeister erledigt hatten, haben sie sich gleich die Sicherheitszentrale vorgenommen. Alle digitalen Speicher sind hinüber. Die Sicherheitskopien befanden sich im gleichen Raum.«

Kyle nickte. *»Ich bin in der Wohnung der Trumans. Unterrichten Sie mich sofort, wenn sich irgend etwas ergibt.«*

Facile schien beinahe zu lachen. »Ich bin sicher, Captain Ravenheart wird Sie anrufen, sobald sie uns hier zur Schnecke gemacht hat.«

Kyle beendete den Zustand der Manifestation, beschleunigte und jagte mit Höchstgeschwindigkeit durch die Stadt.

Bei den Trumans angelangt, stellte er fest, daß auf der Terrasse ein ziemliches Durcheinander herrschte. Offenbar hatte der Schabengeist Kyle schwer getroffen, und zwar nicht nur auf dem Rücken, sondern auch am linken Bein. Sein Körper hatte anscheinend um sich geschlagen, so daß Blut aus seinen Wunden gespritzt war. Hanna saß auf dem Boden und ließ sich von einem Mitglied des Personals helfen. Außerdem bewachten Dan Truman zusammen mit Seeks-the-Moon und zweien von Trumans persönlichen und nicht bei Knight Errant angestellten Leibwächtern seinen Körper. Irgend jemand hatte bereits erste Hilfe geleistet. In seiner Astralgestalt hatte er davon kaum etwas mitbekommen.

Auf telepathischem Weg rief Kyle: *»Moon!«*

»Ja!« kam die klare Antwort, indem der Geist zu ihm aufsah. »Geht es dir gut?«

»Einigermaßen. Wie schlimm sehe ich aus?«

»Es war schon schlimmer«, sagte Moon. »Aber du hast hier ein ziemliches Chaos auf der Terrasse angerichtet, und ich fürchte, deine Freundin Ms. Uljakën war auf deinen spontanen Blutverlust nicht ganz vorbereitet.«

Kyle lachte und rief dann Charlotte, die augenblicklich im Astralraum vor ihm erschien.

»Die beiden sind tot?« fragte sie ihn. Kyle nickte, da er die leeren Flecken für beide Wasserelementare in sich spürte. Offenbar war der zweite bei dem Versuch gestorben, ihm gegen den Schabengeist zu helfen.

»Wir kämpfen offenbar gegen irgendeine Art von Insektengeistern.« Bei diesen Worten sah Kyle Seeks-the-Moon erbleichen und seine mächtige Aura für einen Sekundenbruchteil flackern. Sogar der Luftelementar, der sonst die Überlegenheit in Person war, schien zu erschauern. Kyle war überrascht. Er hatte zuvor auch noch nicht von derartigen Geistern gehört.

»Ich verstehe«, sagte Charlotte. *»Ich werde versuchen, dir gut zu dienen.«*

Wiederum war Kyle überrascht von dem Anflug von

Endgültigkeit in den Worten des Geistes. *»Gut«*, sagte er. *»Bleib wachsam.«*

»Sie werden nicht an mir vorbeikommen«, versicherte ihm Charlotte, um dann zu verschwinden.

Kyle tauchte in seinen Körper ein und verband Körper und Geist wieder zu einem Ganzen, bedauerte diese Entscheidung jedoch praktisch augenblicklich. Die Schmerzen waren fürchterlich, und er spürte seinen Körper zucken, als er auf sie reagierte.

Dan Truman wollte etwas sagen, ihn wahrscheinlich fragen, was im Krankenhaus vorgefallen war, doch Kyle hob die Hand. Gleichzeitig legte Seeks-the-Moon Truman eine Hand auf den Arm, um ihn vom Reden abzuhalten. Kyles Körper wollte nur noch schlafen, aber er wußte, daß das in der gegenwärtigen Situation unmöglich war.

Er richtete sich vorsichtig auf und spürte augenblicklich Seeks-the-Moons starke Arme unter seinen Achseln, die ihm auf einen Stuhl halfen. »Danke«, sagte Kyle.

»Was ist passiert?« fragte Truman, unfähig, sich länger zu beherrschen. »Ihr Geist wollte mir nichts sagen.«

»Ich fürchte, Ihr Sohn ist entführt worden.«

»O mein Gott ...«, sagte Truman.

Hanna, die bleich und zittrig aussah, hatte sich ebenfalls zu ihnen gesellt. »Warum?« fragte sie. »Warum sollten sie ihn jetzt entführen?«

»Ich weiß nur, daß es geschehen ist. Knight Errant hat es nicht verhindern können. Das Krankenhaus sieht aus wie ein Schlachtfeld.«

»Wie ist es passiert?« fragte sie.

»Erinnern Sie sich noch, daß Ares Informationen über ›abweichende Geister‹ suchte?«

Hanna nickte.

»Tja, sie haben welche gefunden«, sagte Kyle.

»Was wollen Sie damit sagen?«

»Ich habe gegen einen gekämpft. Verdammt mächtiges Ding. Ich hatte Glück, daß nicht mehr da waren. Das verdammte Ding sah aus wie ein großes Insekt. Sie werden es nicht glauben – wie eine riesige Küchenschabe.«

Seeks-the-Moon erbleichte, und seine Gestalt schien für einen Sekundenbruchteil durchsichtig zu werden. Sowohl Truman als auch Hanna zuckten in stummer Abscheu zusammen.

»Mehr weiß ich nicht«, sagte Kyle. »Das Ding war größer als ich und sah wie eine riesige Schabe aus. Die Leute von Knight Errant schienen sie zu kennen und bezeichneten sie als ›Wanzen‹.«

Trumans Augen sprühten Funken. »Ich weiß nicht so genau, wovon Sie eigentlich reden, Mr. Teller, aber mir läuft es dabei kalt den Rücken herunter. Ich werde Damien Knight deswegen anrufen. Mal sehen, wie gute Freunde wir zwei wirklich sind.«

Kyle hob die Hand. »Wenn ich etwas vorschlagen dürfte ...«

Truman hielt inne und drehte sich noch einmal zu ihm um. »Ja?«

»Bei Knight Errant weiß man jetzt, daß ich das eine oder andere über diese ›Wanzen‹ weiß«, sagte Kyle, »und daß ich es Ihnen wahrscheinlich erzählt habe. Lassen Sie uns abwarten, was Knight Errant jetzt unternimmt. Was man uns freiwillig mitteilt.«

Truman nickte. »In Ordnung. Ich verstehe Ihre Logik. Ihr Blatt ist aufgedeckt worden. Mal sehen, ob sie immer noch auf einem Bluff bestehen. Das ist sogar fair.« Er richtete den Blick wieder auf das Innere der Wohnung. Hinter dem dunklen Plastiglas der Terrassentür konnte Kyle ein paar vage Gestalten sehen, die offenbar voller Ungeduld warteten. »In der Zwischenzeit unterrichte ich besser meine Frau.«

Kyle nickte, lehnte sich zurück und schloß die Augen in dem Glauben, daß Truman gegangen sei. Er öffnete sie wieder, als er Daniel Trumans kalte Stimme erneut hörte. »Verstehen Sie mich nicht falsch, Mr. Teller – ich will meinen Sohn zurück, und zwar in einem Stück. Und es interessiert mich einen feuchten Drek, wenn ich dabei jemandem auf die Zehen trete.«

»Ich verstehe«, sagte Kyle, und Truman ging zur Terrassentür. Irgend jemand auf der anderen Seite, einer von Trumans Leibwächtern, öffnete sie. Kyle konnte Mrs. Truman und zumindest eine ihrer Töchter auf der anderen Seite erkennen.

Kyle wandte sich an Hanna Uljakën. »Gibt es hier Gästezimmer?«

Sie nickte, und Kyle fand, daß sie ein wenig derangiert aussah. Er fragte sich kurz, ob sie tatsächlich ohnmächtig geworden war, als er plötzlich zu bluten angefangen hatte. »Ich will näher bei der Familie sein.«

»Selbstverständlich«, sagte sie. »Ich kann sofort ein Zimmer vorbereiten lassen und einen Wagen zum Hotel schicken, um Ihre Sachen abzuholen.«

»Danke«, sagte er, »aber die hole ich besser persönlich. Darunter befinden sich auch ein paar Dinge, von denen ich nicht möchte, daß sie jemand anders anrührt.«

»Gut. In fünf Minuten wird unten ein Wagen mit Begleitschutz auf Sie warten.«

»Nein, nicht nötig. Ich muß vorher noch etwas erledigen, und zwar schnell.«

»Der Ritualkreis ist fertig, wie du befohlen hast«, sagte Seeks-the-Moon. »Ich fürchte, ich habe ihnen ein paar Ungelegenheiten bereitet.«

»Tatsächlich?«

Hanna lachte. »Das kann man wohl sagen.«

Kyle seufzte. »Ich will ihn sehen.« Dann folgte er Hanna und Moon in einen Bereich der Wohnung, den Kyle noch nicht kannte.

»Seeks-the-Moon hat das Eßzimmer in Beschlag genommen«, erklärte Hanna. »Das war der einzige

Raum, der groß genug für das war, was er tun wollte.« Sie öffnete die Doppeltüren aus dunklem Holz.

Der Raum dahinter war sehr lang und bot einen ungehinderten Ausblick nach Osten auf den See. Er war jedoch kaum breit genug, um den komplizierten, vielschichtigen Kreis darin unterzubringen, der in der Mitte des Zimmers gezogen war. Kyle betrachtete seine drei konzentrischen Ringe und die Dutzende von Zeichen und Symbolen, die ihn ausfüllten, manche astrologischer, manche alchimistischer, aber alle okkulter Art. Dreizehn unangezündete Kerzen umgaben den äußeren Ring, sieben den mittleren und drei den kleinsten, inneren Kreis. Alle Kreise waren in goldenen und silbernen Farben auf den Boden gemalt worden.

Seeks-the-Moon schien stolz auf sein Werk zu sein.

»Sehr beeindruckend«, sagte Kyle, indem er Mantel und Schulterhalfter ablegte und beides auf den Eßzimmertisch legte, der in eine Ecke geschoben und mit Laken abgedeckt worden war. »Und so ungewöhnlich für dich. Ich habe nicht mit dieser Symbolgruppe gerechnet.«

»Vielen Dank«, sagte Seeks-the-Moon. »Ich wußte, er mußte sowohl außerordentlich als auch angenehm für dich sein.«

Kyle nickte. »Dann laß uns anfangen.«

»Du willst dich nicht zuerst ausruhen?« fragte Seeks-the-Moon.

»Gute Idee«, sagte Kyle, als wie zur Erinnerung die Schmerzen in seinem Körper wieder hell aufflackerten. Er sammelte sich und richtete seine konzentrierten magischen Energien nach innen. Seine Wunden waren nicht besonders schwer, aber wenn sie nicht behandelt wurden, behinderten sie ihn vielleicht bei dem Ritual, mit dem er beginnen wollte. Er konnte die Wunden spüren, die Verletzungen, die dem Schaden entsprachen, den sein Geist im Astralraum genommen hatte. Doch es war eben jener Geist, der ihm gestatten würde, sich zu heilen. Tief in ihm, im Zentrum seines Wesens, ruhte sein wahres Selbst, der Kern seiner Existenz. Es war die Essenz von Kyle Tellers Körper und Seele, eine Schablone dessen, was er war und wie er sein sollte. Indem er seine magische Kraft durch dieses Selbst fließen ließ, konnte er seinen Körper erneuern, seine Wunden heilen und sich wieder gesund machen. Genau das tat er, wobei er sich ein paar Minuten Zeit ließ. Es war ein Vorgang, bei dem nichts übereilt werden durfte.

Als er fertig war und sein linkes Bein wieder problemlos sein Gewicht trug, öffnete er die Augen. Seeks-the-Moon schritt ein letztes Mal den Ritualkreis ab und begutachtete sein Werk. Hanna Uljakën betrachtete Kyle mit fasziniertem Blick, da sich die letzten Spuren der magischen Energie, die er benutzt hatte, wie winzige Rauchfähnchen von seinem Körper lösten und davontrieben.

Kyle lächelte sie an, und ihr gelang ein dünnes Lächeln als Erwiderung. »Viel besser«, sagte er.

Seeks-the-Moon sah auf. »Dann bist du jetzt bereit?«

Kyle nickte.

»Werden Sie das T-Shirt brauchen?« fragte Hanna leise. »Ich kann einen Wagen schicken ...«

Kyle schüttelte den Kopf. »Nicht nötig.« Er griff in die Tasche und zog den Schutzbehälter mit der Blutprobe heraus. »Diesmal können wir es richtig machen.«

Er wandte sich an Seeks-the-Moon. »Es ist ziemlich wahrscheinlich, daß ich auf Schwierigkeiten stoße, wenn ich nicht schnell genug bin. Ich werde Winston rufen, um mich zusätzlich zu schützen.«

»Wenn es sein muß«, sagte Seeks-the-Moon achselzuckend.

»Winston?« fragte Hanna.

Kyle hob die Hand und änderte die Frequenzen eines Teils seines Geistes, bis sie jenen der elementaren

Metaebene des Feuers entsprachen. »Winston?« rief er in den Astralraum. Vor ihm über dem Mittelpunkt der Kreise erwachte ein Funke zum Leben und wuchs dann rasch zu einem Feuerball etwa halb so groß wie Kyle.

»Hallo«, sagte der Feuerelementar. *»Du siehst gut aus.«*

»Danke«, sagte Kyle. »Du wirst hier unter Seeks-the-Moons Befehl bleiben und mit Charlotte zusammenarbeiten, um diesen Ort und die Leute zu bewachen, die darin wohnen.«

Der Geist nickte, wirkte jedoch belustigt. *»Dieser Geist ist nicht gerade der klügste deiner Diener«*, sagte er.

»Mit großer Macht kommt großer Sarkasmus«, sagte Kyle. »Tu, was ich sage.«

Der Geist schien wiederum zu nicken. *»Natürlich«*, sagte er und verschwand.

»Was meinst du, hat er sich auf dich oder auf Charlotte bezogen?« fragte Kyle Seeks-the-Moon, aber sein Geistverbündeter antwortete nicht, sondern betrachtete gedankenverloren den Ritualkreis. »Seeks-the-Moon, ist alles in Ordnung?«

»Ja, ja«, sagte Moon. »Es geht mir gut. Ich habe nur nachgedacht.«

Kyle ging langsam in die Mitte des Kreises, darauf bedacht, die Markierungen nicht durcheinanderzubringen. Er konnte eindeutig die Macht des Kreises erkennen. Der Kreis, den Seeks-the-Moon errichtet hatte, war äußerst mächtig, vielleicht sogar mächtiger als jeder, den Kyle selbst hätte errichten können. Ein beunruhigender Gedanke, wenn man Seeks-the-Moons Ursprünge bedachte.

Kyle drehte sich einmal um sich selbst und gestikulierte mit den Händen, so daß sich die Kerzen entzündeten. Trotz der weit geöffneten Fenster war die machtvolle Aura des Kreises offensichtlich. Sie war warm und solide und paßte perfekt zu Kyle.

Er nahm die Ampulle mit der Blutprobe aus dem Schutzbehälter, öffnete sie und goß die Hälfte davon in seine ausgestreckte Hand. Augenblicklich spürte er die Schwingungen von Mitchell Trumans Leben in ihm vibrieren. Kyle schloß die Augen und konzentrierte sich. Als er die Augen wieder öffnete, umkreisten ihn acht metallische Räder, die sich mit unterschiedlicher Geschwindigkeit und in unterschiedlichen Winkeln zueinander drehten. Jedes Rad leuchtet vor Macht und gab einen musikalischen Ton von sich, der seiner Natur entsprach.

Kyle konnte nach Belieben über diese Räder gebieten und änderte die Rotation des Kupferrades, bis sie den Vibrationen von Mitchell Trumans Blut in seinen Händen entsprachen. Dann änderte er die Position des Silberrades, bis es parallel zum kupfernen stand, und paßte seine Rotation der des Kupferrades an. Als die beiden Rotationsgeschwindigkeiten übereinstimmten, begann das Kupferrad zu pulsieren und sich im Kreis um Kyle zu drehen. Er schloß die Hand um das Blut, und das Kupferrad vollführte einen Tanz um ihn herum. Schließlich blitzte es auf, und ein durchsichtiges Abbild von ihm breitete sich in alle Richtungen aus, angezogen von Mitchell Trumans physikalischer Existenz.

Kyle spürte, wie die Kräfte des Rades kugelförmig nach außen expandierten. Sich selbst überlassen und durch keinerlei Einschränkung gehalten, würde sich die Kugel unendlich ausdehnen und dabei zwar immer schwächer werden, aber nie ganz zu existieren aufhören.

Ein Teil von Kyle flog mit der Magie durch die Stadt und suchte nach der exakten Harmonie, die zu ihr passen würde. Das Blut in seiner Hand war heiß und brannte im Fokus der Macht, die er kanalisierte. Die Räder umkreisten ihn und sangen vor Energie.

Das Blut loderte und kreiste durch seine Fingerspitzen, verbrannte ihn jedoch nicht. Das Kupferrad stieß plötzlich einen glockenklaren Ton aus, der immer heller wurde. Es hatte sein Ziel gefunden: Mitchell Truman.

Kyle machte sich rasch ans Werk. Der silberfarbene Kreis bewegte sich rechtwinklig zu ihm, und ein Abbild von ihm näherte sich ihm, bis es seine ausgestreckte Hand erreichte und blutrote Flammen zwischen seinen Fingern hervorsprangen. Die magischen Energien trafen sich dort, und zwei silberne Blitze schossen vorwärts. Der eine direkt in Kyle hinein, wo er mit seiner Aura verschmolz, so daß er sehen konnte, was sich am anderen Ende der rituellen Sendung befand. Und der andere, die Sendung an sich, aus dem Kreis heraus und zum Schnittpunkt der mystischen Energien mit Mitch Truman. Es war nur eine Frage der Zeit.

Doch Kyle spürte ein Kräuseln in der Sendung, während sie sich ausbreitete. Irgend etwas folgte seiner Magie durch den Astralraum, möglicherweise alarmiert durch die Verbindung des Rituals zu dem Jungen. Er konnte nicht erkennen, was es war, sondern nur, daß seine Annäherung rasch und zielstrebig erfolgte.

Er trieb die Sendung vorwärts, Mitchell entgegen. Ein Blitz aus mystischer Energie näherte sich dem Ritualkreis. Was auch kam, es manifestierte sich vor dem Kreis und sondierte.

Die Räder sangen, und ihre Töne bildeten jetzt einen harmonischen Klang. Kyles Sendung umschloß das Ziel, breitete sich über und um Mitchell Truman aus. Er spürte Widerstand dort, da die magischen Kräfte, von denen der Junge abgeschirmt wurde, alles taten, um seine Magie zu stören. Doch Blut gehörte unwiderruflich zu Blut. Kyles Zauber fand den Jungen und schrieb dann seinen Aufenthaltsort in Kyles Verstand. Er konnte weder Mitchell Truman noch irgendeine Einzelheit seines Aufenthaltsortes sehen, aber die Magie verriet ihm, *wo* er sich befand. Kyle spürte den Aufenthaltsort in sich und wußte, daß er ihn wiederfinden konnte.

Der Ritualkreis blitzte erneut auf, und Kyle spürte die Präsenz, die sich ihm näherte, wachsen. Sie hatte ihn fast erreicht, als er das Ritual abbrach. Das Blut in seiner Hand verbrannte zu Asche und Rauch. Die Räder verblaßten, die Verbindung zu Mitch Truman löste sich auf.

Da hörte er weit entfernt im Geist ein Heulen. Einen furchtbaren, fremdartigen Wutschrei. Frustriert über die Zerstörung der Brücke, der die Präsenz gefolgt war, so daß sie wieder umkehren mußte. Das Heulen verhallte und erstarb mit der Magie.

Kyle stand mit rauchender Hand da, während die letzten Überbleibsel des Rituals in sich zusammenfielen. Die Kerzen, die den Ritualkreis umgaben, erloschen, und Kyle nickte zufrieden.

»Ich habe ihn gefunden«, sagte er.

14

Die Fahrt zu seinem Hotel verlief ereignislos, und sein Wagen wurde von Daniel Trumans persönlichen Sicherheitsleuten eskortiert. Trotz aller Versicherungen des Fahrers zweifelte Kyle nicht daran, daß er irgendwie verfolgt worden war. Er hatte gesehen, welches Interesse die Beamten von Knight Errant in der Umgebung des Truman Towers für ihre kleine Kolonne von drei Fahrzeugen aufgebracht hatten.

Er war sicher, daß Knight Errant umgehend auf Daniel Trumans Entscheidung reagieren würde, die Dinge selbst in die Hand zu nehmen. Als Kyle Truman berichtet hatte, er habe Mitchells Aufenthaltsort entdeckt, hatte dieser nicht einen Augenblick gezögert, Kyle aufzutragen, sich darum zu kümmern. Dann waren er und seine Frau langsam aus dem Zimmer gegangen, wobei Truman ausgesehen hatte wie jemand, der gerade seinen kostbarsten Besitz verloren hatte. Er verstand nicht alles, was vorging, am wenigsten das, was seinen Sohn zerstört hatte, aber er wollte irgendeine Art von Vergeltung, eine Art von Gerechtigkeit. Kyle war mehr als bereit, Trumans Willen zu entsprechen.

Das hieß wiederum, daß etwas unternommen werden mußte, und zwar rasch, aber Kyle sträubte sich, Knight Errant um Hilfe zu bitten. Das lag nicht nur daran, daß Knight Errant eigene Pläne zu verfolgen schien, sondern hatte auch damit zu tun, daß die Einheiten der Organisation, zumindest diejenigen, mit denen er etwas zu tun haben wollte, fast ausschließlich für die Sicherung und den Schutz von Gebäuden und Anlagen und nicht für die Arbeit im Feld ausgebildet waren. Das ließ ihnen in Kyles Augen nur eine Alternative: eine stehende Streitmacht, die bereit und wahrscheinlich mehr als gewillt war, Truman Technologies zu Diensten zu sein – die Chicagoer Polizeiorganisation Eagle Security.

Im Augenblick kannte Kyle nur die vage Richtung und Entfernung von Mitchells Aufenthaltsort: nördlich, weiter nördlich als die North Avenue, aber nicht so weit nördlich wie die Foster. Er überließ es Hanna, mit Eagle Kontakt aufzunehmen und Trumans gesamtes politisches Gewicht in die Waagschale zu werfen, um sie *schnell* in Bewegung zu setzen. Kyle schlug als Aufmarschgebiet die Gegend um die Kreuzung North und Western vor. Dort würde er sich mit Eagle treffen, nachdem er seine Sachen aus dem Hotel abgeholt hatte.

Das Personal im Marriott war die Freundlichkeit in Person, als er Zugang zum Hotelsafe verlangte. Einer der Manager führte ihn in den Sicherheitsbereich und ging dann den Sicherheitsbehälter holen, doch erst, nachdem Kyle ihn das Paßwort dreimal wiederholen ließ, um ganz sicherzugehen, daß er es richtig verstanden hatte. Offenbar hatte er es verstanden, da er ein paar Minuten später mit dem Behälter zurückkehrte. Der Mann reichte ihn Kyle wortlos, wenngleich Kyle der Ansicht war, daß die Schweißperlen auf der Stirn des Managers eine deutliche Sprache sprachen.

Kyle ließ den Behälter Daumen- und Retinaabdruck nehmen, bevor er den Code eingab, der den Behälter öffnete. Ungefähr von der Größe einer Aktentasche, doch viel tiefer, hatte der Behälter einen einfachen Schnappdeckel, der sich vollständig abnehmen ließ. In dem Behälter fand Kyle seine magischen Accessoires so vor, wie er sie zurückgelassen hatte, nämlich in schwarzen Samt und gleichfarbiger Seide eingewickelt.

Zunächst waren da zwei Armreifen aus massiven Drähten aus Silber, Kupfer und dem mystischen Metall Orichalkum. Kyle streifte sich eines über jedes Handgelenk. Auf Mittel- und Ringfinger der linken Hand steckte er jeweils einen Silberring mit einem Diamanten beziehungsweise Saphir. Die gleichen Finger der rechten Hand wurden ebenfalls mit Silberringen geschmückt, einer mit einem Rubin, der andere mit einem Smaragd.

Um den Hals legte er sich ein Amulett aus Gold und Kupfer, das von einem großen Opal beherrscht wurde, und steckte es unter seine Kleidung. Und schließlich schob er einen verzierten Dolch mit einer Klinge aus einer Silber- und Orichalkum-Legierung, der mit verschiedenen Juwelen besetzt und nach ägyptischer Art gestaltet war, in eine maßgefertigte schwarze Lederscheide, die unter den Arm paßte, um den er nicht das Schulterhalfter geschnallt hatte. Als er sich schließlich auf den Weg zu seinem Zimmer machte, kam er sich überladen und irgendwie albern vor.

»Das Hotel hat mir versichert, daß der Zerhacker auf meiner Leitung der beste ist, den man für Geld und gute Worte kaufen kann«, sagte Kyle zu Dave Strevich.

»Ich bin ganz sicher, daß er das ist«, sagte Strevich. »Mein System verrät mir, daß deines die richtigen Dinge sagt, aber das heißt nicht, daß ich dir irgendwelche Fragen beantworte.«

»Ich schalte jetzt auf Verschlüsselung.« Kyle beugte sich vor und tippte den Befehl ein. Strevich' Bild verschwamm, während dieser vor sich hin fluchte, und blieb ein paar Sekunden lang verzerrt, bis er sein System auf denselben Modus schaltete und sich die beiden Geräte auf eine gemeinsame Sprache geeinigt hatten. Als sich das Bild wieder stabilisierte, war es nicht mehr dreidimensional, und ihm fehlte die Farbtreue, doch Kyle zweifelte nicht daran, daß das Signal zumindest für eine Weile für andere nicht zu entschlüsseln sein würde.

»Du bestehst darauf, in Schwierigkeiten zu geraten, nicht wahr?« sagte Strevich. »Hast du überhaupt eine

Ahnung, wie viele Alarmglocken du mit deinen Aktionen in Chicago schon zum Läuten gebracht hast?«

»Ich kann es mir vorstellen«, sagte Kyle. »Bei genauer Betrachtung aller Tatsachen.«

Strevich' Augen verengten sich. »Der Drek wird jetzt ziemlich bald zu dampfen anfangen. Die Pinkel ganz oben sind nicht glücklich mit Knight Errants Aktivitäten in Chicago, und das trotz der Tatsache, daß sie neuerdings ziemlich dicke mit Ares Macrotech sind.«

»Warum nicht?« fragte Kyle mit Unschuldsmiene. »Knight Errant hat doch nichts Falsches getan.«

»Stell dich nicht dumm, Kyle.«

»Das hätte ich nicht nötig, wenn du mir sofort alles erzählt hättest.«

»Das konnte ich nicht. Und kann es immer noch nicht, und das weißt du auch.«

»Erzähl mir von den Wanzen«, sagte Kyle.

Strevich' Miene verhärtete sich. »Laß es, Kyle.«

»Erzähl mir von den Echtgestalten.«

Strevich antwortete nicht.

»Erzähl mir von den Körpergestalten.«

»Ich weiß nicht, wovon du redest.«

»Verdammt noch mal, Dave, du läßt mich hier im Regen stehen! Du mußt mir irgendwas erzählen.«

»Ich muß überhaupt nichts. Wir kümmern uns auf unsere Art um das Problem. Es dauert seine Zeit, aber wir regeln das.«

»Tatsächlich?« sagte Kyle, ein wenig schroffer als beabsichtigt. »Von hier aus sieht es aber nicht so aus.«

»Setz dich ab, Kyle«, sagte Strevich. »Noch kannst du es. Wenn erst der große rot-weiß-blaue Bagger kommt, um den ganzen Drek wegzuräumen, schaufelt er dich mit weg, wenn du nicht aufpaßt.«

»Nein.«

»Setz dich ab. Nimm Beth und Natalie und fahr mit ihnen in Urlaub«, sagte Strevich. »Hör auf, dir um alles Sorgen zu machen. Sieh dir ein paar SimSinns an.«

»Du hast sie nicht mehr alle.«

Strevich redete auf eine sehr besonnene Art und schien seine Worte sehr sorgfältig zu wählen. »Vor kurzem habe ich einen ganz interessanten Sim gesehen. Die Story war unglaubhaft, aber die Effekte waren Sahne. Man hätte geschworen, daß alles echt ist.«

Kyle beäugte ihn argwöhnisch. »Erinnerst du dich noch an den Titel?«

»Nee«, erwiderte Strevich. »Ich habe ihn nicht von Anfang an gesehen, aber er war von dieser SimSinn-Chica. Von der, auf die Bettleman so abgefahren ist, als wir alle zur Waffenausbildung in Quantico waren. Weißt du noch?«

Kyle nickte. Es war Jahre her, aber er glaubte sich zu erinnern.

»Jedenfalls«, fuhr Strevich fort, »solltest du dir das zu Gemüte führen. Echt Sahne. Total abgefahren. Ich glaube, es war ihr letzter.«

»Ich versuche ihn aufzutreiben.« Kyle erinnerte sich jetzt genau an den SimSinn-Star, von dem Strevich redete, ein unglaublich gut aussehendes dunkelhaariges Mädchen namens Euphoria. Kyle war kein großer SimSinn-Fan, aber er kannte sie. Obwohl er keine Ahnung hatte, welchen Sim Strevich meinte. Oder warum er gerade jetzt davon redete.

»Gut«, sagte Strevich. »Tu das, und dann reden wir ein andermal weiter.«

Kyle nickte, immer noch argwöhnisch. »Bis später.«

Strevich winkte und unterbrach dann die Verbindung. Kyle starrte einen Augenblick lang auf den schwarzen Schirm, dann wählte er die hoteleigene Unterhaltungsbibliothek an. Laut Hotelprospekt enthielt sie Tausende neuer, brandheißer und klassischer SimSinn-Programme, die auf Wunsch sofort angesehen werden konnten. Er gab den Namen ›Euphoria‹ ein und forderte eine Liste aller im System vorrätigen Titel mit ihr an. Er hatte das Gefühl, daß Strevich versucht hatte, ihm etwas mitzuteilen, und er würde Bescheid wissen, sobald er den Titel sah. Aber er kam nie dazu, sich die Liste anzusehen.

»Er heißt *Gegen den Schwarm*«, erklang hinter ihm eine Frauenstimme.

Kyle warf sich vorwärts und tauchte dann seitwärts unter einen übergroßen Sessel, um einen Augenblick später mit gezogener Ceska vz/120 in der einen und dem juwelenbesetzten Dolch in der anderen Hand wieder hochzukommen, während ihm gleichzeitig ein halbes Dutzend Zaubersprüche durch den Kopf ging.

Die Frau hockte auf dem Boden, eine Hand auf dem Knie, die andere auf dem Boden, um sich abzustützen. Trotz ihrer geduckten Haltung konnte Kyle erkennen, daß sie sehr groß war. Ihr schwarzes Haar war schulterlang, und in ihren klaren silber-blauen Augen spiegelten sich die Fenster. Sie trug eine schwarze Lederhose, ein enges, bauchfreies schwarzes Ledertop und eine langärmelige grüne Lederjacke. Als sie lächelte, empfand Kyle mehr als nur ein wenig Furcht. Sie war schmerzhaft schön, und er hatte kaum Zweifel, wer sie war.

Ihr klarer unbeirrbarer Blick war fest auf ihn gerichtet. »Offenbar war irgendein glücklicher SimSinn-Produzent zufällig zur rechten Zeit am rechten Ort und hat Material von Knight Errants Angriff auf ein echtes Ameisengeisternest aufgenommen. Dadurch hat er einiges Geld für Tricks und Spezialeffekte gespart, würde ich sagen.

Aber warum sollte man auch die Wahrheit präsentieren, wenn man Geld verdienen kann, indem man sie als Fiktion verkauft?« sagte sie, indem sie sich langsam und anmutig erhob. »Nicht, daß irgend jemand die Wahrheit geglaubt hätte.«

»Kommen Sie nicht näher«, sagte Kyle.

»Das ist gar nicht meine Absicht. Ich war es einfach nur leid, dort zu hocken.«

Kyle umklammerte die Pistole fester und riskierte einen Blick in den Astralraum. Ihre Aura war kraftvoll und sehr seltsam. Ihre Gestalt schien nicht der des Körpers zu entsprechen, zu dem sie gehörte. Sie lächelte wieder, und er nahm seine Fokusse zu Hilfe, indem er mental die letzten Verbindungen schloß, die sie aktivierten. Er spürte die Energie und das Potential in sich wachsen, als einer nach dem anderen aktiv wurde.

Linda Hayward hörte auf zu lächeln und spannte sich ein wenig, als sie die Ergänzungen seiner jetzt unmaskierten Aura registrierte.

Er erhob sich ebenfalls vorsichtig, doch ohne ihre nicht von dieser Welt stammende Anmut. Er halfterte seine Pistole. Der Dolch blieb gezogen, aber er ließ den Arm, der ihn hielt, sinken.

»Tja«, sagte er so lässig, wie es ihm möglich war, »ich dachte, ich sollte das Kräfteverhältnis ein wenig ausgleichen.«

»Sie sind ein Initiat«, sagte sie.

Kyle nickte. »Schon seit einiger Zeit.«

»Ich bin beeindruckt.« Sie lächelte dünn. »Putzen Sie sich für mich heraus?«

»Kaum«, antwortete er, »weil ich genau weiß, wie Sie wirklich aussehen.«

»Nein«, sagte sie ernst, »das tun Sie nicht.«

»Ach, tatsächlich nicht?«

»Ich bin nicht wie diese Dinger, gegen die Sie im Krankenhaus gekämpft haben.«

»Nein?«

Sie lachte, fast ein wenig traurig. »Ich habe Sie nicht für einen einsilbigen Stotterer gehalten, Mr. Teller. Aber Ihre Rasse enttäuscht immer wieder.« Sie sah ihn direkt an. »Möchten Sie, daß ich Ihnen zeige, wie ich wirklich aussehe?«

»Eigentlich nicht«, sagte er. »Da, ich habe zwei Worte gesagt. Zufrieden?«

»Kaum«, sagte sie. »Aber ich glaube, Sie müssen es sehen.«

Kyle hob den Dolch und hielt ihn sich vor die Brust.

»Keine Sorge«, sagte sie. »Ich bleibe, wo ich bin.« Und sie verwandelte sich. Verschwunden war ihre menschliche Gestalt, und an ihre Stelle trat ein glänzendes schwarzgrünes Insekt, größer als Kyle, aber von leichterem Körperbau mit einem langen, dünnen Rumpf und zierlichen Beinen, die fast genauso lang waren. Sie war zu einer mächtigen und majestätischen Gottesanbeterin geworden, einer Mantide. Als sie lächelte, spürte Kyle, wie ihn eine überwältigende Woge des Verlangens erfaßte. Er schottete Körper und Geist vor ihr ab, während sie wieder in ihre menschliche Gestalt schlüpfte.

»Tut mir leid«, sagte sie. »Eine instinktive Reaktion.«

»Also sind Sie eine andere Art Wanze.«

Sie zuckte zusammen und machte plötzlich wieder einen traurigen Eindruck. »Eine Mantide, wenn es unbedingt sein muß, Mr. Teller. Und Sie werden es mir nicht glauben, aber tatsächlich stehen wir auf derselben Seite.«

»Erzählen Sie das Mitch Truman.«

Ihre Augen bekamen einen harten Glanz, und Kyle spürte eine weitere Emotionswoge über sich hereinbrechen, die sich jedoch stark von der ersten unterschied. Er wich unfreiwillig einen Schritt zurück und schluckte krampfhaft seinen Mageninhalt wieder herunter, als es ihm hochkam. »Das habe ich getan, und er hat mir geglaubt«, sagte sie.

»Das«, sagte Kyle, »kann *ich* kaum glauben.«

»Meine Schwestern und ich sind nicht schuld daran, was Mitchell Truman zugestoßen ist. Wir sind Feinde derjenigen, die Sie suchen, derjenigen, die ihn haben.«

»Dann erzählen Sie mir, was vorgefallen ist.«

»Ich werde Ihnen so viel erzählen, daß Sie fortgehen und all das uns überlassen werden.«

»Das sagen mir die Leute ständig, und bis jetzt habe ich noch nicht auf sie gehört.«

Sie lachte. »Das sollten Sie aber.«

»Fahren Sie fort.«

»Im allgemeinen finden meine Rasse und ich Ihresgleichen schwach, seicht, ungehobelt, ängstlich und wertlos«, sagte sie. »Wir kommen hierher, wenn das Magieniveau stimmt, so daß wir uns vermehren können. Wir kommen hierher, weil hier mehr Platz ist. Zu Hause gibt es zu viele von uns.«

»Dann hören Sie auf, sich zu vermehren.«

»Tja, Mr. Teller, das können wir nun einmal am besten.« Sie blinzelte, und Kyle empfand plötzlich ein seltsames Gefühl der Wärme.

»Jene, die Sie im Krankenhaus und vielleicht auch später noch gesehen haben, benutzen die Menschen wie Vieh. Sie sehen in der Möglichkeit, das menschliche Fleisch benutzen zu können, den einzigen bemerkenswerten Vorteil, den die Menschheit zu bieten hat.«

»Sagen Sie nicht, bei Ihnen wäre das anders«, sagte Kyle. »Mantiden fressen oft ihre Männchen, wenn mich meine biologischen Kenntnisse nicht im Stich lassen.«

»Aus dem Verzehr entsteht neues Leben«, sagte sie.

»Wußte Mitch über diesen Teil Bescheid?«

»Ja, aber er war nicht in Gefahr.«

»Ach nein!«

Sie nickte. »Sehr zu meiner eigenen Bestürzung stellte ich fest, daß ich ihn nicht mit einem männlichen Geist ausstatten wollte, als es dafür an der Zeit war.«

Als Kyle schwieg, schien sie das wütend zu machen. »Eigentlich ist es mir völlig egal, was Sie glauben. Ich bin hier, um Ihnen zu sagen, daß Sie aufhören sollen, sich einzumischen. Die Königinnen haben uns Mitch gestohlen, um von ihm zu erfahren, welche Gestalt wir annehmen und wie unsere Pläne aussehen. Die Königinnen haben Mitchell Truman zugrunde gerichtet, und ich habe die Absicht, dafür die Königinnen zugrunde zu richten.«

»Die Königinnen?«

»Denken Sie darüber nach«, sagte sie.

»Wenn die Königinnen, wer sie auch sein mögen, und nicht Sie ihm das angetan haben, warum haben sie ihn dann aus dem Krankenhaus entführt? Sein Geist war zerstört. Sie konnten nichts mehr von ihm erfahren.«

»Ich glaube nicht, daß sie das wußten. Ich glaube, er hat nicht geredet. Ich glaube, er wollte ihnen nichts über uns und unseren Aufenthaltsort verråten.« Ihre Stimme klang für einen Augenblick sehr traurig. »Das war dumm. Er hätte es ihnen sagen sollen.«

Er beobachtete sie, in gewisser Weise überrascht, wie menschlich sie wirkte. »Als er uns nicht verraten wollte, haben sie versucht, Besitz von ihm zu ergreifen. Sie wollten ihm einen ihrer Larvengeister einpflanzen in der Hoffnung, die Verschmelzung würde funktionieren und seine Erinnerung relativ intakt bleiben. Dann hätte er ihnen gehört, und sie hätten alles von ihm erfahren können, was sie wissen wollten.«

»In der Nacht, in der er aufgegriffen wurde, hat er versucht, sich mit seiner Schwester zu treffen.«

Sie legte den Kopf ein wenig schief. »Tatsächlich? Das habe ich nicht gewußt. Vielleicht konnte er entkommen, und sie haben ihm den Geist als Bestrafung eingepflanzt.«

»Aber warum haben sie ihn sich wiedergeholt?«

»Vielleicht wußten sie nicht, wie es um ihn stand«, sagte sie. »Tatsächlich haben sie wahrscheinlich angenommen, er sei wieder zu Verstand gekommen. Wie hätte er ihnen sonst entkommen können?«

»In der Tat«, sagte Kyle.

»Ich habe ihn in dem ersten Krankenhaus besucht, kurz nachdem ihn die Polizei aufgegriffen hatte. Da waren noch Fragmente seines Geistes vorhanden. Winzige verdrehte Flämmchen, die in der Finsternis flackerten. Er schien mich sogar zu erkennen. Ich habe diese Fragmente ausgelöscht, damit er ruhen konnte.«

»Wie nett von Ihnen.«

Sie wurde wieder wütend. »Ja, in der Tat. Ungewöhnlich nett von mir. Ich glaube, er hat der Einpflanzung widerstanden und ist geflohen. Dabei hat er den Verstand verloren. Ich habe ihm Erleichterung verschafft.«

Wiederum schwieg Kyle.

Sie hielt inne, sichtlich bemüht, nicht die Fassung zu verlieren. »Ich habe Ihnen gesagt, warum ich gekommen bin. Sie haben keinen Grund, Mitch' fleischliche Hülle zu suchen. Wahrscheinlich haben sie sie aufgefressen, als sie festgestellt hatten, daß er den Verstand verloren hat. Vielleicht haben sie es auch mit einer weiteren Einpflanzung versucht. Ich weiß es nicht. Der entscheidende Punkt ist, daß Sie und die Truman-Familie nichts mehr mit der Sache zu tun haben. Ich werde Mitchell Truman rächen.«

»Ich werde Ihre Nachricht weiterleiten.«

»Tun Sie das«, sagte sie. »Und vergessen Sie nicht, Mr. Teller, Sie und Ihresgleichen gehören mir, wenn ich es will. Und ich will es ganz bestimmt, wenn Sie mir noch einmal in die Quere kommen.« Damit wandte sie sich ab und ging durch die Tür, ohne sie zu öffnen.

Kyle stand ein paar Augenblicke gedankenverloren da und setzte sich dann langsam auf den Sessel, den er zwischen sich und Linda Hayward gerückt hatte. Er mußte sich sammeln und seinen Körper beruhigen. Er brauchte sehr lange dafür.

15

Als Kyle und seine beiden Begleitfahrzeuge auf den Supermarktparkplatz an der Ecke Western und North einbogen, landete gerade ein Hubschrauber von Eagle Security in dem Gebiet, das von einer Phalanx aus Polizei und Sicherheitsfahrzeugen abgeriegelt worden war. Die Eagle-Beamten wurden durch so viele Angehörige der Truman-Sicherheit verstärkt, daß Kyles Kolonne direkt zum Zentrum des Gebiets durchgewunken wurde und schließlich neben einem riesigen gepanzerten Kommandofahrzeug hielt.

Kyle sprang aus dem Wagen, bevor dieser noch richtig stand, wobei er die Augen vor den herumfliegenden Steinchen abschirmte, die der landende Hubschrauber aufwirbelte. Ein Stück weiter weg versuchten Eagle-Beamte, die kleine Gruppe von Schaulustigen zu zerstreuen, die sich mittlerweile versammelt hatte. Kyle fragte sich, ob sich auch Angehörige von Knight Errant inkognito unter die Menge gemischt hatten.

Die Seitentür des Kommandofahrzeugs öffnete sich, und Hanna Uljakën winkte heraus. Kyle eilte hinüber und kletterte in das rot erleuchtete Innere, wo sich der kleine technische Stab und vier Beamte von Eagle drängten. Einer trug die klaren Insignien und die schlichte Uniform eines Chiefs, doch Kyles ungeübte Augen wurden aus den Rangabzeichen der anderen drei nicht schlau, die dunkle, engsitzende Körperpanzer und dazu passende Waffen und Ausrüstungsgegenstände trugen.

Der Chief trat vor und streckte die Hand aus. »Mr. Teller, ich bin Chief Lekas von der Abteilung Sondereinsätze.« Er deutete kurz auf die anderen drei. »Das ist Commander Joshua Malley, der Anführer des Sondereinsatztrupps«, sagte er, indem er sich von links nach rechts durcharbeitete, »und die Sergeanten Peter Woodhouse und Kenneth Walsh, die ebenfalls zum Sondereinsatztrupp gehören.« Alle drei nickten Kyle zu.

Kyle schüttelte allen die Hände. »Danke, daß Sie so außerordentlich schnell reagiert haben.«

»Ist ja auch eine außerordentliche Geschichte, die uns Ihre Ms. Uljakën erzählt hat«, sagte Malley. »Es macht Ihnen doch nichts aus, wenn wir Ihnen ein paar klärende Fragen stellen, oder?«

Kyle schüttelte den Kopf. »Nein, überhaupt nicht, aber ich mache mir Sorgen wegen der Zeit. Vielleicht sind sie schon weitergezogen.«

Malley wandte sich an die beiden Sergeanten. »Also los«, sagte er.

Walsh ergriff als erster das Wort. »Können Sie uns Ihre Qualifikationen nennen, auf die sich Ihre Lagebeurteilung stützt?« Walsh deutete vage auf Hanna Uljakën. »Ms. Uljakën hat uns ein wenig über Ihren Hintergrund erzählt, aber wir wüßten gerne etwas mehr.«

Kyle runzelte die Stirn und fragte sich, ob sie das Wer-ist-hier-der-Boß-Spiel mit ihm spielen wollten. Laut sagte er: »Selbstverständlich. Ich habe einen Abschluß in vergleichender Metaphysik mit Nebenfach Verhaltenspsychologie, und zwar an der Columbia-Manhattan. Meine praktische Erfahrung umfaßt sieben Jahre als Einsatzagent und Sonderermittler beim Federal Bureau of Investigation, Abteilung für Paranormale Angelegenheiten. Wenn Ihnen so viel an meinem Hintergrund gelegen ist, kann ich Ihnen ...«

Woodhouse hob beschwichtigend die Hand. »Das wird nicht nötig sein«, sagte er. »Sie sind derjenige, der Wilhelmina Keene gefunden hat, nicht wahr?«

Kyle stutzte. »Ja.« Keene war zugelassene Krankenschwester und Magieradeptin gewesen, die aus Krankenhäusern in ganz New England Säuglinge gestohlen und rituelle Opferungen mit ihnen vorgenommen hatte. Sie hatte zwölf Neugeborene getötet, bevor das FBI sie schließlich bei der Opferung des dreizehnten, des letzten Elements ihres bizarren Rituals, gefaßt hatte. Ihr eigentliches Ziel hatte nie ermittelt werden können. Der Fall hatte sich vor fünf Jahren ereignet. »Vielleicht sollte ich hinzufügen, daß ich das Team angeführt habe.«

»Wir haben die Akte im letzten Jahr als Teil eines besonderen Ausbildungsprogramms eingesehen«, sagte Woodhouse. »Können Sie mir sagen, was ihr bevorzugtes Ritualinstrument war?«

»Was, zum Teufel, hat das damit zu ...«

Chief Lekas schnitt ihm das Wort ab. »Mr. Teller, Truman Technologies verlangt eine ganze Menge von Eagle. Und wir handeln hier in erster Linie auf Treu und Glauben, wenn Sie so wollen. Wir hätten gern bestätigt, daß Sie tatsächlich derjenige sind, der Sie zu sein behaupten. Wenn ja, sind wir einsatzbereit. Wenn nein, tja ...« Lekas ließ den Satz unvollendet in der Luft hängen. »Die Jungens haben mir gesagt, daß die tatsächliche Vorgehensweise dieser Keene nie an die Öffentlichkeit gedrungen ist, aber Sie müßten sie natürlich kennen.«

Kyle seufzte und warf einen Blick auf Hanna.

Sie lächelte schwach. »Meinetwegen brauchen Sie nicht auf Einzelheiten zu verzichten.«

Kyle holte tief Luft. »Also schön, Sie haben gewonnen. Sie hat ein chirurgisches Skalpell benutzt, um etwas von ihrem Blut und dem Blut des Kindes in eine Wanne mit Wasser laufen zu lassen. Kurz bevor das Kind zu schwach wurde, hat sie es darin ertränkt und die Leiche anschließend verbrannt.«

Die vier Männer sahen einander an und nickten. Hanna war blaß geworden und schien um ihre Fassung zu ringen.

»Sind Sie jetzt zufrieden?« fragte Kyle.

»Hören Sie«, sagte Walsh, »Sie scheinen zu vergessen, daß ...«

Kyle schnitt ihm wütend das Wort ab. »Nein, Sie haben vergessen, daß jede Sekunde, die wir hier mit sinnlosen Spielchen vertrödeln, diejenige sein könnte, um die wir sie verpassen.«

Die beiden Sergeants sahen so aus, als wollten sie den Streit fortsetzen, aber Commander Malley brachte sie mit einem zornigen Blick zum Schweigen. »Sie haben recht, Mr. Teller«, sagte er. »Die Sergeants Walsh und Woodhouse sind die Magier des Teams. Manchmal will man unbewußt sein Revier verteidigen. Warum erklären Sie uns nicht die taktische Situation, wie sie sich Ihrer Ansicht nach darstellt?«

Kyle nickte. »Keine Ursache«, sagte er, obwohl sich niemand bei ihm entschuldigt hatte. »Eine Streitmacht unbekannter Größe, die aus mächtigen Geistern besteht, hat den Sohn meines Klienten entführt. Nach allem, was ich gesehen und gehört habe, ähneln diese Geister Insekten und vermehren sich, indem sie menschliche Wirtskörper benutzen. Einen dieser Geister habe ich genauer gesehen, und er hatte die Gestalt einer großen Küchenschabe.«

Walsh erbleichte ebenso wie Malley, der sagte: »Wir haben immer wieder einmal Kontakt mit insektenähnlichen Geistern gehabt, aber aus diesen Kontakten hat sich nichts ergeben, was wir hätten kategorisieren können, keine weiterführenden Informationen, einfach nichts. Bei diesen Geistern schien es sich um Anomalien zu handeln, aber nicht um Wesen, die uns Schwierigkeiten bereiten könnten.«

»Abweichungen«, sagte Kyle. »Nun, ich fürchte, wir könnten es mit ganzen Nestern oder Schwärmen oder Stöcken, oder wie immer man das nennt, zu tun haben, Königinnengeister eingeschlossen. Es könnte sogar mehr als eine Art von Insektengeist anwesend sein.«

»Also haben wir es mit einer beachtlichen Opposition zu tun?« fragte Malley.

»Davon sollten Sie ausgehen. Und die meisten normalen Taktiken werden nicht funktionieren, weil wir es mit Geistern zu tun haben. Wie erfahren sind Ihre Leute in der Bekämpfung von Geistern?«

Malley runzelte die Stirn. »Ausgebildet, aber nicht erfahren.«

»Derjenige, gegen den ich gekämpft habe, war ziemlich mächtig, aber wenn Ihre Leute nicht den Kopf verlieren, glaube ich, daß sie es schaffen werden.«

»Aber wir wissen ja nicht einmal, wo sie sind«, sagte Chief Lekas.

»Ich weiß, wo sie sind«, sagte Kyle. »Ich habe den Ort nur noch nicht gefunden.«

»Ritual?« fragte Walsh.

Kyle nickte und zeigte nach Nordwesten. »In diese Richtung, nicht besonders weit. Können mich Ihre Leute in einen Hubschrauber verfrachten? Auf diese Weise finde ich ihr Schlupfloch schneller, als wenn ich es am Boden versuche.«

»Hört sich vernünftig an«, sagte Malley. »Ich schicke mein Team in die Richtung, und sobald Sie den Ort gefunden haben, können wir direkt gegen ihn vorrücken, anstatt blind in der Gegend herumzufahren.«

»Entschuldigen Sie bitte, Sir«, sagte Woodhouse. »Ich möchte einen Vorschlag machen.«

Malley hob eine Augenbraue. »Natürlich, Sergeant. Immer heraus damit.«

»Mr. Teller könnte den Ort auf astralem Weg erkunden. Das würde wesentlich schneller gehen als mit dem Hubschrauber.«

Kyle schüttelte den Kopf. »Daran habe ich auch schon gedacht, aber ich kenne Chicago nicht gut genug, um nur anhand der Lage von Straßen und Gebäuden zu wissen, wo ich mich befinde.« Er wandte sich an Hanna, um es ihr zu erklären. »Im Astralraum kann man keine Straßenschilder lesen, sondern nur Gefühle spüren, die mit den Informationen darauf verbunden sind. Und wenn Straßenschilder überhaupt irgend etwas sind, dann emotionslos.«

Hanna nickte und bedachte ihn mit einem schwachen Lächeln. Sie war hier inmitten taktischer und mystischer Angelegenheiten, die sie kaum verstand, ganz offensichtlich nicht in ihrem Element und machte einen ziemlich verlorenen Eindruck. Aber er konnte erkennen, daß sie alles aufnahm und höchstwahrscheinlich daraus lernte.

»Einer von uns kommt mit Ihnen«, sagte Walsh.

Kyle hielt inne, um nachzudenken. »Das könnte klappen.«

»Wenn Sie in Sichtweite bleiben, dürfte ich keine Schwierigkeiten haben, Ihnen zu folgen«, sagte der Sergeant. »Wir können unsere Körper hier im Wagen lassen und uns dann über die Western nach Norden vortasten.«

Malley nickte. »Hört sich gut an, wenn Sie einverstanden sind, Mr. Teller.«

»Ja, das beschleunigt die Sache.«

Der Commander deutete auf zwei Beobachtungssessel nahe der Telekommunikationsabteilung des Kommandofahrzeugs. Während Kyle und Walsh sich darauf niederließen, stöpselte sich Malley in das taktische System ein und begann mit der Erteilung von Anweisungen.

»Wenn Sie mich brauchen, während ich unterwegs bin, schlagen Sie mich, so fest Sie können«, sagte Kyle zu Hanna.

»Ich ...«, sagte sie offenbar überrascht. »Wenn Sie es sagen.«

»Wenn Sie mich fest genug schlagen, wird mein Geist dadurch in meinen Körper zurückgerissen. Darüber hinaus gibt es keine Möglichkeit, Verbindung mit mir aufzunehmen.«

»Ich sollte Sie warnen, ich bin ziemlich stark«, sagte Hanna.

Kyle lächelte. »Sehr gut.« Er sah Walsh an, aber der Magier war bereits weggetreten, und seine Astralgestalt hatte sich wahrscheinlich schon von seinem Körper gelöst. »Ich muß los«, sagte Kyle. Dann lehnte er sich zurück, entspannte sich, konzentrierte sich und löste sich schließlich aus seinem Körper, während sich Farbe und Konsistenz des Kommandofahrzeugs veränderten.

Walsh wartete bereits auf ihn. Er stand neben seinem Körper, von einem Nimbus aus blauer und goldener Energie umgeben. Von den Auren der anderen Anwesenden abgesehen, war das Innere des Kommandofahrzeugs darüber hinaus kalt und steril und roch schwach nach herberen Emotionen wie Wut und Angst.

»Gehen Sie voran, Mr. Teller«, sagte Walsh. »Obwohl Sie Ihre Ausstrahlung vielleicht ein wenig dämpfen sollten.«

Kyle nickte, als ihm klar wurde, daß seine Fokusse eine beträchtliche Menge an magischer Energie abstrahlten, Energie, die jedem, der nach ihnen Ausschau hielt, als Leuchtfeuer dienen würde. Mit einem raschen Gedanken sog er die Energie in seine Aura und maskierte den magischen Überlauf. Es war unbequem, aber erträglich. Walsh nickte beifällig.

Kyle wandte sich in die Richtung, in der sich, wie er wußte, Mitch Truman vor einer Stunde noch befunden hatte. Er glitt durch die Wand des Kommandofahrzeugs, wobei Walsh ihm folgte, und raste dann in Richtung See.

Walsh folgte ihm das Band der lebenssprühenden North Avenue entlang und dann schließlich über den hell leuchtenden See. »Ich dachte, Sie hätten gesagt, der Ort sei im Nordwesten«, sagte der Sergeant, nachdem er zu Kyles Astralsgestalt aufgeschlossen hatte.

»Das ist er auch. Ich will nur feststellen, ob wir verfolgt oder überwacht werden.«

Die beiden verharrten dort mehrere Sekunden lang, bemerkten aber keine Spuren anderer astraler Präsenzen.

Kyle gab Walsh ein Zeichen, und sie sanken zur Oberfläche des Sees, um dann seinem Ufer zu folgen, wobei sie über Sonnenbadende, Fahrradfahrer, Spaziergänger und andere Bewohner Chicagos hinwegflogen, die draußen waren, um die Nachmittagssonne zu genießen. Als sie an der Stelle angelangt waren, wo Kyles Ansicht nach Fullerton begann, jagte er landeinwärts, Walsh dicht hinter sich.

Die Resultate des zuvor vollzogenen Rituals zeigten Wirkung und zogen Kyle förmlich nach Norden und Westen. Er flog weiter, jagte in wenigen Augenblicken die ganze Breite der Chicagoer Northside entlang. Als er spürte, daß er sich dem gesuchten Ort näherte, wurde er langsamer und ließ sich tiefer sinken. Walsh holte ihn ein und blieb neben ihm.

»Irgendeine Ahnung, wo wir sind?« fragte ihn Kyle. »Ich weiß es ganz bestimmt nicht.«

Walsh nickte. »Ecke Harlem und Irving Park.«

»Ich werde ganz tief heruntergehen. Ich will nicht plötzlich genau über dem Ort schweben.«

Kyle trieb langsam tiefer bis er dicht über den Wagen schwebte, die auf der Hauptstraße unter ihnen fuhren. Er maß die Entfernung vorsichtig ab, um nicht von der Masse der Leute in den Wagen beiseite geschleudert zu werden. Als sie sich einer großen Kreuzung näherten, spürte er eine Woge der Emotion, als die Verkehrsampel umsprang und sich ein kleiner Stau entwickelte. Als Kyle schließlich landete, tat er das in einer Abfalltonne, so daß niemand gegen ihn stoßen würde. Walsh landete ein Stück hinter ihm, halb in einem Schaufenster. Sie hofften beide, daß sie inmitten der Auren der Fußgänger für jeden unsichtbar waren, der zufällig in ihre Richtung schaute.

»Sind wir da?« fragte Walsh.

»Ja«, sagte Kyle, nach Norden auf die Querstraße deutend. »Dort ist es, das dritte Haus in der Reihe.« An der angegebenen Stelle war wenig zu sehen, nur eine matte Häuserfront. Nichts Magisches. Nichts Ungewöhnliches.

»Sieht ganz normal aus«, sagte Walsh. »Vielleicht sind sie schon weg.«

»Das wollen wir nicht hoffen.«

»Warum gehen Sie nicht zu den anderen zurück und sagen ihnen, wo es ist«, sagte Walsh. »In der Zwischenzeit halte ich hier Wache.«

»In Ordnung«, sagte Kyle. Er erhob sich und schwebte dann eine Weile nach Süden, bevor er nach Westen abbog, um die Kreuzung mit der Western Avenue zu finden, wo der Polizeikonvoi wartete. Schließlich glaubte er die Kreuzung gefunden zu haben und wandte sich wieder nach Süden, um der vermeintlichen Western Avenue zu folgen.

Sekunden später überflog er eine Autobahn, von der er sicher war, daß es sich dabei um die Interstate 90/94 in Richtung Noose handelte. Und damit war er zu weit südlich. Kyle hielt inne und schwebte reglos in der Luft, während er sich zu erinnern versuchte, ob die Western Avenue die 90/94 nördlich oder südlich der North Avenue kreuzte. Er flog weiter, wobei er nach den großen Kommandofahrzeugen und dem Hubschrauber Ausschau hielt, der Geleitschutz fliegen würde.

Er hielt wieder inne, als er eine weitere Schnellstraße erreichte, bei der es sich seines Wissens nach um die Interstate 290 handelte, die die westlichen Vororte mit der Innenstadt verband. Das verriet ihm, daß er zu weit nach Süden geflogen war. Nicht zum erstenmal in seinem Leben verfluchte Kyle die Tatsache, daß es keine einfache Methode gab, die Verbindung zwischen seiner Astralgestalt und seinem Körper zurückzuverfolgen.

Kyle schoß nach Osten zum See und traf dort einen Sekundenbruchteil später ein. Dann folgte er dem Ufer nach Norden, wobei er nach der North Avenue Ausschau hielt, der Walsh und er auf dem Hinweg gefolgt waren. Er flog weiter nach Norden, bis er schließlich einen Einschnitt in der Küstenlinie erreichte, von dem er wußte, daß es sich um Fullerton handelte. Jetzt befand er sich zu weit nördlich.

Kyle fluchte wiederum, da er wußte, daß ihn seine Dummheit wertvolle Zeit kostete, die zu verschwenden er sich nicht leisten konnte, als er plötzlich einen Schock verspürte, einen kurzen, brennenden Schmerz in seinem linken Arm. Seine Wahrnehmung verschwamm, und er spürte, wie er von der Kraft dessen, was er für Hanna Uljakëns Schlag hielt, in seinen Körper zurückgezogen wurde. Dann spürte er die Empfindung erneut, fester diesmal und im Nacken, und er wurde förmlich in seinen Körper geschleudert.

Seine normale Wahrnehmung kehrte zurück. Er lag auf dem Boden und war von etwas Warmem bedeckt. Ein Mann schrie: »Packt ihn! Packt ihn!«

Kyle wälzte sich herum und stieß dabei gegen ein gestiefeltes Bein, als eine weitere Blutfontäne aus Sergeant Walsh' Nacken schoß. Walsh saß noch auf dem Sessel, wo er von einem anderen Eagle-Beamten festgehalten wurde, und schlug um sich. Die rechte Seite seines Schädels verdunkelte sich plötzlich, als Blutgefäße platzten und Knochen splitterten. Immer noch auf dem Boden liegend, wob Kyle ein Netz schützender magischer Energie um Walsh. Er konnte nichts tun, um den offensichtlichen Angriff auf die Astralgestalt des Magiers zu unterbinden, aber er befürchtete plötzlich, daß etwaige am anderen Ende anwesenden Magier die Verbindung zwischen Walsh' Geist und seinem Körper benutzen konnten, um ihnen einen Zauber in das Kommandofahrzeug zu schicken. Er konnte nur darauf hoffen, diese Energien aufzuhalten, falls sie durchschlugen.

Walsh' Körper zuckte wieder, und seine blutigen Augen öffneten sich, während er laut aufschrie und sich trotz der beiden Beamten, die ihn festhielten, nach vorn warf. Er fiel über Kyles Beine und auf den Boden. Kyle ließ die schützende Energiebarriere sofort sinken und preßte ihm die Hand gegen den Hals, um die Blutung zu stillen.

Walsh' Widerstand erlahmte, als er in den Wundschock fiel, und er hörte auf, um sich zu schlagen. Seine Augen wurden glasig, und seine Atmung setzte aus.

»Harlem, nördlich der Irving!« schrie Kyle und konzentrierte dann seine magischen Talente auf den sterbenden Magier. Rasch synchronisierte er ihre beiden Auren und fing an, Lebensenergie direkt in Walsh' Wesen zu leiten. Kyle spürte, wie der Geist des anderen Magiers schwächer wurde, schwächer, als er sein durfte, wenn Kyle ihn noch heilen wollte.

Walsh' Geist flackerte und entglitt Kyles Kontrolle. Und gerade als sich Kyles Essenz mit seiner vermischte, starb Kenneth Walsh, und sein Selbst löste sich auf und vereinigte sich wieder mit dem Energiechaos, aus dem es gekommen war.

Kyle ließ Walsh' Hals los und lehnte sich zurück, so daß die letzten Blutfontänen des stotternden Herzens ungehindert durch das Fahrzeug sprudelten. Er war ebenso mit Walsh' Blut bedeckt wie Malley und der andere Beamte, der Walsh festgehalten hatte. Hinter ihnen stand Hanna Uljakën, gleichermaßen fassungslos und, von den roten Spritzern auf Gesicht und Bluse abgesehen, aschfahl. Kyle lehnte sich gegen die kühle Wand des Kommandofahrzeugs.

»Harlem, nördlich der Irving«, sagte er noch einmal. »Da haben sie sich versteckt...«

16

Die Häuserfront war schlicht und grau. Während Kyle und ein halbes Dutzend Eagle-Beamte sich ihr aus einer Gasse auf der anderen Straßenseite näherten, konnte er erkennen, daß Farbe von der Tür und den Fensterrahmen abblätterte. Der Blick nach innen wurde von alten Zeitungen und Plastikmüllsäcken versperrt, mit denen die Fenster abgedeckt waren. Über dem Eingang hing schief ein Schild, von dem die Buchstaben längst verschwunden, die geisterhaften Umrisse der Worte jedoch noch sichtbar waren – UNIVERSELLE BRUDERSCHAFT: FÜR DIE NÄCHSTE STUFE DEINES LEBENS.

Gedanken an Beth' Schwester Ellen schossen Kyle durch den Kopf. Und an Strevich' Warnungen, an Mitch Trumans zerrütteten Geist, die Echtgestalt von Linda Hayward und den bösartigen Schabengeist, den er im Krankenhaus getötet hatte. Die Bruderschaft war irgendwie in diese Sache verwickelt. Aber er konnte jetzt nicht darüber nachdenken, dazu war keine Zeit, da das Angriffsteam nur einen Schritt hinter einem von der Seite kommenden Zwei-Mann-Team aus der Gasse stürmte.

Der führende Beamte ging seitlich vor der geschlossenen Tür in die Hocke und richtete sein Sturmgewehr auf sie, während Kyles Gruppe über die Straße rannte, auf der Eagle-Beamte den Verkehr an den beiden angrenzenden Kreuzungen gestoppt hatten. Kyle hatte gerade die Straße überquert, als der zweite Beamte seine schwere Schrotflinte auf das Türschloß richtete und abdrückte.

Kyles Gruppe erreichte den Eingang, wenige Augenblicke nachdem der Schuß den Türrahmen zersplittert hatte und anstelle des Schlosses nur noch ein großes Loch in der Tür war. Der führende Mann in Kyles

Gruppe warf sich mit vorgehaltenem Antiaufruhrschild gegen die Tür, die unter der Wucht des Aufpralls zerbrach.

Der Rest des Teams stürmte hinein. Kyle hörte ähnliche Geräusche, als das von Malley und Woodhouse geführte Team durch den Hintereingang eindrang. Einige der Beamten waren mit Antiaufruhrgewehren bewaffnet, die Hochgeschwindigkeitsflechette- oder SABOT-Munition verschossen, die dafür konzipiert war, leicht gepanzerte Ziele zu Hamburger zu verarbeiten. Andere waren mit konventionelleren Sturmgewehren und Maschinenpistolen ausgerüstet. Schließlich trugen ein paar auch nichttödliche Waffen bei sich – Antiaufruhrgewehre, die mit Gel-Geschossen geladen waren, Betäubungsstäbe und -handschuhe, Schock- und Erschütterungsgranaten und Netzwerfer, falls sie ›fragwürdigen‹ Zielen begegneten. Diese Gewehre waren es auch, die zuerst auf die beiden Männer schossen, die sich dem Ansturm in den Weg stellten. Die beiden gingen unter einem Hagel von Gelgeschossen rasch zu Boden, um dann durch geschickten Einsatz der Betäubungsstäbe endgültig überwältigt zu werden.

Der Raum hinter der Eingangstür war ein großes Wartezimmer mit Plastikstühlen und zerfledderten Propagandapostern. Eine Doppelreihe verrosteter Neonröhren an der Decke unterstützte das wenige Licht, das durch die Ritzen der verhangenen Fenster fiel. Von den sechs Personen – Männer, Frauen und ein Kind – in diesem Wartezimmer hatten sich nur die beiden Männer dem Ansturm der Polizei widersetzt.

Auf einem kleinen Pult am Ende des Zimmers befanden sich ein Notepad-Computer und ein paar Stapel mit Papieren, die jetzt verstreut waren und zum Teil auf dem Boden lagen. An der Wand dahinter standen ein kleiner Tisch mit einer Soykafmaschine und ein Mineralwasserautomat direkt neben einer geschlossenen Tür.

Das Kind fing an zu schreien, als Kyle die Mitte des Wartezimmers erreicht hatte und der Beamte direkt vor ihm in die Hocke ging und seine Waffe auf die geschlossene Tür richtete. Kyle näherte sich der Tür, wobei er darauf achtete, nicht in die Schußlinie des Beamten zu geraten, drückte die Türklinke nieder und drehte sich gleich darauf zur Seite.

Gleich darauf wurde die Tür aufgestoßen, als sechs schwarzbraune Gestalten von der Größe großer Hunde blitzschnell in das Wartezimmer schossen. Es waren Schabengeister, zwar viel kleinere als derjenige, gegen den Kyle im Krankenhaus gekämpft hatte, aber unzweifelhaft genauso tödlich. Drei von ihnen witterten die Macht, die Kyle und seine Fokusse ausstrahlten, und gingen augenblicklich auf ihn los.

Sie huschten tief über den Boden, und Kyle ging in die Hocke, um ihrem Angriff zu begegnen. Die ersten beiden stürzten sich mit hektisch vibrierenden Fühlern auf ihn, aber der dritte wurde von einem gut gezielten Tritt eines Eagle-Beamten getroffen. Das Ding stieß ein geisterhaftes Heulen aus, und gleichzeitig ertönte ein furchtbares Knacken, als der Stiefel des Beamten den Rückenpanzer des Dings traf, aber der Tritt schleuderte es nur zur Seite.

Kyle schwang den Dolch und traf das erste der scheußlichen Dinger am Hals. Der Dolch durchschnitt den Hals wie Butter und enthauptete den Geist. Überrascht stach Kyle nach dem zweiten Geist, der nun, da er die tödliche Wirkung des Dolches gesehen hatte, auszuweichen versuchte. Er war schnell, aber Kyle war noch schneller, und der Dolch schnitt durch den glänzenden Panzer und spaltete ihn. Die Schabe versuchte kreischend zu fliehen, während sich ein Strom einer gelblich-grünen Flüssigkeit aus ihrem Leib ergoß, aber sie wurde von einem der Eagle-Beamten mit einem Hagel von Flechettegeschossen eingedeckt, der sie festnagelte. Die Beine des Geistes zuckten und krümmten sich, als sein Leib auf einer Splitterwolke hochgewirbelt wurde. Nicht mehr in der Lage, diesem doppelten Angriff zu widerstehen, löste er sich ebenfalls auf. Das galt jedoch nicht für seinen ekelerregenden Gestank.

Kyle erhob sich und ging sofort zur Tür.

»Das war fast zu leicht«, sagte der Beamte, der mit ihm ging.

Kyle nickte. »Kinder«, sagte er.

Der Beamte blinzelte und gab dann Kyle Deckung, während dieser rasch durch die Tür ging. Hinter der Tür befand sich eine Reihe von Büros, wenig mehr als Trennwände und Schreibtische. Die Büros waren verlassen, wenn man von den beiden Eagle-Beamten am anderen Ende des länglichen Raumes absah.

»Irgendwas gefunden?« rief Woodhouse.

»Sechs Schaben-Babys haben uns angegriffen«, rief Kyle im Vorwärtsgehen zurück.

Vom Stockwerk über ihnen hallten plötzlich Schüsse zu ihnen herunter, und Kyle vermutete, daß Malleys Gruppe eine Treppe oder irgendeinen anderen Zugang gefunden hatte. Er, Woodhouse und die anderen Beamten, die jetzt aus beiden Richtungen in den Raum strömten, durchsuchten die Büros, fanden jedoch nichts.

Dann rief plötzlich einer der Beamten mit aufgeregter Stimme: »Ein Gang!«

Kyle wandte sich von dem Schreibtisch ab, den er gerade durchsuchte, und sah, daß ein Teil der Wandverkleidung nach innen geklappt war. Zwei Beamte richteten ihre Waffen auf die so entstandene Öffnung, aber dann wurde derjenige, der den Gang gefunden hatte, plötzlich herumgewirbelt, und sein Körperpanzer spaltete sich an einer Stelle, als ein riesiges, klauenbewehrtes Bein vorschnellte und ihn traf. Noch bevor der Körper des Mannes auf dem Boden aufschlug, hatte sich der gewaltige Schabengeist, der noch größer und widerlicher als der erste war, den Kyle gesehen hatte, irgendwie durch die schmale Öffnung und in den Raum gezwängt.

Mindestens ein Dutzend Eagle-Beamte eröffneten das Feuer auf das Ding. Überrascht ob der Heftigkeit des Angriffs taumelte es auf seinen dürren Beinen zurück, während die Kiefer vor Wut mahlten und es ein langgezogenes ohrenbetäubendes Kreischen ausstieß. Dann verblaßte das Ding, da es versuchte, in den Astralraum zu fliehen.

Kyle rief sich die Formel für einen schnellen und gemeinen Zauber von roher physikalischer Kraft ins Gedächtnis und wirkte ihn. Energie strahlte von ihm aus, überwand die Entfernung zwischen ihm und dem Schabengeist im Astralraum und explodierte dann durch die immer noch manifeste Gestalt des Geistes in der physikalischen Welt. Der Geist explodierte praktisch, da Fetzen seiner sich rasch auflösenden ektoplasmischen Gestalt durch den Raum gewirbelt wurden.

Der getroffene Beamte war verletzt, aber nicht schwer. Ein anderer Beamter zog ihn in ein Büro, während der Sanitäter herbeigeeilt kam.

»Wir haben das Ding ziemlich schnell erledigt«, sagte Woodhouse. »Vielleicht sind sie doch nicht so zäh.«

Kyle sah ihn an. »Wie viele waren wir, vierzehn?«

Woodhouse nickte widerwillig. »Gutes Argument.«

Beamte drangen in den Gang ein, und einer von ihnen rief plötzlich: »Treppe abwärts!«

Malley tauchte neben Woodhouse und Kyle auf. »Gehen Sie davon aus, daß wir es nur mit Feinden zu tun haben«, sagte er. »Diese Dinger sind zu verdammt schnell. Ich will nicht, daß wir von ihnen kalt erwischt werden.«

Kyle dachte einen Augenblick lang an seine Schwägerin und an die Menschen in dem Wartezimmer, nickte dann jedoch zögernd. Malley trat vor und zog eine Granate aus seiner Tasche, eine der Betäubungsgranaten. »Granate!« rief er, indem er sie die Treppe herunterwarf.

Betäubungsgranate oder nicht, die Explosion in derartig beengter Umgebung ließ das ganze Haus erzittern und hallte unter ihnen noch in einiger Entfernung nach.

Kyle ging zu Malley, der auf die jetzt rauchverhangene und mit Trümmerstücken übersäte Treppe starrte. »Granaten haben keine Wirkung auf die Geister«, sagte Kyle in der Hoffnung, daß der Beamte sich noch an seine Ausbildung erinnerte. Nur direkte Angriffe, also solche, die von der unmittelbaren Willenskraft eines Lebewesens unterstützt und getragen wurden, waren gegen Geister wirksam. Absichtslose Dinge wie Sprengstoffe waren wirkungslos gegen sie, während Handwaffen und Zauber die größte Wirkung zeigten. Gewehrfeuer, das aufgrund seiner schieren Zerstörungskraft wirksam war, lag irgendwo in der Mitte.

Malley nickte. »Ich weiß. Aber es sind Insekten. Vielleicht verwirrt es sie.« Er wandte sich an die Beamten in seiner unmittelbaren Nähe. »Es geht abwärts!«

Jeder griff nach oben, zog sich Lichtverstärker- und Infrarotbrille über die Augen und folgte Malley die Treppe hinab.

»Warum, zum Teufel, hat er das getan?« fragte Kyle Woodhouse, der gerade neben ihn getreten war. »Er hätte die Treppe wegpusten können!«

Woodhouse zuckte die Achseln. »Er ist ein guter taktischer Kommandant, aber im Feld ist er ein wenig verrückt. Unglücklicherweise hat er gute Verbindungen.«

Kyle lächelte. »Die haben Sie wohl auch, wenn Sie so reden können.«

Der andere Magier zuckte nur die Achseln, als von unten Gewehrfeuer und Schreie ertönten. Kyle eilte vorwärts und aktivierte dabei einen der Zauber, die mit dem Fokus an seinem linken Handgelenk verbunden waren. Ein kaum sichtbares blausilbernes Feld bildete sich in ein paar Zentimetern Abstand von seinem Körper um ihn. Gleichzeitig hatte sich ein ähnliches Energiefeld um Woodhouse errichtet. Bei Kyles Energiefeld handelte es sich um einen Barrierenzauber, der dafür ausgelegt war, Magie und lebende Energie abzuwehren. Gegen Kugeln und ähnliches war er wirkungslos, aber Kugeln waren nicht seine größte Sorge.

Magische Energie löste sich von Woodhouse' ausgestreckter Hand, während sie in den länglichen Raum am Fuß der Treppe spähten. Kyle sah mehr Insektengeister als Menschen. Der Anblick derartig vieler Schabengeister war gräßlich, der Gestank der Schaben unerträglich, und die Schreie und das Gekreisch waren ohrenbetäubend. Die Kämpfenden standen zu dicht, so daß weder Kyle noch Woodhouse einen Zauber mit Flächenwirkung einsetzen konnten, ohne Eagle-Beamte zu gefährden. Kyle warf einen raschen Blick über die Schulter und vergewisserte sich, daß sich in seinem Rücken eine Holzvertäfelung befand. Die natürliche Holzbarriere würde die Geister daran hindern, sich im Astralraum an ihm vorbeizuschleichen, so daß er sich darauf verlassen konnte, den Rücken frei zu haben.

Woodhouse stand noch auf der Treppe, und Kyle blieb nichts anderes übrig, als Magie gegen die Schaben einzusetzen. In schwarze und rote Flammen von Woodhouse' Zauber gehüllt, taumelte ein Schabengeist bereits davon, dessen großer brauner Panzer sich teilweise vom Körper gelöst hatte. Kyle erzeugte einen Energiestrahl desselben Typs, den er oben eingesetzt hatte, und der Geist löste sich in einer Wolke grünlichen Blutes auf. Woodhouse eilte vorwärts und stellte sich schützend vor den Beamten, den der Geist angegriffen hatte, während seine Maschinenpistole das Feuer auf etwas eröffnete, das Kyle nicht sehen konnte.

Kyle sprang die letzten Stufen herunter, ging in die Hocke und sah sich rasch in dem Raum um. Er war lang, vermutlich so lang wie die gesamte Ladenfront auf der Straße, und bis auf ein paar Stützpfeiler völlig offen. Dutzende von Schabengeistern in verschiedenen Größen waren überall und setzten den belagerten Beamten zu, indem sie angriffen, sich in den Astralraum zurückzogen, um dann an anderer Stelle wieder aufzutauchen und erneut anzugreifen.

Der Lärm war ohrenbetäubend: das übelkeiterregende Klicken der Schabenbeine, die hektisch über den Boden huschten, die Rufe und Schreie der Beamten, und all das begleitet von jenem mittlerweile unverkennbaren, widerlichen Gestank.

In dem Raum befanden sich auch noch andere Dinge, große, aufgequollene Gestalten auf dem Boden am anderen Ende des Kellerraums. Kyle sah vielleicht zwanzig Stück von ihnen, und die beiden größten Schabengeister bewachten sie, wobei sich nur ihre langen Antennen bewegten, während sie gelassen das Gemetzel beobachteten, daß ihre Artgenossen anrichteten. Eines der Bündel schien sich zu bewegen, zu erbeben, und eine der großen Schaben drehte den Kopf in die entsprechende Richtung, während ihre langen, dünnen Fühler in müßigem Interesse zuckten.

Ein Schabengeist huschte Zentimeter an Kyles Kopf vorbei, aber er wich rechtzeitig aus. Die Beamten behaupteten sich, indem sie einander so geschickt Deckung gaben, daß die Schabengeister sie nicht überwältigen konnten, aber sie standen unter schwerstem Druck. Wenn sie sich nicht zurückzogen, war es nur eine Frage der Zeit, bis ihr Widerstand zusammenbrechen würde. Und wenn sie die Schabengeister verfolgten, bestand nicht viel Hoffnung.

Woodhouse' Magie blitzte wieder auf, diesmal als wirbelnde Energiescheibe, die einer springenden Schabe sauber die Beine abtrennte. Die Schabe drehte sich in der Luft und schlug schwer gegen eine andere Schabe, so daß beide zu Boden gingen.

Insekten und Beamte waren immer noch so verteilt,

daß Kyle keinen mächtigen Flächenzauber riskieren konnte. Seine Gedanken überschlugen sich in dem Bemühen, eine Möglichkeit zu finden, wie er die Insekten dazu bringen konnte, sich zu sammeln, so daß er mehrere gleichzeitig angreifen konnte. Vielleicht ein Angriff auf das, was die großen Schabengeister schützten? Das war höchstwahrscheinlich Selbstmord, und er wußte nicht, ob Woodhouse über einen Zauber verfügte, mit dem er die Schaben en masse erledigen konnte. Außerdem wußte er angesichts der Größe der beiden Wächter nicht, ob sie ihn überhaupt als Bedrohung betrachten würden.

Plötzlich fielen ihm Linda Haywards Worte wieder ein. Eine Bedrohung. Kyle glaubte eine zu kennen, die die Schaben mit Sicherheit ablenken würde.

Er stellte sich Hayward vor, aber nicht als Frau in ihrer schwarzgrünen Motorradkleidung, sondern so, wie sie in Wirklichkeit auszusehen behauptete. Wie einen zwei Meter großen insektenverspeisenden Mantidengeist.

Er wob den Zauber, indem er die Energie der Magie mit seiner Vorstellung verband. Er formte das Bild, so gut er konnte, versah es mit möglichst vielen Einzelheiten und färbte es dann mit glänzenden Grün-, Braun- und Schwarztönen.

Ohne Vorwarnung tauchte plötzlich zwischen den Eagle-Beamten und den beiden Wächter-Schaben ein riesiger, kreischender Mantidengeist auf. Er kreischte noch einmal, und die beiden Wächter beantworteten das Kreischen sofort und machten Anstalten, sich auf den Mantidengeist zu stürzen.

Die anderen Schabengeister wirbelten herum, von dem Kampfruf der größeren Geister offenbar zu Hilfe gerufen. In einem blindwütigen Ansturm gegen den riesenhaften Mantidengeist wogten sie vorwärts. Klauenbewehrte Beine zuckten vor und brachen, als sie an der Stelle aufeinanderprallten, wo der Mantidengeist stand, angriffsbereit, aber insubstantiell. Einige der Schaben stürmten direkt durch ihn hindurch und kamen erst neben den beiden großen Wächtern zum Stehen.

Kyle gab die Illusion des Mantidengeistes auf, der augenblicklich verblaßte. Die Masse der Schabengeister war auf engstem Raum versammelt, als Woodhouses erster Zauber sein Ziel traf und in einem gewaltigen Feuerball explodierte. Schaben kreischten und huschten desorientiert und ziellos umher. Manche versuchten in den Astralraum zu fliehen, doch Kyle setzte nach. Der Rubinring an seinem Finger und das Amulett um seinem Hals blitzten auf, als er den Zauber schleuderte, wobei er vor Schmerzen zusammenzuckte, als ihn die Energie durchströmte. Sie explodierte in einem fast lautlosen Hagel weißer und grüner Splitter, die die Geister förmlich zerfetzten.

Die Beamten eröffneten das Feuer auf die noch verbliebenen Schaben, von denen die meisten verwundet waren oder in Flammen standen. Immer noch von der mit diesem mächtigen Zauber verbundenen Anstrengung keuchend, wechselte Kyle auf astrale Wahrnehmung und hob rasch sein mystisches Messer, um alle etwaigen Angriffe abwehren zu können, nun, da er auch auf der Astralebene präsent und damit verwundbar war.

Der Astralraum hallte von den Echos der in dem Keller entfesselten Energien und der Auflösung der Insektengeister wider, die ihnen zum Opfer gefallen waren. Kyle erkannte sofort, daß die meisten geflohen waren, durch ein Luk in der Decke entkommen, das im Astralen anders aussah. Die Böden und Decken des Gebäudes bestanden vermutlich größtenteils aus unpassierbarem Holz, von einer Stelle abgesehen, wo das Holz extra für diesen Zweck entfernt worden war.

Eine Handvoll verwundeter Geister verweilte noch im Astralraum und hatte sich um die immer noch manifesten und kaum versehrten größeren Wächtergeister versammelt. Vor Schmerzen stöhnend, schleuderte Kyle einen Energieball durch den Raum. Er hatte auf eine der Schaben gezielt, die nur im Astralraum anwesend waren. Der Zauber traf sie und explodierte, so daß sengende Energie in die Gruppe im Astralraum und auch in die zwei größeren Schaben fuhr, die in beiden Gefilden manifest waren. Drei Schaben lösten sich auf, unfähig, ihre Existenz aufrechtzuerhalten.

Ein gewaltiger Energieblitz erfüllte dieses Ende des Raumes, als ein weiterer von Woodhouse' Feuerbällen zündete. Lodernde Flammen schlugen über einem der riesigen Wächter zusammen und züngelten über die Reihen der jetzt bebenden Bündel am Boden. Die großen Schaben kreischten vor Schmerz und offensichtlicher Angst um ihre Schutzbefohlenen auf. Die Schabe, auf die Woodhouse gezielt hatte, war schwer verwundet und in Flammen gehüllt. Sie stürzte sich auf den nächsten Eagle-Beamten und trennte ihm im Sprung einen Arm ab. Der Beamte wirbelte herum, sein Sturmgewehr immer noch auf den brennenden Geist gerichtet, und schoß, als er zu Boden ging. Die Schabe prallte gegen die Wand und fiel auf den Rücken, wobei ihre langen dünnen Beine unkontrolliert um sich schlugen.

Kyle fuhr herum, als sich die zweite Schabe mit rauchendem Panzer auf Woodhouse stürzte. Ihre Beine kratzten an der magischen Barriere, die ihn umgab, und sandten Funken aus schwarzer Energie durch den Raum. Aber sie durchdrang die Barriere. Kyle konnte einen tiefen Riß in der Seite von Woodhouse' Körperpanzer erkennen.

Kyle rannte los und sprang, seine Wahrnehmung immer noch auf den Astralraum gerichtet. Er stach der Schabe seinen verzauberten Dolch in den Rücken, an der Stelle, die den größten Schaden erlitten zu haben schien. Der Dolch bohrte sich tief hinein und blitzte golden auf, während Kyles Hände bis zu den Gelenken in den Körper der Schabe eintauchten. Der mystische Schild um seinen Körper blitzte azurblau auf, als er in Kontakt mit der Schabe kam, die aufkreischte und von Woodhouse abließ, der sofort einen Schritt zurückwich und dann auf den Rücken fiel, die Schabe dabei jedoch immer noch unablässig mit Feuerstößen aus seiner Maschinenpistole eindeckte. Kyle wurde von der wild um sich schlagenden Schabe durch die Luft gewirbelt und verspürte trotz der Panzerung einen stechenden Schmerz im rechten Arm, als er von einer der Kugeln getroffen wurde. Die Hand zuckte und ließ den Dolch los, und er wurde erneut herumgerissen, da er sich jetzt nur noch mit der linken Hand festhielt. Das Gewicht seines Körpers, der jetzt auf dem Rücken der Schabe lag, trieb den Dolch tiefer in den Leib der Schabe.

Sie wandte sich in die Richtung, aus der der Schmerz kam, während sie von weiteren Kugeln getroffen wurde, dann landete sie mit dem Rücken auf Kyle. Er packte den Dolch und stieß ihn mit aller Kraft aufwärts, spürte etwas nachgeben, und dann schossen Hand und Dolch aus dem Bauch der Schabe ins Freie. Die Kreatur schlug um sich und löste sich dann in Sekundenschnelle auf, wobei ihr Gewicht mit ihrem Körper verschwand.

Kyle kam wieder auf die Beine und hieb dabei mit dem Dolch nach einer kleineren Schabe, die gerade an ihm vorbeihuschte. Ihre Beine schlugen Funken an dem Energieschild, der seinen Kopf umgab, und dann wurde sie seitlich davongewirbelt, als sie von einem Flechettehagel getroffen wurde.

Kyle sah sich rasch in dem Kellerraum um. Der Schabengeist, den er soeben abgewehrt hatte, gehörte zu den wenigen, die noch übrig waren. Nach dem Tod der beiden großen Wächterschaben schienen die anderen geflohen zu sein. Die wenigen, die weiterkämpften, wurden rasch von den verbliebenen Beamten erledigt.

Wenige Augenblicke später war alles vorbei.

Der schreckliche Lärm von Gewehrfeuer, Magie und den Schreien sterbender Männer und Geister hallte Kyle immer noch in den Ohren, als er langsam durch den Keller zu den Haufen angeschwollener Bündel ging, welche die größeren Schabengeister bewacht hatten. Er näherte sich vorsichtig, seine Wahrnehmung immer noch auf den Astralraum gerichtet.

Sie lebten, irgendwie, pulsierten vor Energie und Essenz, aber es haftete ihnen eine unbeschreibliche Fremdartigkeit an. Einige der Auren, die von den eineinhalb Meter langen Dingern ausgingen, waren kühl und konstant, andere flackerten, als kämpften sie gegen einen unsichtbaren Gegner, und der Rest ließ Echos einer Dualität erkennen, als überlappten sich zwei Geister. Es schien so, als würden sie alle sehr langsam verblassen.

Kyle erreichte den ersten Haufen, wo sechs der Bündel scheinbar achtlos übereinandergestapelt waren, so daß das unterste praktisch unter den übrigen begraben war. Er berührte eines und spürte Kühle, eine rauhe Haut und ein schwaches Wispern aus Furcht, Sehnsucht und Verzweiflung von innen. Und irgend etwas war darin – es fuhr bei seiner Anwesenheit förmlich zusammen, schlug um sich, und der Eindruck wachsender Angst verstärkte sich. Der klare Umriß einer Hand, einer Kinderhand, zeichnete sich auf der Außenhülle ab, da sie von innen drückte.

Kyle erhob sich, und Galle und Entsetzen stiegen in ihm auf. Woodhouse trat schweigend neben ihn.

»Sind das ... Kokons?« fragte er leise.

Kyle nickte, während sein Blick langsam durch den Keller und über Dutzende dieser Stapel wanderte. Es waren über hundert Kokons. Enthielt jeder ein menschliches Wesen?

»Jesus Christus«, murmelte jemand.

»Können wir irgend etwas tun?« sagte Woodhouse, der die Augen nicht von dem furchtbaren Anblick abwenden konnte.

»Ich weiß es nicht«, sagte Kyle. »Aber wir müssen es versuchen ...«

17

Aber sie konnten nichts tun. Stunden später saß Kyle auf dem Boden an eine der Kellerwände gelehnt und trank abgestandenen Soykaf aus einem Plastikbecher. Das grellbunte Fast food-Logo schien ihn von der Seite des Bechers zu verspotten. Er sah zu, wie Woodhouse, ein weiterer Eagle-Magier, eine junge Frau, die mit der Verstärkung eingetroffen war, sowie ein paar Sanitäter versuchten, ein kaum zehn Jahre altes Mädchen vor dem schrecklichen Tod zu retten, der die meisten der Menschen in den Kokons zu ereilen schien, sobald sie daraus befreit wurden. Der körperliche Tod kam rasch, aber die geistigen Todesqualen schienen noch lange nach den letzten Zuckungen des Körpers durch den Astralraum zu hallen.

Einige überlebten, zumindest nach streng medizinischen Maßstäben. Eine Person nach der anderen, bewußtlos und abwesend wie Mitch Truman es gewesen war, wurde in Krankenwagen abtransportiert, um anderswo eingehender behandelt zu werden, doch niemand gab sich Hoffnungen hin, was ihre Genesungsaussichten betraf.

Das Mädchen, das in einen fast embryonisch anmutenden weißblauen Schleier gehüllt war, wehrte sich gegen die sanften Hände, die ihm zu helfen versuchten. Ein Schwall Schleim sprudelte aus seinem Mund und lief über Hals, Schultern und den entblößten Körper. Wie sie es auch bei allen anderen versucht hatten, bemühten sich die Magier, auch dieses Mädchen zu heilen, die biologische Reaktion aufzuhalten, die seinen Körper zusammenbrechen ließ.

Das Mädchen stieß noch einen letzten Seufzer aus und erschlaffte dann, wobei sein Körper alles an Flüssigkeiten ausschied, was er noch enthielt. Kyle wußte genau, daß dieses Mädchen nicht leben würde. Er war zu einem Experten in dieser Frage geworden. Es wurde völlig still, und die vier schoben das Mädchen wieder in den Kokon.

Woodhouse trat ein paar Schritte zurück. Die Muskeln seiner Arme zitterten von den Anstrengungen, denen er sich unterzog. Er warf Kyle einen Blick zu, aus dem hilflose Erschöpfung sprach.

»Wir können nichts tun«, sagte Kyle.

Woodhouse nickte, aber die Magierin drehte sich zu ihnen um und sagte: »Das stimmt. Hier können wir nichts für sie tun. Laßt sie uns wegbringen. Laßt sie uns irgendwohin bringen, wo wir ...«

»Es würde nicht klappen«, sagte Kyle müde.

Die Magierin wurde wütend. »Wir sind hier einfach nicht darauf eingerichtet, ihnen zu helfen. Wir müssen ...«

Kyle unterbrach sie wieder, diesmal dadurch, daß er aufstand. »Es liegt nicht an uns. Es liegt an ihnen. Sie sterben auch ohne unser Zutun.« Er zeigte auf einen Stapel Kokons in der hintersten Ecke. »Die sind bereits tot. Und wir haben sie nicht angerührt.«

Als Woodhouse Kyle bei seinen Bemühungen ablöste, die Opfer der Schabengeister wiederzubeleben, hatte Kyle festgestellt, daß sich die Auren aller Kokons langsam, aber unaufhaltsam trübten. Sie starben ganz einfach.

Die Magierin hatte sich umgedreht und setzte ihre astrale Wahrnehmung ein, um die Stapel zu untersuchen, die er bezeichnet hatte. »Vielleicht, wenn wir sie alle näher zusammenlegen«, sagte sie. »Und sie in Ruhe lassen. Es könnte unsere Anwesenheit sein, die sie umbringt.«

Diesmal antwortete ihr Woodhouse. »Ich glaube, es liegt daran, daß wir die Weibchen getötet haben.«

Kyle nickte. »Das glaube ich auch. Die beiden größten.«

»Ja.«

Die jüngere Magierin war verblüfft. Kyle ging zu ihr. »Alle Kokons ließen Zeichen großer Aufregung erkennen, sobald die beiden großen angegriffen wurden«, sagte er. »Ich glaube, ein paar von den Wesen in den Kokons sind schon gestorben, als die Mütter getötet wurden. Die Mutterschaben haben irgend etwas getan, das sie am Leben erhielt, ihnen Energie zugeführt, ich weiß es nicht. Und nun, da die Mütter tot sind ...«

»Wir müssen irgend etwas tun«, beharrte sie.

»Wir können sie schnell töten«, sagte Woodhouse.

Kyle drehte sich zu ihm um. »Das wäre vielleicht etwas vorschnell.«

»Glauben Sie?«

Kyle seufzte, da er an seine Schwägerin Ellen und an Mitch Truman dachte. Er hatte bereits alle Kokons oberflächlich untersucht und sich vergewissert, daß die beiden nicht darunter waren, aber viele der menschlichen Körper hatten sich bereits zur Hälfte oder noch mehr in Insekten verwandelt. Wenn Ellen oder Mitch zu diesen gehörten, mochten sie ebensogut tot sein. »Nein, eigentlich nicht«, sagte er widerstrebend.

»Wir können diese Entscheidung nicht fällen«, sagte die Magierin. Sie war ebenso erschöpft und derangiert wie Woodhouse und Kyle, der nicht einmal ihren Namen kannte.

»Wenn wir es nicht tun, werden diese Menschen noch Stunden, vielleicht Tage, Todesqualen leiden«, sagte Woodhouse. Er wandte sich an einen der Sanitäter, der sich jetzt an der Stelle ausruhte, wo zuvor Kyle gesessen hatte. »Sind Sie mit den Euthanasie-Statuten von Illinois vertraut?« fragte ihn Woodhouse.

Kyle sah, wie sich der Mann spannte, doch dann ließ er resigniert die Schultern sinken. »Das bin ich«, erwiderte der Mann mit einem zögernden Nicken.

»Stimmen Sie mir zu, daß diese Wesen keinerlei

Aussicht mehr auf ein vernünftiges Leben haben, und daß sie, wenn überhaupt, dann nur noch durch Maßnahmen gerettet werden könnten, die das Maß des Menschenmöglichen übersteigen?«

»Ja.«

»Sind Sie berechtigt, diese Entscheidung zu treffen?« fragte Woodhouse, dessen Blick jetzt langsam über die noch verbliebenen Kokons wanderte.

»Das bin ich.«

»Würden Sie bitte für das Protokoll Ihren Namen angeben.«

»Paul Michael Davidson, Berechtigungsnummer RST002-1992-128-02-IL.«

»Und ich, Sergeant Peter Woodhouse, Eagle-Security-Identifikationsnummer 203-272-12819 EFG, stimme überein.«

Die Frau starrte Woodhouse an, müde und zornig, aber machtlos gegen die stille Verzweiflung in den Augen ihres Vorgesetzten.

Woodhouse wandte sich an die anderen Beamten und Sanitäter. »Wir räumen das Gebäude«, sagte er.

Manche schienen Verständnis für diese Entscheidung aufzubringen, andere waren von den Vorgängen hin und her gerissen, während die Leute ihre Ausrüstung zusammenpackten und langsam die Treppe erklommen. Nach einem Augenblick der Unentschlossenheit folgte ihnen die Magierin ohne weiteren Protest.

»Dazu wird nicht mehr viel erforderlich sein«, sagte Kyle.

Woodhouse nickte und öffnete die Halterung der Dienstwaffe an seinem Gürtel. Er sah Kyle in der Erwartung des Angebots an, ihm zu helfen und ihm einen Teil der Last von den Schultern zu nehmen, aber es kam keines. Kyle nickte nur unmerklich. Er verstand, aber er würde diese Wesen nicht umbringen.

Woodhouse erwiderte das Nicken. Kyle wandte

sich ab und ging zur Treppe. Er hatte kaum die ersten Stufen erklommen, als hinter ihm der erste Schuß ertönte.

Oben durchsuchte ein Spurensicherungsteam von Eagle Security, dessen Arbeit immer wieder vom gleichmäßigen Rhythmus der Schüsse aus dem Keller unterbrochen wurde, die Büros und angrenzenden Lagerräume. Chief Lekas war gerade unterwegs zur Kellertreppe, als Kyle heraufkam. Kyle schüttelte den Kopf und hielt Lekas auf.

»Lassen Sie ihn«, sagte er.

Lekas öffnete den Mund, um etwas zu sagen, dann besann er sich. Er hatte den Keller gesehen. Er verstand. Die beiden gingen langsam zu der Stelle, wo Commander Malleys zerfetzte Leiche lag, die von einer matten, mit dunklen Flecken übersäten Plane zugedeckt war.

Von dort ging Kyle allein weiter, durch die Büros und hinaus in das Wartezimmer. Dort ließ er sich auf einen der Plastikstühle sinken, während aus dem Keller immer noch die Schüsse heraufdröhnten. Irgendein Teil von ihm wollte die Schüsse zählen, aber er ließ es nicht zu.

Nur ein paar Eagle-Beamte waren anwesend, die von einem zum anderen sahen, als die Schüsse andauerten. Kyle stand auf und ging durch die aufgebrochene Eingangstür nach draußen in den Sonnenschein. Die strahlende Helligkeit des Spätnachmittags blendete ihn, aber einen Augenblick lang hielt er ihr stand.

Überall auf der Straße parkten Polizei-, Sicherheits- und Krankenwagen. Ein Trupp uniformierter Eagle-Beamter, einen Block entfernt, hielt die Schaulustigen zurück. Eagle gab sich alle Mühe, daß kein Unbeteiligter mitbekam, was vorging. »Terroristen« lautete die Erklärung, die mehr oder weniger unter der Hand weitergegeben wurde. Das konnten die Leute akzeptieren.

So etwas kam andauernd vor. Mit der Wahrheit verhielt es sich jedoch völlig anders.

Kyle trat wieder in den Eingang zurück und zog sein Mobiltelekom aus der Tasche. Das Etui verhakte sich an dem Eagle-Körperpanzer, den er trug, aber nach kurzem, vorsichtigem Probieren bekam er es wieder frei. Er stöpselte sich nicht ein, weil er mit Sicherheit wie Drek aussah und nicht wollte, daß sie ihn so sah. Es kam ihm nicht einmal in den Sinn, daß sein Mobiltelekom überhaupt kein Bild übertrug. Über derartige Feinheiten war er längst hinaus.

Er öffnete das schlanke schwarzgraue Etui und aktivierte die Adreßanzeige. Er fand die gesuchte Nummer und ließ sie wählen. Es klingelte dreimal, bevor sie sich meldete. Offenbar hatte sie gerade gelacht.

»Büro von John Mikayama. Elizabeth Breman am Apparat.« Ihre Stimme klang munter und fast atemlos.

»Hoi«, sagte Kyle.

Sie stutzte. »Kyle?«

»Ja, ich bin's.«

»Geht es dir auch gut?« Manchmal kam es ihm so vor, als fragte sie ihn das immer.

»Ja«, sagte er. »Ich bin nur etwas müde.«

»Wo bist du? Da ist so ein Krach ...«

»Ich bin auf der Straße. Du brauchst dir keine Sorgen zu machen.«

»Klar ...«

Er hustete. »Hör mal, ich rufe an, um dir zu sagen, daß du auf dem Heimweg vielleicht bei deiner Schwester reinschaust, wenn du kannst.«

Ihre Stimme bekam einen aufgeregten Unterton. »Ist sie zu Hause?«

»Nein.« Er hörte sie scharf ausatmen. »Zumindest war sie das heute vormittag nicht. Du hast doch einen Schlüssel, oder?«

»Ja, ich habe einen. Wieso? Stimmt irgendwas nicht?«

»Um die Wahrheit zu sagen, ich weiß es nicht. Sie ist nicht da, aber ihr Kater schon. Du solltest ihn vielleicht mitnehmen.«

»Ach du lieber Gott.«

»Ich weiß nicht, ob irgend etwas nicht stimmt. Sie ist einfach nicht da. Mehr kann ich im Augenblick nicht sagen.«

»Bitte sag es mir.«

»Beth, da gibt es nichts zu sagen.« Kyle blinzelte in die Sonne. »Ich weiß auch nicht mehr.«

»Bitte sag es mir.«

Er senkte den Kopf, so daß er nicht mehr in die Sonne sah. Er hätte nicht anrufen sollen. »Du bist heute abend zu Hause, oder?«

»Ja, ich bin zu Hause.«

»Gut. Ich versuche vorbeizukommen. Vielleicht kann ich Natalie bei den Hausaufgaben helfen oder so.«

»Sie wird nicht da sein. Sie übernachtet mit ein paar anderen Mädchen aus dem Computerclub bei ihrer Freundin Pammy. Sie bereiten für die Schule ein Referat über das System von Pammys Vater vor. Er ist Medienprogrammierer.«

»Dann vielleicht morgen.«

»Komm ruhig heute vorbei. Sag mir Bescheid, ob du es zum Abendessen schaffst. Wenn ja, koche ich wieder.«

Er lächelte. »Was für eine Behandlung.«

»Nun ja«, sagte sie, »ich habe geübt.«

»Ich ruf' dich an und sag' dir Bescheid.«

»Bestimmt?«

»Ja«, sagte er. »Bis dann.«

»Bis dann.«

Er unterbrach die Verbindung, schaltete das Telekom aus und verstaute es wieder in der Tasche.

Wieder im Haus, durchstreifte Kyle langsam die Zimmer. Die Schüsse hatten aufgehört, aber von

Woodhouse war noch nichts zu sehen. Ein paar Beamte gingen zögernd die Treppe herab. Dann kam Woodhouse herauf, und sein Gesicht war eine ausdruckslose Maske. Er sah Kyle an und ging dann zur Hintertür. Kyle ließ ihn gehen.

Die Beamten von der Spurensicherung durchsuchten jeden Winkel und untersuchten jeden Papierfetzen, den sie fanden. Kyle beobachtete sie und hörte ihnen zu. Die Papiere waren nichtssagend. Die Akten waren harmlos und enthüllten nicht das geringste. Sie fanden Quittungen für bezahlte Rechnungen, und einer der Beamten glaubte, sie könnten vielleicht mehr herausfinden, wenn sie sich die Bankkonten vornahmen. Kyle bezweifelte das. Hierbei handelte es sich um ein Ladenlokal der Universellen Bruderschaft, das trotz der vor Monaten erfolgten Schließung durch die Regierung offensichtlich noch aktiv gewesen war. Sie würden keine Spuren finden.

Kyle schauderte, und er fragte sich, ob alle Niederlassungen der Universellen Bruderschaft wie diese waren. War es das, was die Regierung dazu bewogen hatte, die Organisation aufzulösen? War das der Drek, vor dem Strevich ihn zu warnen versucht hatte? Ein Teil von ihm wünschte, er hätte auf seinen Freund gehört.

Nach einem kurzen Gespräch mit Chief Lekas ging er wieder nach draußen, um dem Beamten im Kommandofahrzeug den Körperpanzer zurückzugeben. Sie stellten ihm einen Polizeiwagen zur Verfügung, der ihn zum Hotel zurückfuhr.

Er ignorierte die seltsamen, fast ängstlichen Blicke der Hotelsicherheit und anderen Gäste und ging in seine Suite, wo er seine Kleidung und die Fokusse ablegte und dann unter die Dusche ging. Das Wasser stellte er so heiß, wie er es gerade noch ertragen konnte. Er dachte nicht einmal daran, daß Linda Hayward vielleicht zurückkommen könnte. Er dachte daran zu schlafen, wußte aber, daß er das jetzt noch nicht konnte.

Er benutzte sein Rasiergel, um sich die Bartstoppeln des Tages zu entfernen, dann zog er eine Jeans und den alten Pullover an, den er für die seltenen Gelegenheiten reserviert hatte, wenn er zum Joggen kam. Er wäre fast ohne seine Fokusse gegangen, aber im letzten Augenblick erinnerte er sich noch an sie.

Kyle wußte nicht mehr, wo sein Wagen war, und fragte beim Hoteldiener nach. Nein, hieß es dort, er sei nicht da. Statt dessen rief man ihm ein Taxi.

Zweieinhalb Stunden später, als Elizabeth Breman schließlich mit Grendel, dem Kater ihrer Schwester, im Arm nach Hause kam, fand sie Kyle in demselben FBI-Pullover auf der Veranda sitzend vor, den er am Tag ihres Kennenlernens getragen hatte. Er schlief tief und fest. Sie brachte den Kater ins Haus und kam dann wieder zurück. Nach einem Augenblick des Nachdenkens führte sie den halb wachen Kyle die Treppe in den ersten Stock hinauf und ins Schlafzimmer. Er merkte nicht, daß sie ihm sanft die Schuhe auszog, gefolgt von der Hose und dem Pullover. Er merkte auch nicht, daß sie ihm seine Fokusse abnahm, die sie vorsichtig und in Reichweite auf die Nachtkonsole legte, und ihn dann zudeckte. Er merkte nicht einmal, daß sie sich zu ihm herunterbeugte und ihn zärtlich auf die Schläfe neben der langen dunklen Schramme küßte, die gerade erst verkrustet war. Er schlief tief und fest inmitten der flauschigen Kissen, die schwach nach Blumen und Blättern rochen.

Als irgendwann mitten in der Nacht eine kühle Brise durch das geöffnete Schlafzimmerfenster wehte und ihn weckte, lag sie neben ihm, den Kopf mit ihrem neuen Kurzhaarschnitt an seine Schulter geschmiegt. Obwohl sie zugedeckt war, kam sie ihm kalt vor, da sie nur eines der langen Nachthemden trug, die sie bevorzugte. Als er sie näher an sich zog, öffnete sie die Augen. Sie sagte eine ganze Weile nichts, dann klammerte sie sich an ihn, und er spürte, wie sie zu zittern anfing, während sie die Tränen unterdrückte, die sie ihn nie sehen lassen wollte.

Sie war kalt, und er drückte sie fester an sich, sowohl wegen der Kälte als auch wegen ihrer Trauer. Seine eigenen Emotionen der letzten Tage überkamen ihn, und er spürte die Trauer über ihn hereinbrechen. Doch dann bewegte sie sich, und plötzlich trafen sich ihre Lippen in der Dunkelheit, vorsichtig und tastend, und er schmeckte ihre Tränen.

Sie drehten sich ein wenig und richteten sich auf. Sie hatte die Beine um ihn geschlungen, und das Nachthemd war ihr über die Hüften hochgerutscht. Sie keuchte, und er wollte ihren Körper unter seinen Händen spüren, den Geruch ihrer Haare, die Berührung ihrer warmen Haut und das Kitzeln ihres keuchenden Atems, als er grob in sie eindrang. Er wollte alles. Jetzt. Sofort. Doch als sie die Augen schloß und sich zurücksinken ließ, zog er ihr behutsam das Nachthemd aus und zwang sich, bei jeder Rundung, bei jedem Schatten zu verweilen.

Langsam, behutsam, drehte er sie beide, bis sie ganz auf dem Rücken lag. Dann schmiegte er sich an sie und küßte sie zärtlich auf die Stirn. Von dort strichen seine Lippen abwärts, die sanfte Rundung ihres Ohrs entlang, über ihre Wange, unter das Kinn und tiefer, unter ihre Brüste, und dann zärtlich wieder hinauf über die harten dunklen Warzen. Und er tat es langsam, bedächtig, dachte nur an sie und ihren Körper. An jeden Zentimeter. Ignorierte alles andere. Vergaß alles andere. Solange er konnte.

18

Er erwachte am nächsten Morgen. Beth und er lagen behaglich unter dem Laken, geschützt vor der morgendlichen Kälte, die sich eingeschlichen hatte. Das Licht, das durch das teilweise geöffnete Fenster fiel, war von einem hellen Blaugrau und versprach einen weiteren Sonnentag. Er atmete tief ein und blinzelte ob der unerwartet grellen Helligkeit. Beth bewegte sich ebenfalls, indem sie sich ein wenig von ihm wegdrehte und einen unverständlichen Laut ausstieß. Er verlagerte seinen Arm, bis dieser etwas bequemer auf ihrem Rücken lag. Für einen langen und sehr seltsamen Augenblick war er in einem körperlichen und emotionalen Limbus gefangen, in dem drei Jahre einfach verschwunden und alberne Fehler verziehen waren. Es war vertrautes Gelände, ein sicherer Ort, wo er ihn nicht vermutet hätte …

Vertrautes Gelände. Ein sicherer Ort. Da, wo er ihn nicht vermutet hätte.

Da wußte Kyle, wo er nach Beth' Schwester und Mitch Truman suchen mußte.

Er löste seine Arme und Beine behutsam aus der Verstrickung mit Beth, wobei er versuchte, sie nicht zu wecken. Sie schlief weiter und hörte nichts, als er seine Hose anzog und leise nach unten ging. Grendel betrachtete ihn aus einer strategisch günstigen Position in der Nähe der zur Straßenfront gehenden Fenster, unternahm aber weiter nichts, als ihn mit weit aufgerissenen Augen anzustarren.

Er schlich sich in Natalies Spielzimmer, wobei er leiser als nötig vorging. Ihr Computer bootete schnell, indem er zuerst das wirbelnde, prismatische Apple-Logo und dann die schwebende Icon-Benutzeroberfläche zeigte, die Natalie vor einem Jahr mit seiner

Hilfe und der eines Programms entworfen hatte. Er ignorierte sie und startete statt dessen eine Schlüsselwort-Programmsuche. Auf der Liste, die daraufhin erschien, fand er das Programm, das er suchte, und lud es.

Augenblicke später befand er sich im Datennetz der öffentlichen Bibliothek. Er durchforstete die Archivabteilung und verlangte Zugang zu allen Chicagoer Telekom- und Adressenlisten der letzten zehn Jahre. Er kopierte die Listen in den Computer, stieg dann aus den Archiven aus und rief die gegenwärtige Telekom- und Adressenliste auf, die er ebenfalls kopierte. Dann startete er in diesen elf Dateien eine allgemeine Suche nach Einträgen der Universellen Bruderschaft.

Das Suchprogramm fand zweihundertneunzehn Einträge. Er bearbeitete die Liste, indem er alle doppelt vorkommenden Einträge ausschließen ließ, und wies das Programm anschließend an anzuzeigen, welche Einträge nicht doppelt vorkamen.

Neunundzwanzig Einträge tauchten insgesamt mindestens zweimal auf, sechs nur einmal.

Fünfunddreißig Orte, die er überprüfen mußte. Einer trat jedoch deutlich hervor – teils wegen seiner Absurdität und teils deshalb, weil die Adresse seit acht Jahren nicht mehr aufgeführt wurde, obwohl ihre Telekomnummer in jedem Verzeichnis angegeben war. Das Verkaufszentrum der Universellen Bruderschaft hatte sich an der Ecke Madison und Sangamon befunden, nicht weit von der Interstate 90/94 entfernt. Die anderen Orte bedurften ebenfalls der Überprüfung, aber Kyle ging davon aus, daß ein alter, vertrauter Ort, der seit acht Jahren nicht mehr in den Verzeichnissen auftauchte, einen vorderen Platz auf seiner Liste einnehmen sollte.

Er importierte die Adressen in die Subroutine für Anzeigen und Kartografie und verlangte einen Ausdruck aller Orte auf einem Chicagoer Stadtplan. Nachdem das Gerät die Karte ausgeworfen und er sich vergewissert hatte, daß alle Adressen eingezeichnet waren, verließ Kyle das Bibliothekssystem und schaltete den Computer aus, der Kyle sehr höflich einen guten Tag wünschte, während dieser, bereits in die Karte vertieft, das Zimmer verließ.

Kyle erwog einen Augenblick, nach oben zu gehen und wieder zu Beth ins Bett zu schlüpfen, bevor er die Orte auf der Liste astral auskundschaftete, entschied sich dann jedoch dagegen. Er wollte nicht, daß sie aufwachte und ihn dann scheinbar bewußtlos neben sich liegen sah. Statt dessen ging er mit einem Blatt Papier und einem Marker ins Wohnzimmer. Dort setzte er sich auf das Sofa und schrieb ›Bin unterwegs‹ auf das Blatt. Dann faltete er es zu einem kleinen Schild und stellte es neben sich auf das Sofa.

Ihm kam ein anderer Gedanke, und ihm wurde klar, daß er weder sein Mobiltelekom noch sein Notepad bei sich hatte. Er hatte sich seit einigen Stunden nicht mehr bei den Trumans gemeldet, und selbst wenn sie wußten, daß er eine Exfrau in Chicago hatte, würden sie wahrscheinlich nicht daran denken, es unter ihrer Nummer zu versuchen. Er würde eine Zwischenstation machen müssen, bevor er mit der Suche begann.

Nachdem er ein letztes Mal die Karte studiert hatte, wirkte er einen einfachen Zauber, damit die Erinnerung an sie ein paar Stunden lang frisch in seinem Gedächtnis blieb. Er würde trotzdem Schwierigkeiten haben, die Orte im Astralraum zu finden, aber er konnte die Vorstellung in seinem Geist mit dem vergleichen, was er sah, indem er einfach Kreuzungen und Häuserblocks von klar erkennbaren Orientierungspunkten wie Wahrzeichen und ähnlichem abzählte. Es war ein Problem, daß er keine Straßenschilder lesen konnte, aber kein unlösbares.

Sein astrales Selbst löste sich mühelos von seinem

Körper, und er fühlte sich erfrischt und verjüngt. Er glitt rasch die Treppe des alten Holzhauses hinauf und ins Schlafzimmer. In seiner Abwesenheit hatte Beth Arme und Beine angewinkelt und ihr Gesicht halb in einem der Kopfkissen vergraben. Er wand sich durch das schmale Fenster und hinaus in den mittlerweile goldenen Morgen.

Augenblicke später näherte sich Kyle dem matten, leblosen Truman Tower, um kurz darauf auf die Terrasse der Wohnung zu gleiten. Als er auf dem Boden landete, erschienen Charlotte, Winston und Seeks-the-Moon.

»Boß«, sagte Winston.

»Meister«, sagte Charlotte.

»Wo, zum Teufel, bist du gewesen?« bellte Moon.

Kyle zuckte die Achseln und lächelte. »Ich war beschäftigt. Ich brauchte etwas Zeit für mich.«

Die beiden Elementargeister hingen regungslos in der Luft, doch Moon nickte verständnisvoll. »Ms. Uljakën hat Mr. Truman bereits über alles informiert, was Eagle entdeckt hat. Offenbar war es ziemlich schwierig für sie, sich diese Informationen zu beschaffen, weil du nicht mehr da warst.«

»Ja, ich muß mich wohl entschuldigen.«

Moon nickte erneut. »Das wäre vielleicht nicht unklug«, sagte er. »In Anbetracht aller Tatsachen.«

»Welcher Tatsachen?«

»Die junge Dame war offenbar ziemlich besorgt, daß dir etwas zugestoßen sein könnte.«

Diese Information überraschte Kyle irgendwie angesichts der Art und Weise, wie Moon sie präsentierte, des Zeitpunkts und der Ereignisse der vergangenen Nacht. »Dann tue ich es ganz bestimmt«, sagte er. »Ich nehme an, sie ist zu Hause und schläft?«

Moon schüttelte den Kopf. »Nein, sie ist hier in einem der Gästezimmer.«

»Dann laß sie ausschlafen. Wenn sie aufwacht, sag

ihr, daß ich da war und daß alles in Ordnung ist und ich meine Nachforschungen fortsetze.«

»Nach allem, was sie erzählt hat, muß es ziemlich schrecklich in dem Keller gewesen sein«, sagte Moon.

»Das war es auch.«

Der Geist sah aus, als wolle er noch mehr fragen, tat es jedoch nicht.

»In ein paar Stunden komme ich leibhaftig vorbei, insbesondere dann, wenn alle meine Sachen mittlerweile hier sind«, sagte Kyle zu ihm. »Ich nehme an, sie haben mein Mobiltelekom und das Notepad mitgenommen?«

Seeks-the-Moon nickte. »Das haben sie – wie Ms. Uljakën herausfand, als sie dich anrufen wollte und es zwei Zimmer weiter klingelte. Sie schien die Tatsache zu beunruhigen, daß du es nicht bei dir hattest. Ich versuchte ihr zu versichern, daß du wohlauf bist, aber sie hat wohl nicht ganz begriffen, daß ich es sofort wüßte, wenn dir irgend etwas zustieße.«

»Verständlich«, sagte Kyle. »Ich werde mögliche Schlupfwinkel für Schwärme oder Nester – oder wie sie heißen – auskundschaften, und ich möchte, daß du mitkommst.«

»Tatsächlich?« sagte Moon. »Ich soll nicht länger das Haus hüten?«

»Nein«, sagte Kyle zu ihm. »Ich brauche jemanden, der lesen kann.«

Der erste Ort, den Moon und Kyle überprüften, war leer, verlassen, aber Kyle konnte die Echos und Resonanz der Kräfte spüren, die hier einmal anwesend waren. Sie waren matt, verblaßt, aber das Vorhandene reichte, um viele derselben Empfindungen wiederzuerkennen, die er in dem Schabennest wahrgenommen hatte. Der in der Luft hängende astrale Gestank war unverkennbar.

Sie gingen weiter zum nächsten und zu den folgenden, wobei Moon sie führte, indem er sich ab und zu manifestierte und Straßenschilder und Hausnummern las, wenn Kyles blindes Sondieren im Astralraum nicht reichte.

Schließlich, nachdem sie ein Dutzend Gebäude untersucht hatten, näherten sie sich demjenigen, das Kyle von Anfang an am vielversprechendsten vorgekommen war, dem Verkaufszentrum der Universellen Bruderschaft an der Ecke Madison und Sangamon. Sie landeten auf dem Dach eines höheren Gebäudes ein paar Blocks entfernt und beobachteten das kleine Kaufhaus aus dem Astralraum. Es machte einen ruhigen, untätigen Eindruck. Ein Hund, der im Schatten der Verladerampe saß, war das einzige Zeichen, das von Aktivität kündete.

»Glaubst du, es ist ein Wachhund?« fragte Moon.

»Keine Ahnung«, sagte Kyle. »Es könnte ein Wachhund sein, aber vielleicht ist es auch nur ein Streuner. Von hier aus läßt sich das nicht feststellen.«

»Mal sehen, ob ich in der physikalischen Welt mehr erkennen kann«, sagte Moon, und Kyle sah, wie sich die Gestalt des Geistes ein wenig veränderte und solider zu werden schien, als sie sich manifestierte. »Nein«, sagte er auf telepathischem Weg. »Von hier aus kann ich auch nicht mehr erkennen. Aber ich ...«

Moon verstummte, als sich die Tür öffnete und ein Mann nach draußen trat. Er hatte eine starke Aura, extrem stark, aber Kyle konnte auf diese Entfernung nicht erkennen, ob er ein Magier oder etwas anderes war.

»Wie sieht er aus?« fragte Kyle.

»Er trägt Arbeitskleidung, einen einteiligen Overall«, sagte Moon. »Und er hat eine Glatze.«

Der Mann warf etwas, das wie ein großer weißer Müllbeutel aussah, auf einen Haufen ähnlicher Gegenstände neben einem Müllcontainer. Der Hund sah träge zu und ließ dann den Kopf wieder sinken. Der

Mann ging wieder hinein. Ein paar Häuser entfernt auf dem Dach drehte sich Seeks-the-Moon langsam um und warf einen Blick über die Schulter.

Kyle drehte sich ebenfalls um, sah aber nichts, was die Aufmerksamkeit des Geistes erregt haben konnte, nur das trübe Grauschwarz des Daches und verschiedener Klima- und Heizungsanlagen.

»Ich habe etwas gehört«, sagte Moon, indem er einen Schritt von der Dachkante zurücktrat und aufwärts auf das Metallgerüst schaute, an dem ein halbes Dutzend uralter, verrosteter Satellitenantennen befestigt war. Moon umkreiste das Gestänge, näherte sich ihm und kletterte dann daran empor.

»Was ist denn?« fragte Kyle. »Ich kann nichts sehen.«

»Warte, warte«, sagte Moon. Er kletterte etwa zwei Meter hoch und beugte sich dann vor. Einen Augenblick später glitt er in den Astralraum und schwebte zu Kyle hinunter.

»Es ist irgendeine Kamera, die auf das Kaufhaus gerichtet ist. Ich kenne mich mit Technologie nicht so gut aus, aber ich habe das Surren gehört, als sich der Sucher bewegte, um dem Mann zu folgen.«

»Jemand beobachtet das Gebäude.« Kyle betrachtete das Gestänge eingehender, obwohl er das kleine Gerät von dem anderen Metall und all der Elektronik dort oben nicht unterscheiden konnte.

»So scheint es«, sagte Seeks-the-Moon. »Was glaubst du, wer?«

»Tja, Eagle würde sich mit etwas so Ausgefallenem nicht abgeben. Sie würden ganz einfach einen Burschen mit Fernglas oder Kamera hier postieren. Also bleibt nur Knight Errant – es sei denn, es ist noch jemand anders in die Sache verwickelt, oder das hier hat überhaupt nichts mit unserer Angelegenheit zu tun.«

»Ist das wahrscheinlich?«

Kyle schüttelte den Kopf. »Nicht die Spur. Aber

wenn es Knight Errant ist, müssen sie hier irgendwo zumindest einen Wagen haben, um die Übertragung von der Kamera zu empfangen.«

»Werden sie jetzt nicht ganz einfach herkommen?« fragte Moon.

»Warum sollten sie?«

Moon zuckte die Achseln. »Jemand muß mich doch auf dem Dach gesehen haben, als ich mich manifestiert habe.«

»Nein, wahrscheinlich nicht. Kameras, die so weit reichen, haben einen sehr engen Blickwinkel. Du hättest schon ziemlich genau vor der Linse stehen müssen, um gesehen zu werden.«

»Schade, weil ich dachte, wir könnten ihnen folgen, wenn sie hier heraufkämen.«

»Das können wir trotzdem«, sagte Kyle, indem er sich auf dem Dach umzusehen begann. »Siehst du hier oben ein Stück Zeitung oder Pappe?«

»Ja«, sagte der Geist, der sich wiederum manifestierte. »Dort drüben liegt eine Tüte. Da steht ›McHughs‹ darauf.«

Kyle kicherte, als er sich eine zerknüllte, fettige Fastfood-Tüte vorstellte. »Die wird reichen.«

»Ich bin verwirrt«, sagte Seeks-the-Moon. »Was hast du damit vor?«

»Ich will sie über die Kamera stülpen und die Linse abdecken«, sagte Kyle.

»Ach so. Dann werden sie kommen, um den Schaden zu beheben.«

Kyle lächelte. »Das wollen wir doch hoffen.«

Als die Tüte an Ort und Stelle war, zogen sich Kyle und Seeks-the-Moon rasch in einen nahegelegenen Belüftungsschacht zurück. Dabei durchdrangen sie mühelos das Plastik und Metall der Konstruktion und ließen sich dann ein wenig unter das Dachniveau herabsinken. Dort wirkte Kyle einen Zauber, der seine

Sehfähigkeit in die physikalische Welt transferierte und ihm gestatten würde, das Dach und die Kamera zu beobachten. Zum Ausgleich für die damit für seinen Körper verbundene Anstrengung unterzog er das Gebiet einer gründlichen Untersuchung.

Endlich sah er die Kamera und konnte somit Seeks-the-Moons Bericht bestätigen. Doch seine Erfahrung verriet ihm zusätzlich ein paar Dinge. Sie war sehr klein, ließ sich sehr gut verstecken und wurde oft von Überwachungsteams der Konzerne oder der Regierung eingesetzt. Tatsächlich hatte er in seiner Zeit beim FBI ein paarmal mit einem ähnlichen Modell gearbeitet. Wie jene Einheit war auch diese mit einem kleinen Richtmikrofon ausgestattet, das in Verbindung mit der richtigen Filter-Software mühelos jedes Gespräch aufnehmen konnte, das auf der Verladerampe stattfinden mochte.

Ein Schatten fiel auf das Dach, und Kyle verlagerte das Blickfeld des Zaubers, um die Ursache des Schattens sehen zu können. Ein dicker flacher Teller, etwas größer als ein Mülltonnendeckel, hing in der Luft über dem Gebäude. Es war eine Drone, ein ferngelenktes Vehikel, das mit einem Kamerasystem und anderen Sensoren bestückt und zweifellos geschickt worden war, um die Ursache des Kameraausfalls zu ermitteln. Die Drone glitt näher und winkelte dabei die geschützten Rotorblätter in der Rumpfmitte ein wenig an, bis das Blickfeld auf die Kamera und den Grund ihres Ausfalls frei war.

Kyle wußte sofort, was der Rigger, der die Drone steuerte, unternehmen würde, sobald er das Problem ausgemacht hatte, und er wirkte rasch einen neuen Zauber. Die Anstrengung war größer. Die mit der Aufrechterhaltung des Sehzaubers verbundene Ablenkung und die Tatsache, daß er sich im Astralraum befand, machten das Wirken anstrengender, als es hätte sein sollen. Doch als der Pilot die Drone in Position brachte, um die Tüte des Anstoßes von der Kamera zu blasen, wirkte Kyles Zauber dem entgegen, und die Tüte blieb, wo sie war. Der Pilot flog die Drone zur anderen Seite, da er hoffte, die Tüte mit einem Luftschwall aus dieser Richtung wegzublasen und gleichzeitig die Drone so gut wie möglich vor Blicken aus dem Kaufhaus zu schützen. Doch Kyle hielt die Tüte fest. Die Drone wich zurück, schwebte noch einen Augenblick auf der Stelle und schoß dann davon. Kyle versuchte ihr mit dem Sichtzauber zu folgen, aber die Drone war zu schnell und die Reichweite des Zaubers zu kurz.

Eine kurze Zeitspanne verstrich, und Kyle begann sich Sorgen über die Länge seiner Aufenthaltsdauer im Astralraum zu machen. Sein Körper konnte nur eine gewisse Zeit ohne seinen Geist existieren, und dem Sonnenstand nach zu urteilen, war er schon sehr lange astral unterwegs. Er beschloß, das Risiko einzugehen und abzuwarten, ob er den verräterischen Schwächeanfall bekam, der ein untrügliches Warnsignal war. In der Zwischenzeit kombinierte er einen Hörzauber mit dem Sichtzauber, so daß er alles hören konnte, was auf dem Dach vorging. Kaum hatte er den Zauber gewirkt, als das Geräusch kratzenden Metalls seine Aufmerksamkeit erregtc.

Er veränderte den Blickwinkel des Sichtzaubers und sah einen kräftig gebauten Mann durch die Dachluke aufs Dach klettern. Er näherte sich dem Gestell, sprang hoch und riß die Tüte mit einem heftigen Ruck von der Kamera.

»Der Reparaturdienst ist da«, sagte Kyle auf telepathischem Weg zu Moon.

»Das wurde auch Zeit.« Der Geist litt anscheinend unter einem leichten Anfall von Klaustrophobie.

Nun, da die Kamera wieder funktionierte, ging der Mann zur Dachluke zurück.

»Also gut. Du weißt Bescheid«, sagte Kyle. Da sich

sein Seh- und Hörvermögen durch die Zauber auf die physikalische Welt beschränkte, war er jetzt im Astralraum orientierungslos, so daß Moon die Aufgabe übernehmen mußte, sie beide Kyles Anweisungen entsprechend durch den Astralraum zu lotsen.

Kyle wartete, bis der Mann durch die Dachluke verschwunden war, dann veränderte er wiederum den Blickwinkel seiner Zauber, um ihm zu folgen. Von der Dachluke führte eine Leiter direkt ins Treppenhaus, das sich durch das ganze Haus zu ziehen schien.

Kyle folgte dem Mann so weit nach unten, wie der Zauber reichte, und sagte dann zu Moon: »Bring uns nach unten.«

Der Geist, der Kyles Astralkörper vorsichtig festhielt, sank durch den Belüftungsschacht nach unten. Kyles Anweisungen folgend, schwebten sie so schnell abwärts, daß der Mann gerade innerhalb der Reichweite von Kyles Zaubern blieb.

Sie folgten ihm, wobei sie die Häuser am Straßenrand als Deckung benutzten, bis der Mann in die Randolph Street einbog. Aus seinem Blickwinkel konnte Kyle ein paar Blocks weiter zwei große Lastwagen sehen, die scheinbar planlos von einem halben Dutzend unauffällig aussehender Lieferwagen und Kleinlaster umgeben waren. Die Gegend war eine Mischung aus Geschäfts- und Industrieviertel, so daß die Fahrzeuge zur Umgebung zu gehören schienen.

»Erwischt«, sagte Kyle.

»Gut. Und jetzt?«

»Jetzt statten wir ihnen einen Besuch ab«, sagte Kyle zu Moon. »Aber zuerst brauche ich meinen Körper.«

19

Kyle öffnete die Augen und begann sofort mit Dehnübungen, um seinen Körper von der Verkrampfung und der Lethargie zu befreien, die ein längerer Aufenthalt im Astralraum mit sich brachte. Deshalb dauerte es auch ein paar Augenblicke, bis er die große Staffelei und die mit Zeichenstift hingekritzelten Worte ›BIN ZUR ARBEIT‹ sah. Sonst stand nichts darauf, keine anderen Worte, keine Unterschrift, keine Abschiedsfloskel, die Aufschluß darüber gegeben hätte, in welcher Stimmung sie die Nachricht geschrieben hatte. Kyle glitt wieder in den Astralraum und begutachtete die Staffelei und die jetzt unleserliche Schrift. Er spürte eine leichte Verärgerung, die mit den Worten einherging, aber da war auch noch etwas anderes. Ein Anflug von Munterkeit, wenngleich sie durch das düsterere Gefühl gemildert wurde.

Er seufzte. Er hätte die Zeit nicht aus den Augen verlieren dürfen und dasein müssen, als sie aufgewacht war. Als Beth nach unten gekommen war, mußte sie schon leicht gereizt gewesen sein; daß sie ihn auf dem Sofa entdeckt hatte, die Aufmerksamkeit auf den Astralraum gerichtet, hatte es nur noch schlimmer gemacht. Wenn alles noch so war wie früher, würde sie sich während der Arbeit beruhigen, und dort würde er sie später anrufen, nachdem er sich mit Knight Errant befaßt hatte.

Er fand seine restliche Kleidung auf dem mittlerweile gemachten Bett, zog sich an und ging wieder nach unten, um bei den Trumans anzurufen. Ein Diener nahm den Anruf entgegen, und ein paar Augenblicke später sprach er mit Hanna Uljakën. Sie trug einen weißen Geschäftsanzug über einem kragenlosen Seidenhemd in der Farbe ihrer Augen. Sie gab sich alle

Mühe, sich ihre Verärgerung nicht anmerken zu lassen.

»Wo sind Sie gewesen?« wollte sie wissen. »Geht es Ihnen gut?«

Kyle wollte sie fragen, ob Seeks-the-Moon ihr nicht seine Botschaft ausgerichtet hatte, aber dann fiel ihm wieder ein, daß er Moon auf seine Erkundungsreise mitgenommen hatte. Der Geist kehrte wahrscheinlich gerade erst zur Wohnung der Trumans zurück, wie Kyle ihm aufgetragen hatte.

»Ja, es geht mir gut«, sagte er. »Es tut mir leid, daß ich Sie nicht habe wissen lassen, was los war. Ich bin spät in der Nacht vorbeigekommen und habe bei Moon eine Nachricht für sie hinterlassen, ihn dann aber mitgenommen, um mir bei meinen Nachforschungen zu helfen.«

»Ja, das war nicht besonders schlau.« Kyle spürte genau, daß sie trotz ihres Lächelns und ihres betont neckischen Tonfalls immer noch wütend war. Ihre Reaktion implizierte viele Dinge, mit denen er sich im Augenblick aber nicht beschäftigen konnte.

»Steht mein Wagen immer noch dort, wo ich ihn gestern abgestellt habe?« fragte er.

»Wenn er nicht gestohlen wurde.«

»In etwa einer Stunde komme ich wieder zum Tower«, sagte er. »Wir sehen uns dann.«

»Wollen Sie nicht wissen, was hier passiert ist?«

Er spannte sich. »Irgend etwas Kritisches?«

Sie schüttelte den Kopf. »Nein.«

»Dann würde ich es lieber von Angesicht zu Angesicht hören.«

Ihr Blick wurde etwas weicher. »Schön. Wollen Sie noch mit Mr. Truman sprechen?«

»Nein. Zumindest nicht jetzt.«

»Er hat heute ziemlich viel geschäftlich zu erledigen.«

»Gut.« Kyle wollte die Verbindung unterbrechen,

dann überlegte er es sich im letzten Augenblick anders. »Hat sich Knight Errant bei ihm gemeldet?«

Sie schüttelte den Kopf. »Meines Wissens nicht.«

»Sollte zufällig jemand von KE vor mir auftauchen, halten Sie ihn hin, bis ich komme.«

Sie nickte. »In Ordnung.«

»Danke. Wir sehen uns in einer Stunde.«

Kyle rief ein Taxi, und zwanzig Minuten später fuhr er auf der Interstate 90/94 in Richtung Innenstadtkern. Er sah nach rechts, als er die Washington-Ausfahrt passierte, aber das Kaufhaus und die Überwachungsfahrzeuge von Knight Errant waren ein paar Blocks von der Autobahn entfernt. Minuten später war er am Truman Tower angelangt und wurde von der üblichen Routine empfangen. Im Hintergrund hielt sich ein halbes Dutzend Beamte von Knight Errant auf, obwohl die Sicherheit insgesamt auffällig reduziert war. Es schien so, als sei Knight Errant nicht mehr so stark um die Sicherheit der Truman-Familie besorgt wie zuvor.

Er fuhr direkt nach oben, wobei ihm keine zusätzlichen Wachen von Knight Errant begegneten, und fand Hanna im großen Wohnzimmer vor, wo sie mit Seeks-the-Moon saß. Zwischen ihnen lag ein quadratisches Holzbrett mit einem Gitter aus geraden Linien und Dutzenden von schwarzen und weißen Steinen darauf.

»Wer, wenn ich fragen darf, zeigt hier wem, wie man Go spielt?« fragte er.

Moon wirkte sehr nachdenklich, und seine Aufmerksamkeit war ganz auf das Brett konzentriert. Hanna lächelte jedoch und sah auf. »Ich zeige es ihm«, sagte er. »Er ist sehr gut.«

Kyle lachte, war aber wiederum überrascht. Er hatte im Laufe seiner Studienzeit mehrfach versucht, dieses japanische Spiel zu meistern, es jedoch nie ganz geschafft. Wahrscheinlich übertrieb sie Seeks-the-Moons Fähigkeiten.

»Nun, er scheint angestrengt nachzudenken, also wäre ich Ihnen ewig dankbar, wenn Sie mir zeigen würden, wo ich mich waschen und umziehen kann.«

Hanna stand auf und strich sich die Jacke glatt. »Ich bin gleich wieder da«, sagte sie zu Moon, der nickte, jedoch nicht vom Brett aufsah. Kyle folgte ihr auf den Flur. »Dabei fällt mir etwas ein«, sagte sie, sich leicht zu ihm umdrehend. »Wechselt er eigentlich je die Kleidung?«

»Moon?« fragte Kyle.

»Ja, Moon.«

»Nein. Was er trägt, gehört zu seiner Gestalt. Er kennt ein paar Zauber. Sie haben selbst gesehen, wie er den Verkleidungszauber benutzt hat, als das Einsatzteam von Knight Errant hier war. Aber ansonsten ist die Kleidung, die er trägt, die Kleidung, mit der ich ihn erschaffen habe.«

»Hier.« Sie blieb vor einer Tür stehen. »Das ist Ihr Zimmer.«

»Toll.« Kyle öffnete die Tür und trat ein, dann drehte er sich zu ihr um. »Kommen Sie doch auf eine Minute herein.«

Sie schien kurz zu zögern, folgte ihm jedoch. Kyle schloß die Tür und sah sich um. Das Zimmer erinnerte ihn an ein Luxushotel. Es gab ein sehr großes Einzelbett, Nachtkonsolen, eine Kommode, einen Garderobenschrank, einen Schreibtisch mit Telekom und eine kleine Sitzgruppe, alles im augenblicklich modernen frühasiatischen Stil. Sein Notepad und Mobiltelekom lagen auf dem Schreibtisch, und er nahm an, daß seine Kleidung bereits fein säuberlich in die Kommode und den Garderobenschrank eingeräumt worden war, doch sein Interesse konzentrierte sich auf das weißgoldene Marmorbadezimmer, das er hinter einer angelehnten Tür erspähte. Er warf einen raschen Blick hinein und vergewisserte sich, daß es mit einer Badewanne mit integriertem Whirlpool und einer Dusche ausgestattet war.

»Sehr nett«, sagte er.

»Freut mich, daß es Ihnen gefällt.«

»Ich werde duschen und mich umziehen, während wir uns unterhalten. Es macht Ihnen doch nichts aus?«

»Nein, nicht das geringste.« Hanna setzte sich auf die Bettkante.

»Gut.« Er ging zur Kommode, sah die Schubladen durch und holte einen hellblauen Slip heraus.

Hanna errötete leicht und schaute rasch weg, doch Kyle verbarg sein Lächeln vor ihr. Er ging ins Badezimmer, wobei er die Tür nur halb schloß. Während er duschte, erzählte er ihr mit lauter Stimme, was sich in der ersten Zweigstelle der Bruderschaft an der Ecke Harlem und Irving abgespielt hatte, und auch von seinen und Seeks-the-Moons Nachforschungen hinsichtlich der anderen Zweigstellen. Er sagte ihr, daß sie keine weiteren Zweigstellen von der Liste untersucht hätten, da die massive Anwesenheit von Knight Errant darauf schließen ließ, daß sie bereits fündig geworden waren.

»Also hoffen Sie, daß nichts geschieht, bevor Sie dort ankommen?« rief sie, als er sowohl seine Dusche als auch seine Geschichte beendet hatte.

»Ja und nein«, sagte er, sich abtrocknend. Er konnte hören, daß sie im anderen Zimmer auf und ab ging. »Falls sie schon in das Haus eingedrungen sind, wenn ich dort ankomme, prima. Dann ist alles vorbei, und ich kann einen Tatort untersuchen.«

»Und wenn sie Ihnen den Zutritt verwehren?« fragte sie.

»Dann rufe ich Eagle Security, und dann ist der Fall für Knight Errant erledigt. Hier in Chicago übt immer noch Eagle die Polizeigewalt aus.«

»Sie könnten trotzdem nein sagen.«

»Das könnten sie, aber das wäre unter Umständen mit einer Publicity verbunden, an der ihnen nicht gelegen sein kann.« Er zog den Slip an und wickelte sich das Handtuch um die Hüfte. »Sie sind schließlich in der Stadt Chicago aktiv und nicht auf Konzerngelände.«

Er ging in den Wohnraum, wo Hanna am Fenster stand und den Blick über die Stadt streifen ließ. Wenn Hanna verlegen war, versuchte sie es zu verbergen, während Kyle sich suchend umsah. »Ein flacher schwarzer Koffer«, sagte er. »Etwas größer als eine Aktentasche.«

Sie zeigte auf den Garderobenschrank. »In dem Schrank.«

Er holte ihn heraus und legte ihn auf das Bett. Er ließ die Schlösser aufschnappen und holte Gegenstände aus einem schweren, weißen, halbstarren Material heraus.

»Was ist das?« fragte sie.

»Ein maßgeschneiderter Körperpanzer. Ich habe ihn mir vor ein paar Jahren anfertigen lassen. Ziemlich teuer, also ist er ein ganz brauchbarer Anreiz, nicht zuzunehmen.« Er zog eine lange Hose mit zusätzlicher Polsterung an den Oberschenkeln an, dann nahm er das Handtuch ab und legte andere Teile des Panzers an, die lebenswichtige Organe bedeckten und schützten.

»Sie scheinen mit Schwierigkeiten zu rechnen«, sagte sie fast beiläufig.

Kyle holte seine magischen Fokusse aus dem Badezimmer. Als er wieder zurück war, legte er sie an und aktivierte sie. »In Anbetracht der Tatsachen bleibt mir, glaube ich, auch gar nichts anderes übrig.«

Eine Stunde später fuhr er auf die Kreuzung Sangamon und Randolph und überzeugte sich davon, daß das Fahrzeugaufgebot von Knight Errant immer noch an Ort und Stelle war. Einige der Wagen waren mittlerweile offenbar bewegt worden, aber die Citymaster hatten sich nicht von der Stelle gerührt. Er war auch am Kaufhaus der Bruderschaft vorbeigefahren. Von der Abwesenheit des Hundes abgesehen, schien sich dort ebenfalls nichts verändert zu haben.

Er bog links auf die Randolph und nahm die mittlere Spur, um den vielen Lastwagen nicht ins Gehege zu kommen, die die rechte Spur der Einbahnstraße blockierten. Drei Männer, stämmig und für das Wetter viel zu warm angezogen, lungerten in der Nähe der Lastwagen herum und beäugten jeden, der vorbeikam. Kyle fuhr noch einen Block weit, um dann auf die rechte Spur zu wechseln und ein Dutzend Meter vor den Lastwagen anzuhalten. Die drei Männer beobachteten ihn, dann löste sich einer aus der Gruppe und ging auf Kyle zu, während dieser aus seinem Wagen stieg.

»Hey, Sie da«, sagte der Mann, als er nahe genug war. »Wir müssen hier in ein paar Minuten weg. Sie sollten besser nicht hier parken.«

Kyle lächelte. »Danke. Ich werde daran denken«, sagte er. »Und bestellen Sie Captain Ravenheart, daß Kyle Teller ein paar Worte mit ihr wechseln möchte.«

Wenn der Mann überrascht war, ließ er es sich nicht anmerken. Er nickte nur und wandte sich dann ab, wobei sich sein Mund und seine Kehle unmerklich bewegten, ein offensichtliches Zeichen, daß er durch ein Kehlkopfmikrofon sprach, entweder in ein Mikrofunkgerät oder ein kybernetisches Headware-System. Nach wenigen Augenblicken wandte er sich wieder an Kyle und sagte: »Sie können passieren. Der zweite Laster.«

Kyle nickte. »Muß ich meinen Wagen immer noch wegfahren?«

»Noch nicht. Wir sagen Ihnen rechtzeitig Bescheid.«

»Danke.« Kyle ging an dem ersten Lastwagen vorbei, wobei er beiläufig die strukturellen Verstärkungen, Anzeichen für Panzerplatten und die flache Schüssel der Militärantenne an einer Befestigung am Dachansatz registrierte. Am zweiten Laster angelangt, öffnete sich eine der Türen, eine kleine Leiter fuhr aus, und ein lässig gekleideter Mann mit Stoppelfrisur kam heraus.

Er nickte Kyle zu und bedeutete ihm, die Treppe heraufzukommen.

»Keine Durchsuchung?« sagte Kyle.

»Nein, Sir.«

»Das gefällt mir.« Kyle erklomm die Leiter und trat vorsichtig durch den schwarzen Vorhang, mit dem die Tür verhangen war. Das Innere war grün erleuchtet, doch wo das Kommandofahrzeug von Eagle Security eng und überfüllt gewesen war, erwiesen sich die Lastwagen von Knight Errant als geräumig und effizient, was durch das offenkundige Wohlbefinden der sechs anwesenden Personen belegt wurde. Er sah Computerkonsolen mit großen berührungsempfindlichen Bildschirmen, die sowohl als Überwachungs- als auch als Trideo- und Daten-Monitore dienten. Eine lange Reihe von ihnen zeigte die Umgebung der versammelten Citymaster und die nähere Nachbarschaft, darunter auch verschiedene Ansichten vom Kaufhaus der Bruderschaft. Ein weiterer zeigte einen Lastwagen voller Soldaten, düstere, wartende Gestalten in schwarzen Körperpanzern. Aus ihrer Bewaffnung schloß Kyle, daß sie nicht mehr lange warten würden.

»Sieht so aus, als sei ich gerade noch rechtzeitig gekommen«, sagte Kyle.

Mit einer Ausnahme schien keiner der Anwesenden seine Bemerkung besonders lustig zu finden.

»Sie schulden mir fünfzig, Vathoss«, sagte Anne Ravenheart lächelnd, indem sie sich in ihrem Konsolensessel Kyle zuwandte. Sie trug bereits ihren schwarzen Körperpanzer. Ein taktischer Helm hing an der Seite des Sessels. Hinter ihr verzog Sergeant Vathoss das Gesicht.

»Ich habe meinen Kredstab in meiner anderen Hose gelassen«, sagte er säuerlich.

»Null Problemo«, erwiderte sie mit einem Schulterblick auf ihn. Dann wandte sie sich wieder an Kyle. »Sergeant Vathoss und Lieutenant Gersten kennst du bereits«, sagte sie. Vathoss reagierte nicht auf die Nennung seines Namens, sondern fuhr fort, die Datenkonsole zu bearbeiten, vor der er saß. Gersten, der im hinteren Teil des Wagens saß und offenbar nichts weiter zu tun hatte, als sich unter dem Kragen seines Körperpanzers zu kratzen, nickte Kyle zu.

»Das da« – sie deutete auf die hochgewachsene Japanerin auf der anderen Seite der Kabine – »ist Sergeant Sakai.« Die Frau reagierte ebenfalls nicht auf die Nennung ihres Namens, doch das überraschte Kyle nicht. Drei superschnelle Glasfaserkabel wuchsen aus ihrem Halsansatz und waren in ihren Sessel eingestöpselt, der wiederum direkt mit ihrer Konsole verbunden war. Was er von ihren Augen sehen konnte, war auf etwas gerichtet, das für alle anderen unsichtbar war. Sie war der Taktikoffizier und mit der Koordination und Überwachung der Bewegungen von Einheiten und Personen betraut, sobald ein Unternehmen anlief. Ihrem intensiven Gesichtsausdruck und den sichtbaren Aktivitäten an ihrer Konsole nach zu urteilen, wurden gerade die letzten Vorbereitungen getroffen.

»Und schließlich«, sagte Ravenheart, indem sie in Richtung des älteren und zumindest teilweise amerindianischen Mannes nickte, der direkt hinter ihr stand, »möchte ich dir Roger Soaring Owl vorstellen, den geschäftsführenden Leiter von Knight Errant.«

Soaring Owl, der trotz seines Körperpanzers eher wie ein Buchhalter aussah, nickte Kyle zu. »Ich will Ihnen nicht verschweigen, daß ich diese Wette um ein Haar ebenfalls verloren hätte«, sagte er in schleppendem Tonfall. »Glücklicherweise habe ich meine Meinung dann doch noch geändert.«

Kyle trat vor und streckte zögernd die Hand aus. Der kleinere Mann schüttelte sie ausgiebig. Kyle wußte nicht viel über Roger Soaring Owl, aber klar war, daß dieser Mann nur Damien Knight, seinerseits geschäftsführender Leiter von Ares Macrotechnology, verantwortlich war. Die Tatsache, daß dieser Mann hier war, noch dazu in voller Ausrüstung, ängstigte Kyle ein wenig. Er hatte nicht gehört, daß Soaring Owl ein Adrenalin-Junkie war oder zu der Sorte Manager gehörte, die gern selbst mit anpackt, und das bedeutete, daß dieses Unternehmen sehr wichtig für Ares war.

»Sie gehen übrigens nicht mit«, sagte Soaring Owl in das kurze Schweigen hinein, nachdem sie sich die Hände geschüttelt hatten. Kyle sah Ravenheart lächeln und sich wieder zu ihrer Konsole umdrehen.

»Wohin gehe ich nicht mit?« fragte Kyle.

»In den Einsatz.«

»Ich war der Ansicht, daß Sie jede Hilfe annehmen, die Sie bekommen können.«

Sergeant Sakais Stimme unterbrach sie. »Astralteams melden, Aufmarschpunkt eins erreicht.«

»Danke«, sagte Ravenheart, während Soaring Owl zu Kyle sagte: »Wir wissen Ihr Angebot zu schätzen, aber wir sind komplett.« Er lächelte dünn. »Wir machen das nicht zum erstenmal.«

»Ich auch nicht«, sagte Kyle.

»Ja, der Eagle-Einsatz. Wir haben alles aufgezeichnet, falls Sie sich die Aktion gerne noch mal ansehen würden. Viele Männer und Frauen sind dort völlig grundlos gestorben. Wir hatten die Situation im Griff.«

Kyle spürte, wie ihm kalt wurde. »Die Kokons ...«

»Nein«, sagte Soaring Owl. »Die Eagle-Beamten. Diese armen Schweine in den Kokons waren nicht mehr zu retten. Für sie wäre jede Hilfe zu spät gekommen.«

»Nach allem, was ich auf diesem Einsatz erlebt habe, brauchen Sie jede magische Hilfe, die Sie kriegen können«, sagte Kyle. »Konventionelle Waffen sind nur beschränkt tauglich, Granaten und Raketen sind nutzlos, und wenn man die Metaphysik bedenkt, kann ich auch nicht erkennen, daß Dronen oder ferngesteuerte Waffen hilfreich wären.«

Soaring Owl nickte. »Sie haben recht, aber darauf sind wir vorbereitet. Achtzig Prozent des Angriffsteams ist magisch aktiv – Magier und körperliche Adepten. Die Dronen geben ihnen Feuerschutz gegen die Körpergestalten, die alles andere als kugelfest sind. Außerdem werden sie drinnen von einem Kader von Elementar- und Beobachtergeistern und draußen von einem Ring von ihnen unterstützt, einerseits als Rückendeckung und andererseits, um alle abzufangen, die vielleicht ausbrechen. Außerdem haben wir vier Schamanen, alle kampferfahren, die in dem Laden magisch das Innerste nach außen kehren werden. In dreißig Minuten wird in diesem Haus die Hölle los sein, Mr. Teller, aber Sie werden nicht an dem Unternehmen teilnehmen.«

Kyle verzog das Gesicht, wußte aber, daß es keinen Sinn hatte zu versuchen, Soaring Owl vom Gegenteil zu überzeugen.

Dann lächelte der ältere Mann und deutete auf die Reihen der Überwachungsmonitore. »Natürlich dürfen Sie gern zusehen.«

20

Sergeant Sakais Stimme klang gelassen und beruhigend, während sie den Aufmarsch der zweiunddreißig verschiedenen Elemente des Einsatzes gegen das Einkaufszentrum der Bruderschaft koordinierte. Kyle verstand ihre Worte, doch wenig von dem, was sie eigentlich sagte, da sie Plankoordinaten und abgekürzte verschlüsselte Kommandos übermittelte. Sie, ein weiterer Koordinator, zwei Techniker und Roger Soaring Owl waren die einzigen Angehörigen von Knight Errant, die sich in der Kommandokabine aufhielten. Alle anderen nahmen am Kampfeinsatz teil.

»Alle Einheiten in Stellung«, sagte Sakai laut. Im hinteren Teil der Kabine beendete Soaring Owl ein privates Telekomgespräch mit, wie Kyle glaubte, Damien Knight persönlich. Nachdem er aufgelegt hatte, ging er zu Sakai und legte ihr eine Hand auf die Schulter. »Wir haben grünes Licht«, sagte er.

Sie nickte, und ihre Finger huschten über die Konsole, wobei ein Dutzend Kontrollanzeigen grün wurden. »Phase Grün und ab«, sagte sie. »Viel Glück.«

Auf jedem Monitor in der Kabine geschah plötzlich irgend etwas. Kyle konnte die Ereignisse kaum alle verfolgen, aber als er sah, daß Soaring Owl genau zu wissen schien, wo er als nächstes hinschauen mußte, richtete er sich einfach nach dem älteren Mann. Alle Überlegungen, daß Soaring Owl vielleicht doch nur ein Bürohengst war, der sich um der Aufregung willen unter die kämpfende Truppe mischte, hatten sich im Laufe dieser letzten Vorbereitungen als gegenstandslos erwiesen. Während Ravenheart letzte Änderungen am Schlachtplan herunterrasselte, kamen Soaring Owls Fragen und Bedenken jedesmal wie aus der Pistole geschossen.

»Raketen sind unterwegs«, sagte Sakai.

Soaring Owl richtete seine Aufmerksamkeit auf die Monitore, die das Kaufhaus von außen zeigten, und während ein Trupp schwarz gekleideter Leute vorwärts eilte, wurden die verschiedenen Türen und Fenster von viel schnelleren Lichtstreifen getroffen und weggesprengt. Kurz darauf raste eine zweite Welle Raketen durch die offenen Fenster, die im Gebäude explodierten und gewaltige wogende Wolken eines übelriechenden Gases verbreiteten, das speziell zu dem Zweck entwickelt worden war, die primäre Sinneswahrnehmung der Insektengeister lahmzulegen – den Geruchssinn.

Drei gepanzerte Schwebedronen jagten an den Soldaten vorbei und durch die aufgesprengte Tür der Warenannahme. Kyle suchte die Monitorreihen nach den von den Dronen übermittelten Bildern ab und fand sie in dem Augenblick, als ein Trio halb menschlicher Gestalten von einer Kugelsalve in Stücke gerissen wurde. Die Soldaten stürmten hinter den Dronen herein, und von da ab dominierten die Blitze magischer Energien die Bildschirme.

Jetzt sah Kyle auch richtige Insektengeister auftauchen, und zwar nicht nur Schaben. Eine riesige Wespe flog auf die Soldaten zu, prallte jedoch gegen ein kaum sichtbares Kraftfeld, das plötzlich vor ihr auftauchte. Kugeln passierten das Feld jedoch problemlos, und die Wespe verschwand wieder im Astralraum.

Die ersten Soldaten stürmten in den Verkaufsraum des Kaufhauses, der offen und buchstäblich leer war. Der riesige Raum enthielt nichts außer ein paar verstreuten Stapeln kleiner Kisten. Dann tauchten in rascher Folge andere Insektengeister auf und verwickelten die führenden Soldaten in Kämpfe.

Jetzt waren die Elementargeister an der Reihe, die die großen Ameisen und Fliegen abfingen, als diese sich auf die Eindringlinge stürzten. Die Soldaten arbeiteten sich auf die Stellen zu, an denen der Bauplan des Hauses große Treppenhäuser und Fahrstuhlschächte auswies, die abwärts ins Lager führten. Dort erwartete Knight Errant, das eigentliche Nest und seine Königin zu finden. Um den Vorgang des Eindringens zu beschleunigen, begannen drei Teams von Sprengstoffexperten mit der Anbringung von Sprengladungen mit dem Ziel, Löcher in den Betonboden zu sprengen, während andere Soldaten sie vor dem Ansturm der Insekten schützten.

»Es sind ziemlich viele Insektenarten vertreten...«, sagte Kyle.

»Ich muß zugeben, daß wir damit nicht gerechnet haben«, sagte Soaring Owl. »Die verschiedenen Insektenschwärme kommen eigentlich nicht miteinander aus, aber den Anführern der Bruderschaft ist es irgendwie gelungen, sie viele Jahre lang davon abzuhalten, aufeinander loszugehen. Als die Bruderschaft zusammenbrach, dachten wir uns, ein Krieg zwischen den einzelnen Arten sei unvermeidlich.«

»Und das ist ein Grund zur Besorgnis?« sagte Kyle.

Soaring Owl nickte. »Ja, das ist es.«

Die Schlacht im Kaufhaus tobte weiter, aber Kyle fühlte sich beim Zusehen wie betäubt, gefühllos. Es gab zu viele Insektengeister aller Art, zu viele Soldaten, zuviel Magie und zuviel Schießerei. Die Geschehnisse überstiegen sein Begriffsvermögen. Und sie als Übertragung auf zahllosen Trideomonitoren zu verfolgen, ließ sie irgendwie unwirklich erscheinen.

»Die Chemoscanner schlagen Alarm«, sagte Sakai plötzlich. »Zu hohe PVMH- und C-6-Werte.«

»Wo?« fragte Soaring Owl sofort. »Ist es unser Zeug?«

»Im Erdgeschoß. Aber wir haben nichts damit zu tun.«

»Drek!« sagte er, indem er sich wieder den Hauptmonitoren zuwandte, die Bilder der Dronen übertrugen. Zu Kyles Erstaunen waren die Verluste von

Knight Errant bislang minimal, obwohl die Wellen angreifender Insekten kein Ende zu nehmen schienen. Soaring Owl erbleichte, und er streckte die Hand aus, um das Monitorbild zu berühren, auf dem ein Stapel der kleinen Kisten eingestürzt war, um Bündel mit kleinen Päckchen zu enthüllen. Und Drähte …

»O mein Gott«, sagte er, kurz bevor die Bündel explodierten.

Überall im Erdgeschoß gingen Plastiksprengstoffladungen hoch und überschütteten die Soldaten mit Schockwellen und einem Hagel aus Nägeln und anderen kleinen Metallsplittern. Die Insekten, magische Wesen, wurden von den ungerichteten Explosionen nicht in Mitleidenschaft gezogen, doch bei den Soldaten war das anders.

Viele waren Splitterhageln aus mehreren Richtungen gleichzeitig ausgesetzt und wurden einfach zerfetzt. Der Rest wurde zu Boden geschleudert oder gar betäubt, während die Insekten keine Zeit verschwendeten und sich in großer Anzahl auf die Überlebenden stürzten.

»Gottverdammt noch mal!« schrie Soaring Owl. »Teams Zwei und Drei, Beeilung! Bombenalarm!«

»Team Zwei vorrücken. Team Drei vorrücken. Vor Sprengfallen wird gewarnt«, sagte Sakai gelassen. »Wiederhole, Teams Zwei und Drei vorrücken. Mit Sprengfallen ist zu rechnen.«

Andere Soldaten griffen in den Kampf ein. Manche gingen direkt gegen die wütenden Ameisen, Fliegen und Wespen vor, während andere versuchten, die Verletzten in Sicherheit zu bringen. Dann rissen neuerliche Explosionen die Decke auf, als Raketentreffer so große Löcher sprengten, daß weitere Kampfdronen hindurchfliegen konnten. Kyle sah, wie eine wiederholt grünweiße Laserstrahlen abfeuerte, die tödliche Schneisen in die schwärmende, fliegende, krabbelnde, kreischende Welle der Insekten schlugen.

»Erster Sprengsatz gezündet«, sagte Sakai.

Und eine weitere Explosion erschütterte das Gebäude, aber diese war nach unten gerichtet und zerstörte einen Teil des Bodens. Die Dronen flogen rasch heran und durch die Löcher nach unten, während sich die Soldaten gruppenweise vor den Löchern zu sammeln versuchten, um sich in die rauchverhangene Dunkelheit darunter zu stürzen.

Dann, ohne Vorwarnung, öffneten sich die Tore der Hölle.

Eine Horde von Insektengeistern, Dutzende, vielleicht Hunderte, ergoß sich aus den Löchern. Ameisen, Schaben, Käfer, Wespen, Fliegen, praktisch jede kriechende und fliegende Insektenart, die Kyle kannte, war vertreten. Viele ähnelten dem eigentlichen Insekt, aber die meisten waren Halb-Kreaturen, die mit der Masse der anderen aus den Löchern geschwemmt wurden.

Und der Schwarm hielt nicht inne.

Kyle wandte den Kopf und betrachtete einen der Monitore, die das Kaufhaus von außen und den schwarzen Insektenstrom zeigten, der sich aus dem geborstenen Dach ergoß.

»Heilige Mutter Gottes ...«, sagte Soaring Owl.

Einmal aus dem Kaufhaus heraus, verteilten sich die Insektengeister in alle Richtungen, indem sie vom Dach flogen oder hüpften oder durch die zerschmetterten, rauchenden Fenster sprangen.

Die Soldaten im Kaufhaus wurden überwältigt. Sie wurden von gut und gern hundert Körpergestalten angegriffen, während immer mehr durch die Löcher quollen und mittlerweile auch die Treppe hinaufkamen. Die Insektenwesen hatten der Feuerkraft von Knight Errant nichts Vergleichbares entgegenzusetzen, aber sie waren einfach zu zahlreich und bewegten sich zu schnell. Die Dronen waren bei der Dezimierung der angreifenden Körpergestalten noch am erfolgreichsten.

Soaring Owl war erschüttert. Die schiere Anzahl der abscheulichen Kreaturen, die sich aus dem Keller ergossen, war gewaltig, so groß, daß es dem dünnen Kordon der Elementargeister nicht möglich war, sie aufzuhalten. Er wandte sich an Sakai.

»Geben Sie durch, daß wir es mit einem Ausbruch zu tun haben«, sagte er mit rauher Stimme. »Und halten Sie für das Protokoll fest, daß ich Damokles vorbereite.«

Sakai zuckte zusammen, und ihre Augen huschten in seine Richtung, aber sie sagte lediglich: »Ja, Sir.« Und dann ins Kommunikationsnetz: »An alle Einheiten, Ausbruchssituation erkannt. Wiederhole, Ausbruchssituation. Führen Sie Plan Sammelpunkt aus. Wiederhole, Sammelpunkt ausführen. Alle Einheiten bestätigen.«

Kyle beobachtete Sakai, konzentrierte sich dann jedoch wieder auf Soaring Owl, als dieser gerade seinen Kopf aus einer Vorrichtung zog, bei der es sich nur um einen Retina-Scanner handeln konnte. Sofort veränderte sich das Bild auf drei Trideomonitoren, die zuvor unwichtige Bilder gezeigt hatten. Einer wurde schwarz, während die anderen beiden technische Informationen und Anzeigen lieferten, mit denen Kyle nichts anfangen konnte. Bei einer davon schien es sich jedoch um die Statusanzeige für irgendeine Art von Fahrzeug zu handeln.

Auf allen anderen Monitoren war zu sehen, daß sich die Knight Errant-Soldaten zurückzogen und die Verwundeten mitnahmen. Die zirpende, summende, zischende Horde der Insekten setzte ihre Angriffe fort.

Plötzlich erbebte der Lastwagen, als etwas dagegenstieß. Weitere Stöße folgten, und ein paar Monitore fingen an zu flackern.

Soaring Owl sah für einen Augenblick auf, dann zog er ein langes Glasfaserkabel aus der Konsole vor sich und stöpselte es in seine Datenbuchse ein. Die Anzeigen veränderten sich; der schwarze Schirm wurde hell und lieferte die Ansicht einer Drone, die sich in irgendeiner Art von Abschußvorrichtung befand. Die Bezeichnung ›Damokles‹ erschien auf dem Monitor, ebenso eine Treibstoffanzeige.

»Melden Sie der Führung, daß wir das Hauptnest gefunden haben«, sagte Soaring Owl, als sich die Anzeigen auf einem der Monitore veränderten. Die Drone machte sich startbereit. »Den Anweisungen entsprechend, habe ich Damokles eingeleitet und bin ganz allein für die Detonation verantwortlich.«

»Detonation?« schleuderte Kyle ihm förmlich entgegen.

Die Hände des Mannes zitterten. »Wir haben, Gott helfe uns, das Hauptnest gefunden. Das Hauptnest von Nordamerika. Wer, zum Teufel, hätte gedacht, daß sie es in einer Stadt verbergen würden?«

»Ich verstehe nicht.«

»Das ist es. Hier sind die mächtigsten Königinnen. Alle anderen werden von hier aus gelenkt. Wir müssen es zerstören.«

Kyle schüttelte den Kopf. »Das können Sie nicht wissen. Wir müssen uns zurückziehen. Diese Insekten haben sich mittlerweile auf die ganze Stadt verteilt. Eagle wird all ihre Hilfe benötigen …«

»Wenn wir die Königinnen töten, ist der Rest des Schwarms hilflos. Orientierungslos. Wir müssen die Königinnen töten. Sofort.« Auf dem Dronenmonitor wurde Tageslicht sichtbar. Die Luken der Abschußvorrichtung öffneten sich.

»Aber Sie können unmöglich dort unten eindringen. Ihre Leute sind kalt erwischt worden. Wenn sich die Königinnen unten im Keller befinden, kommen sie nicht nah genug an sie heran, bevor die schiere Anzahl und das Gewicht der Insekten ihre Drone herunterholt.«

»Nah dran, Mr. Teller«, sagte Soaring Owl, »zählt

nur beim Hufeisenwerfen, bei Handgranaten und bei thermonuklearen Waffen.«

»Mutter Gottes, das kann nicht Ihr Ernst sein.«

Soaring Owl drehte sich zu ihm um, während sich die Drone vom Boden löste und den Abschußschacht verließ. »Wir haben keine Wahl. Es handelt sich um einen kleinen taktischen Sprengkopf von weniger als einer Kilotonne, aber er wird zu ihnen durchdringen. Nur das zählt.«

Kyle trat vor. »Ich kann das nicht zulassen.«

»Es muß getan werden.«

Kyle machte einen Schritt auf Soaring Owl zu, eine Hand ausgestreckt, während die Techniker in der Kabine ihre Dienstwaffen zogen. Kyle war schneller. Der Zauber hatte bereits Gestalt in seinem Verstand angenommen, die Energie war geformt und floß durch seinen Körper, als der Lastwagen plötzlich zur Seite ruckte, so daß er und Soaring Owl zu Boden geschleudert wurden.

Metall kreischte, als es von den Außenwänden geschält wurde und dabei die Umhüllung aus Biomaterie mitriß, die die Geister bisher abgehalten hatte. Kyles Zauber wurde wirksam, und er griff nach seinem Waffenfokus, als der Käfergeist, der das Dach des Lastwagens aufgerissen hatte, aufkreischte und, gefolgt von den glänzenden Leibern seiner Brüder, in die Kabine sprang.

Kyle schrie ebenfalls und kämpfte um sein Leben, während die Horde wild kreischend auf sie eindrang. Seine Stimme wurde vom Lärm ihrer Geräusche verschluckt.

TEIL 2

IM CHICAGOER SPERRGEBIET

nach dem
22. August 2055

21

Schüsse krachten, und Kyle erwachte plötzlich in vollkommener Dunkelheit. Er fror und war hungrig, und dann durchfuhr ihn wie ein elektrischer Schlag der Schmerz, der irgendwo tief in seinem linken Bein seinen Anfang nahm und sich über die Hüfte bis hinauf zu seinem Rücken zog. Er wollte aufschreien, aber der einzige Laut, der sich seiner ausgedörrten Kehle entrang, war ein rauhes, gutturales Husten. Seine Hand lag in warmem Wasser, und er zog sich dorthin, langsam und unter Schmerzen, bis er schließlich mit einem erleichterten Grunzen in die angenehme Wärme fiel.

Ganz in der Nähe wurde wieder geschossen, und er versuchte die Augen zu öffnen, konnte es aber nicht. Als er mit der einen Hand, die er heben konnte, danach tastete, fühlte er, daß die Lieder mit etwas verklebt waren, das sich wie getrocknetes Blut anfühlte. Er spritzte sich das warme Wasser über die Augen und rieb, und das brachte neue Schmerzen, aber auch die schwache Andeutung eines Lichtschimmers mit sich.

Zwei weitere Schüsse hallten durch die Luft und dann ein Schrei. Es war kein Schmerzensschrei, sondern ein endgültiger, letzter Schrei, ein Todesschrei. Kyle konnte jetzt sehen, ein wenig, und entdeckte, daß er hinter einem umgestürzten Müllcontainer eingeklemmt war und in einer Pfütze Regenwasser lag, das aus einer Dachrinne hoch über ihm herunterlief. Es war Nacht.

Sein Körperpanzer war zerrissen, vom kürzlichen Regenfall klamm und an den Stellen steif, wo sein Blut getrocknet war. Er versuchte aufzustehen, konnte es aber nicht – die Schmerzen in seinem Bein hielten ihn davon ab. Sogar der Versuch, sich an dem Müllcontainer hochzuziehen, ging über seine Kräfte. Kyle ließ sich in die Regenpfütze zurücksinken und blieb einen Moment lang einfach nur liegen, während in unregelmäßigen Abständen Regentropfen auf seine nackte Haut klatschten. Er drehte sich so, daß sie auf sein Gesicht fielen.

Kyle war sicher, daß sein Bein an mindestens zwei Stellen gebrochen war. Der größte Teil seines übrigen Körpers schmerzte ebenfalls, aber diese Schmerzen schienen von Wunden zu stammen, von Schnitten, die durch seinen Körperpanzer gedrungen waren und ihn verletzt hatten. Er erinnerte sich noch daran, wie der Käfergeist das Dach des Kommandofahrzeugs von Knight Errant aufgerissen hatte, und er erinnerte sich auch noch, gegen ihn und einen anderen Geist, der mit leuchtend grünen, schillernden Flügeln geflogen war, gekämpft zu haben, aber viel mehr wußte er nicht.

Er versuchte seine Magie auf seinen Körper zu konzentrieren und sog sie durch sein Wahres Selbst, um den Heilungsprozeß einzuleiten, doch wo sich die Magie wie ein Wasserfall hätte ergießen müssen, tröpfelte sie lediglich, da die Schmerzen seine Konzentration zu sehr störten. Er versuchte es noch einmal, aber dies überforderte eindeutig die Koordination seiner Kräfte. Kyle war zu stark verletzt, um sich zu konzentrieren, und auch seine Fokusse waren ihm keine Hilfe. Sie waren alle noch da, wie er zu seiner Überraschung feststellte – die Armreifen, die Ringe und das Amulett um den Hals. Nur das Messer fand er nicht sofort, aber er spürte, daß die geistige Verbindung zu ihm noch Bestand hatte. Irgendwo war das Messer immer noch aktiv.

Erst da spürte er einen anderen Verlust, der mehr wie eine Leere an einer Stelle war, wo sich zuvor noch etwas befunden hatte. Kyle erkannte plötzlich mit absoluter Gewißheit, daß keine Geister, keine Elementare mehr an ihn gebunden waren. Sie waren alle verschwunden, höchstwahrscheinlich ausgelöscht, obwohl das nicht unbedingt sein mußte. Dann kam die Erkenntnis einer noch größeren Abwesenheit, die ihn beinahe überwältigte. Seeks-the-Moon war nicht mehr da, verschwunden. Ihre Verbindung, seit dem Augenblick der Erschaffung des Geistes immer gegenwärtig, war zerstört.

Kyle wußte nicht, wie lange er so dalag, aber es dauerte eine Weile, bevor er spürte, daß der Regen wieder einsetzte, stark und warm. Sein Körper war schwach und ausgehungert, aber er brauchte einen besseren Unterschlupf. Doch wenn er einen finden wollte, würde er das ohne die Hilfe seines fast bewegungsunfähigen Körpers kaum schaffen.

Er entspannte sich, so gut er konnte, und einen Augenblick später löste sich seine Astralgestalt von seinem schmerzenden Körper. Zwar konnte er immer noch die Schmerzen spüren, aber sie waren jetzt nicht mehr Teil seines Wesens, so entfernt, daß er sie praktisch ignorieren konnte. Vorsichtig erhob er sich über den Rand des Müllcontainers, der sogar im Astralraum widerlich stank, und richtete seine Sinne nach außen.

Die Straßen waren dunkel, tot und kalt, doch auf der nassen Oberfläche spiegelten sich die flackernden Lichter und Schatten einer ganzen Reihe von Feuern, die in der Nähe brannten. Dem Aussehen der Gegend nach zu urteilen, schien er sich noch in der Randolph Street zu befinden, aber nicht auf der Seite, wo die Lastwagen von Knight Errant standen, oder vielmehr das, was noch von ihnen übrig war, sondern auf der gegenüberliegenden. Beide Lastwagen waren Wracks, und einer von ihnen brannte immer noch, im Astralraum ein Leuchtfeuer aus weißer Energie. Leben war keines zu sehen, also schwebte er vorsichtig auf die

Fahrzeuge zu, bis er das gute Dutzend entweder von den angreifenden Insektengeistern oder der Explosion des Lastwagens verstümmelter und zerfetzter Leichen in der Nähe der Wracks sehen konnte.

Kyle änderte seine Flugrichtung und trieb langsam zur Kreuzung mit der Sangamon Street, wo er weitere Brände sah – das ehemalige Kaufhaus der Bruderschaft brannte zusammen mit einer ganzen Reihe anderer Häuser in der Nähe. Wenngleich es aus dem Astralraum schwer zu erkennen war, sah es so aus, als wüteten die Brände schon längere Zeit und stünden jetzt kurz vor dem Erlöschen. Er sah hier kein Leben und ging auch nicht näher heran. Kyle hatte nicht das Bedürfnis, die Toten dort zu sehen.

Da er seinen wehrlosen Körper nicht zu lange allein lassen wollte, suchte Kyle rasch die unmittelbare Umgebung ab, fand jedoch weder Spuren von menschlichem Leben noch die Ursache der Schüsse, die er zuvor gehört hatte. Die Straßen waren verlassen und mit Schutt und zum Teil brennenden oder glühenden Trümmern übersät. Er fragte sich, wie lange, er bewußtlos gewesen war.

Kyle kehrte dorthin zurück, wo sein Körper lag, und erforschte die unmittelbare Umgebung. Der Container, hinter dem sein Körper lag, stand in der Nähe einer Ladenfront, die teilweise nach innen gedrückt war, möglicherweise von der Wucht der Explosion des Lastwagens. Das weckte eine Erinnerung in ihm, und er jagte über die Straße, um die Überreste des Lastwagens nach einer halb gestarteten Drone abzusuchen, aber aus dem Astralraum heraus wurde er aus dem verdrehten, geborstenen Metall nicht schlau.

Er kehrte in seinen Körper zurück und kämpfte gegen die Schmerzwelle an, die ihn durchfuhr, da alle seine Glieder, auch das gebrochene Bein, bei der Rückkehr seines Geistes unwillkürlich zuckten. Er durchsuchte gründlich seine Taschen und fand Ausweis,

Kredstab, Mobiltelekom mit Datenkabel und seine Fokusse. Seine Pistole steckte aber nicht mehr im Schulterhalfter, ebensowenig das Reservemagazin. Er war jedoch sicher, daß in dem Chaos auf den Straßen genügend Waffen herumlagen, die man nur aufheben mußte.

Er versuchte sich wieder aufzurichten, sank jedoch sofort wieder in die Pfütze zurück. Kyle wußte, daß er für komplexe, schwierige Magie wie einen Heilzauber zu schwach war, aber vielleicht konnte er das, was nötig war, auch mit einem einfacheren Zauber erreichen. Er wob die Magie sehr sorgfältig, wobei er die Belastung für seinen Körper in Grenzen hielt. Er schuf ein Gitter aus Energie um sein Bein, so daß es gehalten wurde und sich nicht mehr bewegen konnte. Dann dehnte er Elemente dieses Feldes auf seinen ganzen Körper aus und dann weiter nach außen, bis es gegen den Boden und den Container stieß.

Langsam erhob sich Kyle vom Boden und drehte sich in eine fast aufrechte Stellung. Trotz seiner Bemühungen waren die Schmerzen und die Anstrengung für seinen Körper gewaltig, als er sich kräftiger als beabsichtigt durch die zerschmetterte Ladenfront stieß, nur darauf bedacht, den Zauber und die Schmerzen enden zu lassen.

Im trüben Feuerschein sah er eine einigermaßen freie Stelle auf dem Boden und ließ sich vorsichtig niedersinken. Der Ruck der Landung ließ ihn vor Schmerzen aufstöhnen. Die letzte Energie des Zaubers benutzte er dazu, ein wenig mehr Platz um sich zu schaffen.

Er lehnte mit dem Rücken an der Wand und war zufrieden, daß er von draußen nicht mehr zu sehen war, falls zufällig ein Passant vorbeikam. Er konnte nicht wissen, wer oder was einen Blick in den Laden werfen mochte, und er war zu schwach, um es darauf ankommen zu lassen.

Als nächstes zog er sein Mobiltelekom aus der Tasche und schaltete es ein. Sofort drang ein schrecklich verzerrtes Jaulen aus dem kleinen Lautsprecher, und er schaltete es sofort wieder ab. Offenbar war es defekt, vielleicht infolge seines Sturzes oder des Regens oder …

Kyle schaltete es wieder ein und achtete jetzt genauer auf das Jaulen. Mit dem Telekom war alles in Ordnung, wurde ihm klar. Er wurde gestört – das Jaulen war auf ein starkes elektronisches Störsignal zurückzuführen, das den Äther erfüllte. Er fragte sich, wie örtlich begrenzt die Störung war.

Kyle seufzte und legte das Telekom weg. Die Anstrengung des Ortswechsels und die Erschöpfung seines Körpers hatten ihn schläfrig gemacht. Er wußte, er konnte dagegen ankämpfen und wach bleiben, aber das erschien ihm wenig sinnvoll. Sein Körper brauchte Ruhe und Heilung, bevor er von hier weg konnte. Und sollte ihm eine Bedrohung begegnen, war er im Augenblick ohnehin nicht in der Verfassung, sich zu verteidigen. So schlief Kyle ein und merkte kaum etwas von dem stärker werdenden Pochen in seinem Bein und seiner stetig ansteigenden Körpertemperatur.

Er erwachte einige Zeit später, frierend und zugleich schwitzend und nicht in der Lage, die Schmerzen in seinem Bein zu ignorieren. Aber das hatte ihn nicht aufgeweckt. Irgendwo in der Ferne explodierte etwas. Er konnte eine ganze Serie von Detonationen hören und sogar das gedämpfte Beben der Erschütterungen spüren. Kyle wußte nicht, was es war, und es war ihm auch egal, als er wieder in den Zustand glitt, der entfernte Ähnlichkeit mit Schlaf aufwies.

Als er das nächstemal erwachte, war das Licht blendend, doch Kyle konnte sich nicht bewegen, nicht einmal die Energie aufbringen, die Augen weiter als einen winzigen Spalt zu öffnen. Draußen und ganz in der Nähe, vielleicht sogar auf der Straße vor der Ladenfront, konnte er das stetige Schrappen von Hubschrauberrotoren hören. Er glaubte sogar, einen schwachen Strom warmer Luft zu spüren.

Aber es war zu hell, und ihm war zu kalt, und er mußte weiterschlafen. Nur schlafen.

Er glitt tiefer in die kühlende Dunkelheit, wo er reglos schwebte und auf eine Veränderung wartete ...

Er sah Dunst. Der Knall eines Gewehrschusses ertönte, hallte in seinem Schädel nach und ging in ein entsetzliches Dröhnen über. Das Dröhnen sprengte Risse in ihn hinein und schickte Schmerzwellen durch seinen Körper.

Die Stimme eines Mädchens, Natalies Stimme: *»Daddy, kannst du sie noch einmal zum Tanzen bringen? Kannst du machen, daß sie sich noch schneller dreht?«*

Kyle kämpfte, gewann, öffnete die Augen und blinzelte, als ihm Schweißtropfen hineinliefen. Sie war ganz in der Nähe, saß in einer Pfütze rostigen Wassers und trug das dunkle Kleid, daß sie ihr anläßlich der Beerdigung ihrer Großmutter gekauft hatten. Sie versuchte eine zierliche Glasfigur zu drehen. Sie drehte sich einen Augenblick lang und neigte sich dann zur Seite. Doch sie fing die Figur immer auf, bevor sie zu Boden fiel, und drehte sie dann erneut.

Sie bewegte sich nicht, aber er hörte sie sagen: *»Siehst du die Farben? Die Farben wirbeln wie sie.«*

»Natalie«, dachte und sagte er, und die Tänzerin aus Glas wirbelte herum und brach das Licht, das sie einfing. Und Natalie drehte sich ebenfalls, langsamer, als sich die Figur wieder zur Seite neigte und ein Bein in das schmutzige Wasser eintauchte und es durchschnitt. Die Hälfte ihres Gesichts lächelte, strahlte vor

Freude, ihn zu sehen. Die andere Hälfte kräuselte sich, da Tausende dunkler Gestalten darüber hinwegkrabbelten und -wogten. Sie wollte etwas sagen, wollte lachen oder weinen, und die Insekten fielen aus ihrem Mund und trafen die Glastänzerin, die daraufhin umfiel.

Licht explodierte förmlich aus der Figur und zwang ihn, die Augen zu schließen und sich an einem tieferen, dunkleren Ort zu verkriechen.

»NATALIE!« hörte er Beth schreien, während er Flügel schlagen und Luft rauschen hörte. Er streckte die Hand aus und berührte Seide, Haare, warme Haut, Nässe und dann nichts mehr.

Glas zersplitterte, und rote und schwarze Scherben fielen rings um ihn zu Boden. Er spürte wieder die Flügel, aber diesmal waren sie dunkel und muffig. Kyle öffnete die Augen und sah den Vogel. Schwarz und schlank, aller Kraft beraubt, stechende blaue Augen in einem vom Alter runzligen Gesicht. Er hatte den Kopf ein wenig zur Seite geneigt und betrachtete Kyle, der nach ihm griff, jedoch weder seine Hand sehen noch ihn berühren konnte.

Der Vogel flog in die Dunkelheit und hinterließ ein Licht, dessen Helligkeit Kyles Begriffsvermögen überstieg. Es war zu hell, um es anzusehen, zu stark, um ihm Einhalt zu gebieten. Es hüllte ihn ein und verzehrte ihn, und als er aufschrie, hallte seine Stimme durch die Dunkelheit, die zu ihm zurückkehrte ...

Als nächstes hörte er Stimmen, ganz in der Nähe, und dann spürte er den harten Druck von Händen auf sich. Er wußte, daß er aufschreien und sich schützen sollte, aber er war so müde und sein Körper so gefühllos. Er glaubte, daß sich sein Mund bewegte, obwohl er seine Stimme nicht hören konnte. Und dann hörte er sie doch, aber es war gar nicht seine Stimme, obwohl sie ganz ähnlich und sehr vertraut klang, und tief in ihm erwachte ein Lebensfunke und erfüllte ihn mit Hoffnung gegen die Dunkelheit.

»Sei ganz ruhig«, sagte Seeks-the-Moon, »du bist jetzt in Sicherheit. Ich habe dich gefunden.«

Kyle schlief wieder ein und träumte von leisem Gelächter.

22

Er spürte einen Luftzug, der einen Essensgeruch mit sich brachte. Käse, dachte er, und vielleicht Brot. Und unter ihm spürte er etwas Weiches, und er war trocken. Kyle öffnete zögernd die Augen und blinzelte ob des Lichts, das durch die zugezogenen Vorhänge fiel. Jemand in dem Zimmer bewegte sich, und er hörte eine Stimme: »Bist du wach?« Es war Seeks-the-Moon.

»Ich glaube schon…« Kyle erinnerte sich – oder hatte er es nur geträumt? – an ein Wirbeln und an einen kalten und nassen Ort. »Wo bin ich?« Er fühlte sich schwach und müde, aber einigermaßen gesund.

»Eine offensichtliche Frage«, antwortete der Geist zögernd. Seine Stimme klang tief und fremd. »Du bist in irgend jemandes Haus. Ich weiß nicht, wessen.«

»Ich nehme an, der Besitzer ist nicht zu Hause?« Kyle drehte den Kopf ein wenig und sah den Geist auf einem großen, alten Sessel sitzen, in den er tief eingesunken war. Das Licht vom Fenster warf einen hellen Streifen auf ihn, der von den Augen bis zu den Knien reichte. Er sah älter aus. Aber irgendwie schien er auch zu den schäbigen, wenigen Möbeln im Zimmer und den feinen Rissen in den Wänden zu passen. Eine offene Tür gestattete ihm einen Blick auf einen schmalen Flur und einen verblaßten, fadenscheinigen Läufer.

Je länger Kyle Seeks-the-Moon betrachtete, desto deutlicher erkannte er, daß sich der Geist verändert hatte. Sein Gesicht wirkte älter, härter, aber die Augen waren strahlender, blauer, als er sie in Erinnerung hatte. Und seine Kleidung war auf subtile Art anders. Dunkler und abgetragener, aber gleichzeitig wirkten die Farben echter.

»Die Besitzerin ist tot«, sagte der Geist. »Zumindest

glaube ich, daß es die Besitzerin war, die ich im Flur gefunden habe.«

»Die Insektengeister?«

»Nein, Angehörige ihrer eigenen Rasse.« Moons Gesicht verriet keine Gefühlsregung. »Sie hatte keinen leichten Tod.«

Kyle versuchte sich aufzurichten, aber er war zu schwach. Die Schmerzen in seinem Bein waren nur noch ein dumpfes Pochen, aber der Rest seines Körpers fühlte sich an, als bestünde er aus nassem Lehm. Irgendwo draußen bellten zwei Hunde einander an.

»Du warst sehr krank«, sagte Seeks-the-Moon. »Ich habe versucht, dich nach besten Kräften zu heilen, aber ich fürchte, das, was du mich gelehrt hast, war nicht genug, um dich wieder ganz gesund zu machen.«

»Wie lange war ich weg?«

»Vor zwei Tagen habe ich dich gefunden. Du warst mindestens vier Tage auf der Straße.«

»Eine *Woche?*« sagte Kyle. »Eine ganze Woche ist vergangen?«

»Sechs Tage.« Von Seeks-the-Moon ging eine merkwürdige Anspannung aus, die Kyle nicht einordnen konnte.

Kyle versuchte noch einmal, sich aufzurichten, und diesmal meldete sich der Schmerz in seinem Bein, der ihn durchzuckte und wieder auf das knarrende Bett zurücksinken ließ. »Beth«, sagte er, »weißt du, was mit …«

»Nein, ich weiß es nicht«, sagte der Geist leise.

Kyle stützte sich unter Schmerzen auf einen Ellbogen. Schon diese leichte Übung reichte aus, um ihn fast wieder ohnmächtig werden zu lassen. »Ich muß herausfinden, ob mit ihr und Natalie alles in Ordnung ist.«

Der Geist bewegte sich nicht, aber in seine Miene schlich sich ein Anflug von Traurigkeit. »Du bist mit Sicherheit weit von ihnen entfernt und zu schwach, um nach ihnen zu suchen. Du würdest die Suche nicht überleben.«

Wütend wollte Kyle den Geist telepathisch anschreien, aber seine Worte verhallten im Nichts. Zwischen ihnen bestand keine Verbindung mehr. Kein Band, keine Empathie, nichts. Kyle starrte Seeks-the-Moon an und erinnerte sich an die Leere, die er empfunden hatte, als er hinter dem Müllcontainer lag. Und registrierte die Leere, die er auch jetzt noch empfand ...

»Du bist frei ...«, sagte er zögernd.

Seeks-the-Moon sah weg und nickte dann. »Du warst sehr schwer verletzt. Ich glaube, du warst dem Tod so nah, wie man ihm überhaupt kommen kann, ohne zu sterben. Du hast überlebt«, sagte er, »aber ich bin frei.«

»Ich verstehe«, sagte Kyle, und der Geist legte den Kopf ein wenig zur Seite, so daß sich seine Augen nicht mehr im Licht befanden. Sie glitzerten Kyle dennoch an, reflektierten das wenige Licht, das sie erreichte.

»Was wirst du tun?« fragte Seeks-the-Moon nach einer Weile.

»Was ich tun werde? Ich verstehe die Frage nicht.«

»Wirst du versuchen, mich wieder unter deine Kontrolle zu bringen?«

Kyle starrte den Geist an, während dieser weiterredete. »Du hast mich erschaffen. Du hast das Recht dazu.«

»Ich glaube nicht, daß ich es könnte.«

»Das ist unwichtig. Wichtig ist, ob du es willst.«

Kyle legte sich wieder hin und bedeckte die Augen mit seinem Arm. Was wollte er? Was konnte er tun? Was war geschehen? »Ich weiß es nicht«, sagte er. »Ich brauche Zeit zum Nachdenken.« Er brauchte vor allem Schlaf.

»Und je länger du nachdenkst, desto mehr verheilen

deine Wunden und desto stärker wirst du«, sagte Seeks-the-Moon.

»Ja«, sagte Kyle. Und dann werde ich Kraft genug haben, um dich herauszufordern, dachte Kyle. Und das weißt du auch.

Aber der Geist schwieg und gestattete ihm zu schlafen.

Als er das nächstemal erwachte, jäh und desorientiert, während sein Verstand noch zwischen Traum und Realität hin und her irrte, saß eine Frau in dem Sessel, auf dem zuvor Seeks-the-Moon gesessen hatte. Sie kam ihm bekannt vor, und in seiner Verwirrung und dem matten rötlichen Licht, das von draußen hereinfiel, war sie Beth. Er bewegte sich auf sie zu, und sie verschwand, verschmolz mit dem Schatten des Sessels, während er endgültig erwachte.

Kyle schüttelte den Kopf und strich sich mit den Fingern durch den Bart, der ihm in den letzten Tagen gewachsen war, und durch den schmutzigen, fettigen Filz seiner Haare. Er fühlte sich ausgeruht, doch da war immer noch ein dumpfer Schmerz in seinem Körper, aber auch nicht mehr als das. Er richtete seine Sinne nach innen und untersuchte sich. Überrascht stellte er fest, daß die tiefen Wunden, die er gespürt hatte, als er auf der Straße lag, verschwunden, verheilt und nicht mehr waren als blasse Erinnerungen. Sogar sein Bein war verheilt. Die Knochen waren alle wieder ganz. Er sah jedoch auch, daß sein Bein in den nächsten Tagen zumindest bei Belastung noch sehr stark schmerzen würde.

Er fühlte sich stark, oder zumindest stärker, und sehr hungrig. Draußen, vielleicht einen oder zwei Blocks entfernt, ertönten Gewehrschüsse, drei davon in rascher Folge. So behutsam und leise wie möglich schwang Kyle die Beine aus dem Bett und stand auf.

Wiederum war er überrascht über die Kraft in seinen Beinen. Als er an sich nach unten sah, fiel ihm auf, daß er die Kleidung einer anderen Person trug, aber er spürte die Anwesenheit aller seiner Fokusse mit Ausnahme des Messers. Trotz seiner offensichtlichen Kraft und Gesundheit ging er sehr vorsichtig zum Fenster und teilte die schmutzigen Vorhänge. Es dämmerte, war beinahe schon dunkel, und die Straße war, abgesehen vom ausgebrannten Wrack eines Honda Minimobils, das auf der anderen Straßenseite auf der Seite lag, leer. Abgesehen von dem Wrack und Dutzenden grellroter Papierblätter, die im Wind hin und her flatterten.

Wenn diese Straßenseite der gegenüberliegenden entsprach, mußte er sich in einem Zimmer im ersten Stock über einer kleinen Ladenfront befinden. Die Läden, die er gegenüber sehen konnte, wiesen Anzeichen der Plünderung und Zerstörung auf. Ihre Fenster waren eingeschlagen, und die Türen standen weit offen.

»Du solltest nicht zu lange dort stehen«, ertönte Seeks-the-Moons Stimme hinter ihm.

Kyle ließ die Vorhänge los und drehte sich um.

Moon stand neben dem Sessel. »Wie fühlst du dich?«

»Besser, als es eigentlich der Fall sein dürfte, nehme ich an. Als hätte ich einen Autounfall erlitten und wäre mit heiler Haut davongekommen.«

Er nickte. »Es sind ein paar Tage vergangen.«

»Wie lange ist es her, daß ich zuletzt aufgewacht bin?«

Seeks-the-Moon runzelte die Stirn und schaute sinnend an die Decke. »Zwei Tage.«

Kyle setzte sich auf die Bettkante. Er sah zum Fenster und dann wieder zu Seeks-the-Moon. »Was, zum Teufel, ist eigentlich los?« fragte er leise.

»Ihr habt das Hauptnest gefunden, auf jeden Fall für diese Region, vielleicht sogar für den ganzen Kontinent«, sagte er. »Als ihr angegriffen habt, sind sie ...« Der Geist sah einen Moment lang weg.

Kyle beugte sich vor. »Was sind sie?«

»Sie sind ausgeschwärmt«, sagte Seeks-the-Moon, der immer noch wegsah.

»Was bedeutet das?«

Seeks-the-Moon zuckte die Achseln. »Es sind Insekten. Ihr Nest wurde vernichtet. Sie haben anderswo Schutz gesucht.«

»Jesus Christus ...«

Der Geist nickte. »Sie haben sich auf die ganze Stadt verteilt, und viele Leute sind tot oder wünschten, sie wären es.«

»Ist denn die Polizei oder das Corps nicht in der Lage, ihnen Einhalt zu gebieten?« fragte Kyle.

»Es gibt Tausende.«

»Was ist mit der Regierung?«

»Sie hat etwas unternommen«, sagte Seeks-the-Moon. »Sie hat die Stadt abgeriegelt.«

»*Was?* Das ergibt doch überhaupt keinen Sinn«, sagte Kyle.

Seeks-the-Moon zeigte auf ein gefaltetes, fleckiges Blatt grellroten Papiers, das auf der Nachtkonsole lag. »Die haben sie überall über der Stadt abgeworfen.«

Kyle nahm das Blatt und entfaltete es behutsam, da ihn plötzlich ein unbestimmtes Angstgefühl beschlich. Der Text lautete:

Einwohner von Chicago!

Gemäß Anordnung der Bundesregierung steht diese Stadt bis auf weiteres unter Quarantäne. Bleiben Sie in Ihren Häusern. Gehen Sie nur auf die Straße, wenn es sich absolut nicht vermeiden läßt. Achten Sie auf Lebensmittelabwürfe in Ihrer Nähe.

Versuchen Sie bitte nicht, das Gebiet zu verlassen. Die Regierung unternimmt alles in ihrer Macht stehende, die Wesen, die Sie bedrohen, unter Kontrolle zu bringen. Bis Ihre Sicherheit garantiert werden kann, bleiben Sie bitte in Ihren Häusern und befolgen Sie alle Anweisungen.

Kyle schüttelte den Kopf. Es ergab keinen Sinn. Warum patrouillierten keine Regierungstruppen auf den Straßen? »Warum haben sie nicht das Kriegsrecht verhängt und sind einmarschiert?« fragte er. »Warum haben sie statt dessen die Stadt abgeriegelt?«

»Wie sollten sie die Geister bekämpfen?« stellte Seeks-the-Moon die Gegenfrage. »Diese Dinger sind nicht von dieser Welt. Geister haben vor Kugeln und Handgranaten nichts zu befürchten. Die Soldaten könnten sie nicht besiegen, weil sie sie gar nicht erst bekämpfen können.«

»Die Soldaten von Eagle Security, mit denen ich zusammen war, haben sie bekämpft«, sagte Kyle wütend. »Die Soldaten von Knight Errant haben sie ebenfalls bekämpft.«

»Da waren die Menschen auch in der Überzahl«, sagte Seeks-the-Moon. »Und die Soldaten von Knight Errant sind tot.«

Kyle schrak zusammen und starrte ihn an.

Der Geist nickte. »Du und vielleicht noch ein paar andere haben überlebt, obwohl ich keinen gesehen habe.«

»Wie viele sind herausgekommen?«

»Keiner – die Soldaten sind tot.«

»Nein, ich meine, wie viele Leute haben die Absperrung durchbrochen?«

»Wenige.«

»Wenige?«

»Die Regierung läßt niemanden heraus. Sie fürchtet sich vor einer Ausweitung des Problems.«

Kyle wollte antworten, schwieg dann jedoch, als ihm die Wahrheit dämmerte. »Sie können nicht feststellen, wer von den Insekten besessen ist«, sagte er. »Sie wissen einfach nicht, wer sauber ist und wer nicht ...«

»Ein Magier kann es erkennen«, sagte Seeks-the-Moon. »So wie wir es können. Aber wie viele haben sie? Wie gut sind sie? Können sie den Ergebnissen trauen? Und was ist, wenn sie sich irren?«

»Das ist doch Wahnsinn ...«

Der Geist zuckte die Achseln. »Sie haben Angst.«

Kyle richtete den Blick auf das Fenster und die Stadt dahinter. »Wir müssen ganz sichergehen, daß sie wissen, was passiert ist.« Er fixierte Seeks-the-Moon. »Du könntest durch den Astralraum bis zur Absperrung fliegen und mit ihnen reden.«

»Nein, das geht nicht.«

Kyle starrte ihn an.

»Ich bin in Gefahr, selbst jetzt«, sagte Moon. »Und in mancherlei Hinsicht bin ich auch für dich eine Gefahr. Die Insekten können mich riechen. Wenn ich versuchte, durch den Astralraum zu fliegen, würden sie mich aufspüren und sofort angreifen.« Der Geist hielt inne und fügte dann hinzu: »Ich habe es versucht.«

Kyle war verblüfft. »Sind es so viele?«

Seeks-the-Moon nickte. »Es kursieren Geschichten, daß die Insektengeister Leute fangen und wegbringen. Niemand weiß, wohin, aber sie bringen sie nicht um. Zumindest nicht sofort.«

»Also haben sie ein neues Nest.«

Seeks-the-Moon nickte. »Und bald, vielleicht schon in einigen Tagen, wird es noch sehr viel mehr von ihnen geben.«

23

Der Geist wollte nicht mehr viel sagen, und seine Miene nahm einen sorgenvollen Ausdruck an. Seeks-the-Moon und Hanna Uljakën hatten noch Go gespielt, als Kyle seine beinahe tödlichen Verletzungen erlitten hatte. Von diesem Augenblick an wußte Moon für die seiner Meinung nach nächsten Stunden nichts mehr außer den schrecklichen Schmerzen der Freiheit und Wiedergeburt. Er konnte – oder wollte – nicht beschreiben, was er durchgemacht hatte. Dazu befragt, sagte er lediglich: »Du würdest es nicht verstehen.«

Moon sagte, er könne sich aus dieser Zeit kaum noch an etwas erinnern, außer an die Schmerzen und an ein paar Bilder. Er erinnerte sich noch, vom Truman Tower aus nach Norden geschaut zu haben, als sich eine schwarze Wolke vom Boden in den Himmel erhoben und über die Stadt ausgebreitet habe. Außerdem erinnerte er sich noch, die Anwesenheit von Flugzeugen auf oder nahe beim Tower gehört oder gespürt zu haben. Und dann seien die Insektengeister gekommen.

Kurze Zeit nach dem Abflug der Flugzeuge, die viele der Leute im Gebäude mitnahmen, hatten sie das Gebäude angegriffen. Er hatte gewußt, daß sich immer noch Leute darin befanden – er konnte ihre Stimmen hören –, und vielleicht hatten sie sogar mit ihm geredet. Aber zu diesem Zeitpunkt hatte er noch nicht wieder die Kraft gehabt, darauf zu reagieren.

Als die Insektengeister angriffen, war Seeks-the-Moon geflohen. Und während der Geist davon sprach, konnte Kyle fast die Empfindungen spüren, die er zu beherrschen versuchte. Seeks-the-Moon hatte die Leute im Stich gelassen, die sich noch in dem Gebäude befanden, weil er hilflos war, weil seine Gestalt und seine Kräfte auf wenig mehr als Schmerzen und inneren Aufruhr reduziert worden waren.

Er versteckte sich irgendwo, wo, wußte er nicht mehr, und als er sich wieder einigermaßen in der Gewalt und tatsächlich begriffen hatte, was aus ihm geworden war, kehrte er noch einmal kurz in das Gebäude zurück. Es war verlassen, aber er fand eine Nachricht für ihn und Kyle im Wohnzimmer der Truman-Wohnung. Sie war von Hanna Uljakën und besagte, daß die Truman-Familie in einer Kipprotormaschine von Knight Errant geflohen war. Daniel Truman, seine Frau und ihre Tochter Madelaine befanden sich offenbar in Sicherheit, doch Melissa wurde erneut vermißt. Sie hatte die Wohnung in Begleitung einiger Leibwächter verlassen, die jedoch nicht mehr über Funk erreicht werden konnten, als die Trumans definitiv wußten, daß sie und das Personal evakuiert würden.

Hanna war freiwillig zurückgeblieben, um die schwachen Versuche der Truman-Organisation zu koordinieren, Melissa zu finden. Doch noch bevor sie damit hatte beginnen können, waren die Insektengeister über den Truman Tower hergefallen. Die Botschaft endete mit der Bemerkung, daß Hanna und die anderen das Gebäude über das hochmoderne Evakuierungssystem für Brandfälle verlassen würden. Das war das einzige Lebenszeichen, das Seeks-the-Moon von ihr finden konnte, und da hatte der Geist beschlossen, Kyle zu suchen.

All das war vor einer Woche geschehen.

»Ich muß es versuchen«, sagte Kyle zu ihm. Seeks-the-Moon starrte ihn nur an. »Ich habe etwas Einfluß«, sagte er. »Vielleicht finde ich heraus, was wirklich los ist.«

»Sie werden dich erschießen.«

»Nein, das werden sie nicht. Sie erschießen niemanden.«

»Die Leute auf der Straße haben gesagt, daß die Regierung alle Leute erschießen läßt, die auszubrechen versuchen.«

»Das glaube ich nicht. Die Leute haben Angst, und wenn das der Fall ist, werden alle möglichen Geschichten in die Welt gesetzt«, sagte Kyle. »Außerdem muß ich nach Norden.«

»Deine Frau.«

»Mein Exfrau«, sagte Kyle, »und meine Tochter.«

»Wo willst du nach ihnen suchen? In ihrem Büro? Bei ihr zu Hause? In der Schule deiner Tochter? Die Chance, daß sie sich noch an einem dieser Orte befinden, ist sehr gering.«

Kyle nickte zögernd. »Ich weiß, aber wenn Beth irgendeine Möglichkeit hatte, mir eine Nachricht zu hinterlassen, hat sie das mit Sicherheit auch getan.«

Er stand auf. »Ich muß es versuchen. Und mir wäre einiges an deiner Hilfe gelegen. Ich habe keinen Grund, sie von dir zu erwarten«, sagte er, »und ich werde sie gewiß nicht von dir verlangen.«

Der Geist runzelte die Stirn, aber einen Augenblick später nickte er. »Ich werde dir helfen«, sagte er. »Weil du gefragt hast.«

Kyle nickte. »Vielen Dank.«

Sie packten alles zusammen, was sie hatten, die Lebensmittel, die der Geist sich beschafft hatte, und die Waffen aus dem ›Nachlaß‹ des Angriffs auf das Kaufhaus. Für Kyle war unschwer zu erkennen, daß bereits eine Menge Waffen und Rüstungen gestohlen worden sein mußten, und er hoffte, daß der Besitz erstklassiger, modernster Waffen das Kräfteverhältnis zwischen der hiesigen Bevölkerung und den marodierenden Insektengeistern ein wenig ausglich.

Als sie fertig waren, fand Kyle, daß er jetzt aussehen

mußte wie ein Flüchtling aus einer zweitklassigen postnuklearen Holocaust-Simshow. Er achtete jedoch darauf, alle offensichtlichen Knight Errant-Kennzeichnungen von der Ausrüstung zu entfernen, insbesondere vom Körperpanzer. Schließlich war völlig unklar, wie sich die politische Situation in der Stadt bis zu dieser Stunde entwickelt hatte. Seeks-the-Moon sah genauso aus wie Kyle, wenn man von dem schweren, über die Schulter geworfenen Rucksack absah. Mehr konnte er nicht tragen, da es sich für ihn irgendwann als nötig erweisen mochte, schnell in den Astralraum zu wechseln. Dorthin konnte er nichts ›Reales‹ mitnehmen, und daher mußte er in der Lage sein, sich seiner Habseligkeiten rasch zu entledigen.

Sie hatten die Möglichkeit diskutiert, daß Kyle Elementare oder Beobachter beschwor, die Idee dann jedoch verworfen. Die für die Schaffung eines Beschwörungskreises erforderliche Zeit und Mühe war enorm, und Seeks-the-Moon sprach sich sogar gegen alle Beschwörungen aus, bis sie mehr über die Horden der Insektengeister wußten. Er befürchtete – und Kyle gab ihm widerstrebend recht –, daß jede Beschwörung gleichbedeutend damit war, in einer warmen Sommernacht das Verandalicht einzuschalten. Die Aufmerksamkeit der Insektengeister auf sich zu ziehen, war gewiß das letzte, was sie wollten.

Trotz der Hitze trug Kyle einen schweren langen Mantel über seiner Kampfausrüstung, den er sich aus einem Laden in der Nähe geholt hatte. Während die sichtbare Präsenz militärischer Feuerwaffen und Rüstung manche davon überzeugen mochte, daß der Preis, sich mit ihm und Moon anzulegen, möglicherweise zu hoch war, würden andere höchstwahrscheinlich nicht der Versuchung widerstehen können, sich in den Besitz ausgesuchter Hardware zu bringen.

Mit seiner neugewonnenen Freiheit hatte Seeks-the-Moon auch die Fähigkeit erlangt, seine Aura zu maskieren und seine Geisternatur und ständige Präsenz im Astralraum vor allen außer den aufmerksamsten astralen Beobachtern zu verbergen. Kyles Fokusse waren etwas anderes. Er konnte einige von ihnen maskieren und ihre Auren unter seine subsummieren, aber er konnte sie nicht alle verbergen. Anstatt sich also ständig Sorgen hinsichtlich eines Angriffs aus dem Astralraum zu machen, beschloß er, die Fokusse vorübergehend zu deaktivieren.

Während sie ihre Vorbereitungen trafen, wunderte sich Kyle über die Tatsache, daß Seeks-the-Moon nach wie vor bei ihm war. Der Geist war frei und unterstand nicht mehr Kyles Kontrolle. Er hatte keinen Grund zu bleiben – und konnte ohne Zweifel mühelos aus der abgeriegelten Stadt entkommen. Und doch wollte Seeks-the-Moon bleiben. Kyle wollte wissen, warum, aber seine wachsenden Schuldgefühle, den Geist jahrelang buchstäblich in einer Art Leibeigenschaft gehalten zu haben, anstatt ihn zu befreien, lähmten seine Zunge. Seeks-the-Moon schien Kyles Bestürzung zu spüren, aber er sagte und tat nichts, um sie zu mildern.

Die Wohnung, in die Seeks-the-Moon Kyle gebracht hatte, befand sich ein paar Blocks nördlich der Kreuzung Randolph und Sangamon. Bevor sie sich auf den Weg durch die Stadt machten, stiegen sie auf das Dach eines ziemlich hohen Gebäudes in der Nähe, in dem sich einmal Büros befunden hatten. Verlassen und geplündert, beherbergte das Haus wahrscheinlich ein paar Penner, aber diese Bewohner hielten sich gut versteckt, da es ihnen nichts bringen konnte, sich mit dem Paar anzulegen. Einmal auf ihrem Weg auf das Dach beklagte sich Seeks-the-Moon über die Ironie, die in der Tatsache lag, daß er jetzt frei und mit neuer Macht ausgestattet, aber buchstäblich ohnmächtig war aus Angst, Insektengeister auf sich aufmerksam zu machen.

Auf dem Dach benutzte Kyle ein elektronisches

Fernglas, das sie ebenfalls einem toten Knight Errant-Soldaten abgenommen hatten. Es war früher Morgen.

Ein Blick nach Süden zeigte ihnen die hohen, schlanken Spitzen des Innenstadtkerns. Mindestens drei der Gebäude dort standen in Brand, und es sah nicht so aus, als würden irgendwelche Anstrengungen unternommen, die Brände zu löschen oder einzudämmen. Außerdem konnte er die glitzernde obere Hälfte des Truman Tower sehen. Es gab keine Anzeichen für Insektengeister oder überhaupt für Leben, aber die meisten Fenster des Gebäudes waren geborsten oder gesprungen. Vom Dach stieg eine dünne Rauchfahne auf. Die Spuren eines Brandes oder jemandes Hilferuf? fragte sich Kyle.

Jenseits des Gebäudes sah Kyle plötzlich Bewegung. Drei schwarze und bewaffnete Kampfhubschrauber umkreisten das Gebäude. Sie flogen in Ost-West-Richtung über den Innenstadtkern, wobei sie den Gebäuden auswichen. Ihre Kennzeichnung wies sie als Maschinen der UCAS Army aus. Dann schossen sie plötzlich eine Raketensalve gegen die obersten Stockwerke eines kupferfarbenen Bürohochhauses am südlichen Rand des Innenstadtkerns ab. Seeks-the-Moon stieß unwillkürlich einen Laut der Bestürzung aus, da er das Aufblitzen der Waffen und die gewaltigen Feuerbälle, die von dem Gebäude aufstiegen, auch ohne Fernglas sehen konnte.

Die Hubschrauber setzten ihren Beschuß fort, als plötzlich Dutzende dunkler Gestalten aus dem wachsenden Inferno sprangen. Die meisten stürzten ab, da sie entweder nicht fliegen konnten oder zu schwer verwundet waren, aber ein paar, dem Aussehen nach ein halbes Dutzend Wespen, schossen auf die Hubschrauber zu. Drei von ihnen brachen den Angriff plötzlich ab und spritzten in einem glitzernden Wirrwarr aus Flügeln und Funken astraler Energie in verschiedene Richtungen davon. Kyle war immer noch nicht bereit, seine Astralsinne zu benutzen und sich damit einem Angriff auszusetzen, aber er war sicher, daß die drei auf andere Geister gestoßen waren, Elementare oder Beobachter, welche die Hubschrauber bewachten. Die drei verbliebenen Insektengeister setzten ihren Anflug auf die Hubschrauber fort.

Die Hubschrauber wendeten und beschleunigten. Der führende Hubschrauber senkte die Nase und erwischte den ersten Insektengeist mit den Rotorblättern, wodurch der Geist zwar weggeschleudert, aber auch die Rotorblätter beschädigt wurden. Der zweite Hubschrauber wich seinem Angreifer aus und versuchte zu fliehen, doch Kyle wußte, daß die Insektengeister viel schneller als die Hubschrauber waren. Die dritte Wespe erreichte ihre Beute und griff das Cockpit an.

Kyle fragte sich, ob das Cockpit halten würde, aber nur einen Augenblick lang. Dann sah er das Panzerglas splittern und davonfliegen. Der Hubschrauber legte sich sofort nach rechts und verlor an Höhe. In wenigen Sekunden würde er am Boden zerschellen.

Er hielt nach dem zweiten Hubschrauber Ausschau und sah ihn vergeblich manövrieren, um den Angreifer abzuschütteln. Wie gut der Pilot auch war, lange würde er nicht mehr aushalten. Kyle holte tief Luft und beschwor seine Kräfte. Rohe astrale Energie durchfloß ihn und die Formel in seinem Verstand. Er ließ seine Astralsinne spielen und synchronisierte die Energie des Zaubers mit der des Insekts, dann wirkte er ihn. Die Energie schoß durch den Astralraum, ein blaugrauer Lichtstrahl, der das Ding traf wie ein Blitz. Es wurde herumgerissen und stürzte gleich darauf mit zerfetzten Flügeln ab, immer noch in blaue Energie gehüllt. Einen Augenblick später hatte es sich aufgelöst. Der Hubschrauber ging in den Tiefflug über und floh nach Westen, wobei er die Straßen als Deckung benutzte. Kyle suchte nach dem ersten Hubschrauber, sah ihn jedoch nicht mehr. Eine Rauchwolke erhob sich in die Luft und verriet ihm, wo der dritte abgestürzt war.

Eine Minute, nachdem sie die Hubschrauber zum erstenmal gesichtet hatten, waren sie wieder verschwunden. Eine Handvoll dunkler Gestalten lauerte in der Umgebung des Bürohochhauses, dessen obere Stockwerke in Flammen standen. Kurz darauf verschwanden die Gestalten in den Straßen.

»Es hat den Anschein, als würde deine Regierung tatsächlich etwas unternehmen«, sagte Seeks-the-Moon.

Kyle nickte. »Sei auf der Hut. Vielleicht haben einige der Insektengeister meinen Zauber gesehen.«

»Das bin ich«, sagte Seeks-the-Moon.

»Ist der erste Hubschrauber entkommen?« fragte Kyle. »Ich habe es nicht mitbekommen.«

»Ich auch nicht.«

Kyle wandte sich wieder dem Innenstadtkern zu. Leichtes Gewehrfeuer hallte aus den Straßen zu ihnen herauf, aber er sah immer noch nichts. Dann schaute Kyle nach Osten auf den See. Der Himmel war wolkenlos und reflektierte alles, was er von der unbewegten Wasseroberfläche sehen konnte.

Es waren Boote dort draußen, etwa drei Kilometer vom Ufer entfernt in Nord-Süd-Richtung aufgereiht. Er konnte einige Küstenwachboote erkennen und auch das eine oder andere reguläre Kriegsschiff der Marine. Bei den übrigen schien es sich um Handelsschiffe zu handeln, die vermutlich von der Regierung requiriert worden waren. Er sah auch noch ein paar kleinere Privatboote, die sich jedoch von der Blockade fernzuhalten schienen. Ein orangeweißer Hubschrauber schwebte über einem dieser Boote. Einen Augenblick später trennten sich die beiden, und die Segelboote kehrten zum Ufer zurück.

Kyle richtete seine Aufmerksamkeit landeinwärts. In der ohnehin so gut wie aufgegebenen Noose war wenig Veränderung zu erkennen, und er fragte sich, ob die Penner und Vagabunden, die dort lebten, diese Katastrophe nicht am besten von allen überleben würden. Ansonsten war wenig zu sehen, abgesehen von einer Rauchfahne im Nordosten in der Nähe des Sees.

Im Westen der Stadt sah er ein weiteres halbes Dutzend Rauchfahnen und Anzeichen für die Landblockade um die Stadt. Ein Stück weit entfernt patrouillierten Hubschrauber und mindestens ein leichter Kampfpanzer, möglicherweise ein Panzerspähwagen, entlang der Demarkationslinie, von der es auf der Straße hieß, sie verlaufe entweder weit im Westen entlang der Interstate 294 oder viel näher entlang der Harlem Avenue. Der Entfernungsmesser des Fernglases zeigte vierzehn Kilometer an, was eher auf die Harlem Avenue hindeutete als auf die über zwanzig Kilometer entfernte Interstate.

Hinter den Helikoptern sah Kyle etwas Großes, Zigarrenförmiges in der Luft schweben. Ein Luftschiff, dachte er, vermutlich mit hochauflösendem Radar für die Überwachung des Luftraums über der Stadt bestückt. Er fragte sich, ob das Radar gut genug war, um die Insektengeister zu entdecken, wenn sie in manifester Gestalt umherflogen. Er fragte sich außerdem, ob das Luftschiff, das völlig ungeschützt und weithin sichtbar am Himmel hing, nicht äußerst verwundbar war. Er wußte, er hätte es leicht mit einem mächtigen Zauber angreifen können, und nahm an, daß andere in der Stadt das auch konnten. Er wußte aber auch, daß das Militär ebenfalls daran gedacht haben würde.

Und schließlich sah er nach Norden. Wiederum sah er Rauchfahnen, wobei eine besonders dichte Wolke vom Seeufer aufstieg. Er konnte kaum die Demarkationslinie erkennen und fragte sich, wie weit nördlich sie verlief. Es hieß, entlang der Belmont Avenue, und er hoffte, daß das den Tatsachen entsprach, da in diesem Fall Beth'Wohnung und Natalies Schule nicht im Sperrgebiet liegen würden. Doch die Hubschrauber schienen weiter entfernt zu sein. Der Entfernungsmesser des Fernglases zeigte vierzehn Kilometer an, was zu weit war.

Ohne Stadtplan ließ sich jedoch nichts Genaues sagen, und so machten sich Kyle und Seeks-the-Moon auf den Weg nach Norden.

24

Um möglichst schnell voranzukommen und nicht in den Hinterhalt von jemandem zu geraten, der sie vielleicht um ihre Waffen erleichtern wollte, folgten Kyle und Seeks-the-Moon der Interstate 90/94. Das bedeutete zwar, daß sie exponierter und auch verwundbarer waren als auf einer der Hauptstraßen, aber andererseits war das Gelände übersichtlich, und es gab kaum Versteckmöglichkeiten für potentielle Angreifer. Kyle hoffte, daß Seeks-the-Moons ständig aktive Astralsinne sie rechtzeitig vor jeder sich nähernden Gefahr warnen würden.

Als sie über die Lake-Street-Auffahrt auf den Highway marschierten, überholte sie ein verbeulter Lieferwagen. Der ältere Ork auf dem Beifahrersitz behielt sie im Auge und die Läufe seiner Schrotflinte auf sie gerichtet. Aber der Lieferwagen wurde nicht langsamer, sondern setzte seine Fahrt nach Norden fort, wobei er einmal nach rechts schwenkte, um dem ausgebrannten Wrack eines Busses auf der Überholspur auszuweichen.

Sie sahen nur einen anderen Wagen, einen Toyota Elite, der auf der anderen Seite des Highways nach Süden fuhr. Als der Fahrer sie sah, wurde er langsamer und schrie, »Seid ihr irre oder was!« bevor er wieder beschleunigte und seine Fahrt fortsetzte.

Die Stadt um sie herum war ruhig, als sich die Fahrbahn von unterhalb des Straßenniveaus in Höhe des alten Loops langsam hob und hinter Hubbard's Cave das Straßenniveau überstieg. An dieser Stelle konnten Kyle und Moon mehr Rauch und ein paar Feuer sehen, die offenbar immer noch unkontrolliert wüteten. Einmal gingen sie in Deckung, als ein Schwarm Insektengeister, Libellen, über den Dächern auftauchte und dann im Sturzflug auf die Straßen niederging. Es war wie das plötzliche Vorbeiziehen einer Gewitterwolke, die die Sonne verdeckte und die Ohren mit dem Geräusch schwirrender Riesenflügel betäubte. Kyle erwog erneut, einen Zauber zu wirken, der sie beide unsichtbar machen würde, entschied sich dann aber wiederum dagegen, da sie immer noch nicht wußten, wie die Wahrnehmung dieser Wesen funktionierte. Vielleicht nützte ihnen der Zauber überhaupt nichts.

Einmal wühlte eine wahrscheinlich verirrte Kugel in ihrer Nähe den Boden auf, aber sie sahen keine Spur von dem Schützen. Sie gingen weiter, doch Kyle rief sich die Formel für einen Zauber ins Gedächtnis, der einerseits schnell gewirkt werden und andererseits – wie er hoffte – eine Kugel verlangsamen, wenn nicht sogar gänzlich aufhalten konnte.

Die beiden gingen meistens schweigend nebeneinander her, beide in Gedanken vertieft. Als sie sich der Ashland-Ausfahrt näherten, kamen sie an den Überresten eines Kleinlieferwagens vorbei, der offenbar gegen die Leitplanke geprallt war und sich dann überschlagen hatte, bevor er in Flammen aufgegangen war. In dem Lieferwagen lagen sechs Leute. Vier davon Kinder. Offensichtlich waren sie schon seit einigen Tagen tot.

An der Ausfahrt verließen Kyle und Seeks-the-Moon den Highway und folgten dieser Straße nach Norden, wobei sie allmählich mehr Lebenszeichen sahen. Sie kamen an Leuten vorbei, die sich in Hauseingängen versammelt hatten und sie mit Furcht oder Besorgnis musterten. Sie kamen an einer Bar vorbei, die geöffnet zu haben schien, da Musik mit einem schweren synthetischen Rhythmus durch die vernagelten Fenster drang. Außerdem sahen sie mehr Autos, aber insgesamt waren nur wenige unterwegs. Dann stießen sie auf einen großen Parkplatz, auf dem Dutzende aufgerissener Kisten aus Holz und Fiberglas lagen – offenbar hatten die Kisten Nahrungsmittel und Gebrauchsgüter enthalten, die in den vergangenen Tagen von der Regierung abgeworfen waren. Außerdem lagen vier Leichen in einer Reihe neben einem Streifenwagen von Eagle Security auf dem Boden. Ein junger schwarzer Beamter saß auf der Motorhaube des Wagens, eine Schrotflinte in der Hand.

Kyle winkte ihm zu und erwog, zu ihm zu gehen, überlegte es sich dann jedoch anders, als er ein kurzes Stück entfernt zwei weitere Leichen sah. Bei einer handelte es sich um eine ältere Frau, bei der anderen um ein Trollkind. Beide waren von einer Schrotladung getötet worden. Kyle sah außerdem, daß der Streifenwagen mit Lebensmittelkisten vollgestopft war. Der Streifenpolizist beäugte sie wachsam, und sie gingen weiter.

In der Nähe von Oakdale sahen sie einen großen schwarzen Käfer mit roten Streifen auf dem Panzer, der sie aus einem Ladeneingang beobachtete. Geifer und kleine Fleischfetzen fielen von seinen Mandibeln, während sich sein merkwürdig geformter Kopf langsam drehte, um ihnen zu folgen. Kyle nickte Seeks-the-Moon zu, und für einen Augenblick ließen beide ihre Maske fallen. Der Käfer reagierte so, wie sie gehofft hatten, indem er sich weiter in das zertrümmerte Ladeninnere zurückzog.

Ein paar Blocks weiter, ein Stück nördlich der Belmont, bemerkte Moon einen Wagen, der ihnen in einigem Abstand folgte. Kyle schaute sich um und sah ihn ebenfalls: ein großes braunes Auto, das mit alten Reifen verkleidet war, und ihnen hinterherfuhr. Der Abstand betrug etwa fünf Blocks. Kyle und Moon verließen die Straßenmitte und hielten sich näher an den Häusern und Läden am Straßenrand.

Einen Block später beschleunigte der Wagen und kam näher. Als er nur noch ein kurzes Stück hinter ihnen war, lehnte sich ein junger Mann in dunkler Lederkleidung aus dem zerschmetterten Fenster und schwenkte einen großkalibrigen Revolver.

»Das ist hier Rager-Revier!« brüllte er. Eines seiner Augen war mit einem fleckigen Gazebausch bedeckt. »Rager-Revier!«

»Wir sind nur auf der Durchreise«, rief Kyle zurück. »Wir wollen anderswohin.«

Der Wagen hielt an, und alle Türen öffneten sich. Sieben Männer in zerrissenen Jeans und Lederklamotten stiegen aus. Jeder war mit einem Gewehr oder einer Maschinenpistole bewaffnet. Vier von ihnen trugen außerdem Knüppel. Kyle warf einen Blick auf Seeks-the-Moon, der sie ungerührt betrachtete.

»Ich glaube, du hast mich nicht richtig verstanden«, sagte der Sprecher der Gruppe, indem er ein paar Schritte vortrat. »Das ist unser Revier, Rager-Land. Niemand ist hier einfach nur *auf der Durchreise.*«

»Hör mal«, sagte Kyle, indem er den Arm etwas bewegte, so daß seine Ares Hochgeschwindigkeits-MP deutlich zu sehen war. »Wir sind nicht auf Ärger aus. Wir gehen einfach weiter und sind gleich wieder weg. Kein Ärger. Keine Probleme.«

Der Sprecher lächelte, und ein paar von den anderen lachten wiehernd. Kyle war überrascht über ihr herausforderndes Benehmen. Andererseits wußte er, daß weder er noch Moon bedrohlich aussahen. Kyle versuchte zu demonstrieren, daß er gelassen und kompetent, aber auch bewaffnet und gerüstet war. Seeks-the-Moon wirkte noch viel gelassener, fast sogar ein wenig belustigt.

»Tribut, Chummer«, sagte einer der anderen. »Steuern, ihr wißt schon. Wer hier lebt oder durchgeht, bezahlt uns. Wenn ihr nicht zahlen könnt, nehmen wir euch. Wir finden immer eine Verwendung.« Ein paar von ihnen kicherten.

Kyle seufzte und wollte antworten, doch Seeks-the-

Moon kam ihm zuvor. »Ihr habt viel Vertrauen in eure Magierin«, sagte er mit lauter Stimme.

Die Gruppe hörte auf zu lachen und sah Moon an. Zwei von ihnen warfen einen nervösen Blick auf die andere Straßenseite.

»Sie ist noch ein Kind«, fuhr der Geist fort, »und kann kaum zählen. Sie schwitzt bereits und sucht verzweifelt nach einer Möglichkeit, wie sie uns schnell töten kann, ohne euch mitzunehmen.«

Kyle schaute in dieselbe Richtung wie die Gangmitglieder, sah jedoch nichts. Seeks-the-Moon warf ihm einen flüchtigen Blick zu. »Ihre Magierin ist nicht mehr als eine Wanze«, sagte er zu Kyle. »Und so sollten wir sie auch behandeln.«

Kyle nickte. »In Ordnung.« Und er ließ seine Maske erneut fallen, wobei er glaubte, daß Seeks-the-Moon dasselbe tat.

Augenblicklich entstand Bewegung auf einem freien Platz in der Nähe, der aussah, als sei er zum Parken benutzt worden. Eine einsame Gestalt, ein Mädchen in den gleichen Farben wie die Gangmitglieder, sprang hinter einem Müllhaufen hervor und spurtete hinter ein paar Häuser.

Die Gangmitglieder waren dadurch abgelenkt, und Kyle nutzte das aus, um rasch noch mehr Verwirrung zu stiften. Eine Kugel aus graugrüner Energie entstand um Seeks-the-Moon und ihn, als er die Energie für den Barrierenzauber losließ, den er zuvor vorbereitet hatte. Dann hob er seine Waffe.

Alle sieben Gangmitglieder wichen unwillkürlich einen Schritt zurück. Kyle lächelte. »Und jetzt«, sagte er, »wird es wohl Zeit für euch, daß ihr abschwirrt.«

Der Sprecher der Gang war wütend. »Niemand sagt uns, was wir ...« Sein Kopf war plötzlich von einer dunkelvioletten protoplasmischen Masse bedeckt, und er taumelte rückwärts und fiel auf die Knie. Kyle sah gerade noch rechtzeitig zu Seeks-the-Moon, um die letzten Überbleibsel der Energie des Zaubers aus den Händen des Geistes entweichen zu sehen. Er wußte, daß Moon den Zauber gewirkt hatte – er hatte ihn selbst entworfen.

Das Gangmitglied fing an zu würgen. »Bringt ihn hier weg, sonst stirbt er«, sagte Seeks-the-Moon. Ein weiteres Gangmitglied hob seine Waffe und wollte sie auf den Geist richten, doch Kyle kam ihm mit seiner Ares zuvor.

»Tut, was er sagt«, schnauzte er sie an. »Ich kann mit dieser Kanone nicht gut genug umgehen, um euch nur zu verwunden.«

Das Gangmitglied blinzelte, warf einen raschen Blick auf den am Boden liegenden Anführer und wich dann langsam zum Wagen zurück. Die anderen betrachteten das als das Zeichen, worauf sie gewartet hatten, und schleiften ihren würgenden und hustenden Anführer zum Wagen zurück. Alle stiegen rasch ein, und der Wagen schoß davon, bevor sich die Türen geschlossen hatten. Das letzte Gangmitglied gab ein paar ungezielte Schüsse in ihre Richtung ab, aber alle gingen weit vorbei und trafen die Häusermauern hinter ihnen. Kyle wartete, bis sie einen Block entfernt waren, dann sammelte er die Energie für einen kleinen, auf Effekthascherei bedachten Zauber, den er schon seit der Schulzeit kannte. Er war schwerer zu wirken, solange er den Barrierenzauber aufrechterhielt, aber die Anstrengung überforderte ihn nicht. Einen Sekundenbruchteil später explodierte am Heck des Wagens ein blausilbernes Feuerwerk. Es handelte sich nur um Licht und Lärm, und der Zauber richtete keinen Schaden an, aber der Wagen ruckte förmlich vorwärts, als er erneut beschleunigte, und bog dann rasch in eine nach Westen führende Seitenstraße ab.

Kyle hob den Barrierenzauber auf und wandte sich in die Richtung, wo sich der Käfergeist befunden hatte. Es war unmöglich, daß ihm die Zurschaustellung von

Magie entgangen war, und das in Verbindung mit der Versammlung von Leuten mochte Grund genug für ihn gewesen sein, andere Insektengeister zu holen. Kyle und Moon bogen in die nächste Seitenstraße ein und gingen rasch an den Häusern vorbei. An einigen Stellen sahen sie Anzeichen für Bewegung hinter den zumindest teilweise vernagelten Fenstern, aber im wesentlichen blieb alles ruhig. Einen Block weiter östlich bogen sie wieder nach Norden ab, wobei sie nach Anzeichen für Verfolgung Ausschau hielten, jedoch keine entdecken konnten. Und schließlich wurde Kyle klar, daß sie nur noch ein paar Blocks von Beth' Haus entfernt waren.

Er blieb einen Augenblick lang draußen stehen und starrte das Haus an. Es sah praktisch genauso aus wie an dem Tag, als er auf der kleinen Veranda eingeschlafen war. Beth' Wagen stand ein paar Hauseingänge weiter. Eines der Seitenfenster war eingeschlagen und ein Teil der Armaturen gestohlen worden. Ein Reifen hatte einen Plattfuß. Das Haus drei Eingänge weiter sah aus, als sei es in Brand geraten und dann entweder ausgebrannt oder gelöscht worden. Die Häuser daneben wiesen nur leichte Schäden auf.

Kyle erklomm die kleine Treppe zur Veranda, Seeks-the-Moon dicht hinter sich, und sah durch das Fenster. Das Wohnzimmer präsentierte sich ihm so, wie er es vor über einer Woche verlassen hatte. Er konnte keinerlei Anzeichen dafür erkennen, daß sich jemand in dem Haus aufhielt.

Er ging zur Tür und tippte den Zugangscode ein. Das Schloß klickte, und die Anzeige leuchtete grün auf. Die Tür war offen.

Er hängte sich die Schrotflinte über die Schulter, um die Hände für Magie frei zu haben, dann schob er die Tür auf und trat ein. Die Luft war schal und muffig, doch zugleich mit einem süßlichen Verwesungsgeruch erfüllt. Er erkannte den Geruch sofort – Müll, der mehrere Tage nicht geleert worden war.

Er warf einen Blick auf die Treppe und ging dann langsam zur Küche, wobei er unterwegs einen Blick in das Wohnzimmer und Eßzimmer warf. Nichts rührte sich.

In der Küche waren die Schränke geplündert worden, und es war offensichtlich, daß die meisten Konserven und unverderblichen Lebensmittel verschwunden waren. Er wirbelte herum und eilte an Seeks-the-Moon vorbei und die Treppe hinauf.

In Beth' Zimmer waren alle Kommodenschubladen halb geöffnet, und verschiedene Kleidungsstücke hingen heraus. Er durchsuchte die Stapel auf dem Boden und den Bestand der Schubladen. Zufrieden eilte er wieder nach unten in Natalies Zimmer. Ihre Kleidung war genauso verstreut, und Kyle durchsuchte sie ebenfalls. Als sich seine Vermutung bestätigt zu haben schien und er sich wieder erhob, stellte er fest, daß Seeks-the-Moon in der Tür stand und ihn beobachtete.

»Sie sind nicht hier«, sagte Kyle ein wenig außer Atem. »Aber sie waren es.«

Seeks-the-Moon nickte. »Ich habe die Küche gesehen.«

Kylc schüttelte den Kopf. »Das kann irgend jemand gewesen sein. Aber ein Teil ihrer Kleidung ist ebenfalls verschwunden. Natalie hat überhaupt keine Unterwäsche mehr in ihrem Zimmer und Beth nur noch einen Teil von ihrer oben. Offensichtlich haben sie ein paar Sachen zusammengepackt, bevor sie gegangen sind.«

»Ach«, sagte Seeks-the-Moon kopfschüttelnd, während er ins Wohnzimmer ging.

»Was denn?« fragte Kyle laut, bekam jedoch keine Antwort.

Während er die überall verstreuten Kleidungsstücke und Spielzeuge betrachtete, überfiel ihn eine Welle der Erleichterung ob der Anzeichen, daß Beth und Natalie hier gewesen und anderswohin gegangen waren. Durch die Absperrung und in Sicherheit, hoffte er, obwohl er nichts gesehen hatte, was darauf hinwies.

»Kyle«, rief Seeks-the-Moon aus dem Wohnzimmer. »Hier ist eine Nachricht für dich.«

Kyle lief in den Flur und dann ins Wohnzimmer. Seeks-the-Moon zeigte auf die Staffelei, die an der Wand lehnte. Ein einzelnes weißes Blatt war daran befestigt, auf dem mit grünem Zeichenstift eine Botschaft geschrieben worden war. Sie lautete:

Kyle,

es geht uns gut! Wir gehen mit Ellen und einigen ihrer Freunde, um eine sichere Bleibe zu finden. Ich komme zurück und hinterlasse eine Nachricht, wenn wir wissen, wo das ist. Wir sind in Sicherheit!

Beth

Laut Datum war die Botschaft fünf Tage alt.

Kyle, der plötzlich nicht mehr stehen konnte, brach auf dem Sofa zusammen. Er hatte Beth nie vor ihrer Schwester gewarnt, und jetzt waren sie und Natalie mit Leuten gegangen, bei denen es sich höchstwahrscheinlich um diejenigen Wesen handelte, welche die Stadt in Angst und Schrecken versetzt hatten.

Er las die Nachricht noch einmal und dann noch einmal, bevor er das Gesicht in den Händen vergrub und weinte.

25

Die Läden und Wohnhäuser auf der Irving Park Road waren vom Michigansee bis zum Des Plaines River entweder gesprengt oder plattgewalzt worden, um das nördliche Ende des Chicagoer Sperrgebiets zu markieren. Auf der anderen Seite der Schutthaufen hockten Elemente von Eagle Security, der Nationalgarde von Illinois und der Armee der Vereinigten Kanadischen und Amerikanischen Staaten, unterstützt von gewaltigen Scheinwerfern und improvisierten Wachtürmen.

Die Lichtstrahlen schnitten durch die Nacht und tanzten auf dem weiten, offenen Gelände, das einmal eine Hauptstraße gewesen war, um die Verzweifelten und Tollkühnen zu erfassen, die das Sperrgebiet verlassen wollten. Während er die umherirrenden Strahlen der Scheinwerfer beobachtete, fragte er sich, ob die Flüchtlinge tatsächlich glaubten, daß sie Zuflucht oder auch nur eine gnädige Aufnahme finden würden, wenn sie die Barrikaden erreichten. Nach allem, was er sah, fanden sie weder das eine noch das andere. Jeder, der es nach drüben schaffte, wurde von Männern in schweren Körperpanzern überwältigt und auf unsanfte Weise dorthin zurückbegleitet, woher er gekommen war. Manchmal eröffneten die Soldaten auch das Feuer mit Tränengas oder Betäubungsgeschossen, bis sich der Übeltäter zurückzog. Wie der eine oder andere reglos in der Nähe der Barrikade Liegende dokumentierte, wurde der Übeltäter hin und wieder auch einfach erschossen. Kyle fiel auf, daß es sich bei dem halben Dutzend Leichen, das er auf dem Weg von der Ashland zur Sheridan gesehen hatte, grundsätzlich um Orks oder Trolle handelte. Die Soldaten hatten offenbar Angst, daß diese Leute tatsächlich in der Lage waren, die Schuttwälle zu überwinden.

Tausende, vielleicht Zehntausende hatten sich vor der Demarkationslinie versammelt. Sie drängten sich bis tief in die Seitenstraßen hinein, die von der Demarkationslinie abzweigten. Die Leute hockten einfach dort, wo sie einen Platz gefunden hatten. Andere hatten die angrenzenden Häuser besetzt. Die meisten schliefen einfach an irgendeiner freien Stelle auf den wenigen Habseligkeiten, die mitzunehmen sie gewagt hatten. Die Leute schrien, stritten und tobten, während die Scheinwerferlichter sie erfaßten und die Hubschrauber über ihren Köpfen dröhnten. Über gewaltige Lautsprecher befahlen die Soldaten den Leuten, sich zurückziehen. Die Regierung wollte, daß sie nach Hause gingen, aber das konnten sie nicht – sie hatten kein Zuhause mehr. Ihre Heime gehörten den Insektengeistern.

In einen gelben Regenmantel gehüllt, den er aus Beth' Kleiderschrank hatte, schritt Kyle auf der Suche nach Beth und Natalie die Linie ab, wobei er auch die Seitenstraßen nicht ausließ. Er zeigte jedem, der stehenblieb und ihn anhörte, Bilder von ihnen. Die meisten starrten ihn nur mit glasigen Augen an. Manche verfluchten ihn im Namen eigener Angehöriger, die sie verloren hatten. Ein paar lächelten mitfühlend und sahen sich die Bilder an. Aber keiner hatte das Kind oder die Mutter gesehen. Seeks-the-Moon tat das gleiche.

Seit Sonnenuntergang regnete es, und überall kämpften Männer miteinander um das Vorrecht, die eigenen Kinder im Schutz eines Hauses schlafen zu lassen. Schließlich brüllte jemand, daß die Männer die Kinder doch einfach zusammen schlafen lassen sollten. Sie stimmten zu – einstweilen: Der Regen war nur leicht.

Von einer Stelle etwa zwei Blocks weiter waren Schüsse zu hören. Schüsse aus kleinkalibrigen Waffen, also nicht aus Waffen der Armee. Kyle, der sich mitten unter den Flüchtlingen befand und seine Bilder herumzeigte, fragte sich kurz, was wohl der Grund für die Schüsse war.

Ein Gerücht breitete sich wie der Blitz aus – die Regierung werfe in der Nähe des Sees Lebensmittel über die Demarkationslinie. Die Leute gerieten in Bewegung. Sie sammelten auf, was sie konnten, und liefen nach Osten zum Seeufer. Vielleicht gab es dort Lebensmittel, vielleicht war es auch nur ein Gerücht. Sie konnten es nicht darauf ankommen lassen.

Kyle ließ den Strom der Leute an sich vorbeiziehen. Wenn Beth und Natalie dort waren, würde er sie jetzt niemals finden. Seine größte Hoffnung war, daß die Gruppe, der sie sich angeschlossen hatte, irgendwo in der Nähe ihre Zelte aufgeschlagen hatten, wenngleich es angesichts der Nähe ihrer Wohnung zur Demarkationslinie für Beth und Natalie sinnvoller gewesen wäre, zu Hause zu bleiben. Kyle und Seeks-the-Moon hatten trotz allem, was gestohlen worden war, noch Lebensmittel für eine Woche gefunden. Beth und Natalie hätten sich dort verstecken können, bis er gekommen wäre. Aber das hatten sie nicht getan. Statt dessen waren sie gegangen, um sich woanders nach einem sicheren Ort umzusehen.

In diesem Augenblick kam hinter ihm Bewegung in eine kleine Gruppe von Männern und Frauen, die sich in dem Schutt versammelt hatten, der von einem Geschäft auf der Südseite der Straße gegenüber der Barrikade übriggeblieben war. Die Leute waren angespannt und aufgeregt und ließen die Soldaten nicht aus den Augen. Kyle sah sie sich ebenfalls an. Offenbar konzentrierte sich die Aufmerksamkeit der Soldaten auf den sich nach Osten wälzenden Strom von Leuten. Sie waren abgelenkt, und diesen Augenblick nutzte die kleine Gruppe von Männern und Frauen, um die Barrikade zu stürmen.

Kyle hätte fast eine Warnung gerufen und mußte die Energie zurückhalten, die unwillkürlich in ihm aufstieg, aber die Erschütterungsgranaten explodierten bereits. Von einem der Türme schoß ein Wasserstrahl aus einem Wasserwerfer in die Gruppe, gerade als diese die Barrikade erreichte. Mehrere Mitglieder der Gruppe wurden förmlich weggeschwemmt oder humpelten nach den Granatenexplosionen zurück. Der Rest setzte über die Barrikade hinweg.

Die Gruppe war nicht unvorbereitet. Zwei Rauchgranaten wurden gezündet und tauchten das Gebiet rasch in einen grünen Nebel. Außerdem wurde auch von dieser Seite der Barrikade aus geschossen. Offenbar waren Heckenschützen auf der Südseite der Demarkationslinie in Stellung gegangen. Der Beschuß war nicht sehr heftig, dafür aber sehr genau – eine Gruppe von Soldaten war durch die Schüsse gezwungen, in Deckung zu bleiben. Ein Teil der Barrikade bewegte sich, als die Leute daran zerrten und dabei den dichter werdenden Hagel von Betäubungsgeschossen ignorierten, die blind in den Rauch gefeuert wurden.

Dann war plötzlich der Rotor da. Ein pechschwarzer Hughes Stallion mit gewaltigen Suchscheinwerfern und mächtigem Rotorwirbel. Der Rauch zerstob so schnell, wie er entstanden war, und plötzlich fielen die Leute von der Barrikade herunter, während sie sich Knie und Oberschenkel hielten. Irgendwo auf der anderen Seite saß ein Scharfschütze der Regierung und schaltete systematisch einen nach dem anderen aus. Augenblicke später zogen sich die Leute hinkend zurück, wobei sie die meisten ihrer gefallenen Kameraden mitnahmen. Kyle sah Blut auf der Straße. Es wurden also nicht ausschließlich Gelgeschosse verwendet.

Er sah zu, wie sich die kleine Gruppe fluchend und stöhnend sammelte. Zwei machten sich auf, um andere zu finden, die zu einem weiteren Versuch bereit waren. Sie waren zuversichtlich, daß die Barrikade überwunden werden konnte. Aber was dann? fragte sich Kyle. Glaubten sie, daß nach der Demarkationslinie nichts mehr kam? Kein Armeelager, keine Truppentransporter, keine leichten Panzer? Nur die Freiheit?

Plötzlich ertönten Schreie hinter ihm, einen oder vielleicht zwei Blocks entfernt. Er fuhr herum und sah Insekten. Ein ganzer Schwarm von ihnen, Schaben und Ameisen, brach aus einem Abwasserkanal hervor und stürzte sich in die Menge, die zu den angeblich über die Barrikade geworfenen Lebensmitteln unterwegs war. Kyle mühte sich, näher heranzukommen, aber jetzt wogte ihm die Menge entgegen. Er wollte die Insektengeister deutlich sehen, aber die Masse der Menschen hinderte ihn daran.

Eine Frau mit einem kleinen Jungen, der sich verzweifelt an sie klammerte, wurde gewaltsam in den Abwasserkanal gezerrt. Fünf oder sechs Wespen tauchten auf. Zornig summend, tauchten sie in die Menge, um Leute mit den Vorderbeinen herauszuziehen und sich dann mit ihnen in einem Regen aus Blut in den Himmel zu erheben und über den Häusern im Süden zu verschwinden. Die Armee eröffnete das Feuer. Insekten wurden getroffen. Den Geistern war das egal. Leute wurden getroffen. Viele starben.

Zwei Elementare tauchten auf und wurden sofort von einem Schwarm Insektengeister angegriffen und ausgelöscht. Die Insekten kletterten mit ihren krallenbewehrten, vielgelenkigen Beinen über die Leute hinweg, griffen dann einfach zu, um einige herauszupicken, und huschten dann mit ihnen weg. Weitere Schüsse und Explosionen ertönten.

Kyle sah eine Lücke, bereitete einen Zauber vor und wurde zu Boden geschleudert. Die fliehende Menge stampfte über ihn hinweg. Verzweifelt wirkte er einen Zauber, und eine graugrüne Blase hüllte ihn ein und schob die Leute beiseite. Diejenigen in der Nähe, die noch so klar denken konnten, daß sie begriffen, was vorging, schrien auf und rannten weg. Manche gerieten in Panik und liefen den Insektengeistern direkt in die Arme.

Kyle erhob sich und ließ die Wirkung des Zaubers erlöschen. Mittlerweile gab es weniger Insekten und auch weniger Leute. Eine Wespe, die in der Luft von einem Geschoßhagel erfaßt wurde, der einen Panzer in einen Schrotthaufen verwandelt hätte, wurde langsam zermürbt, bis sie nicht mehr verkraften konnte und in den Astralraum floh.

Die Menge wich von der Demarkationslinie zurück, als zwei Hubschrauber über ihren Köpfen erschienen und das ganze Gebiet in Licht tauchten und mit Sturm überzogen. Aber es gab nichts mehr für sie zu tun. Die marodierenden Geister waren verschwunden und mit ihnen vielleicht zwanzig Leute, wahrscheinlich sogar noch mehr. In den Seitenstraßen, zwischen und in den Häusern, begann das Jammern.

Kyle sah zu, während er sich gegen einen Baum lehnte, der vom Druck einer Planierraupe halb entwurzelt worden war. Wie war das nur möglich? Wie konnte das alles ...

Vathoss.

Sergeant Keith Vathoss, Cybersoldat bei Knight Errant Security, stand ein halbes Dutzend Meter entfernt neben einem Mann, der ähnlich wie Vathoss einen wuchtigen langen Mantel trug. Beide hatten einen militärischen Haarschnitt, und beide machten einen angespannten Eindruck, während sie die Demarkationslinie mit dem Blick geschulter Profis musterten, die das Werk eines Handwerkers begutachteten. Anscheinend zufrieden standen sie im Schatten und unterhielten sich leise. Kyle glitt hinter den Baum und beobachtete sie. Er war ziemlich sicher, daß sie ihn nicht bemerkt hatten.

Nach einer Weile fortgesetzter Unterhaltung gingen sie an ihm vorbei und parallel zur Irving Park Road nach Westen. Kyle erwog, sie einfach anzurufen, tat es jedoch nicht. Irgend etwas an ihrer Art, wie ihre Blicke die Menge voraus nach Gefahren absuchten, hielt ihn davon ab. Ihm wurde klar, daß er den Männern nicht traute. Nur wenn sie mit Anne Ravenheart zusammen waren, würde er Kontakt aufnehmen.

Kyle folgte ihnen vorsichtig. Er hielt sich im Schatten und deaktivierte den Rest seiner Kraftfokusse. Er wollte sich in einen Zauber hüllen, würde jedoch sein gesamtes Maskierungspotential brauchen, um seine Aura zu verhüllen. Auf keinen Fall konnte er die Aura des Zaubers und die der Fokusse gleichzeitig maskieren. Er dachte daran, sich mit Seeks-the-Moon zu verständigen, wußte aber nicht, wo der Geist nach dem Angriff der Insekten abgeblieben war. Sie hatten vereinbart, sich später in Beths Haus zu treffen, aber Kyle hatte keine Möglichkeit, anderweitig Kontakt mit ihm aufzunehmen.

Er blieb stehen und wirkte rasch den Zauber, indem er die vier Ebenen der Formeln im Kopf durchging. Seine Ansicht der Welt veränderte sich ein wenig, wurde verschwommener und etwas blauer, fast wie reines Mondlicht. Er war für jeden unsichtbar, der sich im Wirkungsbereich des Zaubers befand, aber der Zauber beugte nicht das Licht um ihn herum, so daß er gegen die Infrarotsensoren, über die Vathoss' Cyberaugen vermutlich verfügten, wirkungslos war. Der Zauber suggerierte lediglich allen Betrachtern in Reichweite, daß Kyle nicht da war. Und wenn er Glück hatte, glaubten sie es.

Bevor sich die beiden Soldaten von Knight Errant zu weit entfernen konnten, wirkte er einen zweiten Zauber, der ihn in absolute Stille hüllte. Die Geräusche der Außenwelt hörten sich für ihn so an, als befinde er sich unter Wasser, aber dafür wurden auch alle Geräusche verschluckt, die Kyle verursachte. Er rannte los, um wieder zu den beiden aufzuschließen, wobei er die letzten Korrekturen vornahm, um die Aura der beiden Zauber vollkommen zu maskieren. Wiederum mit etwas Glück war er jetzt so gut wie unaufspürbar.

Er folgte ihnen an der Ashland vorbei, bis sie eine erhöhte Bahnlinie erreichten, die gesprengt und abgesperrt worden war. Sie bogen nach Süden ab, weg von der Demarkationslinie. Auf dem Straßenschild stand Ravenswood. Dann fiel ihm auf, daß die beiden Männer vorsichtiger wurden. Zwar versuchten sie, sich ganz natürlich zu geben, als sie sich einen Weg durch die Menschen bahnten, die hier lagerten, aber sie änderten ständig ihre Position zueinander, indem sie sich angelegentlich umkreisten, als seien sie in eine angeregte Unterhaltung vertieft, während sie in Wahrheit nichts anderes taten, als das Gebiet ganz genau zu beobachten.

Kyle fluchte. Bis hierher war es ihm möglich gewesen, sich ein wenig abseits zu halten und den Leuten aus dem Weg zu gehen. Jetzt bahnten sich die beiden Soldaten einen Weg durch die Massen und zwangen ihn, das gleiche zu tun. Und die Leute würden ihn zwar weder sehen noch hören, aber dafür spüren, wenn er an ihnen vorbeiging. Kyle würde es riskieren müssen, einen dritten Zauber zu wirken.

Glücklicherweise gingen Vathoss und der andere Mann ziemlich langsam, was Kyle die Zeit gab, die er brauchte. Er kanalisierte die Energie sehr behutsam. Die Tatsache, daß er noch zwei andere Zauber aufrechterhielt, erschwerte das Wirken dieses neuen Zaubers ungemein. Doch als er damit fertig war, fühlte er sich nur wenig geschwächt, und er schwebte aufwärts, so hoch, daß er die lagernden Flüchtlinge überfliegen konnte.

Er glitt vorwärts, bis er fünf Meter hinter den beiden Soldaten war, die in ihrer Aufmerksamkeit jetzt nachließen, da sie sich davon überzeugt hatten, daß ihnen niemand folgte. Nach weiteren vier oder fünf Blocks passierten sie die Kreuzung der Ravenswood mit der Addison und der schräg davon abgehenden Lincoln Avenue und gingen noch einen halben Block weiter. Dann blieb Vathoss stehen, nahm noch einen letzten Zug von seiner Zigarette und warf diese dann auf die Straße, um das als Vorwand zu benutzen, sich gründlich umzusehen. In der Zwischenzeit erklomm der andere die kurze Treppe eines Gebäudes, das wie ein kleines Lagerhaus aussah. Vathoss folgte ihm die Treppe zur Laderampe hinauf, dann öffnete das Paar eine der großen Doppeltüren und ging hinein.

Kyle schwebte auf die Rampe und gab dann den Levitationszauber auf. Die Tür, durch die die beiden verschwunden waren, hatte ihrer Berührung so leicht nachgegeben, daß sie nicht verschlossen sein konnte. Wenn sie zumindest einen größeren Ausgang unversperrt ließen für den Fall, daß sie schnell verschwinden mußten, würde Kyle das zu seinem Vorteil ausnutzen.

Er trat vor die Tür, streckte vorsichtig die Hand aus und packte den Griff. Er zog leicht, und die Tür glitt geräuschlos zur Seite, da jeder dabei entstandene Laut von seinem immer noch aktiven Lautlosigkeitszauber verschluckt wurde. Rasch huschte er hinein und sah sich um. Da er niemanden sehen konnte, zog er die Tür hinter sich zu. Wäre jemand in der Nähe gewesen, hätte Kyle die Tür offengelassen, damit sich die Wache gefragt haben würde, wie sich die Tür von allein geöffnet haben konnte.

Zwei Türen führten aus diesem dunklen Vorraum heraus. Die eine bot Zugang zu einem Büro, die andere offenbar zu einer Art Lager. Er näherte sich der zweiten Tür.

Bevor er hindurchging, wartete Kyle und lauschte, hörte jedoch nichts, was er durch den Lautlosigkeitszauber hindurch hätte identifizieren können. Hinter der Tür herrschte ein mattes Halbdunkel. Durch die weit entfernten Fenster drang nur wenig Licht nach innen.

Als Kyle durch die Tür trat, erregte eine Bewegung auf seiner linken Seite augenblicklich seine Aufmerksamkeit. Er fuhr herum und duckte sich instinktiv, während eine mattschwarze Waffe, deren flache Hauptsensorplatte mit einem dunklen Netz bespannt war, in seine Richtung schwenkte.

Kyle hob die Hände und rief ihr zu, sie solle nicht schießen, aber die Maschine hörte wegen des Lautlosigkeitszaubers nichts. Und selbst wenn sie etwas gehört hätte, würde sie gewußt haben, daß ihr Ziel nicht mit dem richtigen Transponderchip bestückt war und nicht das richtige Kommando gegeben hatte. Sie wußte nur, was ihr ihre Sensoren verrieten.

Sie schoß.

26

»Das war verdammt dämlich«, sagte Anne Ravenheart, indem sie sich über Kyle beugte und den Verband an seiner Hüfte richtete. Die Wunde war nur geringfügig. Das meiste hatte sie ein paar Augenblicke, nachdem ihn der automatische Feuerstoß getroffen hatte, geheilt, aber es blieb noch genug übrig, um ihn daran zu erinnern, wie knapp es gewesen war. »Zum Glück für dich ist das Feuerleitsystem dieser Selbstschußanlage im Eimer.«

»Ja«, sagte Kyle mit einem dünnen Grinsen, während er es sich etwas bequemer machte. »Das ist mein Glückstag.«

Ravenhearts Augen verengten sich. »Verdammt richtig. Diese Waffe verschießt sechs panzerbrechende Geschosse pro Feuerbefehl, und das praktisch ohne jeden Rückschlag. Du hattest wirklich Glück.«

Kyle nickte und bedeutete ihr, den Vortrag zu beenden. »Ich weiß, ich weiß. Tut mir leid, daß ich mich so eingeschlichen habe.«

»Warum hast du das überhaupt getan?« wollte sie wissen. »Warum hast du Vathoss nicht einfach auf der Straße angesprochen?«

»Vorsicht... Paranoia«, erwiderte Kyle. »Die Zeiten sind nicht besonders stabil, falls dir das entgangen sein sollte. Ich wußte nicht, ob er noch bei dir ist oder sich selbständig gemacht hat.«

»Akzeptiert«, sagte sie, dann erhob sie sich und bot ihm ihre Hand an, um ihn hochzuziehen. Er nahm sie und stand ebenfalls auf. Sie sah aus wie Drek, das Gesicht bleich und abgespannt, die normalerweise strahlenden Augen matt vor Erschöpfung, der Körperpanzer, den sie über einem T-Shirt und Shorts trug, fleckig und beschädigt. Sie sah seine

Musterung und verzog die Lippen zu einem dünnen Lächeln.

»Das Leben im Feld«, sagte sie, während sie ihn aus dem Gewirr der gestapelten Kisten und Kästen, wo sie ihn hingelegt hatte, hinaus und in einen anderen Teil der Halle führte. Dort hockten lässig fünf andere Soldaten von Knight Errant inmitten eines Durcheinanders aus Waffen, Rüstungen, Lebensmitteln und Munition. Kyle blieb stehen und drehte sich halb zu Ravenheart um. »Sag mir nicht, daß das alle Überlebenden sind«, flüsterte er.

Sie betrachtete kurz die Soldaten und begegnete dann seinem Blick. Er sah eine Kälte darin, von der er hoffte, daß es der Versuch war, mit dem Kummer über den Verlust so vieler Leute fertig zu werden. »Nein«, flüsterte sie ebenfalls. »Ungefähr zwei Dutzend Verwundete sind evakuiert worden, und ich habe hier noch drei Leute, die dieses Haus bewachen, und vier weitere, die die Stadt auskundschaften.«

»Also zwölf«, sagte Kyle.

»Dreizehn. Vergiß mich nicht.« Dann wurde ihre Stimme noch leiser. »Die Glückszahl dreizehn.«

Sie gingen weiter, und Kyle setzte das Gespräch im normalen Konversationston fort. »Kannst du mir erzählen, was passiert ist?«

Sie zuckte die Achseln. »Wir sind massakriert worden, schlicht und einfach.«

Die anderen fünf Soldaten sahen auf, als sie sich ihnen näherten, und ein paar von ihnen, insbesondere Vathoss, ließen bei ihrer Bemerkung Anzeichen von Ärger erkennen. »Es waren einfach zu viele Insekten«, fuhr sie fort. »Und dann haben sie uns noch auf dem falschen Fuß erwischt.«

Kyle sagte nichts, sondern achtete nur auf die Körpersprache der fünf Soldaten. Es war klar, daß sie das alles schon einmal gehört hatten, und er war nicht sicher, ob ihre kontrollierte Wut mit ihren Erinnerungen an das Massaker zusammenhing oder sich gegen Ravenheart selbst richtete.

»Warst du im Kommandofahrzeug?« fragte sie Kyle.

»Das ist der letzte Ort, an den ich mich erinnern kann«, antwortete er. »Ich sah einen riesigen kreischenden Käfer, der das Dach aufgerissen hat wie eine Konservendose, und dann nichts mehr. Ich bin dann halb tot hinter einem Müllcontainer aufgewacht.«

Sie nickte. »Weißt du, ob Soaring Owl entkommen ist?«

Er zuckte die Achseln. »Keine Ahnung. Er war bei mir im Wagen, aber ich kann mich nicht erinnern, ihn anschließend gesehen zu haben. Habt ihr das Wrack durchsucht?«

Ravenheart nickte erneut. »Wir« – sie zeigte auf die anderen fünf – »saßen fast einen Tag lang in der Nähe des Nests fest. In der Nacht hörten wir Hubschrauber, konnten aber wegen der verdammten Insekten, die überall herumschwirrten, nicht weg. Wir konnten nicht mal jemanden über Funk rufen. Als wir uns dann absetzen konnten, war die Evakuierung längst gelaufen. Wir haben die Umgebung der Fahrzeuge abgesucht und ein paar Nachzügler aufgelesen und sind dann abgerückt.« Sie grinste und zuckte die Achseln. »Ich schätze, dich haben wir dabei übersehen.«

»Was irgendwie ganz verständlich ist«, sagte er. »Man hat mir gesagt, daß ich um ein Haar draufgegangen wäre.«

»Bevor wir abgerückt sind, haben wir das ganze Gebiet durchgekämmt und alle wichtigen Ausrüstungsgegenstände eingesammelt. Dann haben wir uns in einem Stützpunkt von uns in der Stadt verkrochen.«

»Hier?«

»Nein.« Sie schüttelte den Kopf. »Näher an den Shattergraves und gar nicht so weit vom Nest entfernt.«

»Habt ihr mit irgend jemandem Kontakt aufgenommen?«

Sie beäugte ihn mißtrauisch.

»Ich nehme an, daß ihr in dem Stützpunkt auch über Kommunikationsmöglichkeiten verfügt«, sagte er.

»Du hast recht. Wir haben Kontakt aufgenommen.«

»Und?«

»Man hat uns gesagt, wir sollen die Stellung halten und weitere Befehle abwarten. Dann kamen die Störsignale, und seitdem sind wir nicht mehr durchgekommen.«

»Ist es möglich, daß sie ein Team schicken, um mit euch Kontakt aufzunehmen?«

Sie beäugte ihn wieder. »Vielleicht.«

Kyle sah sich in der großen Lagerhalle um. »Ich nehme an, das hier ist ein weiterer Stützpunkt?«

Vathoss rammte einen vollen Munitionsclip in das automatische Gewehr, das er säuberte. Er sah Kyle nicht an, sondern begann sofort damit, den Lauf zu polieren. Kyle bezweifelte nicht, daß sich die Geste gegen ihn richtete.

Ravenheart ignorierte die Demonstration. »Ja. Den anderen haben wir an die Insekten verloren. Wir hatten Glück, daß dieser auch noch innerhalb des Sperrgebiets liegt.«

»Noch mehr Glück«, sagte Kyle.

Sie nickte, und die beiden setzten sich auf eine der Kisten. Einer der anderen Soldaten, ein Asiate mit einer frischen Narbe im Gesicht, bot ihnen beiden eine Zigarette an. Ravenheart nahm sie ebenso wie Kyle, obwohl dieser das Rauchen schon vor über einem Jahrzehnt aufgegeben hatte.

»Was habt ihr jetzt vor?«

Ravenheart fixierte ihn einen Moment lang. »Ich würde sagen, daß ich dich das fragen sollte.«

Kyle zog an seiner Zigarette, und der Rauch brannte in seiner Kehle. »Was ich vorhabe, läßt sich in einem Satz ausdrücken: Ich will meine Ex-Frau und meine

Tochter finden und dann so schnell wie möglich raus hier.«

»Du glaubst, daß sie sich noch im Sperrgebiet befinden?«

»Ich weiß es nicht. Jedenfalls kann ich nicht davon ausgehen, daß sie rausgekommen sind.«

»Ist noch jemand bei dir?«

»Seeks-the-Moon, mein ehemaliger Geistverbündeter.«

»Ehemaliger Geistverbündeter?« sagte sie, während sich ihre Augen weiteten. Da sie selbst Magierin war, entging Ravenheart nicht die volle Bedeutung dieser Feststellung.

»Ja, ehemalig«, wiederholte Kyle. »Ich sagte doch, ich wäre um ein Haar draufgegangen.«

»Und er hat dir nicht den Kopf abgerissen, als er frei war?«

»Nein. Hat er nicht.«

Ravenheart stieß den Rauch ihrer Zigarette mit einem nachdrücklichen Seufzer aus. »Glückstag? Drek, es war deine Glückswoche.«

Vathoss mischte sich ein. »Wir betreiben hier kein Flüchtlingsasyl, Teller.«

Ravenheart schnitt eine Grimasse. »Reinigen Sie einfach Ihr Gewehr weiter, Sergeant«, murmelte sie unheilvoll, dann wandte sie sich wieder an Kyle. »Es wäre nicht schlecht, wenn ihr – du und dein Geist – bei uns bleiben würdet.«

Kyle nickte. Anne Ravenheart kannte die potentielle Macht eines freien Geistes wie Seeks-the-Moon und wollte ihn unter Kontrolle haben. Kyle war bereit, ihr die Möglichkeit zu geben, aber nur Moon konnte entscheiden, was er tun oder auch nicht tun würde.

»Wie undurchdringlich ist die Blockade der Armee?« fragte er, wobei er sich ein wenig drehte, um auch die anderen Soldaten in das Gespräch einzubeziehen. Alle außer Vathoss reagierten, wenngleich sie zuerst einen

Blick auf Ravenheart warfen, um sich zu vergewissern, daß sie die Erlaubnis hatten, daran teilzunehmen.

»Sie ist ziemlich dicht«, sagte der Asiate. »Sie gehen mit brutaler Gewalt vor, wenn es sein muß. Null Toleranz – nichts kommt rein oder raus.«

»Sie haben ein paar Batterien mit Boden-Luft-Raketen aufgestellt«, sagte ein weiterer Soldat, ein großer, schlanker Latino mit dickem braunroten Haar. »Sie schießen alles ab, was keine ausdrückliche Flugerlaubnis hat, ganz egal, warum ein Flugzeug hineinfliegt. Die Versorgungsflüge werden ausschließlich von ihnen unternommen. Alles andere wird heruntergeholt.«

»Ab und zu schicken sie eine Jagdstaffel Hubschrauber rein, in letzter Zeit auch vermehrt Dronen, die potentielle neue Nester oder Sammelstellen ausfindig machen und nach Möglichkeit zerstören sollen«, fügte der Asiate hinzu. »Die Dronen sind ziemlich wirkungslos.«

Kyle horchte auf. »Sammelstellen?«

Der Soldat schien sich unbehaglich zu fühlen, ebenso wie Ravenheart, obwohl er sah, daß wieder etwas von der Kälte und der Wut in ihrem Blick lag. »Es scheint so, als würden Menschen oder menschlich aussehende Agenten der Insektengeister, vielleicht auch Insektenschamanen, Leute zu Gruppen zusammenfassen.«

»Warum, zum Teufel?«

»Wir wissen, daß die Insektengeister Leute für die neuen Nester entführen«, erläuterte Ravenheart. »Aber sie können nicht beliebig viele Wirtskörper in die Nester bringen, da jedes Nest nur eine bestimmte Anzahl von Leuten gleichzeitig umwandeln kann.«

»Also treiben sie die Leute zusammen und bringen sie in Wartebereiche«, sagte Vathoss, der wieder aufsah. »Auf die Art sind sie bereit und brauchen nur noch abgeholt zu werden, wenn es an der Zeit ist, neue Wirtskörper ins Nest zu bringen.«

Kyle war schockiert. »Ihr Geister! Wie schaffen sie das? Wie können sie die Leute kontrollieren? Durch Gewalt?«

»Über das Essen«, sagte Ravenheart. »Ein paar von den verdammten Biestern, zum Beispiel die Ameisen, können eine eßbare Substanz absondern. Sie locken die Flüchtlinge mit Nahrungsmittelversprechen herein, geben ihnen auch zu essen und behalten sie dann da. Natürlich handelt es sich um sichere Orte, die von den Insekten kontrolliert werden.«

»Jesus Christus.«

Sie nickte. »Wir selbst haben bisher sechs von diesen Sammelstellen ausgehoben, und wir glauben, daß wir von zwei weiteren die Lage kennen. Wenn wir nicht damit fertig werden, geben wir die Information an die Soldaten weiter und lassen die Armee ein paar Hubschrauber schicken.«

Kyle schüttelte den Kopf. Das alles war unglaublich, monströs. Und irgendwo dort draußen, vielleicht sogar an einem jener Sammelpunkte, waren Beth und Natalie. Kyle griff in die Tasche und zog die Holobilder der beiden heraus, die er auch schon den Flüchtlingen gezeigt hatte. Die Soldaten ließen sie herumgehen.

»Erinnert ihr euch, ob eine dieser beiden in irgendeiner der Sammelstellen war, die ihr ausgehoben habt?« fragte er.

Alle schüttelten den Kopf.

»Selbst wenn sie da waren«, warf Ravenheart ein, »würden wir uns wahrscheinlich nicht mehr an sie erinnern. Wir haben nicht besonders auf die Gesichter der Leute geachtet.«

»Hast du es mit irgendwelchen Beschwörungen versucht?« fragte Kyle sie.

»Nur mit ein paar ganz unbedeutenden, ein paar Beobachter«, sagte sie. »Ich hatte weder die Zeit noch das Material, mehr zu versuchen. Wir haben aber von einem Schamanen gehört, der bei der Beschwörung eines Naturgeists in Stücke gerissen wurde. Offenbar reagieren die Insekten darauf besonders empfindlich.«

»Klingt logisch«, sagte Kyle. »Seeks-the-Moon hat durchblicken lassen, daß sie auch auf ihn sehr empfindlich reagieren. Er läuft ausschließlich maskiert und in manifester Gestalt herum.«

»Ich wette, das gefällt ihm.«

Kyle grinste. »Ja, das vermute ich auch.« Er wollte sie gerade fragen, ob sie spezielle Zauber oder magische Techniken kannte, welche gegen die Insektengeister besonders wirkungsvoll waren, als einer der Ausrüstungsgegenstände des Haufens eine Reihe lauter elektronischer Pieptöne von sich gab.

»Verdammter Hurensohn!« sagte der Asiate, indem er sich davor hinkniete. Er öffnete das Gehäuse, und Kyle sah, daß es sich um eine kompakte Feldkommunikationseinheit handelte. Ihre drei Flüssigkristallanzeigen waren aktiv und zeigten Daten an, die er lesen konnte, sowie dreidimensionale Wellen- und Feldmatrizen, mit denen er nichts anfangen konnte. »Wieder eine verschlüsselte Nachricht«, sagte der Soldat lächelnd.

»Welcher ID-Code?« fragte Ravenheart.

»Operations-HQ. Von ganz oben. Die Kiste bestätigt die Codes.« Er beugte sich vor und las die Anzeige, dann wandte er sich an Ravenheart. »›Streng vertraulich‹«, sagte er. »Für Sie.«

»Können wir antworten?« fragte sie ihn.

»Nein. Es ist eine Hyperübertragung, und es sieht ganz so aus, als hätten die UCAS die Störalgorithmen schon verändert.« Er schüttelte den Kopf. »Ich hätte nie gedacht, daß sie über irgendwas verfügen, das wir nicht knacken können.«

Diesmal grinste Kyle. »Was? Sie glauben nicht, daß das in den letzten dreißig Jahren bei der Nationalen Sicherheitsagentur Vorrang gehabt hat?«

»Gut gegeben«, sagte der Soldat, dann erhob er sich und zeigte auf die Kommunikationseinheit. »Gehört alles Ihnen, Captain.«

»Danke.« Ravenheart hockte sich vor das Gerät, wobei sie es etwas herumdrehte, um die Anzeigen besser sehen zu können. Dabei sah Kyle das auf der Rückseite befestigte Glasfaserkabel. Seine Augen folgten ihm durch einen Ausrüstungsstapel, einen Stützpfeiler empor und durch ein kreisrundes Loch in der Decke. Er nahm an, daß das Loch erst kürzlich gebohrt worden war und das Kabel zu einer Satellitenschüssel auf dem Dach führte.

Ravenheart tippte ihren persönlichen ID-Code ein und zog dann eine kleine gewölbte Vorrichtung aus einer Halterung an der Seite des Gehäuses. Ein weiteres Glasfaserkabel verband Vorrichtung und Gehäuse. Sie hielt sich die Vorrichtung vor das rechte Auge und verharrte ein paar Sekunden in dieser Stellung, bis die Kommunikationseinheit summte. Sie begann mit der Verifizierung von Ravenhearts Retinaabdruck.

»Verfügt Ares nicht über Satelliten mit Laserverbindungsmöglichkeiten?« fragte er. »Das würde das Störproblem beseitigen.«

Ravenheart seufzte und schüttelte den Kopf. »Natürlich, aber wir erhalten keine Antwort über die Verbindung. Ich weiß nicht, ob es an uns oder an ihnen liegt.«

Das Gerät summte erneut, und Kyle sah, wie sich die Anzeige änderte und ein paar Worte aufblinkten.

»Jesus«, sagte Ravenheart, deren Augen sich leicht weiteten. »Die Botschaft ist cyberverschlüsselt.« Sie griff nach unten und nahm den Retinascanner erneut aus der Halterung, zog jedoch nur das Glasfaserkabel heraus. Aus demselben Fach holte sie einen kleinen Adapter, den sie auf das Ende des Kabels steckte. Dann stöpselte sie sich das Kabel in die Datenbuchse hinter ihrem rechten Ohr. Sofort änderte sich die Anzeige der Kommunikationseinheit, und Ravenhearts Blick wurde glasig. Dafür krampften sich plötzlich ihre Kiefer zusammen.

Kyle wandte sich an den asiatischen Soldat. »Induktionsverbindung?« fragte er.

Der Soldat nickte. »Läßt sich leichter mit Helmen und dergleichen koppeln.«

Kyle nickte, dann beugte er sich ein wenig vor und streckte die Hand aus. »Kyle Teller«, sagte er.

Der Soldat schüttelte Kyle die Hand. »Corporal David Lim.«

Während Ravenheart ins Nichts starrte, machte sich Kyle auch mit den anderen Soldaten bekannt. Vathoss bedachte ihn lediglich mit einem grimmigen Lächeln, als Kyle zu ihm kam. »Ja, ich glaube, wir kennen einander bereits«, sagte Kyle und wandte sich ab, gerade als Ravenheart das Kabel herauszog und rasch aufstand. Ihr Körper war gespannt, und ihre Augen hatten einen harten Ausdruck. Sie musterte der Reihe nach alle Soldaten und dann Kyle. »Ich muß mit meinen Leuten reden«, sagte sie schroff. »Warum holst du nicht einfach deinen Freund?«

Kyle nickte und verließ die Halle. »Soaring Owl hat es nach draußen geschafft«, hörte er Ravenheart noch sagen. »Die Botschaft war von ihm. Er spricht uns sein aufrichtiges Beileid dafür aus, daß wir überlebt haben.«

27

Seeks-the-Moon wartete auf Beth' Veranda, als Kyle schließlich dorthin zurückkehrte. Der Anblick des Geistes, der dort im langsam heller werdenden Licht des frühen Morgens stand, erinnerte ihn irgendwie an seinen Vater. Ernst und schweigend, alles mit einem Blick und einer Neigung des Kopfes vermittelnd und von jedem erwartend, daß er ihn verstand. Der Geist sagte nichts, als Kyle die kurze Treppe erklomm und ihm erzählte, was er erlebt hatte und wo er gewesen war.

»Aber du traust ihnen nicht«, sagte der Geist, sobald er fertig war.

Kyle seufzte. »Nein ... ich ...« Er sah weg. »Ich weiß es einfach nicht. Ich glaube langsam, ihr merkwürdiges Verhalten ist darauf zurückzuführen, daß sie die Tatsache verheimlichen wollen, daß sie das Insektennest suchen.«

»Warum sollten sie das tun?«

Kyle zuckte die Achseln. »Keine Ahnung. Ares ist ein Megakonzern – wer weiß schon, warum, zum Teufel, ein Megakonzern überhaupt irgend etwas tut? Als ich noch beim FBI war, haben wir uns die Hälfte der Zeit nur darüber gewundert. Wir hatten selten genügend Informationen, um ihre Handlungen beurteilen zu können, also schien eine ganze Menge einfach aus dem Nichts zu kommen. Ich bin gespannt, ob Ravenheart uns sagt, welche Nachricht sie von ihrem Boß bekommen hat.«

Etwas über eine Stunde später standen Kyle und Seeks-the-Moon wieder vor dem Tor des Lagerhauses. Diesmal klopfte Kyle an.

Als sie eintraten und Kyle den Geist vorstellte, fiel

ihm eine gewisse Anspannung innerhalb der Gruppe und eine gewisse Zurückhaltung bei Ravenheart auf. Mittlerweile hatten die Wachen gewechselt, und daher waren zwei Soldaten anwesend, die er noch nicht kannte. Einer war ein Ork, Trooper Allen Douglas, der andere eine schwarze Elfin, Trooper Deena Reaves. Kyle bemerkte außerdem, daß einige der schwereren Waffen, von denen er die meisten nicht dem Namen, sondern nur dem Typ nach kannte, entweder auseinandergenommen waren oder gerade gewartet wurden.

Als die gegenseitige Vorstellung vorbei war, kam Ravenheart zu ihm und sagte mit leiser Stimme. »Wir müssen uns unterhalten.«

Kyle nickte und folgte ihr in ein kleines Büro im hinteren Teil der Lagerhalle. Allem Anschein nach hatte sie dieses Büro zu ihrem persönlichen Quartier gemacht. »Soykaf?« fragte sie, während sie zur Maschine ging und einen Becher aus dem Spender nahm.

»Nein, danke.«

Sie setzte sich, nicht wie erwartet hinter den Schreibtisch, sondern auf einen Klappstuhl aus Metall in der Ecke, und blies auf die kochendheiße Flüssigkeit. Sie stellte den dampfenden Becher auf einen Aktenschrank, dann zog sie eine Pillendose aus ihrer Westentasche und schüttelte sich zwei kleine grüne Kapseln auf die Hand. Sie nahm die Pillen in den Mund und sah, daß Kyle sie ansah. »Das willst du gar nicht wissen«, sagte sie, um sie dann mit einem Schluck Soykaf herunterzuspülen.

»Also, was ist los?« fragte er sie.

Ravenheart hob die Hand, um ihm zu bedeuten, noch einen Augenblick zu warten, und nahm noch einen Schluck von der heißen Flüssigkeit. »Ich war nicht sicher, was passiert, wenn ich die Pillen mit Soykaf einnehme. Sie sollen nur mit Wasser genommen werden, aber zum Teufel damit.«

Mittlerweile hatte Kyle einen zweiten Klappstuhl

neben ihren gestellt und sich darauf gesetzt. Nach ein paar Augenblicken des Schweigens sagte sie schließlich: »Soaring Owl sagt, die Regierung sei praktisch lahmgelegt. Jeder ordnet etwas anderes an. Die Gesundheitsbehörde in Charlottesville hat ihr Okay gegeben, daß damit begonnen werden kann, Flüchtlinge durch die Absperrung nach draußen zu schaffen, aber die Armee sagt, daß sie das für das übrige Land für Selbstmord hält. Erstaunlicherweise ist genügend Desinformation verbreitet worden, so daß die Öffentlichkeit immer noch kein genaues oder wahrheitsgemäßes Bild davon hat, was hier vorgeht. Die Nationale Sicherheitsagentur macht sich hinsichtlich der langfristigen sozialen Auswirkungen der Tatsache Sorgen, daß die Regierung offenbar nicht mit einer magischen Bedrohung dieser Art fertig wird.«

»Toll«, sagte Kyle. »Also ist nichts entschieden, und in der Zwischenzeit sterben immer mehr Leute, und das Nest wird immer stärker.«

»Warte«, sagte sie. »Es kommt noch schlimmer.«

Kyle versteifte sich. Anne Ravenheart sah ihn ohne die geringste Spur von Gefühl in den Augen direkt an. Er glaubte, etwas davon aus ihrem Tonfall herauszuhören, doch es war so, als hätte sie es nur um seinetwillen hineingelegt.

»Vor zwei Tagen«, fuhr sie fort, »ist eine Gemeinschaftsdelegation der Elfennationen von Tir Tairngire, angeführt von Prinz Ehran dem Schreiber, und Tir na nOg, angeführt von Caoimhe O'Dunn, der Tochter der Hohen Verwalterin, zu einer Privataudienz mit Präsident Steele zusammengetroffen, die sechs Stunden gedauert hat.«

»Ich nehme an, Ares hat ein Protokoll.«

Nichts in ihrem Gesicht verriet, ob sie den Scherz gehört hatte. »Irgendwann im Laufe der Besprechung hat das Weiße Haus einen Anruf vom Großdrachen Lofwyr erhalten. Man hat mir gesagt, die Gemeinschaftsdelegation und Lofwyr hätten Steele empfohlen, das Sperrgebiet mit ANVAR-TFM zu besprühen, Saeder-Krupps stärkstem Pestizid, das die ganze Gegend auf Jahrhunderte in eine verseuchte Giftwüste verwandeln wird.«

Kyle erstarrte. »Aber die Leute ...«

»Sterben«, sagte sie. »Wie die meisten Pestizide wirkt auch ANVAR-TFM auf das Nervensystem, nur daß dieses die meisten Lebewesen in wenigen Sekunden und den Rest in Minuten tötet. Bei Menschen dauert es, wie mir gesagt wurde, zwei bis sechs Minuten.«

»Aber ... das ist doch absurd«, stotterte Kyle. »Wie kommen sie dazu zu glauben, daß *Pestizide*, verdammte *Chemikalien*, einen Insektengeist töten können!«

»Wie unten, so oben«, kam eine Stimme aus dem Schatten.

Sowohl Kyle als auch Ravenheart fuhren zusammen, zogen ihre Pistolen und zielten in die Richtung, aus der die Stimme kam. In der dunkelsten Ecke des Zimmers stand Seeks-the-Moon und starrte sie an. Kyle ließ seine Waffe augenblicklich sinken, doch Ravenheart hielt ihre nach wie vor auf ihn gerichtet. Die kleinen Lämpchen an der Seite ihrer Waffe verrieten ihm, daß sie geladen und schußbereit war. Ihre Hand zitterte leicht, und Kyle legte ihr sanft die Hand auf den Arm. Die Bewegung allein, noch bevor die Hand sie tatsächlich berührte, reichte offenbar aus, um sie aus ihrem Trancezustand zu reißen.

Fluchend riß sie ihre Hände und die Pistole weg und richtete sie gegen die Decke. Kyle rechnete damit, daß sie etwas sagen würde, aber sie funkelte den Geist lediglich an. Kyle halfterte seine Waffe.

»Was hast du gerade gesagt?« fragte er so ruhig wie möglich.

»Ich glaube, ich habe gerade ein Axiom der magischen Theorie interpretiert, das du mich einmal gelehrt hast«, erwiderte der Geist. »Diese Wesen sehen wie Insekten aus, die auf dieser Ebene beheimatet sind, stammen aber aus einer anderen Ebene. Feuerelementare sind wie natürliches Feuer gegen Wasser anfällig, also sind diese Geister vielleicht gegen dieselben Dinge anfällig wie natürliche Insekten.«

Ravenheart, die kaum zuhörte, was Seeks-the-Moon sagte, halfterte ihre Waffe, ließ sich auf ihren Stuhl fallen und fuhr sich mit der Hand durch das dunkle Haar. Sie war völlig erschöpft, und anscheinend hielten sie nur noch die Aufputschmittel aufrecht, die sie genommen hatte. Kyle hockte sich neben sie. Er wußte, daß sie sich ausruhen mußte und er sie wahrscheinlich nicht drängen sollte, aber er wußte auch, daß die Zeit für Beth und Natalie ablief.

»Wie sieht der Zeitrahmen aus?« fragte er sie.

Sie sah ihn an, jetzt mit blutunterlaufenen und müden Augen. Er war froh, echte Gefühle in ihnen zu sehen. »Das Zeug ist bereits hierher unterwegs«, sagte sie, »so daß es eingesetzt werden kann, sobald Steele den Befehl dazu gibt. Die Elfen und der Drache haben ihm gesagt, wenn es nicht in den nächsten zweiundsiebzig Stunden eingesetzt wird, würden neue Insekten aus den Kokons schlüpfen.«

»Könnte das stimmen?« fragte er sie.

Sie nickte. »Nach allem, was wir wissen, ja. Der Vorgang des Einpflanzens einer Insektengeistlarve in einen Wirtskörper dauert ein paar Wochen und länger, je nach der Macht des betreffenden Geistes. Wenn sie sofort mit der Züchtung neuer Larven begonnen haben, müßten die schwächeren Geister jetzt jeden Tag ausschlüpfen.«

Kyle setzte sich wieder auf seinen Stuhl. »Dann haben wir weniger als achtundvierzig Stunden.«

»Wahrscheinlich eher sechsunddreißig«, sagte sie.

»Wir müssen das neue Hauptnest finden«, sagte Seeks-the-Moon. »Und zwar schnell.«

Kyle schüttelte den Kopf. »Sie wären dumm, wenn sie ein neues Hauptnest anlegen würden. Wenn sie schlau sind, haben sie Dutzende kleinerer Nester angelegt, um Knight Errant oder sonstwen davon abzuhalten, sie alle zu finden, bevor die Larven ausschlüpfen.«

»Normalerweise würde ich dir recht geben«, sagte Ravenheart, »aber sie trauen einander nicht.«

Kyle sah sie fragend an. »Was willst du damit sagen?«

»Wir kümmern uns jetzt seit vier Jahren um Insektennester. Am Anfang war in fast allen Nestern nur eine einzige Insektenart vertreten. Es gab kaum eine Vermischung der verschiedenen Insektenarten. Tatsächlich hatte es den Anschein, als kämen die verschiedenen Arten nicht sehr gut miteinander aus. Eine Zeitlang konnten wir die neuen Nester überhaupt nur finden, weil Kämpfe in den Nestern ausbrachen. Normalerweise fingen die Ameisen oder die Wespen damit an.

Dann kamen wir hinter das Geheimnis der Universellen Bruderschaft.«

Kyle nickte. Dieselbe Organisation, der seine Schwägerin Ellen angehört hatte und über die Dave Strevich vom FBI sich geweigert hatte, ihm Informationen zu geben. Er warf einen Blick auf Seeks-the-Moon, aber der Geist stand nur stumm in seiner Ecke und hörte zu.

»Das wirklich Beängstigende«, sagte Ravenheart, »die Sache, die allem widersprach, was wir über die verdammten Wanzen zu wissen glaubten, war die Tatsache, daß die UB ein Kollektiv war, eine Kooperative einer ganzen Reihe verschiedener Insektenarten. Irgendwann muß einigen der Insektenköniginnen klargeworden sein, daß es dumm ist, sich gegenseitig zu bekämpfen.

Jedenfalls glauben wir jetzt, daß das Chicagoer Nest nördlich des Innenstadtkerns, das wir angegriffen haben, das größte Nest der Bruderschaft in Nordamerika war. Vor ein paar Monaten hatten wir bereits das Hauptnest in den Rocky Mountains ausgeräuchert, nachdem die ganze Geschichte im Zuge des Fiaskos des Projekts Hoffnung fast an die Öffentlichkeit gedrungen wäre.«

»Das Projekt Hoffnung?« fragte Kyle. Er konnte sich nicht erinnern, den Namen je zuvor gehört zu haben.

Sie winkte ab. »Das ist eine lange Geschichte und im Augenblick unwichtig. Die Sache ist die, daß die UCAS-Regierung über die Bruderschaft und das, was sie in Wirklichkeit ist, Bescheid wußte. Das hieß, wir mußten uns beeilen, den Zeitablauf unseres Plans um acht Monate beschleunigen, um damit fertig zu werden.«

Überrascht sagte Kyle: »Augenblick, die UCAS-Regierung wußte über die Bruderschaft und die Insektengeister Bescheid, *bevor* das hier passiert ist?«

Sie nickte. »Definitiv. Und hat sie irgendwas unternommen, außer darüber zu reden, was unternommen werden soll? Nein. Hat sie unter Zeitdruck gestanden, nun, da die Bruderschaft wußte, daß ihr Geheimnis keines mehr war? Du kannst deinen Hintern drauf verwetten, daß es so war. Aber die Regierung konnte sich lediglich dazu durchringen, die Bruderschaft als fiskalische Einheit zu zerschlagen. Schön, sie hat ein paar Einsätze gegen die Bruderschaft befohlen, aber sie ließ sich einfach nicht davon abbringen, daß es sich bei der ganzen Sache um ein kleines, mühelos zu bewältigendes Problem handelte.«

»Aber wenn deine Leute bei Ares Bescheid wußten, warum habt ihr die Regierung dann nicht schon viel früher eingeweiht?« Kyle konnte seinen Zorn kaum noch beherrschen.

Ravenhearts Blick verhärtete sich. »Glaubst du wirklich, ihre Reaktion wäre anders ausgefallen? Ich bitte dich. Die UCAS-Regierung ist doch trotz ihrer Entstehungsgeschichte kaum dazu bereit, die Tatsache anzuerkennen, daß es Magie gibt, ganz zu schweigen davon, daß sie in diesem Maßstab eine Gefahr für die nationale Sicherheit ist. Und wenn wir sie eingeweiht hätten, würde sie wahrscheinlich Schritte unternommen haben, um uns daran zu hindern, das Problem anzugehen. Du weißt, wie empfindlich sie reagiert, wenn multinationale Kommandotruppen zivile Ziele angreifen.«

»Und jetzt geht alles zum Teufel«, sagte Kyle. »Die Insekten haben die Stadt auseinandergenommen, und in weniger als zwei Tagen wird alles darin sterben. Warum habt ihr sie nicht wenigstens unterrichtet, als ihr das Nest gefunden habt? Und warum, zum Teufel, seid ihr nicht gleich mit ein paar Millionen Litern von diesem Pestizid angerollt, anstatt den Laden mit Gewehren und Handgranaten zu stürmen?«

Ravenheart hielt inne und versuchte sichtlich, sich zu beruhigen. Kyle wußte, daß er sie provozierte, aber das war ihm egal. Die Spiele, die ihr Konzern seit Jahren spielte, hatten Tausende von Leben gekostet, darunter auch zwei, die ihm wahrscheinlich wichtiger waren als alles andere auf der Welt.

»Ich habe von der Wirksamkeit des Pestizids auch erst vor ein paar Stunden erfahren«, sagte sie in gemessenem Tonfall. »Ich nehme an, unsere Leute haben das gleiche gedacht wie du, daß nämlich Chemikalien keine Gefahr für Geister darstellen. Und was deine Frage betrifft, warum wir die Regierung nicht über das Vorhandensein eines größeren Nests in einer bedeutenden Großstadt informiert haben ...« Ravenheart hielt inne und schien einen Moment lang nachzudenken. »Ich weiß es selbst nicht. Ich habe mich auch darüber gewundert, aber diese Frage mußt du schon Roger Soaring Owl oder Damien Knight stellen. Ich weiß nur, ich hatte da meine Befehle, und, Gott helfe uns allen, ich habe jetzt auch meine Befehle.«

Kyle warf einen Blick auf Seeks-the-Moon, der den Blick mit einer Neigung des Kopfes erwiderte. »Und diese Befehle lauten?«

Sie schaute weg und schwieg, aber Kyle sah ihr an, daß sie nachdachte. Ihre Befehle waren wahrscheinlich streng vertraulich, und sie rang mit sich, ob sie sie ihnen mitteilen sollte.

»Sieh mal«, sagte er. »Irgendwas muß getan werden. Wenn wir schon alle …«

Sie nickte heftig und winkte ab. »Ich weiß, ich weiß. Ich bin deiner Meinung.« Sie seufzte und schüttelte den Kopf. »Die Freuden eines Feldkommandos«, murmelte sie halblaut, um dann ihren Stuhl so zu rücken, daß sie Kyle direkt gegenübersaß.

»Soaring Owl glaubt, wie schon erwähnt, wenn dies das Hauptnest war, wird es aus denselben Gründen neu errichtet werden, aus denen es beim erstenmal gebildet wurde. Er will, daß wir es finden und es vor Ablauf der Frist zerstören.«

»Wie, zum Teufel, sollen wir das verdammte Nest finden?« fragte Kyle, und dann fiel ihm die Antwort ein. »Die Sammelstellen«, sagte er zögernd.

Sie nickte. »Wir haben alle, die wir bisher gefunden haben, ausgeräuchert, aber wenn wir sie statt dessen beobachten, können wir der nächsten Gruppe folgen, die weggebracht wird. Das sollte uns zum Hauptnest führen.«

»Verläßt du dich dabei nicht zu sehr auf die Hoffnung, daß eine der Sammelstellen, die ihr beobachtet, vor Ablauf der Frist angezapft wird?«

Sie nickte. »Ja, wir verlassen uns darauf. Aber während du weg warst, haben wir zwei weitere Sammelstellen entdeckt, und eine davon ist ziemlich überfüllt. Ich glaube, daß diese als nächste dran ist.«

»Und dann?«

»Dann«, sagte sie, »kümmern wir uns um dieses verdammte Nest.«

»Wie?« fragte Kyle. »Vor ein paar Tagen hattet ihr eine kleine Armee und seid gescheitert. Wie kannst du da hoffen, diesmal mit weniger als zwei Dutzend Leuten Erfolg zu haben?«

Sie spannte sich ein wenig. »Wir haben eine Waffe ...«

»Damokles?« fragte Kyle, während sich eine gewisse Taubheit in seinem Magen ausbreitete.

Ihre Augen weiteten sich, und ihr Arm zuckte zu ihrer Pistole. »Woher, zum Teufel, weißt du ...«

»Ich war im Kommandofahrzeug, schon vergessen?« sagte er. »Soaring Owl hat sie aktiviert, kurz bevor der Wagen in Stücke gerissen wurde.«

Sie sah weg und nickte. »Ich fand auch, daß es so aussah, als sei sie zum Abschuß bereitgemacht worden.«

»Ich nehme an, die Drone befand sich in einem Lastwagen, der ein paar Blocks von den anderen entfernt stand?«

Sie nickte wiederum. »Ja. Wir haben Drone und Abschußvorrichtung geborgen, als wir uns in den ersten Stützpunkt zurückgezogen haben.«

»Ist sie einsatzbereit?«

»Der Sprengkopf ist es, und mir ist befohlen worden, ihn zu benutzen«, sagte Ravenheart. »Meine Befehle lauten, das neue Hauptnest zu finden und das verdammte Ding mit dem Atomsprengkopf in Schutt und Asche zu legen.«

28

»Zeigt mir eine Alternative«, sagte Anne Ravenheart. »Irgendeine – ich würde sofort zugreifen. Bei allen Göttern, ich schwöre, ich würde sofort zugreifen.« Sie war erregt und marschierte vor den versammelten Soldaten auf und ab. Kyle und Seeks-the-Moon hatten sie davon überzeugt, daß dies eine Situation war, die über Konzerntreue, Befehlshierarchie und »streng geheime« Befehle hinausging. Schließlich hatte Ravenheart widerwillig nachgegeben.

Die Reaktion der Leute hatte Kyle erschüttert, nachdem ihnen die Situation in all ihren schrecklichen Einzelheiten dargelegt worden war. Die meisten schienen die Notwendigkeit nicht in Frage zu stellen, eine Nuklearwaffe gegen das Hauptnest einzusetzen.

Ein paar schienen jedoch nervös und nicht mehr ganz so sicher zu sein, nachdem Kyle darauf hingewiesen hatte, daß seit der Erfindung der Waffe vor über einem Jahrhundert nur fünf Atombomben tatsächlich zu Kampfzwecken zur Explosion gebracht worden waren – die zwei, die 1945 auf Japan abgeworfen worden waren, und die drei, die die Israelis 2004 gegen Libyen eingesetzt hatten. Dann wies der Ork, Douglas, auf eine weitere bestürzende Tatsache hin. Seit dem Großen Geistertanz, der den Untergang der alten Vereinigten Staaten besiegelt und die Rückgabe des größten Teils Nordamerikas an die Ureinwohner erzwungen hatte, gab es keine Garantie mehr, daß eine Nuklearwaffe überhaupt explodieren würde.

»Wie war das noch mit *Lone Eagle?*« fragte der Ork, indem er sich, nach Bestätigung suchend, in der Gruppe umsah. »Diese indianischen Terroristen haben eine Atomrakete auf Rußland abgeschossen, aber sie ist nicht explodiert. Woher wollen wir wissen, daß diese zündet?«

Kyle wandte sich an Ravenheart. »Ich habe auch ein paar Gerüchte gehört, als ich noch beim FBI war. Über ähnliche Vorfälle in jüngerer Vergangenheit. Irgendwelche Ideen dazu?«

Sie zuckte die Achseln, ließ sich mit der Antwort jedoch etwas Zeit. »Eigentlich nicht. Mit Sicherheit weiß ich nur, daß seit dem Geistertanz Atombombentests durchgeführt worden sind, und zwar mit Erfolg. Ich muß davon ausgehen, daß Ares nicht alles auf eine unerprobte Waffe setzen würde.«

»Die Bombe wird hochgehen«, sagte der Asiate, Lim. »Ich glaube nicht, daß die Magie selektiv atomare Zerfallsprozesse stoppen kann, und zwar in Abhängigkeit davon, ob es sich um eine Waffe handelt oder nicht.«

»Aber wir wissen es nicht mit Sicherheit«, sagte Douglas, der Ravenheart dabei fixierte. Kyle sah ihm an, daß der Gedanke an den Einsatz einer Atombombe den Ork ebenso verängstigte wie ihn selbst. Sie schienen jedoch in der Minderheit zu sein, was keine große Überraschung war, wenn man Herkunft und Zusammensetzung der Gruppe berücksichtigte.

»Wieviel Schaden wird die Bombe überhaupt anrichten?« fragte er Ravenheart.

Sie seufzte. »Sie hat so ungefähr die geringste Sprengkraft, die sich überhaupt erzielen läßt, eine halbe Kilotonne. Bedeutend geringer als die der Hiroshima-Bombe, die bei vierzehn Kilotonnen lag, ganz zu schweigen von den hundert Kilotonnen pro Sprengkopf bei dem, was die Israelis gegen Libyen eingesetzt haben.«

»Wieviel Schaden?« wiederholte er seine Frage.

Ravenheart verzog das Gesicht und versuchte sich offenbar an Tatsachen zu erinnern, die ihr vor langer Zeit eingetrichtert worden waren. Sie wollte etwas sagen, doch Vathoss kam ihr zuvor.

»Jeder im Umkreis von hundert bis zweihundert Metern, der der Explosion ungeschützt ausgesetzt ist, ist auf der Stelle tot. Die Druckwelle wird im Umkreis von etwa zwölfhundert Metern Fensterscheiben zerschmettern, leichtere Gebäude zum Einsturz bringen, Brände entfachen und so weiter und ein Drittel der ihr ausgesetzten Leute sofort töten. Ein weiteres Drittel wird später sterben.«

Er hielt inne, um den Leuten Gelegenheit zu geben, das erst einmal zu verarbeiten. »Da der Sprengkopf am Boden explodiert, wird das Gebiet im Umkreis von etwa fünfhundert Metern um die Explosionsstelle langfristig mit radioaktiver Strahlung verseucht. Die Anzahl der unmittelbaren Opfer mag geringer sein als bei einer Zündung in der Luft, aber die Anzahl der Folgeopfer liegt höher. Und schließlich wäre da noch das Problem der Grundwasserkontaminierung und des radioaktiven Fallouts.«

»Wie viele Tote insgesamt?« fragte Kyle.

Vathoss zuckte die Achseln. »Tausende. Zehntausende. Das hängt davon ab, wo die Bombe explodiert.«

Ravenheart hatte die Hände in die Hüften gestemmt und zu Boden geschaut, während ihr Untergebener redete. Schließlich sah sie wieder auf. »Vielen Dank, Sergeant«, sagte sie kühl. »Ich wußte nicht, daß Sie ein Experte sind.«

Vathoss begegnete ihrem Blick. »Ich weiß, was ich wissen muß.«

»Dann hängt es davon ab, wo sich das Nest befindet, oder nicht?« sagte Douglas, der das Blickduell der beiden ignorierte. »Wenn es in einer dicht besiedelten Gegend liegt, müssen wir eine andere Lösung finden.«

»Dafür ist es zu spät«, sagte Ravenheart. »Uns fehlt die Zeit, und uns fehlen die Alternativen. Das Nest öffnet seine Kokons vielleicht früher, als wir glauben. Unsere Zahlen beruhen lediglich auf Vermutungen. Selbst wenn wir wüßten, wo sich das Nest befindet, und wir uns gleich auf den Weg machten, könnten wir immer noch zu spät kommen.«

Kyle schüttelte den Kopf. »Aber wir können diese Entscheidung nicht treffen. Sie betrifft zu viele Leute.«

»Wer dann?« fragte Ravenheart.

»Die Regierung.«

»Die Regierung hat sich bereits entschieden – sie wird die Stadt mit Pestiziden überfluten.«

»Dann müssen wir sie von der Alternative in Kenntnis setzen«, sagte Kyle. »Hat dein Boß sie davon in Kenntnis gesetzt, daß ein neues Nest gebildet worden ist? Daß ihr in der Lage seid, etwas dagegen zu unternehmen?«

Ravenheart schüttelte den Kopf und lächelte dünn. »Und der Regierung was gesagt? Herr Präsident, wir haben ein Eliteteam in Chicago, das die Möglichkeit hat, eine Atombombe zu zünden. Sie brauchen nur Ihr Einverständnis zu geben.« Sie schüttelte wiederum den Kopf. »Entschuldige, aber ich glaube nicht, daß Thomas Steele einem Megakonzern die Erlaubnis geben wird, eine seiner Städte in Schutt und Asche zu legen.«

Ravenheart musterte die ganze Gruppe. »Wie ich schon sagte, zeigt mir eine Alternative, und ich greife zu.«

Kyle nickte. »Du kannst mir glauben, wenn mir etwas einfällt, erfährst du es sofort. In der Zwischenzeit sollten wir vermutlich alle nötigen Vorbereitungen für den Einsatz der Drone treffen.« Er ließ seine Blicke schweifen und sah die Resignation in den Augen der um ihn versammelten Soldaten. Seeks-the-Moon stand schweigend ein wenig abseits. Kyles Blick blieb auf dem Geist haften. »Was ist mit dir? Hast du eine Meinung dazu?«

Der Geist blinzelte und lachte leise. »Ja, aber sie ist unerheblich.«

»Warum?«

»Weil das euer Land, eure Stadt und euer Volk ist«, sagte er. »Nicht meines. Was auch passiert, ich kann immer von hier weg.«

»Das stimmt«, sagte Kyle. »Aber ich würde trotzdem gerne wissen, wie du darüber denkst.«

Der Geist starrte ihn ein paar Augenblicke an, dann sagte er schließlich: »Ich glaube, dein Volk hat oft eine schreckliche Alternative gewählt, um eine andere zu bekämpfen. Das ist eure Art, die Dinge anzugehen, etwas, wovon ihr einiges versteht.«

»Also hältst du die Sache mit der Bombe für eine schlechte Idee.«

»Das habe ich nicht gesagt. Wenn das Ausschlüpfen der neuen Geister nicht verhindert wird, könnte das furchtbare Konsequenzen haben. In der Stadt sind bereits Tausende gestorben. Was sind schon ein paar Tausend mehr im Vergleich zu dem, wovor ihr euch fürchtet?«

»Wirst du uns helfen?«

Seeks-the-Moon hielt kurz inne, bevor er sich abwandte und ins Nichts starrte.

»Wirst du uns helfen?« wiederholte Kyle.

»Ich weiß es nicht.«

»Wirst du mir wenigstens helfen, meine Frau und meine Tochter zu suchen, solange du noch unentschieden bist?«

Der Geist sah ihn wieder an. »Das werde ich.«

Zu Fuß wäre es ein weiter Weg zu Ellen Shaws Wohnung gewesen, also borgten sich Kyle und Seeks-the-Moon die Talente eines der Soldaten aus und requirierten einen schmutzigen, verbeulten Chrysler-Nissan Jackrabbit, der auf dem Parkplatz vor dem Lagerhaus stand. Die Batterie des Wagens war noch zu drei Vierteln voll, also dauerte es nur eine halbe Stunde, sie an das immer noch aktive Stromnetz des Hauses anzuschließen und sie voll aufzuladen. Kyle hatte von

Stromausfällen in anderen Stadtteilen gehört, wo Leitungen gerissen oder Masten gefallen waren, aber bis jetzt erfreute sich der größte Teil des Sperrgebiets noch der Versorgung mit Strom und Wasser. Die Versorgung mit Gas war jedoch eingestellt worden, wahrscheinlich aus Angst vor Explosionen und Bränden.

Kyle und Seeks-the-Moon fuhren zügig über die Addison zur Western, da sie keinen Wert auf eine Wiederholung der Konfrontation mit der Gang auf der Ashland legten. Dort bogen sie nach Süden ab. Die meisten Verkehrsampeln funktionierten noch, doch Kyle ignorierte sie. Auf ihrer Fahrt über eine der wichtigsten Nord-Süd-Verkehrsadern von Chicago sahen sie nur vier fahrende Autos. Alle waren mit Jugendlichen vollgestopft, die sie mißtrauisch beäugten, aber ansonsten in Ruhe ließen.

»Wie lange es wohl noch dauert, bis sie Barrikaden errichten, um ihr Revier abzugrenzen?« fragte Seeks-the-Moon.

Kyle antwortete nicht, obwohl er sich genau dieselbe Frage gestellt hatte.

Sie fuhren weiter nach Süden und in der Nähe der Chicago Avenue an ein paar Straßenzügen vorbei, die nur noch ein verkohlter Trümmerhaufen waren. Sie erinnerten Kyle an Bilder, die er von ausgebombten Städten gesehen hatte. Keine Menschenseele war zu sehen.

Ohne jede Vorwarnung bockte der Wagen plötzlich, als das Fließheck des Jackrabbit erbebte und barst. Kyle trat auf die Bremse und drehte sich um, als ihm ein widerlich süßer Geruch in die Nase drang und der Insektengeist schrill zu zirpen begann. Metall kreischte und barst, als das Heck des Wagens aufriß und eines der langen schwarzglänzenden Beine der Ameise in den Innenraum eindrang. Der bremsende Wagen hatte das Insekt aus dem Gleichgewicht gebracht, und sein krallenbewehrtes Bein stieß zwischen Kyle und Seeks-the-Moon vorwärts, wobei es den Sitz aufriß und die Windschutzscheibe zerschmetterte.

Der Ameisengeist riß das Wagenheck noch weiter auf und schob den Kopf in dem Versuch vor, seine Opfer mit seinen Mandibeln zu erwischen. Weder Kyle noch Seeks-the-Moon konnten einen Zauber wirken, während der Wagen mit quietschenden Reifen und einer halben Drehung zum Stehen kam. Die Ameise spie einen glänzenden halbflüssigen Schaum aus und arbeitete sich weiter vorwärts. Kyle und Seeks-the-Moon stießen gleichzeitig die Türen auf und hechteten nach draußen.

Vor Wut kreischend zog sich die schwarze Ameise wieder aus dem Wagen zurück, wobei ein Teil des Rücksitzes an einer ihrer Mandibel hängen blieb. Ihr Kopf ruckte von Kyle zu Seeks-the-Moon, dann wich sie ein wenig zurück, als sie die Energie sah, die sich um beide aufbaute.

Zwei Strahlen aus grellroter Energie, einer ein wenig dunkler als der andere, trafen die Ameise gleichzeitig. Kreischend wich sie noch weiter zurück, wobei ihr wild herumruckender Kopf Tropfen der grünlichen Flüssigkeit verspritzte, die jetzt aus ihm quoll. Dann schien sie sich ein wenig erholt zu haben, da sie Kyle frontal angriff.

Doch Kyle war vorbereitet. Seine Fokusse waren alle aktiv, und er brauchte seine Aufmerksamkeit nicht mehr auf ihre Maskierung zu richten. Der Geist sprang vor, und Kyle wirkte einen anderen Zauber – einen einfachen konzentrierten Energiepfeil mit allem, was er hatte. Er traf die heranstürmende Ameise am Kopf und drang grell aufblitzend tief in ihn ein. Im gleichen Augenblick wurde der Hinterleib der Ameisengestalt von einer widerlich grünen Substanz eingehüllt, die sie zu Boden zog, so daß sie gebremst wurde und mit dem Kopf auf das Pflaster schlug. Kyle wich zurück, als die Kreatur anfing, um sich zu schlagen, während ihr die

Energie seines Zaubers den Schädel spaltete. Er bereitete einen weiteren Zauber vor und spürte Seeks-the-Moon es ihm nachtun. Dann warf sich der Ameisengeist in einem letzten Akt trotziger Verachtung vorwärts, bevor er plötzlich den Zusammenhalt verlor, sich auflöste und in einer imaginären Brise zerstob.

Kyle und Seeks-the-Moon starrten das Wesen an, bis es vollständig verschwunden war. »Komm!« rief Kyle, während er zu dem Wagen rannte, dessen Motor noch lief. Er warf sich hinter das Steuer und beschleunigte, noch bevor Seeks-the-Moon die Tür hinter sich geschlossen hatte. Als sie ein Stück weit entfernt waren und keine Spuren von anderen Insektengeistern sahen, fragte Kyle Seeks-the-Moon. »Warum hast du dich nicht einfach in den Astralraum zurückgezogen?«

»Was?«

»Als die Ameise angegriffen hat, warum hast du da gewartet, bis der Wagen angehalten hatte und du die Tür benutzen konntest?«

Der Geist starrte ihn an, und dann sah Kyle, daß ihm ein Licht aufging. Seine Augen weiteten sich, und dann lachte der Geist. Sehr laut.

»Ich glaube, du übst einen schlechten Einfluß auf mich aus«, sagte er immer noch lachend, während sie weiterfuhren.

An der Kreuzung Ogden und Western bogen sie nach Südwesten ab und fuhren in die kleine Gemeinde von Cicero, die nicht zur Stadt Chicago gehörte, aber noch im Sperrgebiet lag. Kyle kannte sich in dieser Gegend einigermaßen aus und fand die Wohnung seiner Schwägerin ziemlich schnell. Die Straße lag genauso ruhig da wie bei seinem letzten Besuch, doch jetzt sah er Anzeichen dafür, daß die meisten Häuser unbewohnt waren. Nur ein einziges Haus gegenüber von Ellen Shaws Mietshaus sah noch bewohnt aus und ähnelte jetzt einer Festung.

Kyle fuhr auf den Hof des Hauses, wobei er mit der Beifahrertür an den Überresten des Gitterzauns entlangschrammte, der bei seinem letzten Besuch noch dort gestanden hatte. Dann hielt er an und stellte den Motor des Wagens ab. Er erwog zwar kurz, ihn laufen zu lassen, falls sie schnell verschwinden mußten, kam jedoch zu dem Schluß, daß in diesem Fall das Risiko eines Diebstahls vermutlich größer war als die Wahrscheinlichkeit dafür, daß sie Hals über Kopf fliehen mußten.

»Soll ich mich drinnen rasch umsehen?« fragte Seeks-the-Moon Kyle, während dieser den Teil des Hauses musterte, wo sich Ellen Shaws Wohnung befand.

»Warte eine Sekunde«, sagte Kyle, dann ging er zur Haustür und drückte dagegen. Sie öffnete sich mühelos, da sowohl das Schloß als auch der Rahmen zerstört waren.

»Drek«, sagte Kyle und sah noch einmal zu der Wohnung hoch.

»Plünderer?« fragte Seeks-the-Moon.

»Vielleicht. Willst du vorgehen?«

Der Geist grinste dünn. »Schließlich warst du es, der mich an meine Fähigkeiten erinnert hat, weißt du noch?«

Kyle nickte. »Dann mach, aber geh zuerst ins Foyer, damit dich niemand verschwinden sieht, falls wir beobachtet werden. Ellens Wohnung befindet sich auf dieser Seite« – er zeigte nach Süden – »zwei Etagen höher.«

Der Geist nickte und betrat das Haus, dicht gefolgt von Kyle. Kaum stand dieser in dem mit Schutt und Abfall übersäten Eingang, als Seeks-the-Moon verschwand. Kyle zog seine Waffe, einen Ares Predator II, den Ravenheart ihm gegeben hatte, und wartete. Doch er hatte die Waffe kaum gezogen, als der Geist auch schon zurückkehrte.

Seeks-the-Moon schüttelte den Kopf. »Die Wohnung ist leer und sieht aus, als sei sie durchwühlt worden.«

»Plünderer.«

Kyle und der Geist erklommen die alte Treppe zur ersten Tür auf dem zweiten Absatz. Schloß und Rahmen waren hier ebenfalls aufgebrochen worden, und dann fiel Kyle wieder ein, daß er selbst den Schaden bei seinem letzten Besuch mit einem Zauber angerichtet hatte. Es sah nicht so aus, als hätte irgend jemand in der Zwischenzeit den Schaden zu reparieren versucht, und sei es auch nur provisorisch.

Kyle stieß die Tür auf und halfterte seine Pistole beim Eintreten. Die Wohnung war tatsächlich geplündert worden, und die Plünderer hatten kaum etwas von Wert zurückgelassen. Die meisten Elektrogeräte waren ebenso verschwunden wie die Lebensmittel aus der Küche. Im Schlafzimmer war die Kleidung aus Kommode und Schränken gezerrt worden. Er wußte nicht, ob hier irgend etwas fehlte, aber auf jeden Fall war das Bettzeug verschwunden.

In einer Ecke des Eßzimmers, wo ein Haufen Abfälle lagen, fand Kyle ein kleines Chipetui. Es sah genauso aus wie das, welches er Natalie vor zwei Jahren zu Weihnachten geschenkt hatte, und je länger er es anstarrte und in den Händen drehte, desto sicherer war er, daß es ihres war.

»Ich meine, sie könnten hier gewesen sein«, sagte Kyle zu Seeks-the-Moon, der ihm schweigend gefolgt war. Der Geist nickte.

Sie suchten weiter, fanden aber, abgesehen von einigem Geschirr im Geschirrspüler, nichts weiter von Interesse. Kyle zählte die Teller und ordnete jedem einen Besteckssatz und ein Trinkglas zu. Ein Teller war kleiner, als habe jemand eine kleinere Portion von dem Essen bekommen, bei dem es sich allem Anschein nach um Tiefkühllasagne gehandelt hatte. Auch ein Glas war kleiner als die anderen. Die Essensreste waren hart, aber noch nicht verdorben, wahrscheinlich nicht älter als einen oder höchstens zwei Tage.

Kyle nickte. »Sie waren hier.«

»Dann solltest du dir mal das hier ansehen«, rief ihm Seeks-the-Moon zu, der sich mittlerweile wieder im Wohnzimmer befand.

Kyle folgte der Aufforderung und sah, wie Moon eine Reißzwecke in die Wand drückte und damit einen zerrissenen Papierfetzen befestigte.

»Was ist das?« fragte Kyle.

»Das lag auf dem Boden. Ich glaube, es hat hier gehangen, und jemand hat es heruntergerissen.«

Kyle betrachtete das Stück Papier, aber es war nur ein Fetzen, der offenbar von einem größeren Blatt abgerissen worden war. »Hast du den Rest auch gefunden?«

Seeks-the-Moon schüttelte den Kopf. »Nein.«

Kyle nickte und sah sich ebenfalls im Wohnzimmer um. »Wenn das ganze Blatt von den Plünderern abgerissen worden ist, warum ist es dann nicht hier?«

»Du glaubst, sie hätten es abgerissen und dann auf dem Boden gelassen?«

»Warum hätten sie etwas anderes tun sollen? Warum etwas mitnehmen, das keinen Wert für sie hat?«

»Je nachdem, was darauf stand, waren sie vielleicht der Ansicht, daß es für jemand anders einen Wert hat.«

Kyle starrte ihn an. »Das ist schwer zu glauben.«

»Du glaubst nicht, daß dein Volk zu solchen Gemeinheiten fähig ist?«

Kyle sah weg. »Es ergibt keinen Sinn.«

Der Geist zuckte die Achseln. »Die Leute, mit denen deine Frau und deine Tochter zusammen sind, können es selbst abgerissen und mitgenommen haben.«

»Wie meinst du das?«

»Sie wollten nicht, daß irgend jemand erfährt, wohin sie gehen«, sagte Seeks-the-Moon, »aber sie wollten deine Frau auch nicht beunruhigen, indem sie ihr verboten, dir eine Nachricht zu hinterlassen.«

»Also hat jemand oder etwas die Nachricht entfernt, nachdem Beth und Natalie gegangen waren.«

Der Geist nickte.

Kyle drehte sich um und betrachtete die Stelle, wo der Papierfetzen hing. »Ich glaube, ich ziehe deine andere Vermutung vor«, sagte er.

Nachdem sie rasch einige der anderen Wohnungen in dem Haus überprüft und nichts gefunden hatten, gingen Kyle und Seeks-the-Moon zum Wagen zurück. Der Wagen stand genauso da, wie sie ihn verlassen hatten, doch Kyle stieg nicht ein, sondern betrachtete sinnend das verbarrikadierte Haus auf der anderen Straßenseite. »Es würde mich interessieren, ob die Bewohner dieses Hauses etwas wissen oder gesehen haben«, sagte er.

»Sie scheinen nicht sehr gesellig zu sein«, sagte Seeks-the-Moon.

»Mag sein.« Kyle holte die Maschinenpistole unter seinem langen Mantel hervor und reichte sie dem Geist. »Wahrscheinlich haben sie nur Angst.«

»Angst ist nicht gerade der beste Nährboden für vernünftiges Denken.«

»Ich weiß«, sagte Kyle, »aber ich muß fragen.«

Seeks-the-Moon ging mit Kyle zum Rand des Bürgersteigs, dann ging Kyle allein weiter auf das Haus zu. Er hatte die Arme ausgebreitet und hielt die leeren Handflächen deutlich sichtbar nach vorn.

»Hoi!« rief er, als er die Straße überquert hatte. Er erhielt keine Antwort, also ging er noch ein paar Schritte weiter. »Ist jemand zu Hause?«

Kyle sah, wie ein Stück Holz von einem der Fenster entfernt wurde, und dann konnte er vage ein Gesicht – seiner Meinung nach das einer Frau – und die Mündung einer Schrotflinte erkennen. Beide starrten ihn an.

»Was wollen Sie?« rief die Frau. Die Stimme klang sehr jung, kaum älter als die eines Teenagers.

»Ich suche nach meiner Schwägerin Ellen Shaw. Sie hat im Haus gegenüber gewohnt.« Er zeigte auf das Gebäude. »Ich glaube, meine Frau und meine Tochter sind bei ihr, und ich versuche sie zu finden.«

Das Gesicht verschwand, doch die Schrotflinte blieb, wo sie war. Ein paar Sekunden später kehrte die Frau zurück. »Sie sind weg«, sagte sie. »Es waren ungefähr ein Dutzend, aber sie sind weg.«

»Wann sind sie gegangen?«

»Vorgestern.«

»Wissen Sie, wohin sie gegangen sind?«

»Sie sagten, sie gingen in ein Übergangslager.«

»In ein Übergangslager? Wissen Sie, wo?«

»Nein, das haben sie nicht gesagt.«

Kyle fluchte leise vor sich hin. »Haben Sie gesehen, in welche Richtung sie gegangen sind?«

»Dort entlang. Aber ich habe nicht darauf geachtet.«

»War ein kleines Mädchen bei ihnen?«

Er konnte sehen, wie die Frau nickte. »Sogar zwei. Eines trug eine Katze.«

Kyle nickte. »Danke«, sagte er und wollte sich abwenden, aber die Frau hielt ihn zurück.

»Ist er schon gekommen?« rief sie.

Kyle drehte sich wieder um. »Wie bitte?«

»Ist er schon gekommen?«

»Wer?«

»Jesus.«

Kyle hielt inne und betrachtete die Schatten hinter dem Fenster genauer. Die Schrotflinte war da und auch der vage Umriß eines Frauenkopfes, aber mehr konnte er nicht erkennen. Er wechselte für einen Augenblick in den Astralraum, und da sah er ihre Aura, die wild und hektisch flackerte, ein reißender Strom der Emotionen.

»Nein«, sagte Kyle glatt. »Ich glaube nicht.«

»Verzweifeln Sie nicht«, sagte sie. »Er wird bald kommen. Dann werden Sie Ihre Frau und Ihr Kind finden.«

Kyle nickte noch einmal und setzte sich wieder in Bewegung. »Vielen Dank. Ich halte nach ihm Ausschau.«

Das Holz glitt wieder an Ort und Stelle, während Kyle kopfschüttelnd zu Seeks-the-Moon zurückkehrte. Der Geist zuckte nur die Achseln. »Wir suchen eben alle etwas«, sagte er. Dann gingen beide langsam zum Wagen zurück.

29

Kyle fuhr den rapide in seine Bestandteile zerfallenden Jackrabbit über die Cicero Avenue nach Norden zurück. Etwa auf halbem Weg, kurz vor der Division Street, erreichten sie den Schauplatz einer offenbar erst kürzlich ausgetragenen Auseinandersetzung zwischen zwei Gangs. Mindestens ein Dutzend Personen lagen tot auf der Straße, so daß Kyle nicht anders konnte, als eine der Leichen mit dem Wagen zu überfahren. Ein Rudel Hunde, die ihrerseits um die Leichen kämpften, zerstreute sich, als er vorbeifuhr. Weder er noch Seeks-the-Moon sagten ein Wort.

Schließlich wieder im Stützpunkt angelangt, stellte Vathoss ihnen drei ›neue‹ Mitglieder des Teams vor – Wachmänner von Knight Errant, die von der Errichtung des Sperrgebiets überrascht worden waren. Kyle stellte ihnen ein paar Fragen, aber keiner von ihnen war im Truman Tower gewesen oder wußte, wohin seine Bewohner verschwunden sein mochten.

Anne Ravenheart war ebenfalls verschwunden. Laut Vathoss waren sie und ein paar von ihren Leuten zu einem Beobachtungsposten in der Nähe einer Sammelstelle gegangen, der Aktivitäten gemeldet hatte. Kyle versuchte mehr Informationen zu bekommen, aber der Sergeant wollte nicht reden. Niemand wollte, und Kyle spürte ein wachsendes Unbehagen bei den Soldaten. Die Zeit verging, und nichts geschah.

Bei Einbruch der Dämmerung kehrte einer der Soldaten, die mit Captain Ravenheart gegangen waren, mit der Nachricht zurück, daß sie Kyle aufforderte, sich ihr im Beobachtungsposten anzuschließen – die Leute an der Sammelstelle schienen sich darauf vorzubereiten, sie zu verlassen.

Der Soldat, ein Anfänger namens Canelli fuhr eine

›requirierte‹ Honda Viking, die eine zusätzliche Person befördern konnte. Seeks-the-Moon schlug widerwillig vor, dem Motorrad trotz seiner nach wie vor anhaltenden Besorgnis, die Aufmerksamkeit der Insekten zu erregen, im Astralraum zu folgen.

Kyle hatte eine bessere Idee. Seeks-the-Moon würde hinter Canelli aufsteigen, während sich Kyle, von einem Levitationszauber in der Luft gehalten, einfach an der Maschine festhielt. So fuhren die drei los, wobei Kyle hoffte, die Eigenschaften und die Eigenarten des Zaubers so gut zu kennen, wie er es glaubte.

Das Motorrad fuhr nach Westen und dann nach Süden, und zwar so weit, daß Kyle glaubte, sie würden nach Cicero fahren, wo sich die Wohnung seiner Schwägerin befand. Doch kurz vorher bog Canelli nach Osten ab und hielt in der Nähe der Kreuzung Chicago und Kedzie. Nachdem er das Motorrad unter den wachsamen Blicken eines in der Nähe halb verborgenen Soldaten von Knight Errant hinter einem umgestürzten Müllcontainer versteckt hatte, führte Canelli sie durch den Hintereingang eines alten Lagerhauses. Kyle ließ den Levitationszauber erlöschen, da er keine astrale Aufmerksamkeit erregen wollte.

Im Innern des Lagerhauses fanden sie Ravenheart, Lim und zwei andere Soldaten vor einem kleinen Videomonitor. Das Bild zeigte ein Gebäude, das diesem sehr ähnlich war, mit einem Netz von Eisenbahnschienen und einigen Bahnwaggons im Hintergrund. Nach allem, was er bei ihrer Ankunft gesehen hatte, vermutete er, daß sich das andere Lagerhaus direkt gegenüber befand. Er konnte Bewegung auf dem Schirm erkennen, einige Gestalten, die vor einer der Türen standen, erkennbar am regelmäßigen Aufglimmen ihrer Zigaretten. Hinter ihnen konnte Kyle gerade noch die Front eines Busses der Chicago Transit Authority erkennen.

»Was ist los?« fragte er, als er sich neben Ravenheart hockte.

»Vor ungefähr einer Stunde sind zwei Männer in einem Wagen eingetroffen, und ich habe einen astralen Blick auf sie riskiert«, sagte sie. »Die Auren der beiden sahen ziemlich merkwürdig aus.«

Kyle nickte. Er wußte, daß der Einsatz elektronischer Überwachungsanlagen bei der Beobachtung potentiell magisch aktiver Zielpersonen allgemein üblich war, da ein menschlicher Beobachter durch seine Aura entdeckt werden konnte. Es war sicherer, auf astralem Weg einen raschen und möglichst detaillierten Blick zu werfen, als eine Entdeckung zu riskieren.

»Sie sind reingegangen, und kurz danach gab es eine Menge Aktivität«, fuhr sie fort. »Für mich sah es so aus, als würden sie zusammenpacken. Ungefähr eine halbe Stunde später sind zwei Busse eingetroffen. Der erste war ziemlich schnell voll und ist dann wieder abgefahren. Wir waren in keiner guten Position, um ihm zu folgen, also haben wir ihn fahren lassen. Wenn der zweite abfährt, werden wir uns an ihn hängen.«

»Was glaubst du, wie viele Wachen oder Leute besessen sind oder wie man das bezeichnen soll«, fragte Kyle, auf den Monitor starrend.

Sie zuckte die Achseln. »Keine Ahnung. Wir haben sechs Personen mit falscher Aura ausgemacht. Also sind es mindestens sechs.«

»Habt ihr eine Vorstellung, wie viele Leute noch da drinnen sind?«

»Nein. Vielleicht vierzig, aber das ist mehr eine rein gefühlsmäßige Schätzung«, sagte sie achselzuckend. »Hattest du Glück mit deiner Frau?«

»Nein. Sie waren in der Wohnung, aber eine Nachbarin hat gesagt, sie seien zu irgendeinem ›Übergangslager‹ gegangen. Die Nachbarin wußte nicht, wo sich dieses Lager befindet.«

»Tut mir leid«, sagte Ravenheart mit einem tröstend gemeinten Klaps auf die Schulter.

Kyle betrachtete den Monitor. »Ist diese Sammelstelle deines Wissens nach die Cicero am nächsten gelegene?« fragte er.

Ihre Augen weiteten sich ein wenig. »Ja. Cicero – ich nehme an, du meinst die Gemeinde – liegt nur ein paar Kilometer südöstlich von hier.«

»Also könnten sie hier gelandet sein«, sagte Kyle zögernd.

»Möglich.«

»Einer dort drüben ist sehr mächtig«, sagte Seeks-the-Moon plötzlich.

Kyle und Ravenheart drehten sich beide zu ihm um. »Was meinst du damit?« fragte sie.

»Dort drüben ist ein sehr mächtiger Geist«, sagte er, wobei er nicht in ihre Richtung sah, da er durch die Wand zu starren schien. »Ich kann ihn riechen.«

»Kann er dich auch spüren?« fragte Kyle.

Seeks-the-Moon zuckte die Achseln. »Ich weiß es nicht, aber ich hoffe, ich rieche nicht so schlecht wie er.«

Ravenheart wandte sich an Kyle. »Es wäre nur logisch, wenn sie einen mächtigen Geist geschickt hätten, um die Busse zu bewachen, wenn sie die Leute überführen.«

Kyle nickte. »Ich weiß, ihr müßt ihnen folgen, aber zuerst muß ich herausfinden, ob Beth und Natalie dort sind.«

Ravenheart sah weg. »Das kannst du nicht machen. Ich kann nicht zulassen, daß du unsere Chancen gefährdest, das Hauptnest zu finden.« Sie drehte sich wieder um und starrte ihn an. »Wenn sie dort sind, könnten sie schon mit dem ersten Bus abgefahren sein.«

»Ich muß es herausfinden, Anne«, sagte Kyle, der ihrem Blick begegnete.

Sie runzelte die Stirn. »Es gibt nur eine Möglichkeit. Entferne dich ein paar Blocks von hier und sieh dir alles auf astralem Weg an. Wenn dir irgend etwas folgt, verschwinde sofort und halt dich von uns fern. Wenn sie nur einen verrückten Menschen sehen, kommen sie vielleicht nicht auf dumme Gedanken.«

»Danke«, sagte er.

»Du beeilst dich besser. Der Bus fährt gleich ab.«

Kyle erhob sich und schüttelte die Verkrampfung aus den Beinen. Er wandte sich an Seeks-the-Moon. »Bewachst du meinen Körper?«

Der Geist nickte nur und folgte ihm durch die Hintertür nach draußen.

Eingehüllt in den warmen Fluß des Astralraums, beobachtete Kyle zwei Blocks weiter südlich den Bus. Er konnte erkennen, daß er fast voll war – das Leuchten der Aura der Leute in ihm breitete sich fast bis auf die Straße aus.

Er wartete, bis er niemanden mehr außerhalb des Gebäudes sah, dann schoß er vorwärts, wobei er sich ein paar Millimeter über dem Boden hielt, und glitt durch die Metallplastikwände der Lagerhalle. Als er hindurch war, stieg er sofort aufwärts in der Hoffnung, sich zwischen den Dachbalken des Gebäudes verstecken zu können, vorausgesetzt, daß es überhaupt welche gab.

Unter dem Dach blieb ein Spielraum von kaum zwei Metern, der mit Rohren, Leitungen und Stützpfeilern angefüllt waren. Unter ihm, und sich anscheinend seiner Anwesenheit nicht bewußt, befand sich etwa ein Dutzend Männer und Frauen. Die Aura von zwei Dritteln dieser Menschen wies dunkle Streifen und Flecken der Verwirrung auf. Alle standen um eine Frau herum, die auf einer der vielen Matratzen in der Halle lag. Er konnte das Gespräch hören und entnahm ihm, daß ihre Familie – die vier normal erscheinenden Auren – befürchtete, sie sei zu schwach für den Transport. Ein paar andere versuchten der Familie zu erklären, daß der Bus wartete. Die Familie wollte nichts davon hören.

Er erkannte niemanden an seiner Aura oder daran, was er von ihren physischen Gestalten erkennen konnte, und stieg weiter aufwärts in der Hoffnung, das Dach durchdringen zu können. Das war seinem Astralleib jedoch nicht möglich. Auf dem Dach lagen Holzbretter, und dieses einst lebendige Material konnte er astral nicht durchdringen. Er hielt sich so dicht unter dem Dach wie möglich und schwebte auf die nächste Mauer zu. Dabei fiel ihm auf, daß sich drei der von Insekten besessenen Menschen von der Gruppe entfernt hatten und ein leises Streitgespräch führten. Außerdem fiel ihm auf, daß ihn eine alte Frau zu beobachten schien. Zumindest drehte sich ihr Kopf in seine Richtung, als er sich bewegte, und folgte ihm. Er erwog, kurz innezuhalten, um sie sich genauer anzusehen, entschied sich dann jedoch dagegen und beschleunigte statt dessen.

Er erreichte die Mauer und glitt mühelos mit dem Kopf durch das anorganische Metall. Vor dem Einstieg des Busses unterhielten sich leise drei Wachen. Aus dem Bus drang Licht nach draußen, doch Kyle sah niemanden darin. Noch spürte er nichts, das auf die Anwesenheit des mächtigen Geistes hinwies, den Seeks-the-Moon entdeckt hatte.

Er war darauf bedacht, den Bus zu erreichen, ohne entdeckt zu werden, aber ihm fiel keine einfache Methode ein, wie er in seiner Astralgestalt für eine Ablenkung sorgen konnte. Er beobachtete die Wachen eine Weile, und als alle nach unten oder zumindest nicht in seine Richtung zu schauen schienen, schoß er in Gedankenschnelle zum Dach des Busses.

Kaum lag seine Astralgestalt auf dem Metalldach, als Kyle hörte, wie die Tür des Lagerhauses zugeschlagen wurde und zwei Stimmen ein Gespräch begannen, das er nicht verstand. Nach kurzer Zeit fielen andere Stimmen ein. Kyle betrachtete dies als Gelegenheit, seine Stellung insofern zu ändern, daß er den Kopf durch das Dach des Busses steckte.

In dem Bus saßen Dutzende von Leuten, Männer, Frauen und Kinder. Rasch sah er sich jede einzelne Aura an in der Hoffnung, eine wiederzuerkennen, doch keine kam ihm bekannt vor.

Als er bei der letzten Aura ganz vorne im Bus angelangt war, stieg ein hochgewachsener Mann mit kurzgeschnittenem dunklen Haar und einem zerknitterten langen Mantel in den Bus, dessen Aura nichts Menschliches an sich hatte. Er blieb augenblicklich und offenbar überrascht stehen und machte dann einen Satz auf Kyles Kopf zu, wobei sich sein Gesicht und seine Aura augenblicklich verdunkelten.

Kyle, der nicht durch die Unvollkommenheit des Fleisches behindert wurde, war viel schneller. Bevor der Neuankömmling auch nur zwei Schritte machen, geschweige denn seinen Kopf packen konnte, war Kyle bereits verschwunden und zu den Bahngleisen unterwegs.

Er schoß zwischen den Waggons hindurch, wobei er sich einen Meter über dem Boden hielt, um sie als Deckung benutzen zu können. Er schlug ein, zwei schnelle Haken und flog dann wieder zurück. Aus der Deckung im Innern eines Güterwagens sah er, wie sich der Bus rasch entfernte.

Als er zu seinem Körper zurückflog, achtete er darauf, außer Sicht des Busses zu bleiben. Er erreichte seinen Körper, glitt hinein und sprang praktisch sofort auf. Seeks-the-Moon, der auf einem alten Schaukelstuhl im hinteren Teil des Zimmers saß, in das sie eingebrochen waren, beäugte ihn erwartungsvoll.

»Sie waren nicht da«, sagte Kyle, indem er die Ares Maschinenpistole aufhob, die er mitgenommen hatte. »Aber ich habe deinen mächtigen Geist gesehen, Kumpel.«

Seeks-the-Moon hob eine Augenbraue.

»Ich glaube, er ist wie die anderen, ein Insektengeist, der von einem menschlichen Körper Besitz ergriffen hat, aber er ist verdammt mächtig«, sagte Kyle, »und ich glaube, er kann seine Aura maskieren.«

Seeks-the-Moon schien überrascht zu sein. »Wie gut?«

»Keine Ahnung«, sagte Kyle, als sie das Haus verließen, »aber ich glaube, ich habe ihn überrumpelt. Er konnte mich im Astralraum sehen und wollte mich sogar angreifen, aber er hat mich nicht verfolgt. Ich glaube, er konnte sich nicht so schnell von dem menschlichen Körper lösen.« Sie trabten zurück zu dem Lagerhaus, wo sich die Soldaten von Knight Errant aufhielten. Kyle hörte Motorengeräusche, die sich in der Ferne verloren.

»Wie unangenehm«, sagte Seeks-the-Moon.

Kyle antwortete nicht, aber als die beiden in die Gasse hinter der Lagerhalle einbogen, die Ravenheart und die anderen zur Überwachung der Sammelstelle benutzt hatten, sah er, daß die Wache und Canellis Motorrad nicht mehr da waren.

»Drek!« fluchte Kyle. »Hoffentlich sind die anderen noch da.«

Die beiden spurteten in die Halle und die kurze Treppe zu dem Raum hinauf, wo sich die Soldaten aufgehalten hatten. Er war leer.

Kyle ballte die Fäuste. »Gottverdammt noch mal!«

»Der Bus kann noch nicht weit gekommen sein«, sagte Seeks-the-Moon. »Ich kann den Motor immer noch hören.«

»Ja, aber wir sind zu Fuß. Und um schnell genug zu sein, müßten wir entweder in den Astralraum wechseln oder Magie einsetzen, worauf dieses verdammte Mensch-Insekten-Ding reagieren würde wie auf ein Leuchtfeuer.« Kyle marschierte in dem Raum auf und ab, während er das sagte, dann blieb er plötzlich vor einer der teilweise zerschmetterten Fensterscheiben stehen. Ein Mann rannte auf das Lagerhaus zu.

»Komm mit!« sagte Kyle und lief eine andere Treppe

hinunter, die zur Vorderseite des Gebäudes zu führen schien. Die Treppe endete vor der aufgebrochenen Vordertür. Kyle ging hindurch, dann rannten er und Moon über die Straße zum anderen Lagerhaus, wobei Kyle rasch alle seine Fokusse aktivierte.

»Warte!« sagte der Geist. »Du weißt nicht, was dich dort erwartet!«

Kyle ignorierte ihn und rannte zur Hintertür, die auch das Ziel des Läufers gewesen war. Als er sich der Tür näherte, hörte er, wie sie verschlossen wurde und auf der anderen Seite eine Männerstimme etwas zu brüllen anfing. Kyle wurde langsamer und rief sich die Formel für einen mächtigen Ausbruch roher physikalischer Energie ins Gedächtnis. Er wirkte den Zauber, ohne dafür stehenzubleiben, und sah mit einiger Befriedigung zu, wie sich die schwache Holztür vor ihm auflöste.

»Laß zumindest einen am Leben!« rief Kyle, als er hineinstürmte und dabei den Zauber für einen physikalischen Schutzschild wirkte. Augenblicklich nahm ein transparentes Rechteck aus schimmernder blauer Energie Gestalt an, während der Mann, der sich neben der Tür geduckt hatte, zu einem gekonnten Tritt gegen Kyles Kopf ansetzte.

Der Tritt traf den magischen Schild und drückte Kyle zur Seite, so daß der Eingang für Seeks-the-Moon frei wurde, der rasch hereinkam. Der Mann fuhr herum, um sich ihm zu stellen, als Seeks-the-Moons Hand vorwärtsschoß und der Mann von einem Strahl rötlicher Energie getroffen wurde. Sofort spritzte Blut aus dem Hals des Mannes, der zurücktaumelte und sich an den Hals griff. Er stolperte über eine Kiste und fiel schwer zu Boden. Seeks-the-Moon stellte sich zwischen den Mann und Kyle, während dieser in die Haupthalle weitereilte.

Die vier Familienmitglieder waren tot, ihre Körper deformiert und achtlos beiseite geworfen. Als Kyle die

Halle betrat, war einer der Männer, der größere der beiden noch verbliebenen, gerade dabei, einem jungen im Teenager-Alter das Genick zu brechen. Er ließ die Leiche fallen und stürmte Kyle entgegen.

Der Mann war schnell für seine Größe, doch Kyle gab den Schild-Zauber auf und leitete die Energie um. Sie floß durch seine Finger und dem Mann entgegen, wobei sie sich zu einem Strahl physikalischer Energie konzentrierte. Der Mann versuchte auszuweichen, schaffte es aber nicht und wurde frontal von dem Strahl getroffen. Die Energie brach aus dem Strahl hervor wie Wasser aus einem Schlauch und schlug förmlich über ihm zusammen.

Als der Mann stolperte, wich Kyle seitlich aus und landete einen Tritt, der den Mann seitlich am Knie traf. Kyle spürte und hörte, wie das Knie brach; der Mann schrie vor Schmerzen auf und fiel auf den Betonboden.

Schmerzen explodierten in Kyles Seite, als ihn der andere Mann angriff. Er stolperte, und die Luft wurde ihm aus den Lungen gepreßt, als ihn der Mann erneut traf, diesmal seitlich am Kopf. Eine Welle des Schmerzes und der Übelkeit wusch über Kyle hinweg, als er sich in dem Versuch, sich zu schützen, zur Seite warf. Der Mann schlug wiederum zu, und diesmal spürte Kyle, wie der Hieb knapp an seinem Ohr vorbeizischte.

Kyle riß eine Faust hoch, traf den Unterarm des Mannes und schlug ihn zur Seite. In der Erwartung eines weiteren Schlages warf Kyle sich zur Seite und riß die Arme in dem, wie er wußte, vergeblichen Versuch hoch, seinen Kopf zu schützen. Doch der Schlag kam nicht. Statt dessen blieb der Angreifer plötzlich mit einem Ausdruck äußerster Überraschung auf dem Gesicht stehen, während eine Flammenzunge aus seiner Brust leckte, um direkt vor ihm zu explodieren. Blut und Feuer spritzten aus seinem Mund, als er vornüber kippte und direkt vor Kyles Füßen zu Boden fiel. Hinter ihm in der Tür lösten sich die letzten Spuren der Energie des Zaubers von Seeks-the-Moons Händen.

»Danke«, sagte Kyle.

Der Geist zuckte die Achseln. »Bist du verletzt?«

»Nein, nur etwas angeschlagen. Nichts, womit wir nicht fertig werden.«

»Der da lebt noch«, sagte der Geist, indem er auf den Mann deutete, den Kyle niedergestreckt hat. »Es tut mir überhaupt nicht leid um die beiden anderen.«

»Ich wußte, du würdest zurückkommen«, sagte eine gebrechlich klingende Frauenstimme.

Kyle und Seeks-the-Moon drehten sich zu der Stimme um. Auf einer der Matratzen, wo Kyle sie auch zuvor schon gesehen hatte, lag die alte Frau. Sie starrte ihn an. Ihre Stimme war kaum kräftig genug, um Worte zu bilden.

Kyle ging zu ihr. »Ich dachte schon, du wolltest mich ewig in diesem Zustand belassen«, sagte sie.

»Es tut mir leid, ich weiß nicht, was Sie ...«

Die alte Frau wandte sich von ihm ab und betrachtete die Leichen, die in der Halle verstreut lagen. »Oder bist du ihretwegen zurückgekommen?« fragte sie, ihre Aufmerksamkeit offenbar auf etwas anderes richtend.

Kyle warf einen raschen Seitenblick auf Seeks-the-Moon, der gleichermaßen verblüfft zu sein schien. Die Frau war sehr still geworden, und nur ihr Mund bewegte sich noch ein wenig. Kyle beugte sich zu ihr herab, und im Sterben flüsterte sie: »Nein, du bist gekommen, um uns alle zu holen.«

Kyle erhob sich langsam und sah Seeks-the-Moon an, doch keiner der beiden sagte etwas. Der Mann, den Kyle verschont hatte, stöhnte laut auf. Kyle ging zu ihm, packte ihn und warf ihn auf eine der Matratzen. Er wechselte auf astrale Wahrnehmung und studierte den Mann.

Seine Aura war falsch, verdreht, mit dunklen Streifen durchsetzt, und mit seinen Astralsinnen konnte Kyle fast den Gestank riechen, der von ihm ausging. Der Mann hielt sein schmerzendes Bein umklammert und zischte Kyle an.

»Der Bus war zum Hauptnest unterwegs«, sagte Kyle. »Wo ist das?«

Der Mann spie, einen Klumpen aus Blut und einer grünlichen Flüssigkeit Kyle entgegen, dem dieser mühelos auswich.

Kyle schlug mit der Handfläche auf das gebrochene Knie des Mannes, der mehr schlecht als recht einen lauten Schmerzensschrei unterdrückte.

»Hör genau zu – ich weiß, was du bist, und ich weiß, daß der menschliche Geist, der diesen Körper einmal bewohnt hat, tot ist. Das bedeutet, daß ich nicht die geringsten Skrupel habe, alles zu tun, was ich tun muß, um dich zum Reden zu bringen.«

Der Mann grinste ihn nur höhnisch an. Kyle sah jedoch, daß ihm der Schweiß ausbrach. Er wußte nicht, ob vor Schmerz oder vor Angst.

»Das ist ein ganz einfacher Zauber«, sagte Kyle, als ein kleiner Wirbel aus schwarzer und roter Energie auftauchte und auf seiner jetzt ausgestreckten Hand schwebte. »Wenn dich die Energie bedeckt, fühlt es sich an, als würden sich Tausende rotglühender Nadeln in deinen Körper bohren. Nichts unmittelbar Gefährliches ... Aber jetzt stell dir vor, daß dich diese Energie bedeckt und ich die Möglichkeit habe, die Schmerzen nach und nach zu verstärken, bis du nichts anderes mehr empfindest. Keinen Körper, keinen Geist, nur noch Schmerzen.«

Der Mann zuckte zurück, als der Energiewirbel ihm langsam entgegenschwebte.

»Dann«, fuhr Kyle fort, »wird die Energie jede Körperöffnung benutzen, um in deinen Körper zu gelangen ...«

»Ecke Cermak und Racine«, zischte der Mann plötzlich, indem er die Hand hob, um den sich langsam nähernden Energiewirbel abzuwehren. »Das Kraftwerk!«

Kyle nickte und erhob sich, da er Miene und Haltung des Mannes zu entnehmen glaubte, daß dieser die Wahrheit sagte. »Gut.« Kyle hob seine Maschinenpistole und richtete sie auf den Mann. »Es hätte mir auch nicht besonders gefallen, wenn ich so einen Zauber hätte aus dem Ärmel schütteln müssen.«

Er gab einen kurzen Feuerstoß ab und kam zu dem Schluß, daß der Tod dieser Kreatur die Munitionsvergeudung wert war.

30

Sie näherten sich der angegebenen Stelle mit äußerster Vorsicht. Kyle kannte die Gegend nicht, aber er war beiden Straßen astral bis zu der Stelle gefolgt, an der sie sich kreuzten. Die Gegend südwestlich der verwüsteten Noose und nordwestlich des wiederaufgebauten Innenstadtkerns war ziemlich heruntergekommen. In den Jahren nach der Zerstörung des IBM-Gebäudes hatte sie sich von einer ethnischen Enklave zu einem der wenigen Zufluchtsorte für die nach der Katastrophe Obdachlosen entwickelt.

Kyle und Seeks-the-Moon gingen vorsichtig die Cermak Street entlang, wobei sie nach Anzeichen für das Insektennest Ausschau hielten. Etwa sieben- bis achthundert Meter östlich der Ashland konnten die beiden ganz deutlich den hohen Schornstein des Kraftwerks sehen, von dem der von einem Insektengeist besessene Mann gesagt hatte, daß sich dort das Nest befand. Das Kraftwerk war größtenteils dunkel, wenn man von ein paar Blinklichtern am Schornstein und um die Kraftwerksanlage selbst absah.

Sie blieben auf der anderen Straßenseite und versuchten sich unauffällig zu verhalten und jede Entdeckung zu vermeiden. Als sie näher kamen und die Anlage besser sehen konnten, entdeckten sie ein paar zusätzliche kleinere Gebäude und Verteilermasten rechts vom Hauptgebäude, das sechs oder sieben Stockwerke hoch war und direkt hinter dem riesigen, hundertfünfzig Meter hoch aufragenden Schornstein stand. In der Umgebung des Hauptgebäudes beobachteten sie einige Aktivitäten. Auf dem grasbewachsenen und von Schienen durchzogenen freien Platz vor dem Gebäude standen ein paar Wagen. Ein Dutzend Meter vor dem großen Tor der einzigen Lagerhalle, die

Kyle sehen konnte, waren mehrere Busse der Chicago Transit Authority mit laufendem Motor und ausgeschalteten Scheinwerfern aufgereiht. In diesem Moment schloß sich das große Tor und verbarg eine Reihe von Busrücklichtern in der Halle. Draußen schienen Wachen zu patrouillieren, aber sie schienen ihren Dienst nicht sehr ernst zu nehmen – Kyle vermutete, daß sie sich auf Geister im Astralraum verließen, die er nicht sehen konnte.

»Und?« fragte Kyle Seeks-the-Moon, dessen Astralsinne ständig aktiv waren.

»Das ist das Nest.«

»Bist du sicher?«

»Absolut. Es stinkt entsetzlich.«

»Kannst du irgendwelche Wächtergeister sehen?«

»Nein.«

»Nein?«

Der Geist verzog das Gesicht. »Genau das sagte ich. Die Männer und Frauen bei den Bussen scheinen alle so zu sein wie diejenigen, die wir in dem Lagerhaus getötet haben, doch ich sehe keine Geister in Echtgestalt«, sagte Seeks-the-Moon. »Aber sie sind hier irgendwo.«

»Im Gebäude?«

»Im Hauptgebäude und auch in den kleineren. Vielleicht auch unter ihnen. Es fühlt sich so an, als gäbe es hier viele Nester und Stöcke. Aber sie sind alle ruhig.«

»Hast du eine Ahnung, warum?«

»Vielleicht ist die Zeit des Ausschlüpfens nah und die Königinnen sind abgelenkt.«

»So daß ihnen niemand sagt, was sie tun sollen.«

Der Geist nickte. »Aber das ist nur eine Vermutung.«

»Laß uns in die nächste Straße einbiegen und nach Knight Errant Ausschau halten«, sagte Kyle. »Das Team kann nicht weit sein.«

An einem Schutthaufen, der aussah, als sei er früher einmal ein Restaurant oder Café gewesen, das später in den Besitz einer Gruppe besonders unfähiger Bombenbastler übergegangen war, bogen sie nach Norden ab und passierten eine Reihe heruntergekommener und offenbar unbewohnter Häuser. Tatsächlich sahen sie keinerlei Lebenszeichen.

»Glaubst du, sie waren so schlau, zuerst die Leute zu nehmen, die hier in dieser Gegend gewohnt haben?« fragte Seeks-the-Moon.

»Ich weiß nicht, ob sie so schlau waren«, erwiderte Kyle, »aber so grausam und brutal sind sie allemal.«

Seeks-the-Moon wollte etwas sagen, dann hielt er inne und deutete mit einem Kopfnicken auf eine Stelle ein Stück weiter die Straße hinauf. »Da vorne«, sagte er leise. »Ein großer Lastwagen und eine Gruppe von Leuten in der Nähe.«

»Knight Errant.«

»Höchstwahrscheinlich.«

Anstatt wie beabsichtigt noch einmal nach Osten abzubiegen, gingen Kyle und Seeks-the-Moon weiter die Straße entlang und auf die Gestalten zu, die der Geist gesehen hatte. Als sie sich ihnen bis auf einen halben Block genähert hatten, löste sich jemand aus der Gruppe und kam ihnen entgegen. Es war Douglas, der Ork. Er nickte, als sie sich trafen.

»So leicht lassen wir uns nicht abschütteln«, sagte Kyle.

Douglas lächelte. »Nein, Captain Ravenheart sagte schon, daß Sie wahrscheinlich noch auftauchen würden, bevor es hier rundgeht. Sie ist dort drüben.« Er zeigte auf ein weiteres baufälliges Haus mit einer langen Vordertreppe.

»Bevor es rundgeht?«

Douglas' Gesicht umwölkte sich, und er sah weg, während er sie die Stufen hinaufbegleitete. »Wir haben das Nest gefunden«, sagte er leise.

Kyle nickte und sagte: »Ich verstehe«, als Douglas die ramponierte Vordertür öffnete und Platz machte, damit sie eintreten konnten. Drinnen erwartete sie ein weiterer Soldat, die Waffe im Anschlag und bereit, die Eingangstür zu verteidigen. Das Gebäude war ein Wohnhaus, und Douglas führte sie direkt zur halb offenstehenden Tür einer Wohnung gleich hinter der Lobby.

In der Wohnung studierten Ravenheart und zwei weitere Soldaten eine kleine Anzeige, die Kyle als Fernsteuerung identifizierte, zweifellos für die Drone. Sergeant Vathoss stand in der Nähe und runzelte die Stirn, als Kyle und Seeks-the-Moon eintraten.

»Freut mich, daß ihr es geschafft habt«, sagte Ravenheart. »Tut mir leid, daß wir euch so im Regen stehen lassen mußten, aber als der Bus abfuhr, hatte ich Angst, wir würden ihn verlieren.«

Kyle nickte und zuckte die Achseln. »Es ist ja alles gutgegangen. Wie ich schon zu Douglas sagte – so leicht lassen wir uns nicht abschütteln.«

Aus irgendeinem Grund warf Ravenheart einen Blick auf Seeks-the-Moon. »Wahrscheinlich hast du recht.«

»Wie sieht der Plan aus?«

Sie widmete sich wieder der Fernsteuerung. »Sobald wir die Fernsteuerung umprogrammiert haben, was nicht mehr lange dauern kann« – sie betonte die Worte, die offensichtlich den beiden Soldaten galten, welche an dem Gerät arbeiteten –, »schalten wir auf Autopilot, starten die Drone, geben uns etwas Zeit, um von hier wegzukommen, und jagen sie dann durch eins der Fenster dort drüben. Danach schalten wir den Antrieb aus, sie verliert an Höhe, fällt so tief, wie es geht, und … tja, dann explodiert sie eben.«

»Welche Reichweite hat die Fernsteuerung?« fragte Kyle.

Ravenheart lächelte und schüttelte den Kopf in gespieltem Unglauben. »Du bist nicht auf den Kopf gefallen, Teller, das will ich dir gern zugestehen. Mit dieser Fernsteuerung und angesichts der leichten Beschädigungen der Drone ...«

»Sie ist beschädigt?«

»Leicht. Offenbar ist sie gegen irgend etwas geprallt, als Soaring Owl sie starten wollte. Wahrscheinlich gegen die Wandung des Abschußschachts oder gegen die Luke. Jedenfalls, unter den gegebenen Voraussetzungen gehen wir von eineinhalb Kilometern aus, was eine zuverlässige Steuerung betrifft.«

»Was in etwa dem vermutlichen Druckwellenradius entspricht.«

Sie nickte. »Wir hoffen, daß der Druckwellenradius etwas kleiner ist.«

»Wie sieht der Zeitplan aus?«

Sie schaute wieder auf die Anzeige. »Ich hoffe, daß wir das Ding in einer Stunde hochgehen lassen können.«

»Das ist gut«, sagte Seeks-the-Moon plötzlich. »Es fängt an.«

Fast alle in dem Raum richteten ihre Aufmerksamkeit auf ihn. Er starrte in die Richtung des Kraftwerks, und auf Kyle machte er einen schwachen und abgespannten Eindruck.

»Spürst du irgendwas?« fragte Kyle.

Der Geist nickte. »Von überall wird Energie nach dorthin abgezogen«, sagte er. »Ich kann es spüren. Ich werde schwächer.«

»Wie lange noch?« fragte Ravenheart.

»Nicht mehr lange.«

»Dann bleibt uns nicht mehr viel Zeit.« Kyle wandte sich an Ravenheart. »Ich will die Leute rausholen.«

»Was?«

»So viele wie möglich, bevor die Bombe hochgeht. Da steht ein Haufen Busse. Die können wir benutzen, um die Leute wegzuschaffen.« Bevor Ravenheart antworten konnte, wandte er sich an die anderen Soldaten in dem Raum. »Irgendeine Ahnung, wie schnell sie die Busse reinholen?«

Einer der Soldaten, eine kleine Frau mit schmutzigrotem Haar, sagte: »Als der Bus, den wir verfolgt haben, hier eintraf, standen noch drei andere Busse dort. Er hat sich eingereiht, und ungefähr eine halbe Stunde später, kurz vor Ihrem Eintreffen, ist einer weggefahren und ein anderer hat seinen Platz eingenommen.«

»Dort reinzugehen, ist Selbstmord«, sagte Ravenheart aufgebracht.

»Ich habe nicht gesagt, daß wir reingehen«, erwiderte Kyle. »Es gefällt mir zwar nicht, aber wie es aussieht und nach allem, was Seeks-the-Moon jetzt spürt, plus der Tatsache, daß er den Eindruck hat, als befänden sich viel, viel mehr Geister innerhalb des Kraftwerks, glaube ich, daß du recht hast.«

»Was hast du dann vor?«

»Ich will die Busse draußen retten. Sie scheinen nicht besonders stark bewacht zu werden. Wenn wir schnell und hart zuschlagen, könnten wir die Kontrolle über die Busse in ein paar Minuten an uns reißen. Es ist auch reichlich Platz vorhanden, um sie zu wenden.« Kyle richtete seine Aufmerksamkeit auf die anderen im Raum. Er bemerkte, daß der Soldat, der im Flur Wache hielt, jetzt in der Tür stand und zuhörte. »Wenn wir es richtig anstellen, können wir uns mit den Bussen absetzen, bevor die Bombe hochgeht.«

»Sie werden die Busse verfolgen«, sagte Ravenheart. »Und die Insekten werden sie in Stücke reißen.«

»Aber was wird geschehen, wenn die Bombe explodiert?« fragte Seeks-the-Moon.

Ravenheart verzog das Gesicht, als sie ihm antwortete. »Den Bussen wird es ergehen wie Sardinenbüchsen in einer Mikrowelle.«

»Nein«, sagte der Geist in gemessenem Tonfall. »Was wird mit den Geistern passieren, wenn ihre Königinnen tot sind?«

Ihr Gesicht nahm einen ratlosen Ausdruck an. »Ich weiß es nicht.«

»Ich auch nicht.«

»Wie haben sie sich früher verhalten?« fragte Kyle Ravenheart.

»Wie meinst du das?«

»Du sagtest, ihr hättet schon früher Stöcke und Nester zerstört. Was ist mit den Geistern passiert, wenn ihre Königin gestorben ist?«

Sie runzelte die Stirn und dachte einen Moment lang nach. »Das hängt davon ab, zu welcher Art sie gehören. Schaben ist das egal. Sie haben eigentlich keine Königin. Das gleiche gilt für Fliegen und Käfer und alle anderen, die keine Stöcke, sondern Nester haben. Die richtigen Stock-Insekten mit richtigen Königinnen drehen normalerweise durch und umschwärmen entweder die Leiche der Königin oder fallen übereinander her. Ich glaube, die Ameisen neigen dazu.«

Kyle nickte. »Dann können wir nur hoffen, daß der Bus von richtigen Stock-Insekten verfolgt wird.«

»Du bist wahnsinnig«, sagte sie. »Ich kann nicht zulassen, daß mein Auftrag dadurch gefährdet wird.«

»Das wird er auch nicht. Die Drone wird gestartet, und die Uhr läuft. Was auch passiert, die Drone fliegt hinein und explodiert. Die Busse zu kapern und die Drone abzuschießen, sind zwei verschiedene Aktionen, die nicht zusammenhängen. Wenn das Bus-Unternehmen fehlschlägt, hat das keine Auswirkungen auf das Dronen-Unternehmen.«

»Ich kann dir niemanden von meinen Leuten mitgeben«, sagte Ravenheart mit ruhiger Stimme. Er sah ihr jedoch an, daß sie große Schwierigkeiten hatte, ihre Wut zu beherrschen.

»Deine Hilfe käme mir zwar sehr gelegen«, sagte er zu ihr, »aber ich brauche sie nicht. Ich schaffe das auch allein.«

Jetzt weiteten sich ihre Augen, und sie schüttelte den Kopf. »Du bist wirklich wahnsinnig. Du schaffst es auf keinen Fall.«

»Ich wette, daß ich es schaffen kann.«

Sie zeigte auf ihn, und Kyle hörte jetzt ganz deutlich die Anspannung in ihrer Stimme. »Du kannst nicht mehr klar denken. Der einzige Grund, warum du das tun willst, ist der, daß du glaubst, deine Frau und deine Tochter seien im letzten Bus. Was ist mit den anderen beiden Bussen, Kyle? Angenommen, du kannst die Wachen schnell genug ausschalten, angenommen, es sind nicht zu viele Wachen in den Bussen, die wir gar nicht sehen können, und angenommen, du ziehst die Aufmerksamkeit der Millionen Insekten in dem verdammten Kraftwerk nicht sofort auf dich, was dann? Wie willst du alle drei Busse fahren?«

»Du hast recht damit, daß ich nicht mehr klar denke, und ich bin froh darüber«, erwiderte Kyle. »Ich bin froh, daß ich nicht zu einer gefühllosen Maschine geworden bin, die bereit ist, Tausende zu töten, aber zu feige, vielleicht hundert zu retten.«

Ihre Augen blitzten, und sie trat näher, wobei sie den Finger auf seine Brust richtete. »Wage es nicht, mir zu sagen ...«

Douglas' Stimme von der Tür schnitt ihr das Wort ab. »Ich fahre den zweiten Bus.«

Es herrschte Grabesstille, als Ravenheart sich verblüfft zu dem Ork umwandte, der gerade den Raum betreten hatte. »Wie war das?« fragte sie.

»Ich fahre den anderen Bus«, sagte er. »Wir wissen, daß wir diese Leute retten können. Wir müssen es einfach tun.«

Ravenheart war außer sich. »Das Risiko ist viel zu groß! Ich erlaube es nicht. Die Zerstörung des Nests hat absoluten Vorrang. Es gibt keine Alternative.«

»Ich fahre den dritten Bus«, sagte Sergeant Vathoss, der lässig an der Wand lehnte.

Ravenheart wirbelte zu ihm herum. *»Was?«* schrie sie beinahe.

»Was wir tun, ist furchtbar und schrecklich und absolut notwendig«, sagte er zu ihr. »Aber ich werde nicht diese Leute umbringen, Leute, die noch gerettet werden können, nur weil der Versuch, sie zu retten, riskant für uns ist. Wenn wir es nicht versuchen, was hat das alles dann für einen Sinn? Wir zerstören Nester, um Leute zu retten. Tja, Captain, in diesem Fall habe ich schlechte Nachrichten für Sie – die Leute in den Bussen sind buchstäblich die Leute, für die wir das tun. Das steht fest.«

Ravenheart sah sich langsam in dem Raum um, und Kyle folgte ihrem Beispiel. Es schien so, als seien die meisten Soldaten hereingekommen oder stünden in Hörweite im Flur. Viele sahen ängstlich aus und nickten dennoch ob der Einwände, die Sergeant Vathoss so unerwartet vorgebracht hatte. Der allgemeine Konsens war nicht zu übersehen.

Ravenheart schloß die Augen und schüttelte heftig den Kopf. »Ihr seid alle völlig verrückt«, murmelte sie, aber sie sah plötzlich sehr, sehr müde aus und klang auch so. »Also gut«, sagte sie schließlich zu Kyle. »Holen wir uns die Busse.«

31

Das Blöde ist«, sagte Anne Ravenheart, als sie allein in einem großen, dachbodenähnlichen Lagerraum standen, ein paar Blocks vom Insektennest entfernt, »daß wir nicht mal mit Sicherheit wissen, ob die Atombombe ihnen etwas anhaben kann.«

Kyle nickte, sagte jedoch: »Dessen bin ich mir ziemlich sicher. Wir reden hier von einem gigantischen Energieausbruch.«

»Konventionelle Explosionen können ihnen jedenfalls keinen Schaden zufügen«, konterte sie. »Weil kein magischer oder menschlicher Antrieb dahintersteckt. Keine Emotion, keine Energie.«

»Du hast recht, aber eine Atomexplosion ist trotz der Art und Weise, wie sie erzeugt wird, einer der verheerendsten Effekte, die sich überhaupt erzielen lassen. Wenn sie dagegen immun sind, sind wir besser daran, wenn wir uns gleich mit in die Luft jagen.«

Sie lächelte und nickte. »Ja, wahrscheinlich hast du recht.« Sie sah sich rasch in dem Lagerraum um, dann sagte sie: »Hältst du das wirklich für eine gute Idee? Einer oder zwei von den kleinen Satansbraten sind schon schlimm genug, aber gleich ein ganzes Dutzend …«

Er lachte. »Warum habe ich nur den Eindruck, daß du nie Kinder haben wirst?«

Ravenheart reagierte darauf mit einer gespielten Grimasse. »Puh. Genau ins Schwarze. Ich bringe dafür einfach nicht die nötige Toleranz auf.«

»Dann überlaß mir das Reden. Du kannst die Worte dann für deinen Haufen einfach übernehmen.«

»Abgemacht«, sagte sie. »Ich bewache dich zuerst.«

Kyle nickte und entfernte sich ein paar Schritte von ihr, wobei er sich langsam umdrehte. Bei dieser Drehung wechselte er auf astrale Wahrnehmung. Es war zugleich warm und kühl, und er spürte das gedämpfte Leuchten, das von Anne Ravenhearts und seiner eigenen Aura ausging. Ansonsten war der Lagerraum still und friedlich. Das würde sich bald ändern.

Er streckte die Hand aus, konzentrierte seine Kräfte und schöpfte mit der Hand die Energie des Astralraums. Sie sammelte sich in seiner Handfläche und kondensierte sich, während er erneut schöpfte und weitere Energie sammelte. Die Energie des Astralraums verschmolz und zog sich zusammen. Es war die Energie, die alle Lebewesen abstrahlen, die Kraft der Biosphäre des Planeten, und als er sie komprimierte, formte und gestaltete, nahm sie ein Eigenleben an.

Er würde sie nicht lange brauchen, nur ein oder zwei Stunden, also gestattete er ihr bis zu einem gewissen Grad, eine lockere Struktur zu bilden. Sie brauchte nicht fest genug verwoben sein, um sich längere Zeit zu halten. Er faltete die Energie zu einer astralen Origami-Figur. Und dann, ein paar Augenblicke nachdem er begonnen hatte, nahm die Energie ihre eigene Gestalt an und behielt sie. Zwei unglaublich große Augen öffneten sich und blinzelten ihn an. Dann grinste die Gestalt, breit, derb und albern.

»Hoi«, sagte die Gestalt fast schüchtern. *»Wollt ihr mit mir spielen?«*

Hinter ihm stöhnte Anne Ravenheart auf. Kyle hatte einen Beobachter-Geist erschaffen, der sowohl im Astralraum wie auch in der physikalischen Welt unglaublich schnell war und den Kampfgeist eines Pitbull-Terriers sowie den dazu passenden Verstand besaß. Er war der erste eines Dutzends, den er und Ravenheart erschaffen würden, bevor sie das Nest angriffen.

»Der Plan«, sagte Ravenheart zu der Gruppe, die an dem Bus-Unternehmen teilnehmen würde, »ist ziemlich einfach und nicht ohne Risiken.«

Die Soldaten von Knight Errant trugen zusammengestückelte Körperpanzer und dazu Helme, die alle mit irgendeinem Sichtverstärker-System und einem taktischen Kommunikationssystem bestückt waren, das stark genug war, um sich zumindest auf kürzere Entfernung gegen das Störsignal der UCAS durchsetzen zu können. Und sie waren alle bewaffnet, die meisten mit Ares Alpha Gewehren, ein paar mit neueren HVAR Sturmgewehren und zwei mit Mossberg SM-CMDT Schrotflinten mit einem unter dem Lauf angebrachten Minigranatwerfer. Außerdem trug jeder das größte Messer, daß er hatte auftreiben können, ob Kampfmesser, Überlebensmesser oder Küchenmesser – und ob im Messerkampf ausgebildet oder nicht. Kyle hatte es vorgeschlagen, und Ravenheart hatte es sofort befohlen, da beide wußten, daß Sturmgewehre nicht mehr viel ausrichten konnten, wenn ein Insektengeist nah genug an einen Soldat herankam, um ihn mit Krallen oder Mandibeln anzugreifen. Ein direkter Angriff mit einem Messer oder sogar ohne Waffe war mit mehr emotionaler, mystischer Energie verbunden als ein Angriff mit einer Schußwaffe. Ein unbestreitbarer Vorteil.

Bei ihnen saß ein mürrischer Seeks-the-Moon, der beständig in die Richtung des Kraftwerks starrte. Welche Magie es auch war, die im Kraftwerk wirkte, sie beeinträchtigte ihn, wenngleich er es nicht offen zugab. Neben ihm befand sich das, was einer der Soldaten ›die Krippe‹ getauft hatte und vermutlich für seine Laune mitverantwortlich war – eine Manabarriere mit niedrigem Energiegehalt, in der sich die zehn Beobachter-Geister befanden, die Kyle und Ravenheart beschworen hatten; dort waren sie hoffentlich vor den unbekannten Wahrnehmungsfähigkeiten der Insektengeister geschützt. In der Kugel aus mattblauer Energie jagten die zehn Protoplasmaklumpen einander begeistert herum, wobei sie mehr als nur gelegentlich gegen die Barriere prallten, um gleich darauf mit noch größerer Geschwindigkeit in die entgegengesetzte Richtung zu schießen. Auf Seeks-the-Moons Bitte hatte Kyle den Bereich mit einem schalldämpfenden Zauber belegt, um dem Gekreisch der Beobachter ein Ende zu bereiten.

»Unser Hauptziel«, fuhr Ravenheart fort, »besteht darin, die Busse mit den Leuten darin aus dem Kraftwerk herauszuholen. Es ist Platz genug, um die Busse zu wenden, und selbst wenn die Tore geschlossen sind, womit ich rechne, wird der erste Bus genügend Fahrt aufnehmen können, um sie zu durchbrechen.

Sechs von euch werden an diesem Angriff teilnehmen. Drei von euch, Douglas, Quess und Keith, fahren die Busse, die von jetzt an Alpha, Beta und Delta heißen, wobei Alpha der erste in der Reihe ist.« Sobald der Konsens erreicht worden war, daß Ravenheart und ihr Team Kyle bei seinem Versuch helfen würden, die Businsassen zu retten, war man schnell übereingekommen, daß er als Magier am meisten zum Gelingen des Plans beitragen konnte, wenn er das Angriffsteam begleitete und magische Unterstützung lieferte, anstatt selbst einen Bus zu fahren. Kyle war sofort einverstanden gewesen. Er wußte nämlich nicht, wie man etwas Größeres als einen Kompaktwagen fuhr.

»Wir kommen von Süden rein, über den Anlegeplatz, der das Kraftwerk vom Fluß trennt«, rekapitulierte sie noch einmal. »Der Zaun ist nichts Besonderes, nur eine Aluminiumlegierung. Vathoss und Douglas werden Säurestrips dagegen einsetzen. Keine Funken, kaum Geräusch.

Spätestens dann«, fuhr sie fort, »werden wir wohl Ärger haben.«

»Entschuldigung, daß ich unterbreche«, sagte Seeks-the-Moon unerwartet, »aber ich fürchte plötzlich, daß ich jetzt weiß, was sie tun.« Er erhob sich von der Kiste, auf der er saß.

»Was denn?« fragte Kyle.

Seeks-the-Moon ging zu einem der wenigen Ausgänge des Raumes. Sie hielten die Einsatzbesprechung in einem kleinen Anbau des Hauses gegenüber vom Kraftwerk ab. Es war alt und baufällig, wahrscheinlich schon seit Jahren unbewohnt, aber es reichte. Kyle und Ravenheart folgten, als Moon sagte: »Wir müssen es uns ansehen.«

»Vathoss!« Ravenheart gab dem Sergeant ein Zeichen. »Beginnen Sie mit der Überprüfung der Waffen und sagen Sie Conner, er soll die Drone zum Abschuß vorbereiten.« Vathoss' Antwort beschränkte sich auf ein Nicken.

Der Geist führte die beiden Magier auf einem ziemlich komplizierten Weg durch das Haus, das sie zuvor erkundet hatten. Irgendwann in der Geschichte des Hauses hatten Obdachlose Löcher in die Wände gehauen und dadurch ursprünglich voneinander getrennte Bereiche miteinander verbunden. Über eine rostige Leiter in einem Fahrstuhlschacht gelangten sie in den dritten Stock, dem vorletzten. In dem Lagerraum angelangt, hielten sie sich dicht an der Innenwand und krochen vorsichtig vorwärts. Auf halbem Weg hob Seeks-the-Moon die Hand, und die beiden anderen hielten inne.

»Wir können es von hier aus sehen«, sagte er.

Kyle konnte ganz deutlich den gewaltigen untätigen Schornstein und das Dach dessen sehen, was er für das Generatorenhaus hielt. Der größte Teil war jedoch dunkel, woran auch das Mondlicht nicht viel änderte.

»Seht ihr es?« fragte der Geist leise.

Kyle sah nichts, und ein rascher Blick auf Ravenheart bestätigte, daß sie auch nichts sah. Als er auf astrale Wahrnehmung wechselte, stieß er einen Laut der Verblüffung aus.

Die gesamte Kraftwerksanlage einschließlich der umliegenden Gebäude wurde von einer Kuppel aus grüner Energie bedeckt, die sich sehr langsam aufzubauen schien. Die Energie trieb über die Anlage wie Rauchfetzen, fahl und widerlich. Sie strömte aus dem Zentrum des Kraftwerksgebäudes, und zwar tief aus seinen Eingeweiden, das spürte Kyle, da sie die sich manifestierende Schutzvorrichtung fütterte.

»Was zum ...?« flüsterte Ravenheart.

»Seht nicht zu lange hin«, sagte Seeks-the-Moon noch leiser. »Wir wollen nicht bemerkt werden.«

Kyle warf noch einen letzten Blick auf das wachsende Energiegitter, bevor er seine Sinne wieder in die physikalische Welt zurückkehren ließ. »Wie lange haben wir noch?« fragte er Seeks-the-Moon.

Der Geist zuckte die Achseln. »Weniger als eine Stunde, vielleicht nur noch Minuten. Ich kenne die Stärke der Magie nicht.«

»Errichten sie eine Schutzvorrichtung?« fragte Ravenheart fast ungläubig.

Kyle nickte. »Und noch dazu eine verdammt mächtige – nach den Wellen zu urteilen, die davon ausgehen. Sie müssen irgendein Ritual benutzen. Das Ding ist zu mächtig, als daß es ein einziger Magier wirken könnte.«

»Auch wenn es sich bei dem Magier um eine Königin der Insektengeister handelt?« fragte Seeks-the-Moon.

»Keine Ahnung, aber ich will es nicht hoffen«, sagte Kyle. »Der Witz ist jedoch, daß die Schutzvorrichtung fast fertig ist. Sie nimmt Gestalt an, und sie richtet sich gegen den Ort des Wirkens. In kurzer Zeit wird der Vorgang beendet sein.«

»Was machen wir jetzt?« fragte Ravenheart, deren Blick zwischen Kyle und dem Geist hin und her irrte.

»Bereit oder nicht«, erwiderte Kyle, »wir greifen jetzt an.«

32

Das Lichtverstärkersystem in der Brille, die Kyle aufgesetzt hatte, erhellte das Kraftwerksgelände wie Tageslicht. Die anderen, die sich mit ihm im Schatten in der Nähe der Anlegestelle hielten, benutzten die in ihre Helme integrierten Lichtverstärker- und Infrarotsysteme. Durch derartige Systeme konnte Kyle keine Magie wirken, da sie die wenigen einfallenden Lichtphotonen sammelten, verstärkten und in eine sichtbare elektronische Anzeige umwandelten. Die Brille behinderte ihn ebenfalls, da er den direkten, uneingeschränkten Blick auf jedes potentielle Ziel benötigte, aber die konnte er falls nötig hochschieben oder abstreifen.

Im Augenblick konnte Kyle die drei Busse sehen, von denen sich keiner bewegt hatte, und auch die vier Wachen, die offenbar ziemlich gelangweilt in ihrer Nähe standen.

»Ich habe zwei weitere. Die zwei plus deine vier macht sechs«, ertönte Ravenhearts etwas entstellte Stimme über das Kopfset seines Helms. Er drückte zweimal auf den Antwortknopf in seinem linken Handschuh, um ein positives Signal zu geben. Ravenheart und die übrigen Soldaten befanden sich in dem vierstöckigen Haus, aus dem sie, Kyle und Seeks-the-Moon vor einigen Minuten die Entstehung der Schutzvorrichtung beobachtet hatten – ausgenommen diejenigen, die für die Drone verantwortlich waren. Das Haus stand näher an der Kraftwerksanlage, als ihnen lieb war, aber ihre Zeit lief ab, und von diesem Standort aus hatten sie zumindest einen freien Blick auf das Gelände.

Kyle nickte Vathoss zu, und der Sergeant, der, obwohl nur ein paar Schritte entfernt, kaum zu sehen war, nickte bestätigend. In seinem Kopfset klickte es ein paarmal, verschlüsselte Kommunikationssignale, die von den Soldaten benutzt wurden. Kyle hatte nicht genug Zeit gehabt, um den Code zu lernen, aber der Zeitpunkt der Botschaft verriet Kyle, daß Vathoss Ravenheart das Signal gab, mit der zweiten Phase der Operation zu beginnen. Die erste Phase hatte sie in Aktionsdistanz zum Kraftwerk gebracht, und jetzt wurde es Zeit, mit dem Feuerwerk anzufangen. Irgendwo, vielleicht hoch über ihnen, vielleicht auch ein paar Blocks entfernt, kreiste die verhängnisvolle Drone lautlos in der Luft und wartete entweder auf einen Befehl von Conner am Boden oder von der Programmierung in ihrem Computer, um mit dem Zielanflug zu beginnen.

Ravenheart antwortete nicht verbal, sondern mit Klick-Code, zwei Töne. Drei Sekunden später erfolgte die Explosion. Sie fand ein paar Blocks entfernt statt, eine mit einem Laserstrahl zur Detonation gebrachte Ladung, die in einem baufälligen Restaurant angebracht worden war. Die Ladung war gerade groß genug, um die verbliebenen Fenster und Frontverstrebungen zu zerschmettern, aber der Knall war viele Blocks weit zu hören und klang, als sei ein Krieg ausgebrochen.

Außerdem hatte sie die gewünschte Wirkung, da die vier Wachen in Kyles Blickfeld schnell auf die andere Seite der Busse gingen, um sich das Schauspiel, in diesem Fall den Schein der durch die Explosion entstandenen Feuer, anzusehen. Wenn alles gut ging, würden die Wachen abgelenkt sein und sich vielleicht sogar fragen, ob es sich um eine der zunehmend häufiger auftretenden Gasexplosionen handelte, während das Team seinen Angriff begann.

Auf Ravenhearts Signal rannten die Soldaten Quess und Douglas vor, die von Vathoss' und Keiths Gewehren und Kyles Bereitschaft gedeckt wurden, jeden Zauber zu kontern, der gegen sie gerichtet sein mochte. Gleichzeitig aktivierte Kyle seine mächtigen Fokusse, wobei er ihre Aura so gut wie möglich maskierte. Es hatte keinen Sinn, die Insekten zu früh auf sie aufmerksam oder sich selbst zu einer besonders einladenden Zielscheibe zu machen.

Quess und Douglas erreichten den Zaun und warfen rasch ein klebriges graues Seil darüber, das Ähnlichkeit mit einer Zündschnur hatte, wobei sie das Seil so anordneten, daß es die Umrisse einer großen Tür bildete. Ein Ende lief in mehreren Drähten und einem kleinen Stecker aus. Während Quess das andere Ende von der kleinen Rolle in seiner Hand abtrennte, befestigte Douglas die Drähte an einem kleinen Kästchen. Ohne ein Wort miteinander zu wechseln, trat Quess zurück, und Douglas drückte einen Knopf auf dem Kästchen.

Weder Licht noch Funken waren zu sehen, aber plötzlich stieg Rauch von dort auf, wo das Seil den Zaun berührte. Kyle wußte, daß der Strom, den das Kästchen lieferte, die Barriere zwischen zwei Substanzen in dem Seil beseitigte. Durch die Verbindung der beiden entstand Säure, die sich jetzt durch das dünne Metall des Zaunes fraß. Quess und Douglas, die klobige, übergroße Handschuhe trugen, hielten das Stück des herausgeätzten Zauns fest, so daß es nicht fallen konnte. Das tat es auch nicht, und als es sich durchbog, trennten sie es vorsichtig ganz heraus und legten es ins Gras.

Der Gestank, der vom Zaun ausging, war fürchterlich, und von den Rändern des Loches stieg immer noch Rauch auf. Aber das Loch war da, und die Soldaten liefen rasch darauf zu.

Plötzlich erklangen drei gedämpfte Schüsse. Kyle kannte das Geräusch aus Erfahrung, aber er fragte sich, wie viele andere sofort gewußt hätten, um was es sich handelte: Scharfschützen, die mit ihrer Hochgeschwindigkeitsmunition Einzelschüsse abgaben. Wenn er und die anderen, die sich durch das Loch im Zaun duckten, Glück hatten, waren jetzt drei der sechs Wachen tot. Die zweite Serie würde jeden Augenblick folgen, obwohl sie wahrscheinlich nicht schnell genug kam, um alle drei verbliebenen Wachen zu erwischen. Die Wahrscheinlichkeit sprach dafür, daß zumindest eine Wache um den Bus herum und in vermeintliche Deckung eilen würde – direkt vor den Lauf von Sergeant Vathoss' Gewehr.

Während sie rasch und lautlos weitereilten, hörten sie die zweite Salve, doch Kyle sah keine Wache um den Bus rennen.

»Sechs erledigt«, sagte Ravenheart in sein Ohr. Vathoss, der auf ein Knie niedergesunken war und sein Gewehr angelegt hatte, erhob sich rasch und übernahm die Rückendeckung des Teams.

Sie waren keine hundert Meter mehr von den Bussen entfernt, und es bestand kaum ein Zweifel daran, daß die Königinnen und Nestmütter jetzt wußten, daß sie angegriffen wurden – sechs ihrer Art waren tot oder starben gerade.

»Brut losgelassen!« sagte Ravenheart plötzlich, und Kyle richtete seine Aufmerksamkeit auf den Astralraum, wobei er sein Tempo verlangsamte, da seine Wahrnehmung der physikalischen Welt verschwamm. Die ›Brut‹ waren die Beobachter-Geister, und der Plan sah vor, sie loszulassen, wenn Seeks-the-Moon, der sich zwischenzeitlich bei Ravenheart aufhielt, Anzeichen dafür sah, daß die Insektengeister in den Tiefen des Kraftwerks reagierten.

Aus vollen Hälsen brüllend und kreischend fielen die zehn Geister über das Gelände her. Sie kamen aus der Richtung der kleineren Gebäude im Osten, und selbst Kyle, der ungefähr hundertfünfzig Meter von ihnen entfernt war, fand sie sehr laut.

Ein Dutzend Insektengeister, eine gemischte Gruppe summender Wespen und Fliegen sowie kreischender

Ameisen und Schaben, rasten durch die großen Metalltore, die in das Kraftwerksgebäude führten. Augenblicklich änderten die Beobachter ihre Flugrichtung, wobei sie weiterschrien und in mindestens einem Fall aus vollem Halse sangen. Unsicher bezüglich der Stärke ihrer Angreifer, verteilten sich die Insekten. Die Beobachter waren klein und unglaublich schnell, aber den wesentlich mächtigeren Insektengeistern letzten Endes nicht gewachsen. Doch sie mußten auch nicht den Kampf gegen die Insekten, sondern nur Zeit gewinnen.

Während Kyles Gruppe den Bussen entgegeneilte, sah er das schwache Leuchten eines Zaubers vor dem Gebäude. Wenn die Dinge immer noch nach Plan liefen, hatte Ravenheart soeben eine Energiemauer gewirkt, die den Zugang zur Kraftwerksanlage sperrte. Die Insekten würden die Barriere beseitigen können, aber auch dabei handelte es sich nur um einen Versuch, weitere kostbare Sekunden zu gewinnen.

Nur im Astralraum sichtbar, schossen drei Wespengeister aus einem Oberlicht im Dach des Kraftwerksgebäudes. Kyle beobachtete, wie die ersten beiden rasch kehrt machten und zur Vorderseite des Kraftwerks flogen. Der dritte wirbelte jedoch mitten im Flug herum und machte Anstalten, sich auf das Angriffsteam zu stürzen.

Wenn der Geist sie sah, dann sah er auch, daß Kyle ein Magier, astral aktiv und verwundbar gegen Angriffe aus dem Astralraum war. Kyle blieb plötzlich stehen, und Quess, der direkt hinter ihm war, wich ihm aus und rannte an ihm vorbei.

Das Insekt schoß mit unglaublicher Geschwindigkeit auf ihn zu, während sich Kyle die Formel für den Zauber ins Gedächtnis rief und ihn dann wirkte, als die verschwommene Gestalt der Wespe nur noch ein paar Meter entfernt war. Die Energie, die durch die volle Kraft von Kyles Fokussen verstärkt wurde, traf die

Wespe, die vergeblich versuchte, sich zur Seite zu werfen. Der im Astralraum rot und grellweiß aufleuchtende Blitz war so gewaltig, daß er sogar in der physikalischen Welt zu sehen war. Der Geist, der längst nicht so groß und mächtig wie die anderen war, die Kyle bereits bekämpft hatte, löste sich auf, und Kyle wurde von einer Wolke sich zerstreuender Energie eingehüllt.

Sein Zauber war sehr mächtig gewesen, da Ravenheart und er zu dem Schluß gekommen waren, daß sie das Risiko, energiereiche Zauber zu wirken, einfach eingehen mußten. Wenn ein Insekt zu Kyle, Ravenheart oder Seeks-the-Moon durchkam, konnte das gesamte Unternehmen scheitern. Auf der anderen Seite entwickelten die mächtigen Zauber so viel Energie, daß wahrscheinlich alle Insektengeister in der Nähe darauf aufmerksam wurden und sich in wenigen Augenblicken auf ihn stürzen würden.

Aber dagegen konnte er nichts tun. Im nächsten Augenblick sah Kyle zwei Ameisengeister hinter dem ersten Bus hervorkommen und auf ihn zurennen. Außerdem hörte er jetzt ängstliche Schreie aus dem Bus. Er hoffte und betete, daß die Leute blieben, wo sie waren. Doch dafür zu sorgen, war Seeks-the-Moons Aufgabe.

Zwei der Soldaten blieben stehen und eröffneten das Feuer auf die heranstürmenden Ameisen, während Kyle und die anderen weitereilten und nur die Richtung ein wenig änderten, um den Ameisen und dem Geschoßhagel auszuweichen. Die Ameisen wurden zur Seite geschleudert, als die Kugeln sie trafen. Die Schüsse waren präzise und tödlich, aber die zwei Ameisen waren zäh.

Plötzlich explodierte zwischen ihnen ein feuriger Blitz, der sie beide auf den Rücken warf. Der Zauber konnte sowohl von Ravenheart als auch von Seeks-the-Moon kommen, je nachdem, ob letzterer schon unterwegs zu den Bussen war. Eine der Ameisen wurde in Stücke gerissen, die andere wälzte sich auf den Bauch, und Kyle sah, daß zwei ihrer Beine abgerissen oder gebrochen waren. Sie kreischte entsetzlich, wahrscheinlich rief sie ihre Artgenossen.

Kyle und Quess erreichten den zweiten Bus und forderten die Insassen augenblicklich lautstark auf, den Bus nicht zu verlassen. Kyle hörte Kreischen und ein Splittern, als versuche jemand, ein Fenster einzuschlagen, und verängstigte Schreie. Quess packte Kyle plötzlich an der Schulter, wirbelte ihn herum und zeigte auf einen dunklen Strom. Käfer, schwarz und glänzend, aber im Schatten zwischen den Gebäuden kaum zu sehen, ergossen sich förmlich aus der Dunkelheit. Er wagte nicht, sie zu zählen, aber es mußten Dutzende sein.

Er schaltete das Mikrofon seines Kopfsets ein. »Barriere! *Jetzt!*« sagte er auf Ravenhearts Frequenz.

Die Horde Käfer eilte mit unglaublicher Geschwindigkeit vorwärts, wobei ihre gewaltigen Krallen den Boden aufwühlten. Ihre hart gepanzerten Leiber reflektierten immer wieder die Lichtblitze, die durch die Nacht zuckten, und Kyle bereitete den stärksten Flächenzauber vor, den er kannte.

Plötzlich entstand ein Wall aus graublauer Energie zwischen der Käferhorde und dem Bus. Der Wall wölbte sich rasch über Kyle und den Bus hinweg und senkte sich auf der anderen Seite wieder, so daß der Bus in eine Halbkugel aus Energie gehüllt wurde.

Die vorderste Linie der Käfer lief gegen die Barriere; sofort sprangen Energieblitze von ihr über und warfen die Käfer zurück. Es war ein mächtiger Zauber, den die Magier von Ares speziell für den Einsatz gegen Insektengeister entwickelt hatten. Die Barriere versperrte ihnen den Weg, und der Kontakt mit ihr war furchtbar schmerzhaft, manchmal sogar tödlich. Sie war nur einer von mehreren mächtigen Zaubern, die Ravenheart beherrschte. Kyle wäre schon froh gewesen, wenn er nur halb so viele gekannt hätte.

Alle Soldaten befanden sich innerhalb der Barriere und eilten jetzt rasch zu den ihnen zugewiesenen Bussen. Kyle erreichte den Einstieg des ersten, als Douglas mit seinen Orkkräften die Seitentür aufriß. Der Ork hastete geduckt die zwei Stufen hinauf, warf einen raschen Blick über die Sitzreihen und gab dann zwei Schüsse aus seinem Sturmgewehr ab. Kyle war dicht hinter dem Ork und sah gerade noch, wie ein Mann mit einer verdrehten dunklen Aura und einem Gewehr in der erschlaffenden Hand zu Boden ging, während eine Blutfontäne aus seinem Hals spritzte. Ein junges Mädchen, kaum ein Teenager und noch Sekunden zuvor die Geisel des Mannes, warf sich schreiend zu Boden.

Kyle überflog mit raschem Blick die Insassen des Busses, die sich vor Angst duckten und zusammenkauerten. Beth und Natalie waren nirgendwo zu sehen. Er fluchte und eilte die Stufen wieder hinunter, während Keith einstieg, um Douglas zu decken, der jetzt nach vorn eilte und gleichzeitig allen Insassen zurief, den Kopf unten zu behalten. Kyle bezweifelte, daß es damit Probleme geben würde.

Aber er sollte im letzten Bus mitfahren, um mit magischen Mitteln ihre Flucht zu decken. Er rannte an den Bussen vorbei und wollte gerade durch die geöffneten Türen des zweiten Busses springen, als das ganze Gebiet durch einen Lichtblitz erhellt wurde.

Er wirbelte herum und sah, wie sich Dutzende der Käfer blindlings gegen den Schild warfen und dabei in dem Versuch verglühten, ihn zu durchbrechen. Und Kyle konnte erkennen, daß der Schild schwächer wurde und an einigen Stellen verblaßte. Ravenhearts Stimme bestätigte seinen Eindruck: »Beeilung jetzt! Der Schild steht nur noch ein paar Sekunden!«

Kyle drehte sich wieder um und musterte die Gestalten und Formen der Leute im Bus, die er von draußen kaum erkennen konnte. Einer der Soldaten war bei ihnen, und er hörte den Motor des ersten Busses anspringen.

»Machen Sie schon!« rief ihm Vathoss vom letzten Bus zu.

Der Sergeant stand im hinteren Einstieg des Busses und winkte ihm energisch zu. Hinter ihm trat Seeks-the-Moon durch die Wand des zweiten Busses und manifestierte sich körperlich. Kyle wollte ihn auf sich aufmerksam machen und erfahren, ob er Beth oder Natalie bei seiner Rundreise durch die Busse gesehen hatte, auf der er die Insassen angewiesen hatte, die Köpfe unten zu halten, nachdem der Angriff begonnen hatte.

Doch Seeks-the-Moon schaute nicht in seine Richtung, sondern zu dem sich trübenden, beinahe flakkernden Schild. Kyle sah das und rannte zum dritten Bus. Ihre Zeit war abgelaufen.

Vathoss sprang hinein und auf den Fahrersitz, und Kyle folgte ihm rasch, dann hieben beide Männer gleichzeitig auf den gelben Knopf, der die Türen schloß. Der Zündschlüssel steckte, also drückte Vathoss auf den Anlasser, und der Motor des Busses erwachte grollend zum Leben.

Seeks-the-Moon tauchte neben Kyle auf. »Unsere Zeit ist abgelaufen!« sagte er. »Der Schild verfestigt sich.«

»Was?« rief Kyle, der ihn über das Dröhnen des Motors kaum verstehen konnte. Er wollte sich die Insassen des Busses ansehen und nach Beths und Natalies Aura Ausschau halten, doch Seeks-the-Moon stand vor ihm und versperrte ihm die Sicht.

»Der Schild ist fast fertig«, sagte der Geist zu ihm.

»Er bricht in ein paar Sekunden zusammen!« sagte Kyle, indem er sich an ihm vorbeizudrängen versuchte.

»Nein, nicht Ravenhearts«, sagte Seeks-the-Moon.

»Der andere Schild, der Schild um das Nest, ist fast fertig.«

Kyle drehte sich um und beugte sich vor, um durch die leicht gewölbte Frontscheibe des Busses zu schauen. Vathoss wollte losfahren, doch Ravenhearts Barriere stand immer noch, obwohl sie jetzt gefährlich flackerte. Dahinter und für seine astralen Sinne deutlich sichtbar, war die Schutzvorrichtung, die um das eigentliche Kraftwerk errichtet wurde. Seeks-the-Moon hatte recht. Das Energiegitter war fast fertig, fast komplett.

Kyle schaltete seine Sprechverbindung ein. »Anne!« rief er unnötigerweise. »Die Schutzvorrichtung für das Nest ist fast fertig!«

»Ich weiß.« Ihre Stimme klang vor Anstrengung rauh. »Ich lasse die Barriere sinken … *jetzt!*«

Die graublaue Barriere, die kaum noch Bestand hatte und von Insekten angegangen wurde, welche mächtig genug waren, um den Energieblitzen zu widerstehen, explodierte in einem Funkenschauer. Dutzende Insekten aller Art wurden beiseite geschleudert. Augenblicklich explodierten Granaten inmitten des Insektenschwarms, der von der explodierenden Barriere zurückgedrängt worden war. Die Granaten richteten keinen Schaden an, versprengten die Kreaturen aber noch weiter. Kyle und Seeks-the-Moon vergrößerten das Chaos noch, indem sie Explosivzauber wirkten, die zwischen den Insekten detonierten.

»Macht schon, macht schon, macht schon!« schrie Ravenheart. »Wir haben keine Zeit mehr – ich schicke jetzt die Drone los!«

Vathoss zuckte zusammen, als er die Worte hörte, und warf einen kurzen Blick auf Kyle. Wenn Ravenheart der Drone den Zielanflug befahl, hatten sie vielleicht noch eine Minute, vielleicht auch etwas länger Zeit, bevor sie explodierte.

Das Kopfset in Kyles Helm knisterte. »Negativ! Negativ!« erklang Quess' hektische Stimme. »Mein

Schlüssel steckt nicht, und die Karre läßt sich nicht kurzschließen!«

Kyle wollte antworten, doch Ravenheart kam ihm zuvor. »Wir haben keine Wahl!« rief sie. »Gebt den Bus auf, wenn es nicht anders geht!«

Ganz vorne schoß der erste Bus vorwärts und dann scharf nach rechts. Eine schwirrende, kreischende, summende Masse von Insekten stürmte auf ihn ein und klammerte sich an ihn. Ravenheart deckte sie mit einer Salve magischer Energiepfeile ein. Kyle war erstaunt, daß ihre Stellung auf der anderen Straßenseite immer noch nicht angegriffen wurde.

»Raketen!« rief sie über den offenen Kanal, und Kyle sah vier Lichtblitze in der Dunkelheit jenseits des Kraftwerksgeländes, gefolgt von drei kaum wahrnehmbaren Kondensstreifen. Die vier Raketen jagten durch die sich neu formierende Masse der Insekten und flogen weiter auf das Kraftwerksgebäude zu.

Sie trafen die großen Metalltüren in dem Augenblick, als Ravenhearts Schirm erlosch. Sie explodierten in rascher Folge, und die Druckwellen der Detonationen pflanzten sich durch das Gebäude und über das freie Gelände fort, wo die Busse von ihnen erschüttert wurden.

Vathoss ließ den Bus vorwärtsschießen, der gegen das Heck des zweiten Busses, Beta, krachte. Er gab Vollgas, und einen Moment lang drehten die Reifen des Busses auf dem Beton durch, doch dann faßten sie, und Beta wurde angeschoben.

Der erste Bus, Alpha, war von einer Insektenflut bedeckt. Es war unmöglich, daß Douglas etwas durch die Fenster sah, aber er brauchte nur den Zaun oder das Tor anzusteuern. Sein Helmsystem zeigte ihm die Kompaßrichtung an. Falls nötig, konnte er danach navigieren, und er wußte, daß er rechts abbiegen mußte, wenn er den Zaun durchbrochen hatte. Vorausgesetzt, die Insekten rissen den Bus nicht zuvor in Stücke.

»Ich werde ihnen helfen«, sagte Seeks-the-Moon, der gleich darauf im Astralraum verschwand und zu Alpha eilte. Der wimmelnde Insektenschwarm auf dem Bus war so dicht, daß Kyle sich fragte, ob der Geist überhaupt einen Weg hindurch finden würde. Dann hörte Kyle trotz der Entfernung und des Motorengedröhns das Kreischen berstenden Metalls. Die Insekten rissen das Metallplastikdach des Busses ein.

Eine weitere Raketensalve zischte durch die jetzt gesprengten Eingangstüren des Kraftwerks und explodierte tief in Innern. Kyle sah die Blitze durch die oberen Fenster des Gebäudes.

Praktisch sofort sprangen Dutzende der Insekten von Alpha ab und eilten zum Kraftwerksgebäude. Die Königinnen wurden angegriffen und mußten verteidigt werden. Es würde jedoch nicht allzu lange dauern, bis eine der Königinnen oder irgendein Insektenschamane im Innern des Gebäudes die wahre Natur der Gefahr durchschauen und entsprechend reagieren würde.

Kyles Bus, Delta, erbebte, und ein Seitenfenster hinter ihm zerbarst in einem Regen aus Sicherheitsglassplittern. Er fuhr herum, als die kräftigen Beißzangen eines Käfers einen Mann erwischten, der aufgesprungen war und fliehen wollte, und ihm Kopf und Schultern vollständig abtrennten. Kyle wirkte einen Energiepfeil, der dem Käfer in den Kopf drang und ihn dazu veranlaßte, sich kreischend zurückzuziehen. Er spürte ein Ziehen in den Nackenmuskeln, da sein Körper gegen die ständige Belastung zu protestieren begann.

Das Oberlicht und zugleich Notausstieg im Dach des Busses wurde aufgerissen, und zwei Ameisen versuchten sich gleichzeitig hereinzudrängen. Ihr Gestank war unverkennbar, und Kyle riß das Sturmgewehr hoch, das Ravenheart ihm gegeben hatte. Er trat unter das Oberlicht, als die eine Ameise der anderen gerade Platz machte, und schoß, bevor sich der Kopf der ersten zurückgezogen hatte. Die Waffe verschoß zwölf Explosivgeschosse auf die Ameisengeister. Die meisten trafen die Ameise, die sich gerade hereinzwängte, aber ein paar trafen auch die andere. Keine wurde schwer verletzt, aber beide wurden so weit herumgeworfen, daß sie aus der Öffnung verschwanden, als der Bus erneut erbebte und Kyle zu Boden geschleudert wurde. Kyle glaubte, ihre Leiber am Fenster vorbeifliegen zu sehen, bevor er schmerzhaft auf die Schulter schlug.

Sofort griffen Hände nach ihm, um ihm aufzuhelfen. Er erhob sich mit schmerzendem Oberarm und ohne das Gewehr und sah, daß sein Bus Beta nicht mehr schob, sondern sich von ihm gelöst hatte und beschleunigte. Kyle stolperte vorwärts und fiel praktisch gegen die Sicherheitszelle, die den Fahrer schützte.

»Was machen Sie denn?« schrie Kyle Vathoss an. »Was ist mit Quess?«

Der Sergeant schüttelte fluchend den Kopf. »Ich kann ihn nicht mehr schieben! Ein paar von den verdammten Insekten haben die Räder blockiert!«

Kyle bückte sich und warf einen Blick zurück auf Beta, als sich eine Gruppe von Ameisen, die offenbar nicht fähig oder gewillt war, hinter den fahrenden Bussen herzulaufen, auf das stehende Fahrzeug stürzte. Kyle rannte nach hinten, wobei er sich einen mächtigen Zauber ins Gedächtnis rief. Er wirkte ihn, und plötzlich schoß eine Reihe weißgrüner Bänder vorwärts, die sich zu einem lockeren Netz verbanden und über eine Gruppe der heranstürmenden Insekten legten. Sie blieben ruckartig stehen, da sie von dem Energienetz am Boden festgenagelt wurden, und fingen an, die Bänder zu attackieren.

Plötzlich wurde ihm klar, daß er schon seit einer Minute nichts mehr von Quess gehört hatte, doch ein rascher Blick auf die Anzeige, die auf die Innenseite seines Helmvisiers projiziert wurde, verriet ihm, daß nur die Kommandofrequenz, die Verbindung mit Ravenheart, aktiv war. Unter Benutzung ihrer Kommandobefugnisse hatte sie ihn aus irgendeinem Grund von den Frequenzen der anderen abgeschnitten.

Die Rückfenster explodierten förmlich nach innen und überschütteten Kyle mit einem Hagel aus Sicherheitsglassplittern. Eine schwarzbraune Schabe, so groß wie Kyle und doppelt so breit, schob sich durch die Fensteröffnung. Ihre Vorderbeine gruben sich in das Metallplastik, während ihre langen Fühler fast zwei Meter weit in den Bus ragten. Kyle wurde zurückgeschleudert und landete flach auf dem Rücken.

Die widerlich stinkende Schabe zog sich vorwärts und setzte eines ihrer Vorderbeine auf den Körperpanzer, der Kyles Unterleib schützte. Ihr Maul öffnete und schloß sich klickend, als sie sich zu ihm herunterbeugte. Kyle trat mit dem rechten Bein zu und zuckte zusammen, als in seiner Schulter und in seinem Unterleib Schmerzen aufflammten. Er traf das Wesen in die feuchte, weiche Partie unterhalb des Mauls. Die Schabe ruckte zurück, und der Druck auf Kyle ließ augenblicklich nach. Als er sich herumwälzte, wurde das Insekt von einem Geschoßhagel eingedeckt, der offenbar aus dem Bus abgefeuert wurde. Kyle schaute auf und sah einen Mann mit geweiteten Augen und weit aufgerissenem Mund, der den Abzug des Sturmgewehrs durchzog, das Kyle im Gang liegen gelassen hatte. Vereinzelte Querschläger schlugen in die Rückwand des Busses und verletzten einen anderen Insassen.

Die Schabe warf sich vorwärts und peitschte dem Mann mit einem ihrer Fühler über das Gesicht, so daß ein blutiger Striemen zurückblieb. Der Mann wurde herumgeworfen, schoß jedoch weiter, und der Kugelhagel zerschmetterte die Seitenfenster. Der größte Teil der Schabe befand sich jetzt im Bus, und ihre Vorderbeine rissen und zerrten an den schreienden Passagieren. Sie packte den Mann mit dem Gewehr und zog ihn auf ihr Maul zu. Kyle hörte ein lautes Knirschen, und der Körper des Mannes zuckte noch mehr.

Das Insekt war weniger als einen Meter entfernt, und Kyle streckte die Hand aus, wirkte einen Zauber und berührte den schlanken Hinterleib. Die Schabe zuckte zusammen, und ausgehend von der Stelle, wo Kyles Hand sie berührte, begann sich ihr Leib dunkel zu verfärben. Das Insekt schlug jetzt wild um sich, und ihre langen, dürren Beine setzten den Passagieren ebenso zu wie der Buswand.

Blutfontänen sprudelten aus dem geschwächten Körper der Kreatur, die jetzt laut zu kreischen anfing. Der Bus erbebte wieder, und Kyle hörte das Krachen von Metall gegen Metall, bevor der Bus heftig über die Bahngleise holperte, die parallel zur Straße verliefen. Die Schabe wandte sich von Kyle ab und wälzte sich auf die Seite, doch Kyles Hand versank bereits in der immer schwächer werdenden, sich langsam verflüssigenden Haut und im Unterbauch der Kreatur.

Eines der Beine der Schabe traf ihn am Kopf und schleuderte ihn zur Seite. Benommen krümmte sich Kyle zusammen und versuchte sich zur Seite zu wälzen, als das Ding ihn erneut traf und seinen Körperpanzer aufriß.

Der Bus prallte von den Schienen ab und legte sich in eine scharfe Rechtskurve. Der Motor dröhnte laut auf, aber Kyle hörte auch ein Krachen von vorne, das sich wie berstendes Plastiglas anhörte. Die Schreie wurden lauter, als sich die Schabe aufrichtete.

Kyle versuchte seine Benommenheit abzuschütteln, als ein weiteres Insektenbein auf ihn herabschoß. Bevor es ihn erwischte, warf er sich zur Seite, und das Bein bohrte sich durch den Plastiksitz neben ihm. Er wirkte einen weiteren Zauber, der die Schabe in den hoch über ihm aufragenden Unterbauch traf. Die Kraft des Zaubers hob das Insekt hoch und schleuderte es gegen das Dach. Aus dem vorderen Teil des Busses waren einzelne Schüsse zu hören, und als Kyle sich aufrichten wollte, flammte hinter ihm ein orangerotes Leuchten auf, dem sofort eine Explosion und die dazugehörige Druckwelle folgten. Der zweite Bus, der immer noch dort stand, wo Vathoss ihn zurückgelassen hatte, explodierte in einem Blitz aus Feuer und Licht.

Die Schabe fiel in den Mittelgang des Busses, und wieder schlugen ihre Beine nach ihm. Der Bus fuhr erneut über eine Reihe von Unebenheiten, und Kyle wurde wieder zu Boden geworfen. Die Schabe kreischte und warf sich auf ihn, wobei sie ihn auf der zum Teil zerfetzten Rückbank des Busses festnagelte. Kyle zog sein Kampfmesser aus der Stiefelscheide und stach mit aller Kraft aufwärts in den weichen Unterleib der Schabe. Der Bus erbebte wiederum, aber diesmal half ihm die Bewegung, da der Hinterleib der Schabe dadurch noch fester auf die Klinge gepreßt wurde.

Eine Hand an der Klinge, die andere auf dem jetzt zuckenden Rücken der Kreatur, wirkte Kyle noch einen Zauber, um gleich darauf zusammenzuzucken, als ihn eine Woge aus rotglühendem Schmerz überfiel. Energie löste sich von seinen Händen und schnitt wie eine Kettensäge durch den Insektenkörper. Kyle und das Heck des Busses wurden von einem Blutschwall überschüttet, doch dann löste sich die Kreatur auf, als sie starb und ihre Energie in den Astralraum zurückkehrte. Der Bus erbebte, und Kyle wurde nach rechts geworfen, als die rechte Seite des Busses an irgend etwas entlangschrammte und ein Funkenregen von dem kreischenden Metallplastik in alle Richtungen stob.

Ein einzelner lauter Ton hallte in Kyles Kopfset. Der Bus fuhr weiter und stieß dann mit lautem Krach gegen irgend etwas. Kyle wurde vorwärtsgeschleudert und schrie: »*ALLES RUNTER! SCHNELL, ALLES RUN-*

TER!« während er alles und jeden um sich herum zu packen und nach unten zu ziehen versuchte.

Hinter ihnen ging die Sonne auf. Alles, sogar die Schatten, wurde in ein unaufhaltsames, sengendes grellweißes Licht getaucht. Eine Hitzewelle erfaßte sie, und dann wurde der Bus wie von einer riesigen Hand angeschoben, drehte sich und legte sich auf die Seite. Als sich der Bus überschlug, konnte Kyle einen kurzen Blick zurück auf das Kraftwerk werfen.

Das Licht war blendend, wurde jedoch von dem knisternden Schild aus grün-violetter Energie gedämpft und getrübt, der es umgab. Das Licht innerhalb der Kuppel wogte und brandete gegen die Kuppel an, und am Himmel ging eine neue Sonne auf.

Der Bus drehte sich weiter, und Kyle prallte gegen die Seite, als eine neue Woge aus Licht, diesmal mit Violett durchsetzt, über den Bus hinwegbrandete. Sein ganzer Körper schmerzte, während der Bus aufhörte, sich zu überschlagen, und auf der Seite weiterrutschte, bis er gegen irgend etwas prallte, das viel härter war als er selbst.

Das Licht verblaßte, und kein weiterer Lärm war zu hören, keine weitere Druckwelle zu spüren, nur eine starke Windbö aus der Richtung des Kraftwerks.

Der Bus lag still. Leute schrien und schluchzten. Manche mühten sich, den Bus zu verlassen. Kyle half ihnen, obwohl sein rechter Arm praktisch nutzlos war.

Draußen war es dunkel und warm. Wärmer als zuvor. Ein rotweißes Leuchten erhellte Teile der jetzt aufgerissenen Straße und der umliegenden Gebäude, die sie offenbar vor den schlimmsten Auswirkungen der Druckwelle bewahrt hatten. Kyle wankte ein paar Schritte auf die Straße und sah sich um. Er konnte eine schwarze pilzförmige Rauchwolke erkennen, die sich langsam in die Luft erhob und von unten durch ein schreckliches Feuer erleuchtet wurde. Er wußte, wo er sich befand – er war an der Stelle, wo die Interstate

90/94 die Cermak Road kreuzte. Sie hatten es nicht geschafft, sondern befanden sich noch innerhalb des tödlichen Radius. Aber er lebte noch. Er lebte.

Er drehte sich wieder um, kaum in der Lage, sich noch auf den Beinen zu halten. Sein Bus, der fast bis zur Unkenntlichkeit demoliert war, lag auf der Seite und hatte sich halb in eine Häuserfront gebohrt. Ein Stück weiter voraus, auf der Brücke über den südlichen Arm des Chicago River, konnte er den ersten Bus sehen, der ebenso demoliert war wie seiner, da er gegen einen der metallenen Brückenpfeiler geprallt war. In der näheren Umgebung beider Fahrzeuge wimmelten Leute durcheinander. Nirgendwo waren Insekten zu sehen.

Hinter dem Heck seines Busses tauchte jetzt Seeks-the-Moon auf, der Kyle langsam entgegenging. Trotz seiner Schmerzen konnte er ganz deutlich erkennen, daß der Geist geschwächt war, vielleicht sogar unwiderruflich – er mußte gegen einen oder gar mehrere der Insektengeister gekämpft haben und dabei nur knapp dem Tode entronnen sein.

»Beth … Natalie …«, keuchte Kyle, dessen Beine plötzlich nachgaben. Seeks-the-Moon streckte den Arm aus, um ihn zu stützen, und sagte: »Sie waren nicht im Bus.«

Nicht im Bus. Sie waren nicht in Seeks-the-Moons Bus, Alpha. Sie waren nicht in Kyles Bus, Delta. Das bedeutete, sie mußten im zweiten Bus gewesen sein, in Beta. In dem Bus, der explodiert war.

Kyle brach einfach zusammen, und der Geist konnte ihn kaum noch halten. Da war nichts mehr. Nichts mehr, was er empfand, nur noch Schmerz.

»Sie waren in keinem der Busse«, flüsterte der Geist. »Ich war in allen dreien.«

Kyle drehte den Kopf und war wie erschlagen von dem, was er sah. Die Tiefe des Mitgefühls in den Augen seines ehemaligen Geistverbündeten war bodenlos. »In keinem der Busse ...?« murmelte Kyle, der kaum sprechen konnte. Sein rechtes Bein wollte unter ihm nachgeben, aber er ließ es nicht zu.

»Sie waren in keinem der drei Busse. Ich habe sie nicht gesehen.«

Kyle nickte. Er mußte sich heilen, aber behutsam. Er hatte Schmerzen in der Magengegend, die auf eine gefährliche Verletzung hindeuteten. Er versuchte die Sprechfunkverbindung zu Ravenheart einzuschalten und hielt dann inne, als er bemerkte, daß ihm sein Helm entweder von der Schabe oder während der Schleuderpartie mit dem Bus vom Kopf gerissen worden war.

»Wir müssen diese Leute von hier wegführen«, sagte der Geist.

»Ja, die Strahlung ...« Kyle richtete sich mit Seeks-the-Moons Hilfe auf und blieb aus eigener Kraft stehen. »Dort entlang.« Er zeigte auf die Brücke, an dem anderen Bus vorbei. »Nach Chinatown.«

»Es gibt keine Strahlung«, sagte Seeks-the-Moon.

Kyle fixierte den Geist erneut und versuchte zu ergründen, was sich an ihm so verändert hatte. »Es muß Strahlung geben. Die Bombe ist explodiert.«

»Offensichtlich«, sagte der Geist. »Aber es gibt keine Strahlung.« Er befingerte einen kleinen Plastikstreifen, der an Kyles Körperpanzer hing. Er war verschrammt, aber immer noch grün. »Sieh hier.«

Kyle sah es sich an. »Wie, zum Teufel ...«

»Die Bombe ist *innerhalb* der Schutzvorrichtung explodiert. Und ich glaube, sie hat den größten Teil der Strahlung am Entweichen gehindert.«

Kyle drehte sich wieder zum Kraftwerk um und sah ein paar Meter entfernt eine Frau stehen. Sie war ziemlich übel zugerichtet, und ihr einst modisch kurzes blondes Haar war mit getrocknetem Blut verklebt, die linke Gesichtshälfte dunkel verfärbt und geschwollen. Sie legte sich einen zerrissenen, langen violetten Regenmantel um, und Kyle sah, daß sie den rechten Arm so wenig wie möglich beanspruchte.

»Kyle?« sagte sie mit heiserer Stimme, wobei sie einen halben Schritt näher kam.

»O mein Gott…«, sagte er, seinen gesunden Arm nach ihr ausstreckend. Sie stolperte auf ihn zu, und er ignorierte die Schmerzen in Arm und Schulter, als er sie an sich zog. Hanna Uljakën fing an zu weinen, und einen Augenblick später weinte er ebenfalls.

Glossar

Arcologie – Abkürzung für ›**Arc**hitectural Ec**ology**‹. In Seattle ist sie der Turm des Renraku-Konzerns, ein Bauwerk von gigantischen Ausmaßen. Mit ihren Privatwohnungen, Geschäften, Büros, Parks, Promenaden und einem eigenen Vergnügungsviertel gleicht sie im Prinzip einer selbständigen, kompletten Stadt.

Aztechnology-Pyramide – Niederlassung des multinationalen Konzerns Aztechnology, die den Pyramiden der Azteken des alten Mexiko nachempfunden ist. Obwohl sie sich in ihren Ausmaßen nicht mit der Renraku-Arcologie messen kann, bietet die Pyramide mit ihrer grellen Neonbeleuchtung einen atemberaubenden Anblick.

BTL-Chips – Abkürzung für ›**B**etter **T**han **L**ife‹ – besser als die Wirklichkeit. Spezielle Form der SimSinn-Chips, die dem User (Benutzer) einen extrem hohen Grad an Erlebnisdichte und Realität direkt ins Gehirn vermitteln. BTL-Chips sind hochgradig suchterzeugend und haben chemische Drogen weitgehend verdrängt.

Chiphead, Chippie, Chipper – Umgangssprachliche Bezeichnung für einen BTL-Chip-Süchtigen.

chippen – umgangssprachlich für: einen (BTL-)Chip reinschieben, auf BTL-Trip sein usw.

Chummer – Umgangssprachlich für Kumpel, Partner, Alter usw.

Cyberdeck – Tragbares Computerterminal, das wenig größer ist als eine Tastatur, aber in Rechengeschwindigkeit und Datenverarbeitung jeder Ansammlung von Großrechnern des 20. Jahrhunderts überlegen ist. Ein Cyberdeck hat darüber hinaus ein SimSinn-Interface, das dem User das Erlebnis der Matrix in voller sinnlicher Pracht ermöglicht. Das derzeitige Spitzenmodell, das *Fairlight Excalibur,* kostet 990 000 Nuyen, während das Billigmodell *Radio Shack PCD-100* schon für 6200 Nuyen zu haben ist. Die Leistungsunterschiede entsprechen durchaus dem Preisunterschied.

Cyberware – Im Jahr 2050 kann man einen Menschen im Prinzip komplett neu bauen, und da die cybernetischen Ersatzteile die ›Leistung‹ eines Menschen zum Teil beträchtlich erhöhen, machen sehr viele Menschen, insbesondere die Straßensamurai, Gebrauch davon. Andererseits hat die Cyberware ihren Preis, und das nicht nur in Nuyen: Der künstliche Bio-Ersatz zehrt an der Essenz des Menschlichen. Zuviel Cyberware kann zu Verzweiflung, Melancholie, Depression und Tod führen.

Grundsätzlich gibt es zwei verschiedene Arten von Cyberware, die **Headware** und die **Bodyware.**

Beispiele für Headware sind **Chipbuchsen,** die eine unerläßliche Voraussetzung für die Nutzung von **Talentsofts** (und auch BTL-Chips) sind. **Talentsofts** sind Chips, die dem User die Nutzung der auf den Chips enthaltenen Programme ermöglicht, als wären die Fähigkeiten seine eigenen. Ein Beispiel für ein gebräuchliches Talentsoft ist ein Sprachchip, der dem User die Fähigkeit verleiht, eine Fremdsprache so zu benutzen, als sei sie seine Muttersprache.

Eine **Datenbuchse** ist eine universellere Form der Chipbuchse und ermöglicht nicht nur Input, sondern auch Output. Ohne implantierte Datenbuchse ist der Zugang zur Matrix unmöglich.

Zur gebräuchlichsten Headware zählen die **Cyberaugen.** Die äußere Erscheinung der Implantate kann so ausgelegt werden, daß sie rein optisch nicht von biologischen Augen zu unterscheiden sind. Möglich sind aber auch absonderliche Effekte durch Gold-

oder Neon-Iris. Cyberaugen können mit allen möglichen Extras wie Kamera, Lichtverstärker und Infrarotsicht ausgestattet werden.

Bodyware ist der Sammelbegriff für alle körperlichen Verbesserungen. Ein Beispiel für Bodyware ist die **Dermalpanzerung,** Panzerplatten aus Hartplastik und Metallfasern, die chemisch mit der Haut verbunden werden. Die **Smartgunverbindung** ist eine Feedback-Schaltschleife, die nötig ist, um vollen Nutzen aus einer Smartgun zu ziehen. Die zur Zielerfassung gehörenden Informationen werden auf die Netzhaut des Trägers oder in ein Cyberauge eingeblendet. Im Blickfeldzentrum erscheint ein blitzendes Fadenkreuz, das stabil wird, sobald das System die Hand des Trägers so ausgerichtet hat, daß die Waffe auf diesen Punkt zielt. Ein typisches System dieser Art verwendet ein subdermales **Induktionspolster** in der Handfläche des Trägers, um die Verbindung mit der Smartgun herzustellen.

Jeder Straßensamurai, der etwas auf sich hält, ist mit **Nagelmessern** und/oder **Spornen** ausgerüstet, Klingen, die im Hand- oder Fingerknochen verankert werden und in der Regel einziehbar sind.

Die sogenannten Reflexbooster sind Nervenverstärker und Adrenalin-Stimulatoren, die die Reaktion ihres Trägers beträchtlich beschleunigen.

decken – Das Eindringen in die Matrix vermittels eines Cyberdecks.

Decker – Im Grunde jeder User eines Cyberdecks.

DocWagon – Das DocWagon-Unternehmen ist eine private Lebensrettungsgesellschaft, eine Art Kombination von Krankenversicherung und ärztlichem Notfalldienst, die nach Anruf in kürzester Zeit ein Rettungsteam am Tat- oder Unfallort hat und den Anrufer behandelt. Will man die Dienste des Unternehmens in Anspruch nehmen, benötigt man eine Mitgliedskarte, die es in drei Ausführungen gibt: Normal, Gold und Platin. Je besser die Karte, desto umfangreicher die Leistungen (von ärztlicher Notversorgung bis zu vollständigem Organersatz). Das DocWagon-Unternehmen hat sich den Slogan eines im 20. Jahrhundert relativ bekannten Kreditkartenunternehmens zu eigen gemacht, an dem, wie jeder Shadowrunner weiß, tatsächlich etwas dran ist: Never leave home without it.

Drek, Drekhead – Gebräuchlicher Fluch; abfällige Bezeichnung, jemand der nur Dreck im Kopf hat.

ECM – Abkürzung für ›**E**lectronic **C**ounter**m**easures‹; elektronische Abwehrsysteme in Flugzeugen, Panzern usw.

einstöpseln – Bezeichnet ähnlich wie **einklinken** den Vorgang, wenn über Datenbuchse ein Interface hergestellt wird, eine direkte Verbindung zwischen menschlichem Gehirn und elektronischem System. Das Einstöpseln ist die notwendige Voraussetzung für das Decken.

Exec – Hochrangiger Konzernmanager mit weitreichenden Kompetenzen.

Fee – Abwertende, beleidigende Bezeichnung für einen Elf. (Die Beleidigung besteht darin, daß amer. mit ›Fee‹ auch Homosexuelle, insbesondere Transvestiten bezeichnet werden.)

geeken – Umgangssprachlich für ›töten‹, ›umbringen‹.

Goblinisierung – Gebräuchlicher Ausdruck für die sogenannte Ungeklärte Genetische Expression (UGE). UGE ist eine Bezeichnung für das zu Beginn des 21. Jahrhunderts erstmals aufgetretene Phänomen der Verwandlung ›normaler‹ Menschen in **Metamenschen.**

Hauer – Abwertende Bezeichnung für Trolle und Orks, die auf ihre vergrößerten Eckzähne anspielt.

ICE – Abkürzung für ›**I**ntrusion **C**ountermeasure **E**quipment‹, im Deckerslang auch Ice (Eis) genannt. Grundsätzlich sind ICE Schutzmaßnahmen gegen unbefugtes Decken. Man unterscheidet drei Klassen von Eis: **Weißes Eis** leistet lediglich passiven Widerstand mit dem Ziel, einem Decker das Eindringen so schwer wie möglich zu machen. **Graues Eis** greift Eindringlinge aktiv an oder spürt ihren Eintrittspunkt in die Matrix auf. **Schwarzes Eis** (auch Killer-Eis genannt) versucht, den eingedrungenen Decker zu töten, indem es ihm das Gehirn ausbrennt.

Jackhead – Umgangssprachliche Bezeichnung für alle Personen mit Buchsenimplantaten. Darunter fallen zum Beispiel Decker und Rigger.

Knoten – Konstruktionselemente der Matrix, die aus Milliarden von Knoten besteht, die untereinander durch Datenleitungen verbunden sind. Sämtliche Vorgänge in der Matrix finden in den Knoten statt. Knoten sind zum Beispiel: I/O-Ports, Datenspeicher, Subprozessoren und **Sklavenknoten,** die irgendeinen physikalischen Vorgang oder ein entsprechendes Gerät kontrollieren.

Lone Star Security Services – Die Polizeieinheit Seattles. Im Jahre 2050 sind sämtliche Datenleistungsunternehmen, auch die sogenannten ›öffentlichen‹ privatisiert. Die Stadt schließt Verträge mit unabhängigen Gesellschaften, die dann die wesentlichen öffentlichen Aufgaben wahrnehmen. Renraku Computer Systems ist zum Beispiel für die öffentliche Datenbank zuständig.

Matrix – Die Matrix – auch Gitter genannt – ist ein Netz aus Computersystemen, die durch das globale Telekommunikationsnetz miteinander verbunden sind. Sobald ein Computer mit irgendeinem Teil des Gitters verbunden ist, kann man von jedem anderen Teil des Gitters aus dorthin gelangen.

In der Welt des Jahres 2050 ist der direkte physische Zugang zur Matrix möglich, und zwar vermittels eines ›Matrix-Metaphorischen Cybernetischen Interface‹, kurz Cyberdeck genannt. Die sogenannte **Ma-**

trix-Metaphorik ist das optische Erscheinungsbild der Matrix, wie sie sich dem Betrachter (User) von innen darbietet. Diese Matrix-Metaphorik ist erstaunlicherweise für alle Matrixbesucher gleich, ein Phänomen, das mit dem Begriff **Konsensuelle Halluzination** bezeichnet wird.
Die Matrix ist, kurz gesagt, eine informations-elektronische Analogwelt.

Messerklaue – Umgangssprachliche Bezeichnung für einen Straßensamurai.

Metamenschen – Sammelbezeichnung für alle ›Opfer‹ der UGE. Die Gruppe der Metamenschen zerfällt in vier Untergruppen:
a) **Elfen:** Bei einer Durchschnittsgröße von 190 cm und einem durchschnittlichen Gewicht von 68 kg wirken Elfen extrem schlank. Die Hautfarbe ist blaßrosa bis weiß oder ebenholzfarben. Die Augen sind mandelförmig, und die Ohren enden in einer deutlichen Spitze. Elfen sind Nachtwesen, die nicht nur im Dunkeln wesentlich besser sehen können als normale Menschen. Ihre Lebenserwartung ist unbekannt.
b) **Orks:** Orks sind im Mittel 190 cm groß, 73 kg schwer und äußerst robust gebaut. Die Hautfarbe variiert zwischen rosa und schwarz. Die Körperbehaarung ist in der Regel stark entwickelt. Die Ohren weisen deutliche Spitzen auf, die unteren Eckzähne sind stark vergrößert. Das Sehvermögen der Orks ist auch bei schwachem Licht sehr gut. Die durchschnittliche Lebenserwartung liegt zwischen 35 und 40 Jahren.
c) **Trolle:** Typische Trolle sind 280 cm groß und wiegen 120 kg. Die Hautfarbe variiert zwischen rötlichweiß und mahagonibraun. Die Arme sind proportional länger als beim normalen Menschen. Trolle haben einen massigen Körperbau und zeigen gelegentlich eine dermale Knochenbildung, die sich in Stacheln

und rauher Oberflächenbeschaffenheit äußert. Die Ohren weisen deutliche Spitzen auf. Der schräg gebaute Schädel hat 34 Zähne mit vergrößerten unteren Eckzähnen. Trollaugen sind für den Infrarotbereich empfindlich und können daher nachts unbeschränkt aktiv sein. Ihre durchschnittliche Lebenserwartung beträgt etwa 50 Jahre.

d) **Zwerge:** Der durchschnittliche Zwerg ist 120 cm groß und wiegt 72 kg. Seine Hautfarbe ist normalerweise rötlich weiß oder hellbraun, seltener dunkelbraun. Zwerge haben unproportional kurze Beine. Der Rumpf ist gedrungen und breitschultrig. Die Behaarung ist ausgeprägt, bei männlichen Zwergen ist auch die Gesichtsbehaarung üppig. Die Augen sind für infrarotes Licht empfindlich. Zwerge zeigen eine erhöhte Resistenz gegenüber Krankheitserregern. Ihre Lebensspanne ist nicht bekannt, aber Vorhersagen belaufen sich auf über 100 Jahre.

Darüber hinaus sind auch Verwandlungen von Menschen oder Metamenschen in Paraspezies wie **Sasquatchs** bekannt.

Metroplex – Ein Großstadtkomplex.

Mr. Johnson – Die übliche Bezeichnung für einen beliebigen anonymen Auftraggeber oder Konzernagenten.

Norm – Umgangssprachliche, insbesondere bei Metamenschen gebräuchliche Bezeichnung für ›normale‹ Menschen.

Nuyen – Weltstandardwährung (New Yen, Neue Yen).

Paraspezies – Paraspezies sind ›erwachte‹ Wesen mit angeborenen magischen Fähigkeiten, und es gibt eine Vielzahl verschiedener Varianten, darunter auch folgende:

a) **Barghest:** Die hundeähnliche Kreatur hat eine Schulterhöhe von knapp einem Meter bei einem Gewicht von etwa 80 kg. Ihr Heulen ruft beim Men-

schen und bei vielen anderen Tieren eine Angstreaktion hervor, die das Opfer lähmt.
b) **Sasquatch:** Der Sasquatch erreicht eine Größe von knapp drei Metern und wiegt etwa 110 kg. Er geht aufrecht und kann praktisch alle Laute imitieren. Man vermutet, daß Sasquatche aktive Magier sind. Der Sasquatch wurde 2041 trotz des Fehlens einer materiellen Kultur und der Unfähigkeit der Wissenschaftler, seine Sprache zu entschlüsseln, von den Vereinten Nationen als intelligentes Lebewesen anerkannt.
c) **Schreckhahn:** Er ist eine vogelähnliche Kreatur von vorwiegend gelber Farbe. Kopf und Rumpf des Schreckhahns messen zusammen 2 Meter. Der Schwanz ist 120 cm lang. Der Kopf hat einen hellroten Kamm und einen scharfen Schnabel. Der ausgewachsene Schreckhahn verfügt über die Fähigkeit, Opfer mit einer Schwanzberührung zu lähmen.
d) **Dracoformen:** Im wesentlichen wird zwischen drei Spezies unterschieden, die alle magisch aktiv sind: Gefiederte Schlange, Östlicher Drache und Westlicher Drache. Zusätzlich gibt es noch die Großen Drachen, die einfach extrem große Vertreter ihres Typs (oft bis zu 50 % größer) sind.
Die Gefiederten Schlangen sind von Kopf bis Schwanz in der Regel 20 m lang, haben eine Flügelspannweite von 15 m und wiegen etwa 6 Tonnen. Das Gebiß weist 60 Zähne auf.
Kopf und Rumpf des Östlichen Drachen messen 15 m, wozu weitere 15 m Schwanz kommen. Die Schulterhöhe beträgt 2 m, das Gewicht 7,5 Tonnen. Der Östliche Drache hat keine Flügel. Sein Gebiß weist 40 Zähne auf.
Kopf und Rumpf des Westlichen Drachen sind 20 m lang, wozu 17 m Schwanz kommen. Die Schulterhöhe beträgt 3 m, die Flügelspannweite 30 m und das Gewicht etwa 20 Tonnen. Sein Gebiß weist 40 Zähne auf.

Zu den bekannten Großen Drachen zählt auch der Westliche Drache *Lofwyr,* der mit Gold aus seinem Hort einen maßgeblichen Anteil an Saeder-Krupp Heavy Industries erwarb. Das war aber nur der Auftakt einer ganzen Reihe von Anteilskäufen, so daß seine diversen Aktienpakete inzwischen eine beträchtliche Wirtschaftsmacht verkörpern. Der volle Umfang seines Finanzimperiums ist jedoch unbekannt!

Persona-Icon – Das Persona-Icon ist die Matrix-Metaphorik für das Persona-Programm, ohne das der Zugang zur Matrix nicht möglich ist.

Pinkel – Umgangssprachliche Bezeichnung für einen Normalbürger.

Rigger – Person, die Riggerkontrollen bedienen kann. Riggerkontrollen ermöglichen ein Interface von Mensch und Maschine, wobei es sich bei den Maschinen um Fahr- oder Flugzeuge handelt. Der Rigger steuert das Gefährt nicht mehr manuell, sondern gedanklich durch eine direkte Verbindung seines Gehirns mit dem Bordcomputer.

Sararimann – Japanische Verballhornung des englischen ›Salaryman‹ (Lohnsklave). Ein Konzernangestellter.

SimSinn – Abkürzung für **Sim**ulierte **Sinn**esempfindungen, d. h. über Chipbuchsen direkt ins Gehirn gespielte Sendungen. Elektronische Halluzinogene. Eine Sonderform des SimSinns sind die BTL-Chips.

SIN – Abkürzung für **S**ystem**i**dentifikations**n**ummer, die jedem Angehörigen der Gesellschaft zugewiesen wird.

So ka – Japanisch für: Ich verstehe, aha, interessant, alles klar.

Soykaf – Kaffeesurrogat aus Sojabohnen.

STOL – Senkrecht startendes und landendes Flugzeug.

Straßensamurai – So bezeichnen sich die Muskelhelden der Straßen selbst gerne.

Trid(eo) – Dreidimensionaler Video-Nachfolger.
Trog, Troggy – Beleidigende Bezeichnung für einen Ork oder Troll.
Verchippt, verdrahtet – Mit Cyberware ausgestattet, durch Cyberware verstärkt, hochgerüstet.
UCAS – Abkürzung für ›**U**nited **C**anadian & **A**merican **S**tates‹; die Reste der ehemaligen USA und Kanada.
Wetwork – Mord auf Bestellung.
Yakuza – Japanische Mafia.